‖∖ 见识城邦

更 新 知 识 地 图 　 拓 展 认 知 边 界

伯里克利半身像，梵蒂冈博物馆收藏

亚历山大

大加图雕像，冈村崔摄影，梵蒂冈博物馆收藏

尤里乌斯·恺撒全身像，冈村崔摄影，罗马保守宫收藏

《北条时宗像》，熊本县满愿寺收藏

《织田信长画像》，狩野元秀绘，爱知县长兴寺收藏

《千利休画像》，长谷川等伯绘，京都市表千家藏

《西乡南洲肖像》，鹿儿岛市立美术馆收藏

《拿破仑书房立像》，雅克·路易·大卫作，美国国家美术馆，萨穆尔·克雷斯收藏

《弗兰茨·约瑟夫一世画像》，温特哈特勒作，
维也纳艺术史博物馆收藏

《美第奇家的老科西莫》，蓬托尔莫作，佛罗伦萨乌菲齐美术馆收藏

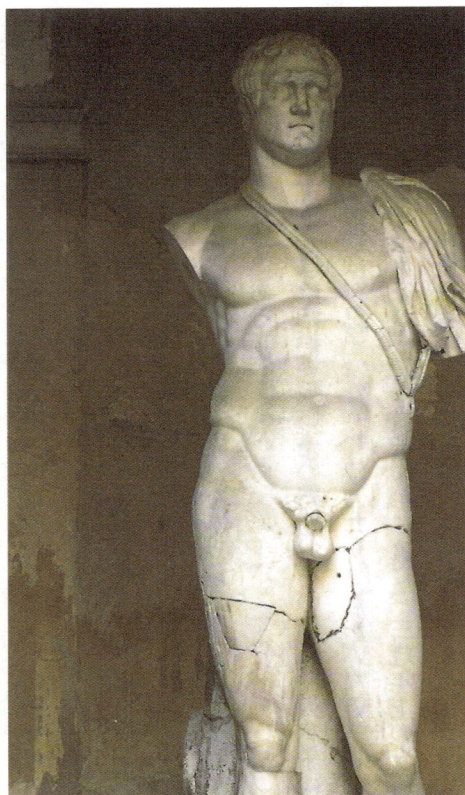

《阿格里帕的大理石雕像》，冈村崔摄影，威尼斯科雷尔博物馆收藏

丘吉尔像，美国图片库

男人们的故事

男人的肖像

男の肖像

[日] 盐野七生 著 徐越 译

中信出版集团 | 北京

图书在版编目（CIP）数据

男人的肖像 / (日) 盐野七生著；徐越译. -- 北京：
中信出版社, 2020.6
（男人们的故事）
ISBN 978-7-5217-1214-8

Ⅰ.①男… Ⅱ.①盐…②徐… Ⅲ.①随笔—作品集
—日本—现代 Ⅳ.①I313.65

中国版本图书馆CIP数据核字 (2019) 第 258606 号

男人的肖像

著　　者：[日] 盐野七生
译　　者：徐　越
出版发行：中信出版集团股份有限公司
　　　　　（北京市朝阳区惠新东街甲 4 号富盛大厦 2 座　邮编　100029）
承 印 者：河北鹏润印刷有限公司

开　　本：880mm×1230mm　1/32　印　张：3.625　字　数：72 千字
版　　次：2020 年 6 月第 1 版　　　印　次：2020 年 6 月第 1 次印刷
京权图字：01-2015-1853　　　　　　广告经营许可证：京朝工商广字第 8087 号
书　　号：ISBN 978-7-5217-1214-8
定　　价：88.00 元（全三册）

目 录

伯里克利

（Periklēs，约前 495 — 前 429）

人的脸，基本上属于个人的一部分。但有时候，它也会成为代表一个时代的"颜面"。

我第一次见到伯里克利，是在高中的西方史课本上。那是一张摄影角度稍稍偏右的半身雕像的照片。教科书不会详细地介绍插图，可就是那一张小小的照片，给当时还是 16 岁少女的我，留下了鲜明的印象：好一张端正的脸！

那一页课本介绍的主要是雅典的民主政治，而非伯里克利。但那张脸的存在，让民主政治也显得端正无比。时至今日，我依然坚信，作为广告招牌，伯里克利的脸，为民主主义做出了巨大的贡献。

大约在 10 年之后，彼时已经远赴意大利的我，再次与他相遇。记得是在梵蒂冈博物馆，边走边观赏展品的我，在某个房间角落的一座大理石雕像前，不禁停下了脚步——这张脸好像在哪儿见过。我低头看雕像下刻着的文字，虽然不怎么懂希腊语，但名字还是认识的。"呀，好久不见啊！"那是我的第一反应。

这次见到的不是照片，而是半身像。我围着雕像转了两圈，前后左右细细端详。

嗯，还是好看！尤其是那双微微垂下的双眼，宁静、自信而成熟。嘴角带着的"古风式微笑"，让人感觉面对的不是冰冷的大理石，而是有血有肉的真人。雕塑不是全身像这一点也很妙，观众的注意力可以全部集中于那张端正的脸庞上。

那一次的再遇，点燃起我心中对伯里克利的热情。翻查相关史料（虽然不是出于著书目的）让我深切地体会到，对于地中海世界的理解，生活在当地与身处遥远的日本，哪怕阅读同样的书，感受也会完全不同。那些 2500 年前的男人变成了近距离的存在，无论是他们的长处或短处，现在的我都能客观地将其视为人物塑造不可或缺的要素。所以，当我知道伯里克利雕像戴着头盔的原因时，犹如发现了天机，这让我乐不可支。

原来这位面孔英俊的美男子，头部形状不怎么漂亮，追求完美的古希腊雕刻家特地为他戴上了头盔。欧洲的洋葱与日本的品种不同，大多为长椭圆形。这位伯里克利先生，身体的其他部位无懈可击，唯独头形过长，比例失调，因此当时的人们给他取了一个绰号，叫"洋葱头"。

这下又激起了我的好奇心。原以为雅典民主政治如那张脸一般俊朗，没想到美貌之下还藏着一颗洋葱头。

伯里克利的双亲均来自良好的家庭。他在政坛初露头角，是在独裁者地米斯托克利[1]下台之后，所以他应该是很年轻时便进入了政界。

公元前 472 年，地米斯托克利遭流放。伯里克利成为雅典第一人，则是从公元前 469 年直到公元前 429 年去世，历经整整 40 年。公元前 5 世纪的雅典被视为民主政治的范本，伯里克利在 40 年里却始终作为第一人，这个现象很令人玩味。他是一位平民宰相，还是正好相反呢？

有关城邦国家雅典的民主政体，相信大家都在高中学习过，无须我再做详细的解释。简单地说，除了奴隶之外的 4 万名市民中，大约占人口五分之一的成年男子，都拥有选举权。每个公民通过抽签，担任一定的官职，尽管任期只有一年，但最高职务可以做到指挥整个军队的司令官。换言之，这是一个由全体公民直接管理国家的民主制度。这个制度，是公元前 5 世纪雅典对波斯战争期间，因庶民阶级的崛起而形成的。因此，它不是意识形态的产物，而是因应形势所做出的现实的选择。

当然，也有反对派的存在。反对派认为政治应当由被选出的

1　地米斯托克利（Themistocles，前 525—前 460），雅典人，古希腊杰出的政治家、军事家。

有能力的少数人负责，主张实施贵族政体或者说寡头政体。

可是，除了不是大富豪，其他方面都具备当选能力的伯里克利，却选择了全民平等的民主政体。这个决定无疑是基于现实的考量，但我感觉似乎还有其他一些原因。

没有能力当选的人，势必倾向于全民平等的制度。然而，这种制度落入无能之辈的手中，毫无例外地总是以失败告终。可见，执行制度，还是需要有识之士。

与一贯主张少数精英掌权的寡头制不同，雅典实施的是平等主义的民主政体。因此能够执行制度的人，必须具有超常的才华和不凡的品性。

在有关伯里克利的古代记录中，对他共同的评价，除了"洋葱头"，另一项就是品格高尚。

有一次，照常在雅典中央广场执行公务的伯里克利，遭一小人纠缠。伯里克利在那个男人不断的叫嚣、责难声中，埋首工作，始终不发一语。傍晚时分，伯里克利结束工作，整理衣襟，起身回府。男人依然不肯罢休，紧随其后，一路骂骂咧咧。走到家门口时，伯里克利察觉天色已暗，便吩咐仆人点亮灯火，护送那个男人回家。

这是在遭对方不断侮辱、轻蔑之后，伯里克利首次做出的反应。这位气度不凡、语言高贵、步伐沉静、声音清澈，浑身没有一丝世俗之气的男人，成为雅典民主政治的领袖。他非常清楚绝不能以庶民的形象示人。他不仅清楚这一点，而且还懂得加以利用。

如果频繁地与民众接触、对话，大家迟早会失去兴趣。为了避免遭人厌烦，伯里克利平素远离众生，不公开发表政见。然而，一旦国家有大事发生，他的演说如电闪雷鸣般威慑人心，"宙斯神"的绰号名副其实。根据文献记录，伯里克利在演说时，哪怕再情绪激昂，也始终保持衣冠整齐。相较之下，2500 年之后，那些动辄下跪，哭得衣襟散乱的议员，着实令人不齿。

尽管伯里克利不刻意煽情，但只要他开口，雅典的民众必有响应。当然，伯里克利的演说内容，并非总是通篇正论、无懈可击的。斯巴达国王曾经问伯里克利的一个政敌，如果他与伯里克利格斗，两人谁是高手。这个政敌是这样回答的："伯里克利是一个被我击倒也会坚称自己没有倒下，通过狡辩，改变在场围观者想法的男人。"

或许正因为如此，除了提出的法案之外，伯里克利生前没有留下只言片语。也只有在那个没有录音机的时代，才能幸运地做到这点。

在日本时，我曾经向某人请教过一个问题：为什么有些人能够像活动手脚一般轻易地操控他人？那个人回答说："就是把他们当成了手和脚。"

被同时代的历史学家修昔底德称为"名义上的民主政体，实际上一个人掌权"的这样"一个人"，知道有一件事情非常容易触动大众的神经。伯里克利大权在握，却始终与贪腐绝缘，父亲留下的财产，一分未增，似乎也一分未减。难道他也认为"无恒产者无恒心"？

所谓民众，是一群甘心接受统治，却决不肯放弃批判权的人。这一点，我们的伯里克利先生心知肚明。他似乎还很清楚，民众的"批判"，大多都不是真正意义上的批判，而是谩骂或中伤。

以喜剧家们为首的雅典人，对他口出恶言。那些过激的言辞根本不是批判，完全就是嘲弄。"洋葱头的宙斯"之类的调戏，已经算相当克制。面对所有的谩骂和嘲笑，伯里克利自始至终默默忍受。

我不确定"忍受"这个词是否适合统治者。如果说出名的人需要为名气承担更大的责任，那么对于大权在握的统治者，忍受非议就是他们必须承担的责任吧。

给予被统治者某种形式的泄愤渠道，反而更有助于统治。

与同时代的雅典人相比，伯里克利的政治才华绝对是出类拔萃的，但只有少数人能够看清这个事实。伯里克利一面忍受着多数人对他的肆意谩骂，一面保持着自身的清廉，做了整整40年的统治者。在他主政期间，雅典尽享内政外交双安定的福利，而在文化方面，更是进入了一个黄金时代。

以帕提侬神庙为中心的雅典卫城，真正的建造者正是伯里克利。他调动了菲狄亚斯等全希腊境内著名的艺术家和优秀的工匠，他本人也亲自参与了规划。

曾经有一位历史学家（名字我忘记了）这样评价伯里克利："伯里克利是雅典的灵魂，是雅典作为希腊之灵魂那个时代的雅典的灵魂。"

伯里克利去世后，雅典开始"众愚政治"。高中的世界史课本上是这样写的。我对此的理解是：民主政体，是由一群优秀的人领导其他大多数人的一种制度，而"众愚政治"，则是其他的大多数人根据自己的意志实施的一种制度。

就算长着一颗"洋葱头"，伯里克利终究是一位杰出的人物。

亚历山大大大帝

（Alexander the Great，前 356—前 323）

若干年前，我曾经由小亚细亚南岸去塞浦路斯旅行。利用等待接驳船前往塞浦路斯的几天空隙，我去了一趟安条克，并顺道探访了伊苏斯古战场遗址。

如果路边有指示牌的话，遗址是很容易找到的，可惜那里只有一大片原野，稍不留神便会错过。古战场如今属于土耳其境内，想来亚洲民族对那场失败的战争，大概不会有立碑树传的意思。由于不是观光地，街边只有一间为卡车司机供餐的小食堂，整片原野覆盖着雪白的棉花，原野的尽头就是地中海的东端。

灿烂的阳光普照田间，我站在那里，漠然地采了一朵棉花，脑海中浮现出一幅波斯王大流士与亚历山大大帝决战的伊苏斯战役的马赛克画。第一次看到这幅画，是在那不勒斯博物馆，一脸决然的年轻的亚历山大，令我惊艳不已。我还看过另一座由古希腊雕刻家利西波斯[1]制作的亚历山大的雕像，据说亚历山大本人非

1　利西波斯（Lysippus，生卒年代不详），古希腊古典后期的著名雕塑家，后来成为马其顿国王亚历山大的御用雕刻家。

　　　　　　　　　　　　　　　　　　　　男人的肖像

常欣赏利西波斯，只允许他为自己雕像。但那座雕像似乎多了点俊美，少了些个性。

但当时站在伊苏斯原野上的我，想的不是马赛克画或亚历山大的雕像，而是质疑自己，为什么向来钟爱英雄型男人的我，竟然没有被这位西方历史上首屈一指的人物吸引。

首先，亚历山大是一位美男，而且有着健硕的体格。他热爱运动，也热爱文化，既能尽善尽美，也可以十恶不赦。他勇气十足，不惧艰险，宽容友善。他喝酒虽然易醉，所幸醉后顶多是兴奋或多话而已。他多少有些情绪化，却有超群的专注力与决断力。总而言之，他几近完美。据说亚历山大容易动怒，不管怎么说，他所有的特征，与他本人喜爱的荷马的《伊利亚特》中的英雄阿喀琉斯，几乎如出一辙。

阿喀琉斯正是"诱惑"当年16岁的我进入地中海世界的当事人。按理说，我的写作之路不应该围绕意大利和文艺复兴，而应从撰写《亚历山大传》开始。可是多年以来，我始终作为一个旁观者，远远地眺望着这位人物。

除了偶尔经过的卡车碾过道路时发出的轰隆隆的声响，遗址周边看不见任何与现代世界相连的东西。我独自伫立于空旷的伊苏斯古战场，思考着为什么那些文艺复兴时期和古罗马时代的男人令我倍感亲切，而亚历山大却距离我如此遥远。

这不是什么深奥的问题，我很快便找到了答案：从某个时期开始，亚历山大变成了神灵附体。阻挡我走近他的原因也许就在于此。

与神灵附体最无缘的是哲学和科学，这两样都是古希腊人创造的。希腊文化的继承者是古罗马人，以及将它们从漫长的中世纪黑暗中解放出来的文艺复兴时期的人。所以，我对神灵附体之类有本能的抗拒，也属于情理之中的事情。

不过，近年来，我的想法在逐渐转变。例如在《君士坦丁堡的陷落》一书中，我对那些为了信仰得以延续而宁愿国家灭亡的希腊东正教徒的立场，并没有做出谴责。换作以前的我，绝对忍无可忍。我已经清楚地认识到，想了解地中海世界，就无法回避与宗教有关的问题。毕竟，这里是世界三大宗教中两大宗教的诞生地。

亚历山大，作为希腊马其顿王国国王的长子，诞生于公元前356年。其父腓力二世是位颇有建树的国王，但相比父亲，母亲奥林匹娅丝热情、彪悍的性格对他的影响更大。

成年后的亚历山大，凡事首先向母亲报告。亲密的母子关系，往往导致父子关系的紧张。不过腓力国王还是显示了慈父的一面，请亚里士多德做儿子的家庭教师，反而是儿子似乎不愿与父亲亲近。亚历山大 20 岁时，（其父亲）腓力遇刺身亡，这对父亲、对儿子都是幸运的。

先王死于非命，成为马其顿新国王的亚历山大，接手的自然不会是一个太平盛世。继位初期，他国内外腹背受敌，相当艰难，但最终还是巧妙地化解了危机。可见亚历山大不是一位普通的 20 岁青年。

继位两年后，时年 22 岁的亚历山大做出重大决定：率军远征波斯，消灭希腊民族 200 年来的这个宿敌。由于是出兵波斯，所以他的头衔是全希腊军总司令，但是以雅典为首的希腊各城邦态度敷衍，不愿提供充足的兵力，结果马其顿的军队成了实质的主力军。这支联军的总人数为步兵 3.5 万名，骑兵 5000 名。

远征军从马其顿首都培拉出发，向北希腊的东部行进，渡过赫勒斯滂海峡（今达达尼尔海峡）进入亚洲。登陆地点正好在特洛伊附近，于是众人决定在这片古战场的遗址上祭拜，预祝胜利。

每当被问及一生最爱的书，必定回答是荷马的《伊利亚特》的亚历山大，对祭典势必十分投入。众人首先向雅典娜女神献祭。在特洛伊战争中，正是雅典娜女神力挺，帮助阿喀琉斯、奥德修斯为希腊赢得了胜利。大家也没有忘记将酒洒在地上，慰藉那些牺牲在这片土地上的英雄，特别在阿喀琉斯的墓碑上抹了油。依照传统，众人在墓地边上进行竞技比赛，亚历山大也赤身裸体地加入其中，然后把赢得的花环放在墓前，轻声念道："生前有挚友（帕特罗克洛斯），死后有伟大的叙述者（荷马），阿喀琉斯是一个幸福的人。"

这句话很有道理。不过，我总觉得哪里有点不对劲。在东征前的一年，已经是希腊霸主的亚历山大，曾经去拜访居住在科林斯的哲学家第欧根尼 [1]。亚历山大问正在晒太阳的哲学家，能够为他做些什么，哲学家直视着年轻的国王，回答道："希望你闪到一边去，不要遮住我的阳光。"

年轻的国王感叹说："我若不是亚历山大，我愿意是第欧根尼。"

所谓窥一斑而知全豹。对于这个著名的亚历山大语录，是不是只有我一个人感觉到太模范生了？ 恋母情结、模范生，最后变成神灵附体……

远征的第一战是在格拉尼库斯，亚历山大的军队获胜。之后，他们继续向小亚细亚东进，在伊苏斯平原，首次与波斯王大流士展开对决。大流士率领 15 万波斯大军，亚历山大一方却不足 4 万。

结果，亚历山大再次赢得胜利。大流士弃母亲、妻女于不顾，落荒而逃。虽然没能做到斩草除根，但在这场战争中，马其顿军仅损失 200 人，真正是压倒性的胜利。面对波斯王丢下的一地珍宝，这位马其顿出身的淳朴的希腊年轻人惊叹道："原来这就是君王的生活！"不用说，那些东西都成了他的囊中之物。

伊苏斯战役结束后，亚历山大率军前往埃及，并决定在尼罗

1　第欧根尼（Diogenes，约前 404—约前 323），古希腊哲学家，犬儒学派的主要代表之一。

河河口建立亚历山大城。之后，他前往阿蒙神庙[1]谒拜。

就在那座神庙，亚历山大获得了神的启示。由于事前没有心理准备，突然降临的神的声音，让这位24岁的年轻人震惊不已。

亚历山大问阿蒙神，是否还有暗杀父亲的凶手漏网？神答："亚历山大的父亲是不死之身。"

亚历山大闻悉，如雷灌顶，立即给母亲写信称自己得到了秘密的预言，待归国后仅向母亲一人报告。

虽然在伊苏斯战役中拼足了全力，但亚历山大本人似乎也久久不敢相信自己能赢得那场胜利，而阿蒙神替他解开了迷惑。就在获得天神启示的当年，仿佛为了证明亚历山大是天神之子，在高加米拉会战中，他再次完胜大流士。

面对大流士率领的30万大军，亚历山大仍然只有4万兵力，最终以区区300人的牺牲赢得胜利，难怪这位24岁的年轻人会认为自己是没有阿喀琉斯之踵的阿喀琉斯。也就是从那个时期开始，他要求手下五体投地，行东方式大礼。

公元前330年，亚历山大远征的第四年，大流士死去，波斯王国崩溃，这样的成果远超他出征时的预期。将士们也如释重负，

---

1 阿蒙神庙（Amun Temple of Karnak）位于埃及卢克索镇以北4公里处，是卡纳克神庙（Karnak）的主体部分，供奉太阳神阿蒙。

终于盼来返回马其顿的日子。不料，亚历山大竟然以让杀死大流士者偿命这样一个不知所以的理由，宣告继续东征。

亚历山大的决定让那些忠心耿耿的部下也无法接受，纷纷表示拒绝前行。无奈之下，亚历山大只能放他们返回故乡，自己率领志愿兵、雇佣兵和亚洲人组成的队伍向东方挺进。行军队伍历经千辛万苦，越过兴都库什山脉，抵达印度河，途中还辗转各地，征服了多座城镇。追溯亚历山大漫长的东征线路，我忍不住感叹：何必这般兴师动众，多此一举。

无论如何，直至近 33 岁死亡之前，在亚历山大大帝的脑海中，势必时刻鸣响着阿蒙神的预言："全人类，必须由神性者统治。"

亚历山大一生严于律己。虽然酒量始终没有长进，但他抵挡住了女性的诱惑，克服了肉体上的痛苦，也许正因为相信自己是不死之身，才能做到如此。

对男人而言，大概没有比认为自己是犹如神一般的存在更有快感的事情了吧。

大加图

（Marcus Porcius Cato，前 234—前 149）

如果有像他那样的丈夫，做妻子的大概一刻也不得安定。如果有像他那样的邻居，街坊们势必绷紧神经。如果有像他那样的朋友，那么，最好想办法敬而远之。

马尔库斯·波尔基乌斯·加图，公元前 234 年出生于罗马，为了与另一个出生于公元前 1 世纪的姓加图的人（马尔库斯·波尔基乌斯·加图·乌地森西斯）加以区别，我将本文中的这位称作大加图，另外那位则称作小加图。

这位大加图，因为三件事情而成为西方史上的名人。

第一，他在尚处于发展中的共和政体的罗马，坚持不懈地推动质朴刚健主义。这位活了 80 多岁、在当时实属长寿的人物，执拗的程度与其寿命同样超群。

第二，将西庇阿拉下马，让这位在扎马会战中打败汉尼拔，为罗马赢得第二次布匿战争胜利的英雄，因为少许经费用途不明而葬送了政治生命。

第三，主张彻底消灭迦太基，极力鼓吹发动第三次布匿战争。

那时大加图的执拗，再次发挥得淋漓尽致。

我们从"爱管闲事的加图"说起。他生活的那个时代，罗马正蓬勃发展，但拥有的领土仍然有限，面积大概相当于如今的意大利。不过，对一个从罗马城及其周边开始起步的国家而言，这已经是一个了不起的飞跃。

在大加图看来，罗马之所以能够取得伟大的成就，靠的是人民的德行与节制。他不断地告诫众人，保持素朴的生活习惯，为贡献国家强身健体，远离希腊文化那种软绵绵的东西。

为了让民众接受他的主张，大加图身体力行，而且做得非常之彻底。他平时只喝白水，唯身体虚弱时，才饮些廉价的葡萄酒。住家的墙壁剥落，泥土坦露，他不肯修理，家奴的人数能减则减，对日常开支更是看管得巨细靡遗。有一个像他那样自己的事情自己做的丈夫倒也不错，不过家中的其他事情，似乎还是应该交由妻子打理。

除了勤俭节约，大加图还能言善辩。有一次，罗马民众在非规定时期，要求供应廉价的国有小麦粉，这当然让大加图忍无可忍。为遏制民众的骚乱，他发表了演说，开头第一句话是："市民诸君，对着没有耳朵的肚皮演说，实属难事一桩。"

我必须承认，大加图是位很有演说天分的男人，同时我也对凭借演说可以左右世界的那个时代，羡慕不已。

话说回来，像大加图这种令人躲避不及的人物，作为共同体的一员，他的存在对当时的罗马还是有益的。所谓骄者必败，国家需要敲警钟的人。

之后，罗马的版图不断扩大，势力范围覆盖整个地中海，并且继续向外扩张。在罗马帝国成立 300 年之后，罗马良家男子的养成目标，正是质朴刚健主义。

大加图做的第二件著名的事情，就是与西庇阿·阿非利加努斯的对决。他当年的手段，2000 年来始终褒贬不一。

这两位男人的性格原本就南辕北辙。西庇阿打败了有"军事天才"之称的汉尼拔，他本人当然也是一位天才。骁勇善战的将军，花钱似乎也毫不手软，结果，西庇阿被以财务监察官身份派往前线的大加图抓到了把柄。

事情发生在公元前 204 年，距离西庇阿击败汉尼拔的扎马会战两年之前。这位第二次布匿战争的大功臣，彼时尚未成为万众瞩目的救国英雄，但已创下不菲的战绩。西庇阿率领军队攻入迦太基境内，逼得人在意大利的汉尼拔不得不调头回国救援，由此逆转了两军的战势。

就在士气昂扬的罗马军阵营，大加图面对西庇阿，直言不讳地说："你对手下挥金如土。用钱本身或许没有错，但是让士兵们学会奢侈享乐，破坏了祖辈留下的朴素传统，我认为万万不可。"

当时大加图 30 岁，年长他 1 岁的西庇阿不耐烦地答道：

> 劲风鼓帆奔赴战场的战士，不需要唠唠叨叨的财务监察官。对国家，我们负行为责任，不负金钱责任。

大加图岂是忍声吞气的主。回到罗马后，他在元老院议席上控诉西庇阿在前线的表现不似将军，更像是祭典仪式上华丽的主持人，元老院于是决定召回西庇阿。西庇阿也不甘示弱，辩称自己虽然让手下日子过得舒服了一些，但在重大事情上却从不含糊。没多久，他便奔赴战场，赢得了那场史上著名的扎马会战。击败汉尼拔的西庇阿，被人们尊称为"阿非利加努斯"，一举成为救国的大英雄。

对英雄，元老院自然是不愿追究其过往的瑕疵。唯有一人，坚持不肯放弃，他就是大加图。

大加图清楚，告发西庇阿势必会伤害民众的感情，成功率不高。于是，他采取了"射人先射马"的策略，向元老院检举西庇阿·阿非利加努斯的弟弟，同样也是将军的路奇乌斯。

这个策略很奏效，西庇阿最终被处以巨额罚款。对民众无情的态度失望至极的英雄主动请辞，从此隐居于罗马郊外的别墅中。大加图获得了全面的胜利。

在逼退西庇阿的事情上，大加图的确严守了法律面前人人平

　　　　　　　　　　　　　　　　　　　　男人的肖像

等的原则。但也有不少人认为，一面授予西庇阿"阿非利加努斯"的尊称，一面又因为少许款项用途不明便葬送其政治生命的做法，属于短视者特有的忘恩负义的行径。西庇阿本人也曾愤愤不平地感叹："我替罗马赢得了2亿塞斯特斯[1]巨额财富，他们却为了区区400万塞斯特斯弹劾我。"

大加图与西庇阿，孰是孰非，我无法判断，不过曾经有人说过："对国家功臣的忘恩负义，是一个民族强大的标志。"

大加图做的第三件事情，是极力鼓吹彻底消灭迦太基。也许这正是他以"大"留名青史的理由所在。

作为当时古代世界的两大强国，罗马和迦太基都背负着被对方歼灭的宿命。所谓一山不容二虎，是历史的必然规律。

然而，公元前2世纪，能看清楚这个事实的人少之又少。公元前201年，罗马在打赢第二次布匿战争之后，又成功地取得了包括西班牙在内的西地中海的霸权地位，迦太基与罗马的实力发生了大逆转。第一次布匿战争的地中海霸主迦太基，受制于严苛的和平条约，几乎沦落为罗马的附属国。对于这样一个弱势对手，大多数罗马人都觉得它的存在并不会构成威胁。更有不少人认为，身边放一个不可忽视的假想敌，反而能起到提振罗马人精神的效

1　塞斯特斯为罗马银币。

果。而与这些观点唱反调的，就是大加图。

公元前 153 年，如果从第二次布匿战争开始计算，那时候罗马与迦太基之间的"和平"状态已经维持了近半个世纪。大加图作为视察团的一员前往北非，看到在半个世纪里，在政治和军事方面明显屈服于罗马的迦太基，在经济上存在超越罗马的实力。与现代相比，古代的北非是一个令人难以置信的极其富饶的地区，迦太基正位于这片地区的中心。

从非洲回到罗马的大加图，立刻发起了第三次也是最后一次布匿战争的倡议活动。彼时已年过八旬的他，与生俱来的执拗劲儿，简直达到登峰造极的地步。

出现在元老院的大加图，双手捧着一堆无花果，向在场的议员们展示。就在众人对着仿佛还沾着晨露的新鲜的硕大果实啧啧称奇之际，大加图大声说道："生产如此丰润果实的敌人，与我们只有三日海路的距离！"

这简直是戏台上引发观众一片喝彩的台词。然而，鉴于上述理由，反战派居多的罗马共和国的元老院，并没有立刻让大加图如愿以偿，他倡议战争的活动持续了整整 4 年。其间，大加图将他的执拗发挥得淋漓尽致。演说时，哪怕内容与迦太基无关，他也总是不忘在最后加上一句"迦太基必须被消灭"。

正式宣战的罗马军队，登陆迦太基的时间是公元前 149 年。第三次布匿战争的指挥官，是一位 35 岁上下的年轻将官，名字也叫西庇阿，他是西庇阿·阿非利加努斯的侄子兼养子。

这位年轻的西庇阿将军受命彻底毁灭迦太基。在罗马大军的包围之下，迦太基熬过了整整 3 年。公元前 146 年，激烈的街巷战之后，迦太基燃烧了 7 天 7 夜，终于沦陷。罗马人摧毁了所有的东西。他们用犁杖耕平泥地，并在上面撒上盐巴。这块不毛之地再次有人类居住，一直要等到罗马开国皇帝奥古斯都的时代。地中海的霸主，由此定局。

近来，在日本国会中，某大学辩论部出身的精英们频频亮相。他们在辩论部时大概没有学习过大加图那种游走于虚实之间的演说技巧吧。民主政治的缺陷之一，就是缺乏能够令选民热血沸腾的候选人。国会现场直播场面，常被人诟病不知是在看美颜的歌舞伎还是在讨论国家预算。不过，这也反映了该国的民主政治平安无事。

尤里乌斯·恺撒

（Julius Caesar，前 102—前 44）

恺撒致克娄巴特拉

你的来信，还是由那位奴隶，在午餐后交到我的手里。在哪儿读你的信，一直也是我的困惑。要找块清净的地方，近来变得愈发不易。

读你的信真是愉快。"埃及女王致罗马大将军"，开篇沉着大气。寥寥数行后，又变成了身心洋溢爱意的女人向心上人撒娇的口气，抱怨我去见你的次数太少，3 天也没有收到我的音讯……

娇嗔的语气骤然一转，你开始分析起罗马的现状，视野客观且现实。读过西塞罗热情高涨又扭扭捏捏带着谄媚的信之后，再看你的信，连我都不由自主地点头称是。

可是，这种笔调并没有持续。你又变成了母亲。我们的儿子恺撒里翁，今天做了些什么，说了些什么，你写得事无巨细，像一个普通的母亲。见信如晤，读你辗转的情绪，仿佛你就坐在我的身边，像往常那样说个不停。

　　　　　　　　　　　　　　　　男人的肖像

埃及女王克娄巴特拉殿下，你拥有男人的头脑和女人的肉体，是造化主之尤物。

不，我没有开玩笑。虽然你总怪我打趣，其实，你比任何人都清楚——埃及女王克娄巴特拉是稀世女子。对女人绝对有发言权的恺撒我做出的保证，绝对真实。

我俩初见在 4 年前。庞培死后，我名副其实地成为罗马世界第一人。出现在我面前的你，真正是克娄巴特拉作风。

那晚，正打算去卧室休息的我，突然被扛着一卷地毯的人拦住了去路。没等我开口问个究竟，你已经从打开的地毯中站了起来。

那时的你，22 岁，不算太年轻。你的确也没有年轻姑娘手足无措的样子。如何应付眼前这位罗马第一男人，你胸有成竹。

你站起身，优雅地整理着散乱的衣裳，面对坐在椅子上的我，既没有下跪，也没有哭喊着扑倒在我的脚边。你浅笑盈盈，乌黑的眼睛凝视着我，静静地站立着。正在和胞弟争夺王位的你，理应哭倒在我脚边，祈求我的援助。然而，那是普通女子的行径，你不会。

不仅没有哭诉，你那双含笑的眼睛，仿佛在说："罗马的恺撒，号称女人品位天下第一。来吧，看看我怎么样。"

我不由地笑了，你也笑了。奴隶们被惊吓到的模样，让我俩更加乐不可支。

我想，那一瞬间，我和你同时意识到，我俩是同类。一种棋逢对手的快感涌上心头，我相信你也如此。男人与女人的区别，30 岁的年龄之差，在那一刻都消失无影。

我必须坦白，正因为对方是一位年轻貌美的女子，棋逢对手的快感才如此剧烈。宛如历史的自然进程，那一夜，我们成为情人。

在解决埃及王室纷争之后，尼罗河上那两个月的旅行，令人心旷神怡。我们的探险甚至延伸至卢克索。

游船上的生活，奢华且惬意。有时你是埃及女王，与我对等地谈论政治；有时你是一只小猫，蜷伏在我的怀里，说要贴着我才安心。这种时候总让我感受到老夫少妻特有的温情。

同样是在游船上，我们冷静地看到了双方一致的利害关系，对包括埃及在内的罗马世界的未来走向，达成了高度的共识。

我从来没有像对你那样，向人敞开心怀。我告诉你，占据辽阔疆域的罗马，现行的共和体制已不堪重负，须改由君主制统治。你对此表示完全理解。被那些强调共和政体为罗马之本，主张通过元老院由多数人决定政治的顽固不化的理想主义者弄得烦恼不堪的我，终于，在埃及遇见了知己。

逗留埃及期间，我未曾向罗马发去过只言片语的事实，这着实令罗马人深感困惑和不满。他们指责我被埃及的魔女诱惑，懈怠将军之职责。

你柔软的肉体和敏锐的头脑，的确能让人放下一切。然而，让所有人都感到匪夷所思的我不愿归去的真正理由，是与你对话时，给我带来的极大的满足。

埃及女王克娄巴特拉，你很清楚，承担起恺撒的野心，就是成全自己。

欲将地中海划为内海的大罗马世界，失去埃及便毫无意义。埃及是小麦的供给大国，占据中东重要的位置。

埃及，也是唯一继承了亚历山大大帝宏伟大业的王朝国家。而这个王朝的主人，正是你，克娄巴特拉。我与你联手，确保了罗马的粮仓，又成为大帝的继承者。你的女王地位，也不可动摇。

请你来罗马，也是这个计划的一部分。利用你在罗马作为我的座上宾的这段时间，铲除埃及的反罗马势力，这个计划胜利在望。

你每每来信诉说罗马的生活不堪忍受，我可以理解。你住在台伯河对岸位于特拉斯提弗列的我的别墅里，或许听不见罗马城中的那些流言蜚语。"获得王冠的小妾"这种恶言，任谁都不能忍受，但你不是普通的女子。

请务必再坚持一段时间，原谅我的任性。日后，我一定让你成为无人敢说三道四的女主人，让你回到埃及。

就在一年半前不久，元老院任命我为终身独裁官。痛恨虚伪的我，成了事实上的最高统治者。哄外面那帮元老院议员开心，非我所长，然而，想成为罗马皇帝，还需要忍耐很久。

你在信中指出，罗马上层阶级中有一股对我充满敌意的势力。

其实，我早有所耳闻。

有一些话，我只想告诉你。近来我对人性颇为绝望，抑或说不再期待。

高卢战争刚结束，罗马即刻陷入内乱，丧失了大量的有识之士。作为内战的胜利者，我比任何人都清楚这个事实。所以，内战结束后，我宽恕了庞培的所有追随者。西塞罗也好，布鲁图、卡西乌斯也罢，我没有惩处任何人，一概准许他们返回罗马。

我甚至接受了他们的进言，同意流放者归国。对这种残杀之后的宽容行为，民众对我赞不绝口，欢呼一个新时代的诞生。

可是，那些归来的人又如何呢？他们非但没有被定罪，反而获得了崇高的地位，而对厚待他们的我，却憎恨无比，仅因为我拥有厚待他人的权力。

挫败的男人，比怀春少女的心思更难琢磨。那些被我宽恕的男人，到头来几乎都成了我的敌人。

你也许会说，换作是你一定不会手下留情。然而，如果将他们斩尽杀绝，内战岂止是 10 年能够了结的。最终的结果，就是罗马的自我毁灭。

我别无选择。唯一能做的，就是等待那些男人去正视现实——继续以元老院为主体的共和政体。而现实是，这样已经不可能统治如此庞大的罗马世界。

你曾经说过，讨厌布鲁图和卡西乌斯。可是，要实现伟大的事业，有时候也不得不与我们不喜欢的人为伍。这似乎是我与你之间唯一的不同。

明天，3月15日，我要去元老院。我心情欠佳，本打算缺席，无奈布鲁图强烈要求，不得不去。待结束会议，我将直接从元老院渡过台伯河，去与久别的你相聚。见到我的身影，不顾女王的矜持，扑进我怀抱的你，势必能消除我所有的忧郁。

最爱你的尤里乌斯·恺撒

以上不是恺撒写的信，是我的戏作。恺撒的信件一封也没有留存下来。

据传，在元老院内，面对布鲁图等人的短剑，恺撒最先掏出的防御武器，竟然是一支铁制的笔。

北条时宗

（1251—1284）

　　意大利偶尔诞生些许天才，也曾有过群星灿烂、人才辈出的文艺复兴时代。正因为有那些天才引领着众多的凡夫俗子，才支撑起意大利这个民族。

　　近年来，各家电视台都热衷于大制作，意大利恰好又不缺乏具备国际竞争力的题材。他们的那些天才不仅是民族的，更是世界级的大师。因此，无论制作精良与否，此类题材的节目在国外都不愁销路。当然，它们的整体水平还是不低的。《列奥纳多·达·芬奇传》是难得的佳作，《朱塞佩·威尔第传》也很有意思。《马可·波罗传》尽管有些差强人意，但只要有马可·波罗这个名字，就有人愿意买单。最新的一部《哥伦布传》，我个人不怎么喜欢，不过像美国等国家，势必趋之若鹜。作品有国际竞争力，自然能赢得可观的收入。即使不断地消耗，天才的宝库一时半会儿也不会见底。

　　因此，爱国者如我，不禁思考如何让日本的电视台也制作出具有国际竞争力的节目。必须声明一下，那些不拘泥于主题，为获奖而精心制作的所谓良心节目，不属于本文讨论的范畴，我讲的仅限于走红国际的题材。

作为一个再普通不过的具备常识的人，我首先想到的，自然是 NHK[1] 的大河剧（历史剧）。从节目中最常出现的"战国三杰"来看，德川家康肯定不行。要论原因得长篇大论一番，简单地说，他属于深受日本人喜爱，却不受外国人青睐的典型。

丰臣秀吉也不能跳脱成功逆袭的框架。倒是织田信长，如果不回避他火烧比睿山和镇压一向一揆的行径，倒是能让人理解日本后来为何能够简单地实现政教分离。既然作品是针对那些想解开日本变身近代国家之谜的外国人，那么反响势必不可小觑。

问题是，日本人明明那么喜欢信长，却不愿触及火烧比睿山和镇压一向宗信徒的话题，至少在电视节目中如此——往往是以秀吉等手下接到信长格杀勿论的命令后犹豫不决的剧情蒙混过关。不知道电视台是担心大量的杀人场面过于恐怖，还是担心真实反映信长残酷的一面会不受观众的欢迎。不过，日本的男人（通常这类大制作都是由男人负责）难道不知道，拖泥带水貌似宽容的行为，有时候比一时的残酷更为残酷的历史事实吗？

---

1 NHK："日本放送协会"的简称，是依靠民众缴纳试听费运营而独立于商业资本的公营媒体。

话说回来。即便节目如实地展现残酷，大概也只能在教育台播放。对外国人而言，要理解信长在政教分离上所做出的贡献，必须具备相当的知识量和浓厚的兴趣。所以，哪怕是有关织田信长的电视剧，也不具备在综合电视台播放的国际竞争力。

历数各路豪杰，最后我想到了北条时宗。

要有国际竞争力，必须像那些意大利的天才一样有国际知名度，北条时宗并不具备这个条件。但是，提到元军和"神风"，就不得不与北条时宗联系起来。数年前，意大利电视台曾经连夜播放由加藤刚主演的日本电视剧《苍狼》。剧中的战争场面制作粗糙，剧情叙述也相当平凡，不过它还是在国营电视台的黄金时段播放。原因只有一个：它是有关成吉思汗的故事。

去欧洲和中东旅行时，每每令我吃惊的是元军对当地的影响。虽然这些影响都不是正面意义上的，但是必须承认，元军留下的深刻的历史痕迹，至今四处可见。

另一个令欧洲人至今难忘的，是奥斯曼土耳其，不过他们与元军相比，简直是小巫见大巫。历史上，与元军对决最终能击退他们的，只有日本人。

虽说是借了"神风"之力赢得胜利，但我们无须为此感到心虚。哪怕欧美人没有"尽人事听天命"的谚语，也应该很清楚，事业的成功，仅靠人力是不够的，运气占了很大的比例。再说那个著名的"神风"，可以帮助欧洲人了解这个词语的出处。说到

"神风"，如果只能联想到"二战"中的特攻队，是无法领悟其精髓的。

就在我浮想联翩之际，突然发现了一个令人沮丧的问题：得想想北条时宗在日本的知名度为何如此之低。直到第二次世界大战之前，"'神风'等于'神国日本式'"的论调甚嚣尘上。正因为如此，到了日本不再是神国的战后，全体只有保持沉默。

不过，有关元军来袭的书籍数量并不少。如此重大的事件，必然会出现在历史书里，只是北条时宗不在其中而已。没有主人公的历史记述，看来不是西方史独有的现象。但是连大河剧都不待见北条时宗，这有点令人费解。

北条时宗短暂的一生，从元军来袭开始，到元军来袭结束。

1268 年，文永五年，时宗 17 岁。这一年，时宗执权[1]，元朝派使者来日本。

1271 年，文永八年，时宗 20 岁，命令西边领地的镇西御家人[2]行军西下。

1274 年，文永十一年，时宗 23 岁，文永之役。下令动员领内所有人员。

1275 年，建治元年，时宗 24 岁，钦定镇西御家人为异国防

---

1 执权是日本镰仓幕府时期的官职名称，意指"掌握幕府权力，帮助将军处理政治"。原本是朝廷对上皇身边处理事务者的称呼，后来转为征夷大将军的政务佐理。
2 御家人，意指镰仓时代"与将军直接保持主从关系的武士"。

卫军团。9 月，斩元使于龙之口。

1276 年，建治二年，时宗 25 岁，命令镇西各地诸侯在北九州建造石垒。

1279 年，弘安二年，时宗 28 岁，元遣使来到筑紫（今福冈县），被斩于博多。

1281 年，弘安四年，时宗 30 岁，弘安之役。

1282 年，弘安五年，时宗 31 岁，建造圆觉寺以祭奠供奉阵亡者。

1283 年，弘安六年，时宗 32 岁，再闻元军来袭，下令加强警卫，并命令各国诸侯为降伏异国祈祷。

1284 年，弘安七年，时宗 33 岁，4 月 4 日因病出家，当日黄昏时分归西。

时宗简直是和元军纠缠了一辈子。尤其是他 17 岁到 33 岁的 16 年，在那个堪称史无前例的国难时期，正是他作为实际最高指导者，直面应对元军来袭。

朝廷大概只需要做些降伏异国的祈祷，而幕府却为备战严防强敌拼足了力气。

年轻的执权人，对于忽必烈接二连三送来的看似寻求交往实为武力征服的信件，置之不理，没有回过一次信，甚至还两度斩杀了元朝来使。

乍看之下，这也许属于无视外交官特权的野蛮行径，但是不必担心欧美人对此的反应，因为这是针对元军，光这一点，就应该能被他们原谅。

不接受谈判，从一开始便确立武力国防方针的北条时宗，在应对元军的问题上，我认为他做出了极其正确的判断。

那个时期的北条时宗心中想的到底是什么？研究学者们对此根本没有兴趣，即便是《北条九代记》也仅仅做了如下的描述：

> 时宗，将九州的武士部署至镰仓，建立起军事防线，兵马粮草一应俱全。"若元军强力攻陷九州，即刻派东国军兵赶往京都，守护天皇和东宫，同时将本院（上上代天皇）和新院（上代天皇）移驾至关东确保皇室安全。再观九州的战况，或将南北两支六波罗之兵（京都守护军，相当于南宋的禁军）派往九州，拼死抵抗，论功行赏。天下大事正在此时。"时宗的这道命令一下达，日本各地诸侯武士们纷纷响应，"无论如何，日本绝不能被异贼夺去。贯彻忠义立战功，争取多多领犒赏。此次不同往日的叛乱，实属事关自身之大事"。军兵们斗志昂扬施展武威，对元军恨之入骨。（增渊胜一译）

这道命令是在龙之口斩元朝使节之后下达的，成功地令各地武士们燃起斗志。踊跃参战的北条时宗，当时应该只有二十四五岁。这不是一般男人能够做到的。可见，神风并不是击退元军的主要原因，只是其中的一个幸运因素。

关于时宗的死亡，《北条九代记》是这样记述的："长年为天下国家之政道昼夜操劳，殚精竭虑。正值荣华盛年，却骤然命尽，实乃悲也。"

忽必烈是在 10 年之后的 1294 年死去的。因此，时宗不得不听着元军来袭的消息撒手离世。

那个时候的他是怎样的心情？ 33 岁的生命之火即将燃尽的男人，是否感慨万千？想来，对神国日本，时宗应该比任何人都不相信。但是，了解到民众喜爱神风，并且懂得如何有效利用这份热情的，也是时宗。

当席卷欧洲的十字军狂潮退去，终于窥见文艺复兴的一抹曙光之际，在日本有一位早早觉醒并付诸行动的男人。

男人的肖像

织田信长

（1534—1582）

　　曾经是一亿劳动大军的日本人，如今却给人一种突然变身为一亿企业经营家的印象，感觉很有意思。大清早电视里就报道着纽约市场的美元对日元汇率的动态，那些经济人士的哲学，似乎要支配和他们并不属于同一世界的人的人生哲学，给众人一种如果不懂经济，就没有资格生活在日本的感觉。

　　当然，就算是我也了解经济的重要性。纽约市场的美元行情之所以在日本清早播报，主要原因是时差关系，这点我也是懂得的。然而，日本人对于经济的关注，不是用"热心"之类的词语可以形容的，它仿佛成了人们身体的一部分，处于非常自然的状态。所以，连信长这般人物，都能被视为经济人士。

　　不过，在我看来，经济与政治有相似的部分，但更多还是不同。有些事情在做之前以为日后会有所获益，但实际结果和预期目标差之千里，甚至因此遭众人诟病，成为众矢之的。但在 50 年后，这件事的结果却为社会带来了莫大的好处；再过 400 年，它说不定已变成不可或缺的存在。所谓政治，不就是这样的吗？那些经济学上不可饶恕的暴行，在政治范畴内是被允许的。如果仅以经济人的哲学评判功过，政治功能的弱化就不可避免。

织田信长给日本人最大的馈赠，就是诸如火烧比睿山，对决长岛、越前一向宗、攻打石山本愿寺等清剿狂热信徒之举。

有关火烧比睿山，就连《信长公记》里都有"灵佛、灵社、僧人、经卷一字不留，犹如烧灭害虫一般，将此地化为一片灰烬"的记载，又有"尸横遍野""不堪入目"等描述，可见信长下达的这道灭绝令被贯彻得多么彻底。而有关一向宗徒的剿灭，同样是《信长公记》里所记载的，在长岛"男女信徒近两万，被多重栅栏围住""从四面被放火烧死"，在越前"被活捉后处死的人数，大概合计也有三四万"，执行的彻底程度丝毫不亚于火烧比睿山。

但是，日本人也因这些事件而对宗教产生了免疫。或许应该说是对那些在行为上超出容许范围的宗教产生了免疫。基督教徒就很乖巧，所以在信长在世的时候受到了很好的待遇。如果他们一开始就用在其他国家传教的方式在日本传教，想来会遭到信长的清剿。更何况这支在日本传教的主力耶稣会，是一支在欧洲也遭到不少国家驱赶的"臭名昭著"的战斗集团。

我认为由织田信长带来的宗教免疫性，对宗教人士也产生了良性的结果。一个世纪前，再次登陆日本的耶稣会，在政教分离已变成传统的现代日本，创建了以上智大学为首的诸多高品质的教育机构，这对于我们和他们都是一大幸事，因为这是他们扬长避短，充分发挥自身优势所带来的结果。在日本，无论是佛教或其他宗教，如果插手政治，事情反而会变得很不自然。

不可思议的是，非宗教国家的日本，比其他的宗教性国家更有效地实践了耶稣基督的教导。

"恺撒的归恺撒，上帝的归上帝。"这或许也要归功于400年前进行宗教大扫除的织田信长。如此一来，被杀戮的一方学会了冷静地审时度势，而杀戮的一方也对宗教从敬畏转变成具有免疫性。从而在后来的400年间，哪怕是出于无意识，这个观念也一直没有动摇过。这400年来能维持政教分离传统的国家，除了巧妙地走自己道路的英国之外，别无一例。如果知道欧美诸国时至今日仍然在为此类问题所困扰，日本人应该会为自己拥有如此大幸而惊叹吧。一些良心的知识分子会感叹在没有神的日本不会出现通奸题材的小说杰作。少一两篇杰作又如何？彼此守护着各自的底线互不越界，才是最大限度地尊重对方的存在。

织田信长的清剿特色，除了彻底，我觉得还有一个，它不是狂热信徒之间的杀戮。下定决心杀无赦的信长，心中并无大志。当然杀人的确切理由还是有的，只不过谈不上冠冕堂皇而已。记述火烧比睿山的《信长公记》里有一句话"年来胸中之霾终得散也"，用大白话说大概是"总算去掉了一个心病"。信长仅仅凭着这个想法便大开杀戒。但是我认为这个行动为日后带来了良性的结果。

如果织田信长心怀深远高尚的理想，会变得怎样？如果也像参加十字军东征的欧洲人那样，坚信上帝与我们同在而大开杀戒的话，又会是何种场面呢？

对那些深信"上帝与我们同在"的人而言，不管是敌人还是什么，但凡站在对立面的都是恶魔，杀戮因此也有了正当理由。不过，如果对手同样相信上帝与他们同在的话，问题就会变得错综复杂，没有比因冲突的双方都是以信奉的上帝为后盾而带来的灾难更为深重的了。

而信长不仅没有什么"上帝与我们同在"的理念，而且竟然把自己化身为第六天魔王，这一点很是有趣。比睿山的众僧也好，一向宗门徒也罢，他们越是较真就越是义愤难平。如果双方不是站在同一层面的精神基础上，那么只有靠武力来一决高下。信长以物理的方式抹杀了对方的存在，而对方也无法再期盼卷土重来。从未宣扬代表神灵、正义的信长，只有他自己消亡，这一切才会终结。

仅以经济人士的视角来观察和判断事物的另一个缺点是，容易忽略掉一些不理性的因素。织田信长是管理手下的名人，而且掌控的方式非常合理和现代化。也就是说，他是可以发现部下的优点并巧妙地让他们最大化地发挥自身长处的用人高手。

由于我没有详细了解织田信长与他麾下的武将们的关系，故无法说得很肯定，但是有一句话叫"士为知己者死"，我认为这句话也可能适用于信长军团。

不过，对于秀吉，似乎可以有更多一些的想象，这里就来谈谈我个人的观点。

秀吉从藤吉郎时代[1]就崇拜织田信长，与其说崇拜，或许说爱着信长更为合适。说起信长的同性恋倾向，往往被谈及的是森兰丸[2]以及和他相同类型的美少年，这点常常令我感到不满。这是极大的误解。两个大男人之间同样可以产生像异性之间那样的相爱关系。我近来甚至认为，成年男子之间的爱情，才是男性关系中最具支配性的关系。

将草鞋放在怀里捂暖这一举动，完全超越了仆人对主人的侍奉关系。而信长穿着这双带着体温的草鞋，在脚底感到温暖的同时，应该也感受到了来自藤吉郎的爱情。如果这时的信长，对着从怀中掏出草鞋排放整齐跪趴在地上的仆人说一句感谢的话，那就前功尽弃了。不，应该说他就没有资格享受这种奉献了。所以，对于藤吉郎的侍奉，大他两岁的主公始终默默地接受。

说到默默，当信长遭遇朝仓[3]的暗算而惶然出逃时，面对恳请

1　丰臣秀吉的本名是木下藤吉郎。
2　森兰丸是织田信长的顺从，在本能寺兵变中掩护信长自尽，后战死。
3　朝仓义景是日本战国时期的大名，越前朝仓家的末代大名。

主公委任自己作为殿后的秀吉，我觉得他在那一刻也是沉默的。败退时作为殿后几乎就是意味着死。所以秀吉等于是在说"请让我为你而死"。

这不是爱情的表白还是什么呢？那个时候，信长也没有犹豫，默许了秀吉的恳求，自己策马扬鞭绝尘而去。非常清楚在那种情况下做殿后意味着什么的信长，看着跪在地上仰望着他的秀吉的脸，说不定还有过一瞬间的深情对视。但是信长应该不会表现出感激涕零。而对秀吉而言，"主公注视过我一瞬"就足矣。即使那时候战死，秀吉应该也会带着一脸爽朗的表情吧。尽管秀吉丑得像只猴子，信长自然还是会觉得他是个可爱的家伙。

从获悉本能寺兵变[1]到讨伐明智光秀的山崎会战，秀吉的动作宛如风驰电掣，无法想象这是他冷静思考后做出的决定。向杀害自己深爱的人的凶手的复仇，难道不正是这股激情推动秀吉做出了那一连串惊人的行动吗？人在遭遇意外的悲剧时，会忘我地反抗，当陷入忘我境界之时，凡人会突变成天才。

山崎会战以后，我就对秀吉没有兴趣了。尽管太阁秀吉有太多的是非功过，但不知为什么，我就是对他提不起兴趣。但是，请缨担当败军殿后部队的秀吉我很喜欢，说不定这也是秀吉一生

---

1 本能寺之变：日本天正 10 年 6 月 2 日（1582 年 6 月 21 日）凌晨，织田信长的得力部下明智光秀在京都的本能寺中起兵谋反，杀害其主君信长。日本历史也由此被改写。本能寺之变是日本史上最大也最有名的政变。

男人的肖像

中唯一让我喜欢的一幕。

　　士为知己者死。对这个"知己者"，其合理的解释通常是"认可自己的能力并能重用此番能力的人"。但仅此而已吗？它真的是可以如此理性解释的吗？

　　当然，如果不这么概括，人们往往会将之形容为"领袖气质"。那么，领袖气质又是什么呢？我认为把它换成爱情也不错，甚至感觉带有官能性的感情。毕竟，能够推动男性集团的原动力，正是包含了这些非理性的因素。同时，这也是纯女性团体没有凝聚力的原因。

　　女性希望自己的神是男性，男性也希望自己的神是男性。但女人绝不会为了认可、提拔自己的知己者去死，更不会在根本不知道 400 年后是否出现成效的情况下，仅仅为了消除一己之虑而去屠杀众生。

　　将一个人的生命看得比地球还重，这就是合理性上近乎完美的女性伦理观。

千利休

（1522—1591）

在迷恋地中海世界之前，我曾经有一段时期迷恋过芥川龙之介。至今还带在手边的他的全套文集，应该是向来将父母的藏书占为己有的我，第一次自己花钱购买的书籍。那是一套天空色的布质封面的小型本，昭和30年（1955年）由岩波书店出版。全集的第十卷中包括《澄江堂杂记》，其中有一篇题为《历史小说》的小文，是这样写的：

> 既然称作历史小说，多少还是要忠于一个时代的风俗人情。不过，应该仅以一个时代的特色——尤其是道德上的特色为主题。譬如说日本的王朝时代，人们对男女关系的认识和现代相异甚显。而作者本人宛如和泉式部[1]的朋友，平心静气地将其表达出来。此类历史小说，在古今对照的过程中，

---

[1] 和泉式部（987—1048），日本平安时期的女诗人。她与《枕草子》的作者清少纳言、《源氏物语》的作者紫式部并称平安时代的"王朝文学三才媛"。

自然地提供某些暗示。梅里美的作品伊莎贝拉正是如此，法朗士笔下的皮特拉也具有这样的性质。

然而日本的历史小说，尚未见到类似的作品。从某种意义上讲，日本的历史小说古人今人是心灵相通的，抓住人性的特点，写得简洁明快。在年少的天才中，可有上述别具新意者？

在我的心思从芥川龙之介转移到地中海世界之后，不知为何，这篇小文黏在心底不曾离去。它再次浮现在我的脑海，是在我也开始撰写历史题材的文章时。我从来不相信自己是"年少的天才"，就像不相信太阳会从西边出一样。不过，挑战一下"上述别具新意"的想法还是有的。挑战的结果是否反映在我的作品中，我不知道，但至少感觉上有所收获。拜其所赐，历史上的人物，都成了我的老朋友，或者应该说我将那些优秀的男人都变成了情人。

对于千利休，就算没有芥川一文，我也无法将他简单地归为一个历史人物。从未参加过准新娘进修课程的我，唯一学过的就是茶道。按照老师的教导学习茶道点茶的方式，确实感觉顺序合理且动作优雅。我甚至想过如果有钱能够在日本造房子的话，要在家中建一间茶室。不过，茶友们称作"宗名"的资格证书之类的东西，我不认为值得花那么多的钱去获取，应该是无偿颁发给在精神和技术上达到一定水准的人的。也许是我太较真了吧。

鉴于这些原因，我对茶道的始祖千利休，完全可以做到"宛如朋友"那样"平心静气"。

要做到"平心静气"，我会首先从登场人物的年龄去感受他们的存在。与利休有关的主要人物是（织田）信长和（丰臣）秀吉。信长比利休年轻 12 岁，秀吉比利休年轻 14 岁。在人生 50 年的那个时代，49 岁死去的信长另当别论，活到 62 岁的秀吉和 69 岁的利休，都属于高于平均年龄的长寿一族。

不过，相较于寿命，利休年长信长 12 岁，年长秀吉 14 岁，这个意义更为重要。

利休与信长建立关系，是在永禄 12 年（1569 年），信长攻占堺[1]的意图明显之后。那一年，信长惩罚支持三好三人众[2]的堺的36 人，要求他们缴纳 2 万贯矢钱（军用金），并且任命松井友闲为堺的代理长官。就是说，信长占领了堺。这一年，利休 47 岁，而出现在 47 岁的利休面前的信长，是一位征服者。第二年，这位征服者在堺，开始大肆搜刮名器。

大概是从占领堺的 3 年后开始，信长频频地举办茶会，利休

---

1 堺曾是摄津国、河内国和和泉国三国的境界，三国的商人都会集中于此地做买卖，故成为一个商业城市。现在它是大阪的卫星城市之一。

2 三好三人众，指日本战国时代末阿波三好氏一族的三名武将 —— 三好长逸、三好政康与岩成友通，他们曾支持将军足利义昭对抗织田信长。

也在茶会上为客人点茶。不过，我不认为这是信长尊重艺术家的一种表现。他从来不需要别人有"头脑"，只要求他们做自己的"手脚"。那个时期位居茶头之首的不是利休，而是宗久、津田宗及。年过50的利休，只是一个位居第二、第三的茶人而已。而当时的秀吉虽然有着"为主公不惜粉身碎骨无人能比"的好评，但仍然只是信长手下的一名武将而已。当时大概没有人会想到，这位秀吉在信长死后，会成为统一天下的人物。

也就是说，信长健在时，无论是利休还是秀吉，都完全没有成为"下一任社长"的势头，两人都是"普通员工"。

然而，伺奉现任社长的茶人，虽然只是一介"普通员工"，却看不上专务或常务董事。翻阅当时秀吉和利休之间的书信，秀吉似乎非常希望和利休交好，反倒是利休有种若即若离的感觉。这也许就是信长在世时，他们两人之间的关系吧。

我一直很想知道像利休那样自傲又倔强的人，对于一直不肯把自己升为茶头的信长，究竟报以怎样的感情。

这里完全是我粗暴的想象，利休这个男人，像是一个受虐狂。这个受虐狂大概迷恋上了凌驾于自己之上的绝对君主信长。像他那样敏感的男人，想来是可以理解信长的内心的。

然而，这位气品不凡的信长，消灭了利休的祖国，掠夺了精美的茶器，甚至旁若无人地举办茶会，让堺的名茶人为其点茶。

利休大概是爱上了这位比自己年轻12岁的统治者，就像被强暴的女人，爱上强暴她的男人那样。信长喜爱天目茶碗，利休也会自然地感觉到那华丽的器皿美不胜收。

信长健在时的利休，应该是完全没有"勉为其难"。所以那个时期的利休，能够作为艺术家存在，哪怕地位只是第二、第三位的茶头。

利休感觉"勉为其难"，应该是从本能寺之变后开始的。信长死后，秀吉取而代之地成了绝对掌权者。信长与秀吉年龄仅相差两岁。与绝对的主君仅差两岁，而且完全没有信长审美趣味的"小人物"，成了利休的主人。像利休那种性格的男人，对自己所处的立场，会是怎样的感觉?

想来那个时期的利休，站在了人生的十字路口，思考是作为一名艺术家活下去，还是与秀吉同流合污。不知道为什么，利休最终选择了后者，或许是因应了荣升居茶头之首的形势。

我不认为秀吉时代的利休是一名艺术家。因此对他们二人的角力，也不看作掌权者与艺术家之间的对抗。

艺术家只有超越一切，才有存在的意义。对艺术家而言，掌权者就是一个赞助人，可以帮助自己去实现那些凭一己之力无法实现的理想。艺术家正因为相信在那个仅存在于善恶之彼岸的自己的世界中处于绝对的优势，所以才能泰然地在掌权者面前屈膝。艺术家不会剪去所有的牵牛花，不会建一个仅两帖榻榻米大小还得弯腰缩肩才能入内的茶室，以这种逞一时之快的手段去抵抗掌权者。热衷周旋于秀吉手下的武将（德川）家康、（伊达）政宗等大人物之间的行为，更是艺术家的耻辱。

心智如此聪慧的利休，大概非常清楚，自己无论如何都不会喜欢秀吉。然而，正是这位秀吉，赋予了信长生前绝不可能给予自己的荣誉。心存感激却不能喜欢，这种扭曲的心理，令利休一次次地勉为其难，最后让他离艺术越来越远。

有一段著名的逸话。秀吉听说利休的庭院里牵牛花盛开，于是要求利休在院中举办晨间茶会。可是当秀吉兴致勃勃地来到院内时，却发现所有的花都被利休剪掉了。待他进入茶室，发现只有一朵牵牛花插在那里。不知道当时秀吉是如何反应的。他是若无其事地继续吃茶呢，还是怒气冲冲地夺门而出？如果我是秀吉，当场就砍了利休。茶室禁止佩刀入内，那就将他拖出茶室，在被他剪尽牵牛花的地方，一刀砍下去。利休的行为是对自然的亵渎。这种傲慢，往往是自诩艺术家的非艺术家们才会表现出的不逊之举。

如果利休当时遭秀吉处决，他大概会第一次以敬爱的眼神望着秀吉，安然死去。然而，事实是秀吉在利休面前，一如既往地表现出不自信，对利休的"侘""寂"之言，俯首帖耳。

在宽敞的地方品茶有何不可？黄金茶室的趣味又怎样？人的趣味是各花入各眼，并不能统一。何况茶道说到底，也就是饮茶。除非对方是我痴迷的男人，否则谁愿意蜷缩在一帖半榻榻米大的窄室里喝茶呢?

对一介茶头的进言,秀吉本该左耳进右耳出,偶尔去那间素朴的两帖榻榻米的茶室,请利休为自己点茶并享受一段愉快时光,堂堂正正地表现自己。秀吉做是这样做了,却始终无法达到"堂堂正正"的境地。

千利休最后的那段时光,也证明了他和秀吉两人之间无聊的关系。对秀吉来说,当时的利休势必是令他十分恼火,根本不想看见的人。既然如此,那为什么不能像斩首山上宗二[1]那样干干脆脆地斩了利休?碾碎他的木像,将他从京都赶回堺,最后还准备了一个盛大的舞台[2]赐死,这种细细碎碎的手段,在我看来,就是秀吉没有自信的表现。

俗话说,看男人身边的女伴,便能判断此人的价值。这句话或许也适用于历史人物。拥有秀吉这般的伙伴,是利休的不幸。秀吉在其他方面都有相当的建树,偏偏利休见到的是他身上最低劣的一面,只能说是倒霉。这两个人没有胜败者之分,双方都是满身的脏水。

1　山上宗二,桃山时代堺的富商及著名茶人。
2　利休生前最后的一次茶会。

西乡隆盛

（1827—1877）

　　对西乡隆盛，我几乎一无所知。他那座矗立于上野公园山上的铜像，我也是在乘坐"山手线"电车时，从车厢的窗口眺望过几眼而已。坦白地说，在听说以下这段话之前，西乡隆盛于我，不过是大河剧中的一个人物而已。

　　　　与西乡相处一日，爱其一日。相处三日，爱其三日。爱意渐浓，终不能离去，只求生死与共。

　　不知道为什么，当我听到这句话时竟然震惊不已。我们女性，对同性会产生如此的感情吗？答案是不会。那么对异性呢？如果遇到真爱，那真的是可以做到一了百了。陷入世间所谓命运般的恋爱，光是能够生死与共就已经是幸运无比了。

　　然而，上述一言，并非出自女人对男人，而是一个男人对另一个男人的感情。这句话是在西南战争[1]中自始至终跟随西乡的旧中津

1　西南战争发生于日本明治十年（1877 年）2 月至 9 月，是明治维新期间平定鹿儿岛士族反政府叛乱的一次著名战役。因为鹿儿岛地处日本西南，故称之为"西南战争"。

藩的藩士增田宋太郎说的。增田是中津队的队长，开战之初手下拥有 60 名士兵。随着战争的持续，伤亡者不断增加，当西乡军最后决定撤回鹿儿岛时，只剩下一半的兵力。中津队决定返回故乡，不再与萨军同行，唯队长表示留下。队员们不解地询问理由，队长增田宋太郎说：“与诸君不同，作为将领，我一直与西乡先生有近距离的接触。所以，我真的是无药可救。与西乡相处一日，爱其一日。相处三日，爱其三日。爱意渐浓，终不能离去，只求生死与共。”

于是，我对能够让一个大男人说出“无药可救”的西乡，产生了兴趣。

有一类男人，是通过他一生有多少成就来证明其存在的意义。还有一类，他的存在本身就是意义，属于存在感最强的一类人物。这两者并没有优劣之分，只是类型不同而已。

对于前者，我们不难理解。只要一一列出他们的业绩便能明白。而对于后者，似乎就没有那么简单。

我无知者无畏，在这里做一个大胆的结论。以大久保利通为代表，明治维新时期的男人大多属于前者。甚至是坂本龙马，似乎也是靠其成就获得存在感。即使是西乡隆盛，如果仅限于幕末时期的话，他在多方面突出的表现也足以让人写出一本很好的人物传记。但是，只有他，我无法简单地归类。

坂本龙马是这样评价西乡隆盛的：“大力敲大声响，小力敲小声响，他是犹如吊钟般的人物。"如果他心目中的西乡是那种执着于内心燃烧的欲望的人物，想来是不会有如此的评价的。龙马自己应该是那种不管用力敲还是轻轻叩都能发出同样声响的人物。即使他们二人都具备崭新的想象力和充足的行动力，在这一点上，西乡隆盛和坂本龙马也还是不同的。正因为不同，坂本龙马才会敏感地觉察到这一点。

西乡隆盛吸引我的另外还有一点。在英国外交官萨道义爵士（Sir Ernest Mason Satow）所著的《明治维新亲历记》（坂田精一译）中有这么一段记录：

> 我已经看出，这位西乡，与 1865 年 11 月我通过介绍认识的一个叫岛津左仲的人是同一人物。当我用那个假名字称呼西乡时，他大笑了起来。在例行的一通寒暄后，这个人的反应似乎有些迟钝，迟迟不肯开口，让我感到不知所措。但是，有着一双黑色钻石般闪亮大眼睛的他，在说话时露出的微笑，却表现出无以言表的亲和力。

这个时候的萨道义肯定是轻轻地叩响了西乡这口吊钟。话说这一段文字记录的是 1867 年 1 月发生的事情，遇到"岛津左仲"不过就在 1 年多以前。大大咧咧地去见不算很久前曾以假名字会面过的外国人，西乡还真是个挺欢乐的男人。

但就是这样一个"反应有些迟钝""让人感到不知所措"的男人，萨道义给出的评价无疑是正面的，而且相当有趣。在当时的外国人中，声誉最好的日本人是后藤象二郎[1]，但萨道义却写过下面这句话：

> 在我看来，西乡的一个点就能胜过后藤一人。

他为什么这么写，我也不太明白，看来有必要仔细阅读一下萩原延寿撰写的研究萨道义的《遥远的山崖》。这里我再次无知者无畏地充分发挥一下想象力，萨道义的赞词会不会和下文所述时期的一件事情脱不开关系。

幕府末期，西乡不仅要负责萨摩的内政，还要一手负责对勤王倒幕诸藩的外交工作。其中一项就是在庆应二年（1866 年）萨英战争后双方谈和时，将开放兵库港这个原本应该是英国和幕府签订的条约，变成越过幕府直接与天皇政权达成的协议。对倒幕派而言，这是一大胜利。之所以这样说，是因为与外国政府签约，意味着真正政府的地位被对方承认。

但是，西乡隆盛的深谋远虑不仅于此。他还打算挑起扶持幕府的法国针对英国的对抗心。萨道义对反法是相当积极的，他向

1　后藤象二郎（1838—1897），日本幕末至明治时代的武士、政治家、实业家，日本明治维新的元勋。

西乡建议："法国在征伐萨长一事上准备力挺幕府，那么我们英国就当萨长的后援吧。"

不过，西乡拒绝了英国人的帮助。根据他本人写给大久保利通的信，他是这样拒绝的："日本的政体改革，如果不是经日本人之手，便没有意义。"

无独有偶，幕府的德川庆喜将军也否决了法国公使的军事援助提案。西乡和德川庆喜似乎都是有着优秀外交感的人物。当然，希望法英两国兵戎相见，不过是他俩的一厢情愿罢了。

读到这里，我不禁想起 15 世纪末佛罗伦萨共和国实质君主洛伦佐·美第奇曾经说过的一段话。那是罗马教皇和那不勒斯国王的联合军即将攻城，洛伦佐陷入困境之际，法国国王路易十二向他提出了军事援助，而这位美第奇家族年轻的主人如此回答："我还做不到在意大利的存亡关头优先考虑自己家族的事情。我会向上帝祈祷，不要让法国的国王去动在我的国家施行武力的念头，否则那才是意大利的末日。"

如果将意大利换成日本，把那时的法国看作英法两国，就不难理解当时西乡隆盛的心境。况且当时的日本也没有像英国外交官那样拥有卓越的外交能力的人才。萨道义肯定是对迟钝且令人不知所措的西乡这个男人，第一次刮目相看。

萨道义在那时用力地敲击了西乡这口吊钟，而钟声当然是洪亮地在他耳边回响。

西乡隆盛身材高大，近 180 厘米，体重也超过 100 公斤，颈围有 50 厘米，像牛一样。他的肩膀也宽于常人，一双乌黑的大眼睛再配上浓密的粗眉毛，但凡见过他的人，想不留下深刻的印象都很难。像他这种身材和长相，就算是放到现代的年轻人群中肯定也非常醒目，在百年前的日本人中就更是一位巨人。

　　如果是靠成就而获得存在的意义，那么这个男人的相貌体形如何完全不重要。无论个头大或小，与他一生中所完成的工作性质基本上没啥关系。但是，那些存在即意义的典型人物，他们的身体特征就成了关键的一环，强烈的存在感首先体现在外形。

　　尽管有着异常的躯体，但我感觉西乡不属于那种令人产生压迫感和紧张感的庞然大物，而是能让周围人都感到安心的一类。西乡以他独特的想象力和不紧不慢的说话语调，再加上操着一口鹿儿岛方言自带幽默感，不费功夫便能融化人心。那些与他近距离接触的人心情会趋向平和，不知不觉中变得"终不能离去"，最后就是"只求生死与共"了。

　　请不要忘记，人最大的愿望就是安详地死去。在这个人的身边死去，死大概也会变得甜蜜。如果我生活在那个年代，坂本龙马之辈就让给其他的女人，我独钟西乡隆盛情，然后在田园坂[1]一

1　田园坂会战是西南战争中的最后一场激战。西乡隆盛中弹负伤，随后令手下砍下自己的首级。

带中弹……

不过，以我的性格，对自"征韩论"起开始变得混乱的西乡，大概无法做到视而不见。尽管那是一场非常可笑的论争，但大久保的理论还是比西乡更有说服力。再加上后来爆发的西南战争，我真的很想问问："西乡先生，您这到底是怎么了？"

如果是我的话，在"征韩论"被推翻后，一定会让西乡离开东京或鹿儿岛。那些"只求生死与共"的男人，有时起到积极的作用，有时则产生负面影响。西乡绝对有必要远离他们。只要人在日本，他任何时候都还是那个西乡隆盛，应该把他带到没人叫他"西乡先生"的外国去。这样的话，他才能重新恢复到"不闻人语，只看老天"的正常状态。

天才的混乱，往往是突如其来的，用"崩溃"一词形容可能最为贴切。他们总以为自己不能对周边的境遇袖手旁观，结果已经没有新的动力再去带动周围的人。这样的老天才，会在某个节点发出巨响，土崩瓦解。

"就到此为止吧。"[1] 这句话真的太伤感了。

1　这是西乡隆盛生前说的最后一句话。

拿破仑

（Napoléon Bonaparte，1769—1821）

意大利人曾出版过一本题为《戴高乐语录》的小册子。小册子的开头是这样写的：

> 有一天，戴高乐去教堂做礼拜，某人见状尾随其后，好奇地想知道戴高乐将军会向上帝祈祷什么。他躲在柱子后面，竖起耳朵，清楚地听见跪在祭坛前的戴高乐说："万能的主啊，法国的事情，就请您放心地交给我吧。"

意大利人写这种揶揄文章，可谓是天下一品。

尽管不是面对上帝，类似的话拿破仑也说过。学过欧洲史的欧洲人，都知道这句名言。

拿破仑·波拿巴年轻时，用的是"布宛纳巴"（Buonaparte）的姓氏，改为法式的"波拿巴"（Bonaparte）是在和约瑟芬结婚之后。同样是因为约瑟芬的缘故，1796年，年仅27岁的拿破仑，被任命为法兰西共和国意大利远征军总司令。

从读音上讲，"布宛纳巴"完全是一个意大利的姓氏，直译是"善良的一方"。这个姓氏在以佛罗伦萨为中心的托斯卡纳地区并不少见，从比萨到热那亚途中的那些小城镇，至今依然居住着姓"善良"的人家，而名字叫"拿坡莱奥"（Noapoleone，拿破仑的意大利发音）的，更是大有人在。

这里讲一段小插曲。有一位活跃于"二战"前后的意大利作家，名叫库齐奥·马拉帕特。他出生于佛罗伦萨近郊的普拉托，曾经写过一本关于拿破仑和托洛茨基的著作《政变术》。这位来自托斯卡纳地区的男人，是位十足的讽刺家，为自己取了一个与"布宛纳巴"意思正好相反的笔名，"马拉帕特"（Malaparte）代表"邪恶"。

为伟大的人物寻找伟大的血统，似乎成了当下的风气。有人举证拿破仑身上流着拜占庭帝国皇帝的血液，更有甚者追溯至古罗马时代的尤里乌斯·恺撒。最接近事实的说法，应该是"布宛纳巴"姓氏来自10、11世纪的伦巴第族。如今以米兰为中心的伦巴第地区，就是衍生自伦巴第人。

不知从何时起，布宛纳巴一族分成两支，一支聚集于北意大利的特莱维索，另一支则生活在中部的佛罗伦萨周边。根据历史记录，佛罗伦萨的布宛纳巴家族属于教皇党一派。

大约在13世纪前后，布宛纳巴家族离开佛罗伦萨，再次分化成圣米尼亚托和萨尔扎纳两支。圣米尼亚托是介于佛罗伦萨与比萨之间的一个小镇，萨尔扎纳则位于比萨至热那亚的途中。

据详细的史料记载，萨尔扎纳的布宛纳巴家族在1512年移居科西嘉岛，原因是当时的一家之主受雇于圣乔治银行。超大型跨国企业的圣乔治银行也经营殖民地业务，它之所以没能像日后英国、荷兰的东印度公司般发展壮大，是因为祖国热那亚的实力日渐式微。当年，圣乔治银行在科西嘉岛也设有分行，布宛纳巴家的家长被调往科西嘉岛任职。

许多移居殖民地的家族，子孙后代都留在了当地，布宛纳巴家族也不例外。历经3个世纪后，他们已成为科西嘉岛上为数不多的一大家族。拿破仑的父亲娶的妻子，同样来自科西嘉的望族。

从中世纪到近代，科西嘉岛在很长一段时间内，不是隶属比萨便是热那亚，与法国鲜有瓜葛。它从1768年起成为法国国王的领地，而拿破仑就出生于1年后的1769年。

然而，科西嘉人并不甘心向法王俯首称臣，他们在优秀的民族领袖帕奥里的带领下，掀起了独立运动的浪潮，不仅岛上的望族卷入其中，影响甚至波及英国。当时的科西嘉岛犹如一座不断爆发的火山，一直要到20年后的1789年，才被法国的武力征服。顺便提一句，科西嘉独立运动的火焰，至今尚未熄灭，暴动时不时仍有发生。

话说回来，布宛纳巴家族似乎很早便归顺于法国。拿破仑9

岁时，与兄长一起被送往法国。不过，在进入布里埃纳陆军少年学校之前，他首先得学习法语。

科西嘉语不算是法语中的一种方言，只要听发音，便知道意大利语对其的影响远胜于法语。据说拿破仑的母亲一生都不会说法语。在拿破仑初期的文章中，也混杂着大量意大利式的措辞。之后，他又进入了法国皇家陆军学校，在58名学生中，成绩名列第42位。排名落后的原因，说不定就是被"国语"成绩扯了后腿。

去了法国的拿破仑，并不经常返回故乡。他在19岁加入欧史索纳连队以前，在科西嘉逗留的时间相对较长，之后或许是因为法国的事务繁忙，便很少返乡。对一个野心勃勃的年轻人而言，法国的广阔天地肯定比小小的科西嘉岛更能施展作为。又过了一段时间，他从布宛纳巴改姓波拿巴。成为皇帝之后，故乡科西嘉岛对拿破仑而言，仅仅是一个容易募集到士兵的便利之地而已。不过，因为厄尔巴岛的流放事件，他并没有完全与故乡绝缘。厄尔巴岛位于科西嘉岛与意大利半岛之间，将他囚禁于此，实在算不上流放。在风土人情如此相近的地方，像拿破仑这等人物，怎么可能不想着东山再起，何况那时他才45岁。

地中海的男人，只要身处地中海，就不会死。要让拿破仑彻底心灰意冷，最终只有将他隔绝于遥远的圣赫勒拿岛上。

这里恕我再啰唆几句。在厄尔巴岛以南40公里的海上，有一个小小的无人岛，中世纪时，曾被萨拉森海盗作为中途停靠港，它就是克里斯托岛（即基督山岛）。在拿破仑死去的若干年之后，法国作家亚历山大·仲马创作了著名的小说《基督山伯爵》。从海上眺望克里斯托岛，让人不禁猜想大仲马大概来过当地取材，因为这座地中海上的孤岛，实在太符合小说荒凉的背景。

拿破仑究竟算法国人，还是意大利人，我始终无法判断。但他身上有两个特质，肯定属于意大利。

首先，是他的作战风格。有关战争的细节，只有军事学家才能做出准确的分析和解释。不过，即使我们普通人也很清楚，拿破仑是一位罕见的军事奇才。众所周知，他建立起了新型的近代化军队。除此之外，他往往能让看似不起眼的小事发挥重要的作用。这种见微知著的才能，让他在战场上赢得了不少胜利。

拿破仑还非常擅用语言来鼓舞士气。他既不发表长篇大论，也不做谆谆教诲，却总能直抵人心，哪怕一介小卒也会为之振奋不已。拿破仑的说话技巧，属于不折不扣的天才水平。

想来拿破仑非常清楚，面对士兵们，应该说是对所有人，与其表现出亲和力，不如以居高临下绝对优势的姿态，更能征服人心。反倒是那些口口声声宣扬平等、公正的人，一旦被要求与他人平等，大多会表现得无所适从。

历史上，能像拿破仑那样，三言两语便能牢牢抓住下属之心的人，我想唯有尤里乌斯·恺撒。

拿破仑身上第二个意大利的特质，是他的家庭博爱主义。

拿破仑有 4 个兄弟，3 个妹妹，他本人排行第二。一人得道鸡犬升天的现象，在布宛纳巴家族中似乎也很时兴。

除了一个弟弟之外，拿破仑的其他兄弟姐妹都没有什么特别的才华。为他们找到安身立命的场所，便成了拿破仑的责任。他出色地履行了职责。

意大利语中有一个词语"sistemare"，意为"整理、归纳"，为人找工作或结婚对象，讲的就是这个事情，即"解决"问题。

拿破仑的长兄被封为西班牙国王。二弟是卡尼诺亲王。这位在雾月政变中帮哥哥取得政权的人物，是兄弟姐妹中最有意思的。但由于他强烈的权力欲，之后与哥哥冲突不断，一生大起大落，终究没能成为一国之君。

拿破仑的大妹，嫁给了意大利的巴乔基大公，成为托斯卡纳大公夫人。

三弟是荷兰国王，被迫娶了拿破仑的妻子约瑟芬与前夫所生的女儿。这对夫妻所生的孩子，就是拿破仑三世。

因卡诺瓦的半身裸体雕塑而闻名遐迩的二妹，最初与拿破仑的手下将军结婚，后来嫁给了与罗马教廷有着深厚渊源的贵族博尔盖塞王子。她给丈夫带去的嫁妆是皮埃蒙特地方长官的头衔。

小妹嫁给了拿破仑的手下将军乔希姆·缪拉。缪拉将军后来被封为那不勒斯国王，她顺理成章地成了王后。兄弟姐妹中最小的弟弟则是威斯特伐利亚的国王。

　　就这样，意大利战役之后从科西嘉家乡来到法国的兄弟和妹妹们的终身大事，都被妥善解决了。

　　我之所以对拿破仑这个男人没多少兴趣，想来正是因为他的家庭博爱主义。也许他是一个希望家族兴旺团结，并甘心为此付出努力的男人，但这也注定了他丧失男人野性的命运。就像面对一位拿着家人的照片喜形于色的男人，女人也许能感受到他的责任心，却没有令她怦然心动的魅力。

弗兰茨·约瑟夫一世

（Franz Josef I，1830—1916）

　　每年元旦的正午，欧洲各国的电视台都会直播在维也纳国家歌剧院举行的维也纳之声新年音乐会。数年前，乐团的指挥曾经说过，日本将从今年（编者注：指1986年）起加入直播。鉴于时差，日本的播放时间大概在傍晚前后。

　　聆听着电视中传出的音乐，我不禁感叹：欧洲的那个时代结束了。每年此刻，我总是这样带着微微的伤感开始新的一年。

　　盛者必衰，是历史的规律。一种文明的灭亡，是一种生存方式的灭亡。面对这种灭亡，即使是局外人，也会唏嘘不已。欧洲的生存方式，因第一次世界大战的爆发而消亡。

　　长久以来，说起欧洲，人们通常只会想到西欧和东欧。可是，仅在70年前，还存在着一个中部欧洲，还有一个鲜活的中欧世界。以维也纳为首都的哈布斯堡帝国，与俄罗斯帝国、土耳其帝国对抗了整整700年。然而，萨拉热窝的那一声枪响，让这个中欧帝国轰然倒地。在我看来，哪怕是"一战"赢家英国和法国，即所谓的西欧世界，也无法躲过中欧崩溃的余波，最终与它一起倒下。

因篇幅有限，我无法细述自 13 世纪兴起的哈布斯堡家族的历史，也没有这个必要。这里只提几位人物的名字，大家便能想象这个家族在欧洲历史上占有何等重要的地位。

在 16 世纪，除了英、法两国之外，几乎统治整个欧洲的，是神圣罗马帝国皇帝和西班牙国王卡洛斯[1]。作为当时的西班牙国王，卡洛斯还拥有新大陆大半的土地。不过，卡洛斯拥有如此庞大的版图，并非凭借武力侵略。想当年，德意志神圣罗马帝国皇帝马克西米利安，安排儿子腓力迎娶了阿拉贡国王斐迪南二世和那位以资助哥伦布而著名的卡斯蒂利亚女王伊莎贝拉一世的独生女，两人婚后生下的孩子，正是卡洛斯。卡洛斯的父亲很早就撒手人寰，其母也因发疯而死，所以他在十几岁时，便成了辽阔疆域的所有者。

卡洛斯的例子，其实非常具有象征意义。传统上并不强悍的哈布斯堡家族，正是巧妙地通过联姻，不断扩大了势力范围。

18 世纪的女王玛丽娅·特蕾西娅[2]对子女终身大事的安排，可谓王室联姻之典范。她唯一的失败，可能就是将女儿玛丽·安托

1　卡洛斯（Carlos I，1500—1558），神圣罗马帝国皇帝、西班牙国王。
2　玛丽娅·特蕾西娅（Maria Theresia，1717—1780），神圣罗马帝国皇后、奥地利大公。

瓦奈特嫁给了路易十六。与法国国王联姻的策略本身没有错，只是没料到玛丽最后上了断头台。

在这位女王及之后几代君主统治的时代，维也纳在各方面都堪称世界的首都，尤其以音乐为代表。

百年之后，弗兰茨·约瑟夫一世继承皇位，成了哈布斯堡帝国的末代皇帝。

翻查历史年表，我们会发现，有些年份事件频发，有些年份则相对平安无事。对考试的学生而言，要一一记住那些历史大事，犹如一场灾难。1848年，就是一个多事之秋，仅在欧洲便有以下大事发生：

法国——二月革命爆发。因反政府派的改革委员会的政治集会遭到打压和禁止，巴黎的学生、工人发生暴动，国王路易·菲利普逃亡英国。工人们组成临时政府，宣布成立法兰西第二共和国。路易·勃朗[1]等人建立国立工厂，通过了普通选举法。在选举中，资产阶级共和派获得大胜，军队镇压不满的激进派工人和市民。国民议会颁布第二共和国宪法。路易·拿破仑·波拿巴当选总统。

---

[1] 路易·勃朗（Louis Blanc，1811—1882），法国政治学家和历史学家，法兰西第二共和国时期的社会主义政治家。

德国、奥地利——三月革命爆发。以维也纳、柏林为中心的城市发生暴动，规模之大堪称革命。梅特涅[1]辞职、逃亡国外。普鲁士国王被迫宣布成立自由资产阶级内阁，法兰克福国民议会成立。而另一方维也纳暴动，最终反革命派取得胜利。

东欧——匈牙利、捷克掀起民族独立运动，与奥地利军队抗争。

意大利——奥地利帝国统治下的米兰、威尼斯等地相继爆发起义。撒丁王国[2]卡洛·阿尔贝托向奥地利宣战。最终，奥地利军队打败撒丁和意大利联邦军。

英国——爆发宪章运动。工人们向国会下议院提出普选权要求，最终被镇压。马克思、恩格斯在伦敦发表《共产党宣言》。约翰·斯图尔特·穆勒[3]出版《政治经济学原理》。

就在如此动荡不安的一年，1848 年 12 月，弗兰茨·约瑟夫一世即位，时年 18 岁。

年轻英俊的君主的出现，宛如暮年帝国的救世主。相较于老

---

1 克莱门斯·文策尔·冯·梅特涅（Klemens Wenzel von Metternich，1773—1859），出生于德国科布伦茨，19 世纪奥地利著名外交家，奥地利帝国的外交大臣、首相。
2 撒丁王国（Regno di Sardegna，1720—1861），19 世纪中期意大利境内唯一独立的封建王国，位于意大利西北部。
3 约翰·斯图尔特·穆勒（John Stuart Mill，1806—1873），英国哲学家、经济学家、逻辑学家。

谋深算的梅特涅，弗兰茨·约瑟夫给人民带来了一种清新的形象。其实，年轻君主的即位，缘于一场宫廷政变。在母亲索菲亚及其宫廷重臣们的合谋之下，其伯父、先帝斐迪南一世被迫逊位，弗兰茨·约瑟夫越过父亲，坐上了皇位。宫廷内的阴谋，似乎并不影响普通百姓的观感。按照一般人的标准，这位年轻人完全有能力挑起国家大任。

在母亲索菲亚的精心安排下，弗兰茨·约瑟夫从小就接受了君王教育。他重视军队，擅长外语，除母语德语之外，还能流利地讲法语、意大利语、匈牙利语和捷克语。如果是风平浪静的年代，作为多民族的奥匈帝国的皇帝，弗兰茨·约瑟夫应该会相当称职。但他所面对的，却是一个主张国际工人运动的社会主义思想以及民族自主独立运动风起云涌的年代。

更何况，弗兰茨·约瑟夫本身并没有过人的智慧。他悟性不高，易听信谗言，政治上态度相对消极，而且缺乏一贯性。所以，他才会被对手俾斯麦[1]、加富尔[2]耍得团团转。

不要说是情感丰富的绝世美女皇后伊丽莎白[3]，遇上这种人，

---

1 奥托·爱德华·利奥波德·冯·俾斯麦（Otto Eduard Leopold von Bismarck，1815—1898），德意志帝国首任宰相，人称"铁血宰相"。

2 卡米洛·奔索·迪·加富尔（Camillo Benso Cavour，1810—1861），撒丁王国首相、意大利王国第一任首相、意大利统一时期自由贵族和君主立宪派领袖，开国三杰之一。

3 伊丽莎白，全名是伊丽莎白·阿玛莉亚·欧叶妮·冯·维特巴赫（Elisabeth Amalia Eugenia von Wittelsbach，1837—1898），奥地利皇后与匈牙利女王，昵称是"茜茜公主"。

任谁都会觉得无趣。可正是这样一位男人，肩头背负着一个史上罕见的多民族国家的责任。根据 1910 年的调查，当年奥匈帝国的各民族所占比例如下：

　　德国人 23.9%，匈牙利人 20.2%，捷克人 12.6%，波兰人 10.0%，卢卡尼亚人 7.9%，罗马尼亚人 6.4%，克罗地亚人 5.3%，斯洛伐克人 3.8%，塞尔维亚人 3.8%，斯洛文尼亚人 2.6%，意大利人 2.0%。

　　以目前（编者注：指 1986 年）的国家划分，这些民族分布在奥地利、匈牙利、捷克斯洛伐克、南斯拉夫的大部分地区、罗马尼亚、波兰、苏联、意大利的部分地区。他们当年都是奥匈帝国版图下的子民。

　　多民族原本就不该同属一国，20 世纪下半叶的人们，往往会简单地给出这样的结论。但事实证明，实现民族独立便能彻底解决地方纷争的想法，不过是对欧洲永久和平的一种幻想而已。意大利民族解放运动者马志尼[1]早在 1870 年就悟出了此理。近一个世纪之后的 1957 年，丘吉尔在其著作《第二次世界大战回忆录》

1　马志尼（Giuseppe Mazzini，1805—1872），意大利革命家，民族解放运动领袖，意大利建国三杰之一。

中，做了以下叙述：

> 拆散奥匈帝国是大悲剧。多少世纪以来，这个神圣罗马帝国的幸存体曾向许多不同的民族提供了贸易便利、安全有保障的共同生活。而在我们这个时代，这些民族中没有一个民族有力量抗衡来自复兴的德国或苏联的压力。
>
> 当时，这些民族都希望脱离联邦或帝国的体制，人们心目中的自由主义政策使他们有了这种要求。中欧迅速匈牙利化（分裂为诸小国），战争削弱了他们的势力。德意志帝国虽然因战败而疲惫不堪，但其领土还保持完整，相对扩大了势力。
>
> 哈布斯堡帝国所属的各民族、各地方争取到的东西，结果都变成苦恼还给了他们。

纵观 1986 年匈牙利、捷克斯洛伐克、波兰等国的形势，丘吉尔当年的判断丝毫没有过时。

话说回来，如果要问奥匈帝国是否应该持续，我的回答是否定的。因为弗兰茨·约瑟夫皇帝的生活充满不幸，他的王朝注定要走向末路。

首先是相恋成婚的皇后伊丽莎白常年不在首都，四处旅行。同为女性，皇后的心情我可以理解，但对帝国而言，这却是一个不幸。更悲惨的是她在日内瓦旅行时，被一位意大利的民族主义者暗杀，那是 1898 年秋天的事情。在妻子遭暗杀 9 年前，即 1889 年，他的独生子、帝国皇位的继承人鲁道夫，与年轻的情妇双双自杀。比他年幼两岁的弟弟马克西米利安，虽然有幸当上了墨西哥的皇帝，结果却死于反叛军的枪口之下。那次事件因马奈的绘画《处决马克西米利安》闻名于世。最后的死亡，是他的侄子、皇位继承人斐迪南大公在萨拉热窝遭暗杀。

如此多灾多难，令人难以置信。被神诅咒的男人，不会有追随者，老迈的帝国因此丧失了枯木逢春的机遇。哈布斯堡家族，最终以一连串的死亡画上了句号。

帝国的终结，并没有带来美好的现实——谁也改变不了奥匈帝国灭亡的命运。人类至今依然执着于改变，仿佛只是为了证明最终什么也改变不了的事实。

我不是欧洲人，无意也不可能像茨威格那样，与世纪末的维也纳共赴黄泉。我只打算在每年的元旦，聆听着维也纳新年音乐会，带着少许的伤感，缅怀一下这座历史悠久、传统深厚的文化故乡和高雅的首都。

科西莫·德·美第奇

（Cosimo de Medici，1389—1464）

今年，1986 年，佛罗伦萨被选为欧洲文化的首都。

欧洲共同体似乎有意每年挑选一个城市作为文化首都。去年，1985 年，当选的好像是希腊的雅典。

说好像，是因为人在佛罗伦萨的我，对此毫不知情。今年佛罗伦萨当选首都，估计大多数欧洲人也不知道。不过，文化原本就属于少数人的事情，相信主办方也不会太在意。

那么，成为当年的文化首都，要具体做些什么呢？按照主办方欧洲共同体的公文说明，欧洲各国的大学、研究机构以及音乐、戏剧等文化团体，将在佛罗伦萨进行为期一年的文化活动。换言之，各国的相关文化团体，将以佛罗伦萨这个城市为舞台，举办各种研讨会、展览会、成果发表会、音乐会、戏剧表演会等等。

宣传册一直拖到当选 6 个月之后才完成，真是典型的意大利作风。印制精美的节目单上，密密麻麻地罗列着各种活动，其中不乏我颇感兴趣的内容。比如题为《多纳泰罗及其弟子们》的佛罗伦萨 15 世纪上半叶的雕刻展就相当不错，不过在活动开始前，我已经观赏过了。

也有一些挺可笑的，像《从圣俗两方世界看圣女玛塔莲娜——从乔托到德·基里科》等等。佛罗伦萨原本就是一个遍地艺术的城市，所以只要按照主题将那些艺术品组合一下，便能轻而易举地整出十几、二十个活动。

佛罗伦萨没有的东西，由其他国家带来。题为《从埃尔·格列柯到戈雅——西班牙绘画的黄金时代》的展览，是西班牙政府提供的，《鲁本斯的时代——17世纪佛兰德斯的素描与版画》，则由比利时政府主办。

欧洲文化首都的活动，不知美利坚合众国为何也加入其中——既有"美国通俗歌曲音乐会"，也有"美利坚合众国宪法中的反马基雅维利主义"的专题研讨会。或许是因为佛罗伦萨设有不少美国大学的分校，作为一种文化交流，非属欧洲的美国也获得了参与的资格。顺便提一句，先进国家在佛罗伦萨都设有本国的文化机构（日本没有），在佛罗伦萨甚至有欧洲共同体大学。

冠名"欧洲文化首都"的文化活动，不仅有美国参加，似乎也邀请了日本（虽然两者之间没什么关联）。但由于佛罗伦萨既没有日本的领事馆、文化机构，也没有大学的分校，找不到联络的窗口，所以主办方就将邀请信发给了姐妹城市京都。具体情况我不清楚，反正结果是日本没有参加。应邀前来的，是佛罗伦萨的另一个姐妹城市——苏联的基辅。

这场宣称是欧洲文化首都的活动，既然首场举办地选择雅典作为古代欧洲的代表，那么出于同理，中世纪文艺复兴时期的翘楚，当属其发祥地佛罗伦萨。从雅典到佛罗伦萨，这个顺序欧美人才能接受。至于巴黎、伦敦，它们还得再等一阵子。

话说这场长达一年之久的欧美规模的大型文化活动的宣传册，虽然姗姗来迟，印制得却非常漂亮，每一页都印有彩色的照片，除了意大利文之外，相信也会有英文、法文版。宣传册中的照片以艺术品和教堂为主，封面则是刚修复不久的色彩鲜艳的波提切利的作品《春》中的三女神。主办方的选择，我十分理解，佛罗伦萨之所以当选为欧洲文化的首都，是因为它是文艺复兴的发祥地，《春》无疑是那个年代最辉煌时期的代表作品。

宣传册中还有三位人物肖像画的介绍。他们分别是马基雅维利、美第奇家族的科西莫及其孙子洛伦佐。

介绍马基雅维利，很合情合理。其政治思想与美国宪法关系的研讨会，原本就是活动内容之一。

然而美第奇家族的两位人物，乍看之下似乎不清楚他们与"欧洲文化首都"有什么关系。在一连串的活动中，找不到任何一个以"美第奇家族"为主题的展览或研讨会。尽管如此，荣登文艺复兴 500 年之后的文化活动宣传册榜首的人物，依然是从未创作过艺术作品的美第奇家族的两位人物，而不是那些连一般日本人都知道的大名鼎鼎的艺术家。

虽然文化文明属于少数派，不过只要对此稍有兴趣的人，讲起佛罗伦萨，都会自然而然地联想到这两位人物。对于他们的出现，想来没有人会感到突兀。

历史上以"伟大的、华丽的"而著称的洛伦佐，曾经写过诗歌、评论等，那些作品历经 500 年至今仍未"绝版"。从某种意义上来说，他也算是一位文化人。但其祖父科西莫，却没有留下或者说从未创造过任何作品。

生活在佛罗伦萨，大概不会感受不到科西莫的存在。大街小巷，几乎每个角落都散发着 500 年前的这位古人的气息。可是，城中最显眼之处没有悬挂他的画像，中心广场也没有被他的铜像占据。500 年前文艺复兴时代的人们，没有 20 世纪极权主义的恶趣，这对于我们后人，是莫大的幸运。

尽管没有画像，科西莫依然活在今天。也许正是没有强制性地留下什么，他才能与世长存。因为只有对学术、艺术有兴趣的人，才能感受到他的存在，而对这些事物无动于衷的当地人或外国游客，即使不知道这位人物，同样也能愉快地在这座城市生活或观光。

事实上，可以说没有科西莫，就没有佛罗伦萨这座"花都"，但这只存在于真正意义的层面上。而学术和艺术的创作者，只有追求真正意义上的存在，人生才能超越时空，与世长存。

科西莫·德·美第奇，1389 年出生于佛罗伦萨。他 40 岁时从去世的父亲那里继承了第一银行持有人的地位，在佛罗伦萨共和国中获得了好声誉，以及对美的热爱。

与其父乔凡尼一样，科西莫一生始终保持着一介市民的社会地位。这是他基于佛罗伦萨民情所做出的选择。马基雅维利在《佛罗伦萨史》中称赞科西莫是位贤明的人物。

科西莫在内政、经济以及外交上都充分展示了他贤明的一面。有关内容，我在《我的朋友马基雅维利》一书中有详细的叙述。这里我只强调一点，外交上势力均衡政策的创始者，不是梅特涅，而是科西莫。这是欧洲外交史上的常识。

本篇我会谈及未被梅特涅继承的科西莫的另外一面。有关这方面的叙述，恕我引用《我的朋友马基雅维利》中的一段话：

> 科西莫·德·美第奇的名字之所以能流传后世，应归功于他对学术、艺术的培育。大概没有哪位赞助商会像他那样，什么都收集，什么都定制。他说过："我了解这个城市的心情。我们美第奇家族被赶出历史舞台，大概用不了 50 年，但是我们的东西会留下。"

科西莫不仅留下了建筑、绘画雕刻以及古文本，而且在佛罗伦萨创建了名为"柏拉图学院"的古典研究机构。那些预感到拜占庭帝国气数将尽的希腊文化人，听说佛罗伦萨的美第奇家族有求必应，于是纷纷离开了君士坦丁堡。威尼斯和佛罗伦萨这两座城市，最终没有辜负他们的期待。

两城相比，佛罗伦萨的作风更为华丽，古典研究圣地的色彩浓厚。与掌握出版界主导权的威尼斯不同，佛罗伦萨侧重于研究以及学术活动，而活动的场所正是美第奇家族的别墅。

参与者不仅能聆听渊博的学者们的谈话，而且还能尽情地享受科西莫提供的豪华宴席。特别是那些才华横溢的人，衣食住均受到保障，便可以专心致力于学术研究。

科西莫本人并没有出众的学识。这反而让他成为学术、艺术最好的理解者。造就学术家和艺术家，最需要的是他们自身所具备的特殊的才华，而培育者的存在，相比之下就显得不那么重要。

1464年，科西莫·德·美第奇去世。这位生前选择做一介平民的男人，同样也是以普通人的身份死去，葬礼和遗言都相当素朴低调。但在他去世后不久，佛罗伦萨的市民们决定授予他"祖国之父"的称号。

佛罗伦萨市民的这个决定，不仅是为了感谢科西莫·德·美第奇为学术、艺术所做出的贡献，还因为这位事实上的君主30年来的高明施政，让人民享受了和平，并且将佛罗伦萨变成了一座洋溢着文化气息的美丽之城。

如果个人的欲望正好与强盛祖国的大目标相一致，应该是一个人最大的幸运。美第奇家族的科西莫大概就属于这种幸运的男人。而对他本人、对美第奇家族，更重要的是对佛罗伦萨而言，最最幸运的，莫过于其孙洛伦佐成为事实继承人。再次借用马基雅维利的话，那是一位伟大的、华丽的，同时又是慎重的、冷静的男人。

佛罗伦萨因为这两位人物，绽放出文艺复兴灿烂之花。古称"florentia"的这座城市，不负"花都"之名。

话说回来。细究科西莫建造过哪些建筑，提出过什么要求，保护了哪些人物，我觉得是一种浪费。也许不能说是浪费，但它无助于寻求本质。

当然，一一列举科西莫的功绩也不是不可能。事实上，研究美术史、建筑史的学者们正在做这件事情。科西莫的具体成就可以交给专家，我想说的是，科西莫创造了一种"氛围"。他让佛罗伦萨人爱上优雅知性，让他们愿意将做实业、行商赚来的钱财，投入美好的事物中。当时的佛罗伦萨，除了美第奇家族之外，还有许多殷实的商人。可谓高居文艺复兴金字塔顶尖的作品圣母百花大教堂，其穹顶正是由毛纺织公会赞助建造的。正因为当年佛罗伦萨对学术、艺术有着强烈的"内需"，意大利各地的人才才会聚集于此。列奥纳多·达·芬奇、米开朗琪罗都不是纯正的佛罗伦萨人。

美第奇家族有别于其他赞助人之处，在于他们不把收集、定制的作品占为己有，而是公之于世。不管是古代文书，还是希腊—罗马时代的艺术品，只要有意，任何人都有观赏、研究的机会。如果科西莫、洛伦佐等美第奇家族的人，将那些艺术品作为敛财的工具，相信他们绝对得不到后世欧美人如此高的评价。

美第奇家族纯粹是热爱艺术。因为纯粹，所以不会占为己有。这让人感受到比宽容更高的境界。而 500 年之后的如今的佛罗伦萨，拥有的不过是那些过去留下的残影。正如欧洲文化首都的活动，无法忽视美第奇之存在。

庆祝佛罗伦萨当选欧洲文化首都的开幕式，选在市中心的领主广场举行。由佛罗伦萨歌剧院附属交响乐团及合唱团，演奏维瓦尔第的《安魂曲》，指挥是祖宾·梅塔。音乐会 9 点开始，因为在广场举行，所以是免费观赏。不知何故，开幕式邀请的嘉宾基本上都是社会党人，法国总统密特朗、演员出身的希腊文化部部长梅莲娜·梅尔库丽以及意大利总理贝蒂诺·克拉克西（Bettino Craxi）都出席了。

那天晚上，我也去了广场。广场上人山人海，如果是克拉克西的选举演说，想来是聚集不到如此人气的。按照文艺复兴时期的习俗，市政厅（韦基奥宫）顶层的钟楼排列着火把，通红的火焰伸向深蓝色的夜空，景象十分壮观。舞台建在市政厅对面通往卡尔查依欧利路（Via dei Calzaiuoli）的出口附近。起初我有些纳闷，主办方为何不利用边上有屋顶的佣兵凉廊呢？待我看到贵宾席设在市政厅的2楼，才明白要专门搭建一个舞台的理由。

如果舞台设在佣兵凉廊，观众在观赏音乐会的同时，还能看到右手边市政厅建筑物边缘装饰的火把。如今舞台搭在相反的一侧，我们这些站在广场听音乐会的普通市民，只有不停地转头，才能将两边的景色收入眼底。没想到社会党竟然是反民主主义。

尽管音乐会相当不错，但不仅是维瓦尔第的作品，几乎所有《安魂曲》的乐章都很长。也许是免费观赏的缘故，广场被挤得水泄不通，漫长的演奏过程中，甚至有人因体力不支而倒下。

在如此喧嚷的气氛中，自然是不可能全神贯注聆听音乐的。我站在那里动弹不得，思绪却飞向了远方。

因贵宾席而临时搭建的舞台，正好堵住了卡尔查依欧利路的出口。500年前，这条道路是从政治中心的领主广场通往宗教中心的圣母百花大教堂的必经之路。直译为"袜子制造商大道"的卡尔查依欧利路，从前叫"画家之路"，那里聚集了画家、雕刻家们的工作室，一直延伸至圣母百花大教堂附近。

当时的工作室，没有画家负责绘画，雕刻家负责雕塑之类的专业细分。达·芬奇做学徒时的韦罗基奥工作室，什么活都接，甚至是建筑设计。这也算是文艺复兴时期佛罗伦萨的一个特色。

工作室通常设在一楼，面向道路，艺术家及其弟子们就在路人的眼皮底下工作。据说当年美第奇家族的科西莫非常喜欢来此地闲逛，看看艺术品，和艺术家们聊聊天。

没有认可，就没有艺术的养成。对艺术家而言，没有比自己的作品有人购买更好的赞赏了。从未华服加身的科西莫·德·美第奇，口袋里的零用钱大多流向了堪称佛罗伦萨艺术学校的"工作室"（Bottega）。

科西莫·美第奇的雕像，伫立于乌菲齐美术馆的入口，那是后人为他制作的。雕像忠实地呈现了科西莫生前的姿态：穿着当时成年男子的便服，一件素色的长衣。

马库斯·阿格里帕

（Marcus Vipsanius Agrippa，约前 62—前 12）

曾经有一段时间，那些长年担任副手的人物成了焦点。

如果我没记错的话，当时热衷于这个话题的人们，几乎将所有的赞赏和敬意都献给了万年老二。明明拥有做老大的实力，却选择退而求其次。这种谦虚谨慎的品德，赢得了众人的喝彩。

不过，我从一开始就对这种观点有所保留。如果在我比较了解的范畴内找一个例子的话，我想，可以谈谈奥古斯都和阿格里帕的关系。

时间回溯至公元前 45 年。

那一年，名副其实地成为罗马世界老大的尤里乌斯·恺撒，在希腊的马其顿集结兵力，准备攻打帕提亚。在召集的士兵中，有一位名叫马库斯·阿格里帕的年轻人。

阿格里帕出身卑微，但识人本领一流的恺撒很早就注意到了这个年轻人。有一天，18 岁的阿格里帕接到指示，要他去总司令恺撒的营帐。

宽大的营帐中，副官们来回不停地忙碌着，坐在后方的恺撒，却显得非常安静。他卸下盔甲，穿着舒适的皮制背心和贴身衬衣，坐在折椅上。

　　18 岁的士兵，还是第一次如此近距离地见到总司令。阿格里帕不由自主地站直身体，斜举起右手，敬了一个罗马式的军礼。恺撒轻轻地抬起手回礼，随后将目光转向站在边上的一个年轻人，说："屋大维，这位是马库斯·阿格里帕，与你同龄。"

　　阿格里帕这才注意到那个年轻人。好一个文弱书生，那是他对屋大维的第一印象。

　　阿格里帕体格强壮，身高体宽皆超于常人。浅黑色的皮肤下，肌肉如滚动的波浪般滚动，让人有伸手触摸一下的冲动。他的脸也长得棱角分明，双目炯炯有神，不仅武力十足，而且意志坚定。

　　而另一边的屋大维，个头比一般人稍矮，身体虽不至于孱弱，却也显得瘦瘦细细。他还有一张令任何初见他的人都震惊不已的绝美面孔，如果扮女装，相信比那些长得硬邦邦的罗马上流社会的女人要美艳百倍。他长着一头柔软的卷发，像其他罗马男人一样，为了方便戴头盔而剪得很短，露出的颈部倒是意外的结实，这多少给他增添了些阳刚之气。

　　很快，阿格里帕对屋大维的印象就发生了变化，因为他发现这个与自己同龄的年轻人在听别人说话时，神情中带着一种深不见底的沉静。粗犷的年轻士兵，终于明白恺撒促成这次见面的动机，并对此感激不尽。当然，以阿格里帕的性格和一介士兵的身份，他是不可能率直地表达心声的。

面对两个 18 岁的年轻人，年逾 50 却丝毫看不出衰老迹象的恺撒指示："从今以后，你们俩凡事都要同心协力。"

古历史学家塔西佗赞扬恺撒有"神一般的智慧"，近代历史学家蒙森称他是"罗马诞生的唯一的创造型天才"。这位集政治、军事才华于一身的人物，还拥有高妙的文才，还深受女人们的倾爱……就是这样的恺撒，将外甥女的儿子屋大维指定为自己的继承人。日后成为奥古斯都的屋大维，当时只是个十几岁的孩子，但恺撒已经看出这个年轻人和自己不是同类。

屋大维具有十足的政治才华，却缺乏军人的资质。清楚这一点的恺撒，不拘一格地提拔了出身低微却是良将之才的阿格里帕。那次会面之后，阿格里帕便脱离了所属的军团，从此伴随屋大维左右，屋大维所到之处就是他的任职地。

不料，一年之后，公元前 44 年 3 月 15 日，尤里乌斯·恺撒倒在了布鲁图一派的血刃之下。不久，屋大维改名为"尤里乌斯·恺撒·屋大维"，向世人宣告了自己作为恺撒正统继承人的地位。

然而，改名并不能解决多少问题。这两个十几岁的年轻人，在之后的 13 年间，陆续击败了包括布鲁图、马可·安东尼在内的各路劲敌，但在沙场上立下累累战功的，不是屋大维，而是阿格里帕。

作为司令官，屋大维指挥陆战的能力原本就乏善可陈，遇上海战，更是一筹莫展。在与庞培之子塞克斯图斯对战时，他不得不急急召回远征法国的阿格里帕。如果不是阿格里帕严格训练重振了海军士气，他们不可能打赢那场具有重要战略意义的西西里海战。恺撒果真是高瞻远瞩，慧眼识人。

平定内乱时期的屋大维，在一般人的眼中，只是一个顶着恺撒光环的名不副实的继承人。但阿格里帕非常清楚，屋大维绝非等闲之辈。

公元前 31 年，屋大维再次依靠阿格里帕，在亚克兴角海战中，战胜了安东尼—克娄巴特拉联军，结束了近 20 年的内乱。彼时的屋大维和阿格里帕，已经 32 岁。

罗马市民和元老院授予屋大维"奥古斯都"的尊号。自此，奥古斯都比屋大维本名更为世人所知。尽管彼时的奥古斯都还未被叫作"皇帝"，但他已经取得了罗马皇帝名称中所包含的"凯旋将军""恺撒"的头衔。

正是从那个时候起，奥古斯都展露出他 18 岁时被恺撒预见的政治才华，开始着手创建生平最伟大的作品——"罗马统治下的和平"。

同心协力一路走来的奥古斯都和阿格里帕，此时的职责分工也愈发明确。奥古斯都坐镇首都罗马，继续完成尤里乌斯·恺撒生前规划好却因为被暗杀而一度中断的事业，阿格里帕则带兵平息异族的叛乱，监视各行省的动向。

随着"罗马统治下的和平"的推进，军事行动逐渐减少。政治家奥古斯都又给手下的将军们部署了新任务。在这项重建罗马的任务中，奥古斯都身先士卒，将军们当然不敢懈怠。建设向来是一项激发男儿热血的事业，尤其是阿格里帕，这位无论公认或自认的军中第一大将，比任何人都要积极热心。

阿格里帕投入私财打造的建筑，仅在首都罗马，数量大概就超过了奥古斯都。按照当时罗马的惯例，大多数建筑物都被冠以缔造者的姓名。

那个时代的建筑中，历经 2000 年至今保存完好的唯有万神殿。而这座万神殿正是阿格里帕所建。除此之外，他建造的神殿、竞技场、水道、街道、海港，遍布帝国全境。讲古罗马建筑史，就不能不提及阿格里帕。

然而，享受胜利果实的，仍然是奥古斯都。他曾说："我得到的是一座砖瓦城市，但很欣慰地留下了一座大理石的城市。"

奥古斯都和阿格里帕两人的关系，难道从来没有出现过裂痕吗？想来大家都会有类似的疑问吧。答案是有的，出现过一次。

奥古斯都没有儿子，只有一个女儿，而他姐姐有一个儿子。

于是，奥古斯都将女儿茱莉娅嫁给了他唯一的外甥马萨鲁斯。马萨鲁斯当时只有 17 岁，比奥古斯都小 20 岁，比茱莉娅还小 3 岁。奥古斯都对这个年轻的女婿宠爱有加，在公开的场合也从不掩饰感情，露骨的表现甚至成了家奴们背地里八卦的话题。

奥古斯都对女婿的偏爱，伤害了自恺撒死后一直与奥古斯都同甘共苦的阿格里帕。他利用去东方执行任务的机会，躲进莱斯博斯岛，从此销声匿迹。隐退期间的阿格里帕，被史学家们戏称"变成了阿喀琉斯"。

说到莱斯博斯岛，让人不由地想到女诗人萨福，而讲到萨福，即使古人，也会联想到女同性恋。相较于为躲避特洛伊战争不得不穿着女装混在女人堆里的阿喀琉斯，同样躲在女同性恋岛上的阿格里帕，生活要愉快许多。虽然心灵受到了伤害，不过阿格里帕的疗伤方式，在古代算是别有风味。

然而，愉快的生活只持续了一年左右。阿格里帕离开海岛是因为厌倦了与女同性恋们的游戏——当然这只是一句玩笑。真正的理由，应该是他与生俱来的责任感。

很快，阿格里帕便重新回到岗位，投入工作。也许是心中的建筑梦再次燃起，他决定重建耶路撒冷神殿。

而另一方的奥古斯都，在阿格里帕隐退莱斯博斯岛期间，并没有表现出任何不安。可是当未来的继承人、女婿马萨鲁斯病逝后，他再次意识到阿格里帕的重要性。

阿格里帕被召回罗马。等待他的，是与奥古斯都的女儿结婚的一纸命令。阿格里帕的前二次婚姻，都是由奥古斯都一手促成的政治联姻。这一次他依然唯命是从，与奥古斯都的外甥女离婚，娶奥古斯都的女儿为妻。41岁的阿格里帕，在作为皇帝的第一将军的同时，还兼任皇帝的女婿。

这第三次婚姻，为阿格里帕带来了3男3女。长子和次子，又被奥古斯都收为养子。马库斯·阿格里帕之后的9年余生，可谓一帆风顺，大展宏图。特别是最后的5年，他被皇帝正式任命为"合作者"，统治着庞大的罗马帝国的东半部。时至今日，东方各地仍然能找到阿格里帕当年留下的足迹。

公元前12年，阿格里帕迎来了死亡，终年50岁。而同龄的奥古斯都，比他多活了整整26年。

然而，有一件事情可能是阿格里帕生前不敢想象的。最终没能成为老大的他，子孙后代接二连三地成为罗马皇帝。虽然被奥古斯都收养的两个儿子都早早去世，第二代皇位被提比略占据，但第三代皇帝卡里古拉，是阿格里帕的外孙盖乌斯。第五代皇帝尼禄是卡里古拉的妹妹所生，即阿格里帕的曾外孙。两位皇帝的母亲，都叫阿格里皮娜（看名字便知道流着阿格里帕家的血液）。后人为了区别，称阿格里帕的女儿为大阿格里皮娜，外孙女为小阿格里皮娜。

作为开国皇帝奥古斯都的忠实朋友和独一无二的帮手，智勇双全的阿格里帕如果知道他的两个后代成了罗马历史上数一数二的恶名昭彰的皇帝，不知道会是怎样的心情。

话说回来，奥古斯都及其协助者们为帝国的发展奠定了坚实的基础，即使其间出现过几位昏君，罗马也没有因此被撼动。

其实，除了阿格里帕，恺撒当年还挑选了另外一位年轻人，为奥古斯都配齐了左膀右臂。可是，那位无论出身或才能都强于阿格里帕的年轻人，不到 5 年便彻底地退出了政治舞台。这位助手，按照历史学家的说法是"能力高于忠诚"，最终因反叛嫌疑被奥古斯都处死。

另一方的阿格里帕则始终作为右臂。应该说，在左膀死后，他身兼左膀和右臂，一生辅佐奥古斯都。阿格里帕忠诚，但不代表无能，他那些留名青史的功绩，便是最好的证明。只能说，阿格里帕是一位既有才能，又有忠诚心的人。

如果是和平年代，忠心耿耿、恪守己任的人生也许不算特例。但阿格里帕和奥古斯都相辅相成配合完美的时候，则是在乱世。

乱世中，才华横溢的男人们同心协力，生死与共。这真是一个好主题。现在，我有点担心，怕自己会由此不断地深入下去。

丘吉尔

（Winston Churchill，1874—1965）

前年夏天，在一个国际会议上，我旁听了卡特总统的安全事务助理布热津斯基的一场演讲，听得我不寒而栗。想到我们的命运掌握在这些男人手中，大热天里竟然冒出一身冷汗。

其实，对他演讲的内容我并不反对，只是对其奇妙的思路感到无语。归纳布热津斯基的讲话，大意如下：

> 如今的日本已经是一个经济大国，大国就必须承担起援助他国的义务。以目前日本国民的心态，军事上的要求实属困难，所以，日本希望能在经济方面有所贡献。军事援助，由我们（美国）负责。但日本属于自由主义阵营，就算经济援助，也必须遵从自由主义诸国的战略。

按照布热津斯基的说法，自由世界的军事权是由美利坚合众国主导，那么，所谓自由主义诸国的战略，实际上就是美国的战略。

我不反对日本履行经济援助的义务，对于自家的钱如何使用必须根据美国战略而定的论调，也能勉强同意。可是听美国的意思，日本经济援助的范围似乎要延伸至中南美洲，这多少还是让我感到有些困惑。

不过，仅上述内容，还不至于让我感到不寒而栗。关键是我根本不相信美国有一手构建自由主义诸国战略的能力。

聆听布热津斯基的讲话，让我不禁想起 16 世纪初的一件趣事。时任佛罗伦萨共和国官员的马基雅维利，因外交谈判，前往法国拜见路易十二。在与安布瓦兹枢机主教会面时，这位主教对日后《君主论》的作者说："你们意大利人不懂战争。"马基雅维利正值年轻气盛，毫不迟疑地反驳："你们法国人不懂政治。"

当时的法国是欧洲第一军事大国，而意大利则是经济强国。在意大利诸国中，佛罗伦萨共和国的军事力量最弱小，因此由法国提供军事保护，佛罗伦萨则向对方支付保护费。马基雅维利前往法国交涉的目的之一，就是降低保护费。

佛法关系姑且不谈，这件事情说明政治和军事能力兼优的大国的稀缺性。唯一的例外，大概是强盛时期的古罗马帝国。

话说回来。即使美国不算一个政治、军事兼优的大国，但布热津斯基这位波兰出生或者是波兰移民后裔的总统助理，与同样来自欧洲的德国裔的基辛格，还是相差甚远。基辛格有着欧洲人的思维方式，同时又以强大的美国作为后盾，可是在布热津斯基身上，完全感觉不到类似的灵巧性和通透性。想来是因为他身上流着备受欺凌的波兰民族的血液。而出现过俾斯麦、梅特涅等大政治家的德意志民族，气质多少是不同的。看来要求波兰血统的人有政治天赋，本身就是一个错误，望着演讲台上盛气凌人的布热津斯基，我竟然生出了几分怜悯。如果丘吉尔在场，他会怎样痛击布热津斯基呢？光是想象一下那个场面，便令人愉快不已。

做着不名誉的事情，却享有崇高的声誉，国际政坛上已经很久没有出现这样的人物了。

温斯顿·丘吉尔，大概属于最后的欧洲人。无论他做了多少见不得人的勾当，却依然保持着强烈的个人风格，即英语中说的"style"。

受他的行事风格伤害最大的就是日本。相信在他得知日本偷袭珍珠港的消息时，一定大叫："太好了！"虽然在《第二次世界大战回忆录》中，并没有如此露骨的描述，但他写道："这下事情简单了。我们终于赢得了胜利。当夜，我怀着对上帝的感激安稳地睡去。"对丘吉尔的这番坦言，我没有特别反感，换作是我，也会想方设法地拉罗斯福参战。至于日本，应该懂得不光彩的事情可以做，但有必要维持清白的形象。最终结果肯定是有利的。

荣获诺贝尔文学奖的《第二次世界大战回忆录》是一本相当有趣的历史文学著作。通常，领导力与文字表达力无法兼得，但丘吉尔深受上天眷顾，同时拥有这两种能力。其他领袖的回忆录，读者如果不是对现场证人的证言有兴趣的话，很难读下去，但丘吉尔的作品，能够让读者从历史和文学两个方面，一并感到满足。《马尔伯勒传》是他失意年代的作品，虽然当初著文的目的是赚钱，但足以证明他完全有以文为生的功力。尤其是他对一些小事的描写，极其生动。

然而，阅读这本回忆"二战"的巨著，直到最后也没有让我完全释怀。如果从联军的角度，准确地说是站在英国的立场，丘吉尔的所作所为可以理解。事实上，如果要问当时是否还有其他选择，大概也没有人能够给出答案。我对他书中论及的不少事情很有共鸣，不由地点头称是。可以说，丘吉尔是真正意义上的理性主义者。

> 让军人搞政治，始终是一件危险的事情。他们进入了一个与他们熟知的领域完全不同的世界。

丘吉尔是为数不多的精通政治的人物。所以，他才能做着不光彩的事情，同时享有崇高的声誉。

那么，为什么我还是不能释怀呢？我想也许原因在于丘吉尔是最后的欧洲人，即最后的英国人。他曾经这样评价同胞：

> 英国人不时会出现圣战热情的高潮。世上很少有像英国

人那样，明知从战争中不能获得任何实际利益，却为了某种宗旨或某种主义而奋勇战斗的人。

　　这讲的不正是他自己吗？正因为具有那种精神，所以他在处理德国、波兰以及原子弹等问题时，才能够那样毫不留情。在我这个非欧洲人看来，为了物质利益而发动的战争，反倒能做出合理的终战判断，最终是减少了伤害。

　　对希特勒统治下的德国，丘吉尔称它是"阴暗而野蛮的愤怒国家，充满残酷和矛盾的不幸的民族"。

　　这种观点，与公元三、四世纪时期在莱茵河畔筑起要塞，面对大河彼岸的日耳曼民族既轻蔑又恐惧的罗马人颇为相似。

　　丘吉尔对与希特勒同样是极权主义者的墨索里尼评价不错，称这个意大利独裁者失败的唯一原因，就是跑到了德国的阵营，否则能颐养天年。当他看见墨索里尼被抵抗组织杀死后尸体被倒挂在米兰广场的照片时，感叹说："我深为震惊，但至少世界上少了一个意大利的纽伦堡。"

　　如果墨索里尼没有被共产党枪毙，而是作为战犯在意大利受审的话，战胜国一方会以什么罪名审判这个做了 20 年意大利总理的人呢？至少屠杀犹太人和虐待俘虏的罪名是不成立的。直到 20 世纪的今天，意大利依然是一个不懂战争的民族，但同时也是一个不懂种族差别和残虐的民族。他们最优秀的品质，就是从来不认为自己属于高人一等的民族。除了最后几年之外，执政期间一直受到意大利人民支持的墨索里尼，仅因为战争中站在德国一边，就会被处以死刑吗？意大利吞并埃塞俄比亚这个唯一的侵略行为，不是与英法共谋的结果吗？

不过，丘吉尔在书中指出："现代文明的道德标准似乎规定，战败国的领袖应当被战胜国的人民处死。罗马人遵守着相反的原则。他们的胜利归功于他们的**勇敢**，也几乎同样归功于他们的**仁慈**。"

那么，"现代文明的道德标准"比 2000 年前的罗马文明究竟进步了多少呢？所谓的"现代文明的道德标准"不正是丘吉尔等人所建立的吗？

近年来，"太平洋时代"一词不绝于耳。言下之意，以地中海为中心的时代及其之后的大西洋时代已经结束，接下来是太平洋的时代，美国和日本将成为主角。开启一个新时代非常好，但太平洋世界必须创造出相应的文明。没有独特的文明，岂有资格称为"世界"？

我对大西洋时代不甚了解，知识范围仅限于地中海世界，所以实在无法想象太平洋世界将会孕育出怎样的文明。但有一件事情是我确信无疑的。迄今为止，出现过各式各样的政治形态，唯一没有出现过的，就是没有领导者的政体。想来，太平洋世界也逃脱不了这一点。太平洋世界的领袖们，究竟会是怎样的人物呢？

一面干着脏活，一面保持着高洁的形象，这句话原本并不是用来评价丘吉尔的，它讲的是约翰·勒卡雷间谍小说中的一个英国间谍。大英帝国在赢得"二战"胜利之后，那些曾经的间谍似乎都不曾有机会进入领导层，只能在情报部门度过余生。而在其他国家，这40年来领导我们民众的，似乎是一批不用干脏话也没能保持住高洁形象的人物。

如果太平洋时代要创建"文明"的话，那它应该是超越现实的另一种形象的东西。

男人们的故事

写给男人们

男たちへ

[日] 盐野七生 著　徐越 译

中信出版集团 | 北京

图书在版编目（CIP）数据

写给男人们 / （日）盐野七生著；徐越译 . -- 北京：
中信出版社，2020.6
（男人们的故事）
ISBN 978-7-5217-1214-8

Ⅰ . ①写… Ⅱ . ①盐… ②徐… Ⅲ . ①随笔—作品集
—日本—现代 Ⅳ . ①I313.65

中国版本图书馆CIP数据核字(2019)第 258613 号

写给男人们

著　　者 : [日] 盐野七生
译　　者 : 徐　越
出版发行 : 中信出版集团股份有限公司
　　　　　（北京市朝阳区惠新东街甲 4 号富盛大厦 2 座　邮编　100029）
承 印 者 : 河北鹏润印刷有限公司

开　　本 : 880mm×1230mm　1/32　　　印　　张 : 10　　　字　　数 : 165 千字
版　　次 : 2020 年 6 月第 1 版　　　　印　　次 : 2020 年 6 月第 1 次印刷
京权图字 : 01-2015-1852　　　　　　　广告经营许可证 : 京朝工商广字第 8087 号
书　　号 : ISBN 978-7-5217-1214-8
定　　价 : 88.00 元（全三册）

目 录

第 1 章

有关聪明的男人

从前，其实不过就是30年前左右[1]，有一位名叫丸尾长显的风流人物。他是以脱衣舞出名的日剧音乐剧场的老板，因此也成了众人眼中的女性专家。像我这种在东京山之手[2]长大的典型的中产阶级家庭出身的女孩，尽管不可能出入那种场所，但也听说过他的名字。这位丸尾先生有一次向《文艺春秋》杂志投了一篇随笔，文章中有一句话，不可思议地印入我脑海，至今难忘。它的大意是：

> 女人，说到底，还是头脑好的最棒。

相较于平时高谈女性论，自诩女性主义者的那些人，身边真

---

1 本书日文原版出版于 1989 年，收录作者发表于杂志《花椿》1983 年 6 月刊至 1988 年 1 月刊的文章。——译者注（本书注释除特别注明外均为译者注）
2 之手泛指东京都中心区域。

正是裸女如云的丸尾先生，俨然更有说服力。我常常想，把那句话中的"女人"改成"男人"，结论应该也是一样的。

如果有机会和丸尾先生对谈，估计我俩很快就能达成共识。我们讲的"头脑好"，不是以能言善辩为标准的。无论在床上还是其他场合，一个人的行为规范，即最基本的品性，才是关键。所以，那些毕业于著名大学的热门学科，就职于一流企业、政府部门或高等学府的男人并不能和"头脑好"画等号，类似的例子屡见不鲜。有知识没教养的男人（以及女人）在日本比比皆是。

就是说，所谓"头脑好的男人"，具有独立的思考能力和判断力，不为偏见所困，相较于那些凡事强调主义、主张的人，他们更富有灵活的思维和敏锐的洞察力。

有些人看似平常却拥有自己的"哲学"。这里所谓的"哲学"并非深奥的学问，而是做事做人的"姿态"。因此，它与年龄无关，与社会地位、教育程度高低也没有关系。唯一的区别，就是有或没有。

我原打算找实例具体说明。碰巧在刚读完的一本书中发现了不错的内容，这里就以此为例介绍一下。

这本书名叫《和田勉的聊天室》，根据 NHK（日本放送协会）电视台的著名导演和田勉先生与 11 位名人对谈的内容汇集而成，书店的宣传广告称其"聚焦'舌战'十番"，由 PHP 研究所出版。

书中的 11 位名人各有特色，都挺有趣。而我个人觉得最有意思的，是和田勉与向田邦子[1]、丹波哲郎[2]两位的对话。内容之精彩不是语言可以描述的，所以这里就用特写镜头，给各位看几段"舌战"的场面。

和田：从人性角度来看，做演员属于最悲惨的一种生存方式。之所以说悲惨，是因为每个人都有自己的喜好。丹波先生在目前播放的《黄金的日子》（1978 年）里扮演了一个好角色，但一定也演过自己不喜欢的角色吧。为迎合剧中的人物，必须扭曲自己原本的人生观、社会观。导演必须剥下演员所有的自尊，有时候又不得不夸大其词地称赞他们，这是最大的问题。

丹波：看来你太不了解演员了。（笑）若问演员对扮演自己不喜欢的角色是否有抵触，我告诉你，完全没有。

和田：真的完全没有吗？

向田：虽然我不懂演员的生理结构，不过如果他们对角色产生一瞬间的着迷，大概就能演绎。说"着迷"是不是比较合适呢？

丹波：一点也不合适。没想到作家也不懂演员。（笑）演员，简单地说就是什么都想演。如果要追究做演员的动机，

1　向田邦子，日本著名编剧、随笔家、小说家。
2　丹波哲郎，日本著名演员。

那就是可以经历数百种人生。今天是鱼贩、木工，明天则变成了教授或军人，既能当乞丐也能做皇帝。一般人只能过五六十年的单味人生，而演员却能活五六千年。这大概是我们来者不拒的真正原因。

和田：可是，丹波先生你总有自己的偏好吧？

丹波：和田勉，我很想附和你，但真没有。

向田：不用接尾词，不就是一种偏好吗？

丹波：这个不算，是根据场合自然出现的语气。

向田：如果这样的话，那么扮演丹波本人，和作者笔下或者导演心目中的人物形象，不会有微妙的偏离吗？

丹波：演员对这种偏差无所谓，根本不在乎。

向田：我们将这种偏差的调节，交由导演处理。

丹波：我常常被问及会不会去琢磨角色的性格。我也不好意思说不会，所以基本上是"嗯""啊"作答。

和田：丹波先生您平时的发型就是今天这样吧。可演戏时，因角色需要，会梳成三七开或大背头等等，对这些事情你完全没有抵触吗？

丹波：我在《黄金的日子》中扮演宗久时之所以戴那个头套，是因为这个造型最简单且最适合我，与角色本身完全没有关系。演员的工作是演出那股气息。至于挖掘戏中人物的性格，那是导演的事情。制作方选角时，首先是想谁和宗久这个人物长相有些相似，结果想到了丹波哲郎。其余部分

写给男人们

就看演员自己怎么演了。我们都是凭感觉，自由发挥。

和田：正因为有你们这样强势的演员，电视台才会被说成"导演不在"。（笑）

真是妙语连珠！丹波哲郎有一张堂堂男子汉的脸，没想到他还有一颗上等的头脑，真令我意外。和田勉和已故的向田邦子的机智，倒是一点没让我吃惊。

在强调演员最重要的是营造氛围的同时，丹波哲郎在"舌战"的最后指出："不仅是演员，它同样也是决定编剧和导演水准的关键。"这句对近来缺乏本质的文化现象的评论，真是掷地有声。希望文章读物中也能加入这一句。而且，丹波还是一位对人际关系具有敏锐洞察力的人物。我们来看看他在这方面的见解。

丹波：我在军队时没指挥过一小队以上的士兵。这一点人，随时可能被歼灭，所以我索性跳出战壕在枪林弹雨下站着，这样一来，士兵们就不会看敌人而是都看着我。我自己一边提心吊胆，一边想着再撑30秒，这30秒里如果中弹那就算运气不好。30秒后不慌不忙地退回战壕。这种时候自己慌了神，对手下说什么都没用。相反，就像我说的那样行动之后，士兵们会变得像手足一样听话。

导演就是小队长。完全不理会演员意见一意孤行的导演，反而让人更觉得安心。就像中邪似的，大家对他言听计从。

演员，就是这样的人。

真希望能看到他在黑泽明手下工作，相信不会像胜新[1]那样最后和导演闹得不欢而散。

> 丹波：如果问我内幕，刚才已经说了，其实演员根本不听导演的话。但是呢，心里多少都有点想讨导演的欢心。所以，我们的目标是最接近的，即卖力演出不是为了让看剧的观众开心，而是想让眼前这个在大喊大叫的和田勉开心一点。这不是什么开枪打死 100 米之外的苍蝇的极难之技，而是用来福枪打 1 米内的目标，绝对命中。

这句话精准地点出了创作活动中的一个关键。我本人绝对不会去写剧本，和他所属的那个世界想必一生无缘。但是我在写作时，脑海中想的也不是读者，而是近距离存在的责任编辑，想写出令他（她）心悦诚服的东西。因为，我确信如果作品能顺利通过眼前这一关，远处那些不特定的多数读者都能接受。

最后，再举一个例子。

> 丹波：就算是我，也有喜欢和不喜欢的导演。我讨厌欺

---

1 胜新太郎，爱称胜新、日本著名演员、歌手，曾与黑泽明导演多次合作。

负弱者、无端杀害动物的导演。《猪与军舰》这部电影不错，但我讨厌它的导演。在电影的尾声部分，有一个五六只小狗的尸骸漂浮海上的镜头，拍摄时特地给小狗注射针剂，弄死它们后再浸到水里。如果是拍狗死亡的过程，也许只能用这种办法，但纯粹是尸体的镜头，扔几个小狗公仔到水里，效果其实是一样的。

这就是一个心智健全的人，对那些愚蠢的所谓艺术至上主义者的漂亮回击！为智慧的丹波哲郎干杯！

追记

此文发表后不久，有人告诉我丹波哲郎热衷于灵界。这样看来，关心灵界和头脑好并不矛盾。

说实话我本人对此倒是一点不吃惊。与历史人物有深度交流的我，似乎也可以称为灵界的爱好者。话说我交往的灵界朋友都是一等一的好男好女，不知道丹波先生交往的都是哪些朋友。

第 2 章

意大利男人被英国男人压倒的一章

　　佛罗伦萨大学医学院的妇产科，曾经有一位非常优雅端庄的美女医生。说"曾经"，是因为她现在已经不在那里工作。数年前，这位医生与英国人结婚，移居伦敦了。

　　在欧洲，婚礼通常于新娘的家乡举行。哪怕是坐拥城堡的伦敦贵族，新郎也得按礼数千里迢迢上门娶亲。就这样，这位英国新郎的家人、伴郎团，再加上一群亲朋好友，浩浩荡荡地来到了佛罗伦萨。

　　虽说参加婚礼不算小事，但毕竟万水千山出远门，不过那些英国人似乎完全不嫌麻烦。英国的上流精英阶层向来以喜爱意大利出名，佛罗伦萨更是他们中意的城市。如今经济不景气，情形不知是否有变，但在"二战"之前，英国的外交官、高级将领们在退休后，把移居佛罗伦萨开启新生活，视为一种优雅地度过余生的方式。时至今日，佛罗伦萨的中心街区依然可见到挂着"英

　　　　　　　　　　　　　　　　　写给男人们

国药房""英国面包房"等招牌的店铺，在"老英格兰商店"里，从苏格兰格子呢、羊绒毛衣，到红茶、饼干、巧克力，来自英国的产品应有尽有。可见，英国人把此地当作他们的"后花园"。

话说回来。既然了解英国人的佛罗伦萨情结，新娘一方自然是备下了叹为观止的当地"名产"来迎接这些即将成为亲戚的远方来客。婚礼场地选在建于山丘之上、堪称文艺复兴杰作的圣米尼亚托教堂，从那里可以俯瞰整个古城。婚宴则定在相反一侧的圣米歇尔别墅酒店。前身为修道院的这家酒店，位于菲耶索莱山中，可以远眺佛罗伦萨美景，规格高于市中心的威斯汀高级酒店，是佛罗伦萨最好的酒店。大英帝国再怎么宏伟，在中世纪文艺复兴的发祥地只能算个新贵。意大利娘家人为英国绅士们准备了一个他们在本土无法体验的绚烂舞台。

婚礼当日有让北方来客羡慕不已的好天气。南国特有的蓝天清澈透明，微风爽朗，春光和煦。因为是乘坐包机，客人们几乎同时到达，教堂前的广场仿佛瞬间变成了雅士谷赛马场，到处是衣香鬓影的淑女、绅士。

坦白地说，我对英国淑女们没什么感觉。虽然她们举手投足间流露出上等阶级的优越感，但在我看来多少还是粗了些，也许称得上端庄，但绝不精致。我不由得联想，绅士俱乐部、男同性恋之所以在英国流行，问题也许就出在她们身上。总之，如果只对比双方的女性，那么，意大利完胜英国。

首先，新娘美不胜收。婚纱是祖母结婚时穿过的老衣裳，那一袭繁复的蕾丝，一针一线全手工缝制，在如今根本不能想象。娇小的新娘裹在纤细的象牙色婚纱里，宛如热恋中的朱丽叶，三十多岁的人依然貌美如花。和米兰的贵妇们一样，佛罗伦萨良家女孩的美也是经久不衰的。倒是当日的"罗密欧"，或许是从事银行业的缘故，并没有让人感觉到多少浪漫的气质。当然，天下珠联璧合的伴侣向来不多。

　　新娘的女性友人们也是个个精彩。大学毕业论文以波提切利为主题的我，在移居佛罗伦萨之后，对这位画家的写实主义益发确信无疑。即便如此，我还是会为至今依然能遇到《春》中出现的那些女性而惊叹不已。每每邂逅这些天仙般的绝色，总让我觉得"漂亮女人"云云根本不算赞美，不过是一句安慰话。不仅天生丽质，姑娘们还很会打扮，佛罗伦萨的女装非常时尚，完全不逊色于巴黎。

　　因此，秀外慧中的意大利女性守住了优势的位子，但说到男性，就没有那么乐观了。

　　当日的舞台在意大利，而且是中世纪文艺复兴之花盛开的佛罗伦萨。意大利的男人们如果换上紧身裤，身披华丽的短斗篷，重现灿烂时代，那该多么有趣。如果嫌这种装束过于奇特，至少也应该穿上剪裁大胆的费雷或阿玛尼，充分彰显意大利人浪漫、冒险的气质。可惜，所有人都恪守传统，身着清一色的黑色晨礼服。在我看来，这正是他们败北的首要原因。英国一方的男士们

虽然也穿着晨礼服，但不是黑色，而是淡灰色。无论西装还是礼服，这类衣服原本就是根据英国人体型发明的。因此，不管体格健壮或贫弱，个头高大或矮小，英国人穿他们自己的"国服"，总归比其他国家的人穿显得更服帖、更有型。

佛罗伦萨大学医学院妇产科研究室的那些年轻医生在外表上完全不输给英国人。平均身高或许矮了5厘米左右，但个个身材健硕，没谁挺着个大肚子。比容貌，南欧向来出美男；论家世，至少有3位医生来自中世纪的古老贵族家庭。在我这个看客眼里，对比灰、黑两组人马，宛如观赏马上枪术比赛。

马上枪术比赛，是中世纪骑士们最炫的表演。赛的不仅是武术，还要比豪华的甲胄、服装和马衣。所以，我的联想大概不算过分。

尽管双方无人中枪落马，但让我觉得意大利一方"没戏了"的，是那组出现在教堂广场前的淡灰色礼服。不过当我见到英国人淡灰色礼服下的衬衫和领带时，就确信意大利人败北无疑了。这些来自西服本家的英国人，穿着耀眼夺目的条纹衬衫，其大胆程度简直到了无法无天的境地。再看西装背心的领口下露出的领带，如此花哨的原色，估计鱼市大哥也没胆量尝试。

他们穿的条纹衬衫，不是我们常见的那种斯斯文文的细条，而是条纹与条纹之间大约相隔2厘米，宽阔无比。其中一些人的条纹衬衫配的还是白色领子。衬衫与外套之间那件叫作"gilet"的背心，颜色也不是整齐划一的。中年以上的男性，基本上都穿着与外套同色的淡灰背心，新郎的兄弟、朋友等一群年轻人，则穿得色彩缤纷，不放过任何争奇斗艳的机会。疯狂的条纹衬衫配疯狂的领带，焦点集中于胸口至头颈的部位，哪怕容貌稍稍逊色，也不会引起多少注意。最具代表性的两位是新郎的哥哥和新郎剑桥大学时代的好友。

再观意大利一方。黑色的晨礼服搭配灰色背心，衬衫是所谓配正装的白色，连领带也是规规矩矩的银色，从上到下一丝不苟，反而更衬托出西服本家的英国人玩兴十足、游刃有余的底气。

"玩"，首先得有离经叛道的自信，才能尽兴。公认、自认欧洲第一时尚的意大利男子，竟然在着装上放不开手脚，着实令人叹息。而那些英国男子尽管一身大胆装扮，但绝不会解开外套的纽扣随性到底。这种分寸感，实在厉害。

意大利男人穿礼服，有点像那些漂亮的混血模特穿和服，也就是由专家帮忙穿上访问服[1]，腰带、足袋等配饰从头到脚不差分毫。而英国人，则像土生土长的京都老字号的少奶奶，和服的半衿配以彩色，穿出一股俏皮。不论东西南北，穿衣，从来都该是人穿衣而非衣穿人。当然，要穿得出神入化，需要深厚的底蕴。

婚宴上坐在我隔壁的英国男士戴着一对有趣的袖扣。我问他是不是母校的纪念品，他摇头答："带来两对袖扣，早上想用时却找

1　访问服是社交场合中一种较为正规的礼服，可以用于参加非亲属的婚宴、社交宴会、茶会，正式拜访他人等。特征是有"绘羽"图案——花纹图样横跨整个衣裙，甚至整件衣服都呈现出连续的图案。

不到了。我以为在这里总能买到合适的，不料意大利的袖扣都那么的正统。结果，发现这对挺好玩的，今天用过后便送给妻子。"

我瞄了一眼袖扣的内侧，顿时哑口无言，它们竟然是一对女人的耳环。"所谓绅士，任何时候都必须绅士。"我想起一位老朋友、牛津毕业的外交官说过的话，不禁露出一丝苦笑。

如果各位有机会去伦敦，我推荐大家去梅菲尔一带看看。在那里，充满嘲讽味的"绅士的玩乐"，不动声色地等候着众人的到来。

第 3 章

旧瓶装新酒

佛罗伦萨的市中心，有一间乔治·阿玛尼的专门店。一次，我从它边上经过，看见橱窗里挂着两件有趣的衬衫。其中一件，右半身水粉，左半身淡绿，另一件的左右两边也是不同色，一半深蓝，一半浅灰。两件衬衫都是白色的领子，袖口与袖管同色。

不愧是乔治·阿玛尼！我暗自叫好，遂推门而入，刚想开口问店员要橱窗同款，却对着衣服说不出话来。橱窗朝外而设，在店外看见的是衣服的正面，背面要进店后才能看见，大家都明白这个道理吧。我想说的是，当我看见衬衫背面时，伸出去的手僵在了半空。原来这两件是异色衬衫，后面巧妙地缝合在了一起。店员见怪不怪地笑称："想买这两件衬衫的客人，还真不少呢。"我说既然需求众多，阿玛尼先生应该考虑将它们制作成成品，我肯定会来买。

虽然店员答应一定会向老板转达我的要求，不过至今未见那两件衬衫上市。看来以大胆无畏的风格闻名天下的乔治·阿玛尼，还是缺乏销售异色衬衫的勇气，真是遗憾！那么有趣的衣服，绝对能让穿得一板一眼的英国男人们大开眼界。其实，衣服的颜色鲜艳，并不等于浮夸，关键是如何穿。

不仅是年轻人，许多成熟男子也不喜欢西装外套搭配衬衫、领带的装束。想来他们是讨厌中规中矩的妥协精神。为解救男人们于平凡之中，时装设计师们竭尽所能地付出了各种努力。

然而，外套＋衬衫＋领带的组合依然是男装的中流砥柱，无论什么梦幻的、崭新的设计都无法改变这一点。除了从事特殊行业，现实中大概没有哪个男人敢说自己没有西装、衬衫和领带。相较于我们女性，西装对男人，俨然更具有重要性。女人没有西式套装并不影响生活，但一个普通男人没一件西装外套，肯定有诸多的不便。

更何况，西装外套在一定程度上掩盖了男人肉体上的缺点，看来，在太空旅行普及之前，西装文化依然会持续下去。

话说回来，与女装相比，男士西装的款式实在乏善可陈，大约只有双排扣和单排扣，休闲型和正装型。那种叫 safari suit 的半袖猎装不是正统意义上的西装，所以，要推陈出新，唯有从颜色和图案上动脑筋。不过，它们的变化其实也相对有限。比如美国人爱穿的那种鲜艳的格子西装，格子的上装的确挺讨喜，倘若格子一路延伸至裤子，就让人有点受不了。

同样，衬衫的款式也很寡淡。如今谁要是穿花边衬衫，大概会被当作上台献唱的明星。

不过，我以为男人的西装衬衫，如同和服的长襦袢[1]，大可做各种尝试。有关它们的大胆尝试，在前一章已做表述。

最后，说说领带。领带的种类也不多，除了条形长领带和蝴蝶领结之外，最多是在敞开的领口系一条类似围巾的软带子。彰显个性依然得靠颜色和图案。在日本，常见到男士戴一种用景泰蓝环装饰的细绳领带，对此，我不敢恭维，这种东西连做领带代用品的资格都没有。

自由在受限的条件下，才是真正意义上的极致发挥。不仅艺术创作，着装打扮同样遵循此理。无限制的自由，导致艺术作品本质上的贫乏，当代艺术便是最典型的例子。还有所谓的自由恋爱，实际是泯灭了恋爱的原汁原味，相信真正爱过的人都会同意我的观点。此类精神活动，倘若不受到一些拘束，往往不能完全地燃烧激情。打着维持现状主义旗号的西装文化，其实也面对同样的问题。

再说下去，便成了文化论，这并非我的本意。还是转回来细说外套、衬衫和领带。

对衣服吹毛求疵的我，是不是特别中意西装笔挺的男人呢？

1　长襦袢是穿在和服里面的一层长衬内衣，主要功能是在穿着时保持和服的平整和外形的美观，同时也起到防污的作用。

完全不是。当然，像老派影星加里·格兰特、戴维·尼文那样真正无懈可击的绅士，我也非常喜欢。不过，大概没有人能一年365天，天天穿得无懈可击。如果身边真有这般男人，我自己大概先会累死。所幸，即便是绅士王国的英国男子也力不从心，这对女人是一个福音。

请大家想一想男士西装外套上的大小口袋。和我们女士西装上装饰用的口袋不同，它们的确是用来装东西的。胸口内侧的口袋放钱包，外侧的插钢笔等。下方两个口袋里更是林林总总，甚至放入一大串钥匙。虽不比女人，男人的随身物品其实也不少。

有一堆东西放在里面，口袋自然是越撑越大，有时候什么东西都不放，口袋依然鼓鼓囊囊收不回去。久而久之，外套的形状势必走样。裤子亦如此，腰围等处不会永远服帖如新。总而言之，但凡打算继续做男人，365天始终保持一丝不苟，简直是难以做到的事情。

说到做男人，我想起了若干年前在意大利大肆流行的"男人的手袋"。自认欧洲第一时尚的意大利男人们，似乎不能忍受塞满东西的口袋拖垮外套，于是想到用小包来解决问题。

然而，这股风潮盛行没几年便遭唾弃。想想的确滑稽，如果单纯为放随身物品，包的尺寸势必近似于女式小包，如果做成大大落落男儿相，又和手提皮包相差无几。在意大利男人拎着小手袋的那些日子，英国男人们一如既往地穿着口袋凸起的外套，而我也更偏爱"衣服松松垮垮，我自岿然不动"的男人。

女人，为了让自己变得美一些，可以不遗余力。理由非常清楚，因为美对女人是严肃的问题。然而男人之所以是男人，是因为他们认真的对象不在于此。如果有人认为我的观点过于保守老旧，那就错了。要知道，女人渴望的，从来都是不把精力花在打扮上的男人。

对男人而言，讲究衣着，不过是一种"游戏"，因此，只有玩得好和玩得逊之分。而且，"游戏"中存在着"越不当真玩得越好"的逆反性。

回国期间，我曾经接受一家男性杂志的访问，被问及喜欢哪种类型的男人。我回答"穿燕尾服好看的"，并补充说"牛仔裤穿得漂亮的男人，未必穿得好晚礼服，能驾驭晚礼服的男人，穿牛仔裤也一定帅气"。

游戏只存在于变化之中。换言之，有选择的自由才能享受乐趣。那些不屑正装，以只穿牛仔裤为傲的男人，不知不觉中，被意在自由解放的牛仔裤束缚，落入玩着玩着就当真的陷阱。将牛仔裤穿得一丝不苟的男人，和西装穿得一丝不苟的男人，同样滑稽可笑。

第 4 章

再论旧瓶装新酒

前一章说到（男士）衬衫如同和服的长襦袢。

那么，女式衬衫即女式上衣同样如此吗？其实不是。女式上衣也曾经作为长襦袢使用，但它作为独立的上衣存在已经有很长一段时间了。不过，单穿一件衬衫即可出门，大概是从 20 世纪才开始的。在此之前，女人外出，必须披上斗篷或披肩。

而另一方的男士衬衫，至今仍然维持着"内衣"的地位。不断变化的仅限于衣领和袖口的装饰，便是最好的证明。只穿一件衬衫，仅限于在家中休息的时候，或者是做会流汗的事情时，例如练习剑技等。哪怕是像日本这样没有西服传统的国家，如今男人在脱下外套时，不是也会说一声"抱歉，请允许我脱下外套"吗？在公司中穿衬衫工作的习惯，大概是受美国的影响吧。这种现象在欧洲远远少于日本和美国。

话说回来。正如长襦袢左右和服的完成度，相信衬衫也属于男子服装中的一个重要领域。我自己也有两套合成的和服，但没有化纤或合成的长襦袢。考虑到亲肤感和与身体的贴合，还是纯绢丝最好。

衬衫也同样如此。曾经有段时间流行免烫的合成化纤材料，那不过是"二战"结束后生活窘迫的一种体现。待形势趋于平稳、经济状态开始安定之后，衬衫面料又重新回到天然素材。如今在西欧，反而不容易找到非纯棉制的衬衫。想要追求舒适和色泽，只有回归纯棉或真丝面料。

而且，纯棉衬衫在折痕上保持微妙的膨胀。领子、叠袖的翻折，如果不是纯棉质地的厚度，就不会自然微妙地鼓起，也就和外套无法贴合。

通常洗衣店不会考虑这些细节。他们会把整件衬衫上满浆，再用机器熨烫，这样就破坏了纯棉材质特有的柔软感，僵硬到口袋不得不用手撕开。有时候见到印象很好的男人穿着这样的衬衫，我不禁会替他们感到难过。

衬衫上浆，只限于领口和纽扣部分，还有袖口。而且不是在清洗晾干时，是在熨烫时使用局部用的喷雾式的上浆液，想必日本也有类似的产品。至少在意大利，洗衣店不会将衬衫处理成硬邦邦的感觉。人们可以接受机器熨烫衬衫，但是对西装，尤其是上装，大概没有人蠢到愿意用大功率的机器。我想说的是，衬衫完全有足够的理由和西装外套享受同等待遇。如果对待男士衬衫，能拿出熨烫女式衬衣时所费的心思，过量上浆的惨状可能会得到小小的改善。

有关衬衫的颜色和图案，在上一章已做了描述，这里就不再重复。如此絮叨，也许给大家造成了一个印象，盐野七生这个女人为何对衬衫有着近似病态性的挑剔，所以请允许我在这里为自己做小小的辩护。

说起我对衬衫的考察，要回溯至20年之前。当时为了赚游学的费用，我为某服装公司做产品企划。我的任务是，一个月向东京总公司提交一篇有关意大利时尚信息或者建议的报告。有一次我交上了这样一份报告：

> 5月的罗马，西班牙阶梯开满杜鹃花，和煦的春风拂面而来……（想到在企划会议上读报告的人的尴尬，我至今觉得抱歉）
>
> 然而，行走在这条街上的日本男士们，清一色地穿着炭灰色的西装外套（当年在日本几乎所有人都穿这个颜色）配白色衬衫，宛如一群过街的老鼠。是否能尝试穿一些有颜色的衬衫呢？粉或紫色目前也许有难度，至少以淡蓝或米白为底色，配以竖条纹，想来日本勤恳朴实的诸位上班族，也可以接受。

后来回国时在百货店看见色彩缤纷的衬衫柜台，我那一刻的满足感，就请各位自己想象了。我至今心中还很自豪地认为，相较于写历史故事，我对日本的贡献，是为日本男人的胸口添上了色彩。

不过，如今回想起来有点遗憾的是，我没有提出制作拼色衬衫的建议。当时我成天参观遗址、出入美术馆，对于那些不胜其数的文艺复兴时代的绘画，我如果不是从历史或美术史的角度，而是以开拓衬衫新兴市场的视角观察，是应该能想到这个主意的。文艺复兴时期的意大利时尚，无论上衣还是长筒裤袜，都有两边使用不同颜色的款式，比如说右半身花纹，左半身素色等，样式丰富多彩。

当然，像这样连当今的意大利男人都没有想到的大胆撞色的衬衫，哪怕再进行大规模的宣传，对当时充其量将衬衫颜色从纯白换成淡色的日本男人而言，大概也是不可能接受的。不过，有着长年穿衬衫传统的英国等西欧男人们，也许会感兴趣，把它当作一种极致"玩心"的体现。真是太遗憾！作为徒子徒孙的日本，如果能向西装的鼻祖出口这样的衬衫，光是想想就令人愉快。说不定还能解决一部分服装行业后来出现的萎靡不振的问题。

正如我们女人对长襦袢的袖口如此重视一样，考察衬衫的最后一个关键点，就是袖口。就我个人趣味而言，除了配相当休闲的外套，衬衫最好是双叠袖款式。单层袖对外套的袖口缺乏点睛的效果，而且无法享受袖扣的乐趣。

每当西班牙前首相阿道弗·苏亚雷斯在电视上出现，我关注的不是他那张经典的西班牙美男子的脸，而是盯着他从西服袖口微微露出的衬衫袖口。它一定是双叠袖，而且在弯曲手臂的时候，露出的宽度在 1.5 厘米左右，永远像一条直线般的清爽利落。他还年轻，才 40 多岁，这个宽幅正好。不过，他的袖扣没法看清。西班牙男人比意大利男人更传统，袖扣想必是品质上好的圆形经典款。话说自费利佩·冈萨雷斯出任西班牙首相之后，我便失去了这点小小的欢乐。冈萨雷斯是社会党人，更偏爱开领衫或高领毛衣。为了给国民以温和革新派的印象，他在选举中以及成为首相后，才不得已穿上西装、系紧领带。如果和这位正派的人物谈论袖扣的乐趣，感觉会遭到"欧洲因此才会沉沦"的呵斥。

对领带，我则完全放弃"病态性分析"。我从来不送人领带，哪怕是关系再密切的男性友人。对衬衫如此不讲究的日本男人们，不知什么原因偏偏对领带有着强烈的个人趣向。正如不能推测他们的心理一样，要推测他们的兴趣同样困难，我没打算去冒这一类的风险。

而且，没有比像领带那样更需要考虑和外套、衬衫搭配的配饰了。就算知道对方大致穿怎样的外套及衬衫，根据穿衣人的心情还是会出现不同的组合，外人无法察觉到那些细微的变化。不管是丈夫还是其他人，我坚决不送领带，不知是因为控制男人的欲望不至于强烈到这一步，还是纯粹出于懈怠。毕竟是勒住脖子的东西，就留给他们自由的空间吧。

不过，对于固定领带的配饰，我无论如何要讲一句。日本男人使用最多的领带夹，我非常讨厌。除非是穿西装背心压住领带，不然它本来就会飘动。特地去固定，反而来得不自然。如果实在嫌它碍事，相较于领带夹，领带针会显得更自然、优雅。

佛罗伦萨不少首饰店，都有卖像小小插针盒般的领带针。顶部镶嵌着小小的宝石，背面的针用于固定领带。顶部的装饰不需要使用高价宝石，只是为领带再添加一份"玩心"。

第5章

论谎言的效用

母亲通常都会教导儿女不能撒谎。她们或者讲华盛顿和樱桃树的老故事，或者举现代的例子，向孩子解释尼克松下台是因为他谎称不知情，所以受到美国人民的唾弃。不过，对于这样的教育、家庭教养，似乎到了重新审视它们的时候。

把不说谎视为第一美德的美国人也许非常质朴，但作为一个拥有绝对力量的大国，他们这种简单直接的思维和行为模式给世界带来了太多负面影响。考虑到这一点，我们日本就不能简单地凡事都向华盛顿学习。我们自己就有"谎言中的真相"这般具有深刻洞察力的格言。

当然，我并不是说事事都得说谎。巧妙地说谎和只会说真话不同，它需要非常高的智慧，不是可以向所有人推荐的。俗话说的"假心假意"，就是典型的头脑不好的人撒的谎。这种程度的谎不说更好。

也就是说，谎言可以在不可说真话的场合发挥作用，是一种在对人性有着深刻洞察力的基础上达成的高等技术，傻瓜是做不来的。此外，只有狡猾的大人才说谎，"纯真的孩子不会说谎"的观点也是一个很大的误解。如果是聪明的孩子，同样能编出巧妙的谎话。这种时候，大人需要认识到这一点。如果仅仅因为孩子撒谎，一味严厉训斥，会影响孩子头脑的正常发育。

某家有一个还差几个月就到 5 岁的男孩。平时住在城里的小孩，偶尔去乡下祖母家，会觉得样样新鲜。奶奶也很宠宝贝孙子，每次来都会给他买新鞋子之类的东西，却不肯满足他去田野间的愿望，因为担心会弄脏新鞋子。为了孙子和鞋子双方的安全，奶奶想到一计，她对孙子说："不能跑太远，只能在家附近玩。远处有狼，特别是小河边最危险，绝不能靠近。"

可是，天下的孩子，就是为了做大人不允许的事情而诞生的，男孩当然还是去了远离祖母家的小河边。他坐在河堤上开心地晃着两条腿，晃着晃着左脚的鞋子掉进了河里，眼巴巴地看着它被河水冲走。男孩判断丢了刚买的新鞋子，比去小河边会更惹奶奶生气。果然，见到穿着一只鞋回到家中的孙子，奶奶开口便问还有一只去哪儿了。小男孩回答道："被狼叼去了。"

怎么可能有狼！但话是自己先说出来吓孙子的。据说，奶奶最后一语不发。

有一位母亲，常常教导她 10 岁的儿子："对女人，没必要什么真话都说出来。女人们没有蠢到不清楚自己真正的状况，所以不需要作为男人的你特地去提醒她。比如说，你就不必对我说："妈妈你今天的发型好奇怪！"妈妈在美发店刚弄完头发，心里比谁都清楚，正郁闷着呢。不过呢，既然知道妈妈的发型奇怪，你也不用说"妈妈你天天都很漂亮"，这叫假心假意，常常说这种话会被看成轻薄的人。你要知道的是，没必要说出真话的时候，就不要说。"

也许有人会担心，接受这种家庭教育，孩子长大后会结交坏朋友，万一再沾染毒品什么的那就无可救药了。在我看来，就算父母从小教育孩子要做人诚实，这种事如果要发生，还是会发生。孩子没有判断得失的能力，就容易走上歪道。如果平常父母能对孩子那些虽然天真却也是动足小脑筋编出来的谎话一笑了之，在关键时刻，孩子往往会说真话。

接下来说一个大人撒谎的例子。当然，它不会是天真烂漫的，而是老谋深算的谎言。曾经我最信赖的编辑从我的处女作《文艺复兴的女人们》起一直负责我的作品。说曾经，是因为几年前他患上不治之症英年早逝。我想，如果不是他长年担任我的编辑，作家盐野七生就不可能存在，因为这个人至少在我心目中是一位撒谎的高手。从他之后修改的结果来看，对于我最初的文稿，他的真心话应该是："这不行，不是可以公开发表的东西。"

但他没有这样说。

"你应该可以成为作品令男人也叹为观止的、少有的女作家。"

他很清楚我不是有作家梦的文艺青年，如果直言不讳相告，我立马会放弃写作。所以，在批评和鼓励之间，他判断采取鼓励的手段会更有效。不出所料，受到表扬感觉良好的我，忍受住了从那一天开始的所有的严酷训练。而且，看透我性格的他，不说我会成为同性喜爱的作家，而是说可以写出令异性——男人们惊叹的作品。倘若他说的是前者，我还不会那么有干劲。好像有一句话叫"看人下菜碟"，他就是以这种方式鞭策着我。那之后，他也撒过多次谎。不过呢，如果说我是相信谎言坚持写了15年，事情倒也单纯，实际却并非如此。

尽管他不断地说着好听的话，可我不相信那是出于他的真心，我从一开始就知道。但同时我又相信，人不可能说百分之百的谎话。

他的谎言中应该包含了百分之一的真实。纵使百分之一无法变成百分之百的真实，至少百分之十，说不定百分之二十可以做到，而这一切取决于我的意志。每次听那些话，我甚至能感受到他那种假若美梦成真的激情。

如上文所述，他屡次对我说谎。而且每一次的谎都撒得相当到位，恰好配合当时的作品主题和时间等情况。我呵呵笑着想对手也够狡猾的，还是一次次地中了他的圈套。确切地说，是我自己跳进了圈套。他最后的一个谎，是因为他已去世才能公开，否则，就是他和我之间永远的"秘谎"。

那是我准备开始写有关威尼斯历史的《海都物语》时的事情。这本书最终能写多长，连我这个作者也无法想象。而他一早就决定，在其担任总编的中央公论社旗下的文学杂志《海》上连载《海都物语》。

不料，在史料调研等前期准备工作结束，该进入写作阶段的当口，我怎么也不愿意拿起笔。那种状态和老式电池充电一样，充完电如果不立即使用，会自然放电，需要再充一次，所以必须掌握时机。他当然有说服我的办法，而且说了一个 15 年来堪称杰作中的杰作的大谎："明年的《海》就靠吉行淳之介 [1] 和你了。"

如果其他接受约稿的作家听到总编说这种话会有什么反应？一定会很生气吧。"吉行淳之介也就认了，盐野七生她一个新人凭什么成为主笔！"都是事实，不生气才怪呢。再说吉行淳之介先生又会怎么想呢？他是位通透的人，应该不会发火，发出苦笑是肯定的。也就是说，这一次的谎言对我没有效力。不过我也清楚，这是作为总编辑的他冒着消息走漏的风险撒的谎。所以在执笔《海都物语》期间，我从来没有对任何人提及，只是默默地把它放在心里。我认为，这是在玩"骗人"游戏时，必须守住的底线。

1　吉行淳之介（1924—1994），日本战后第三批新人派代表作家。曾获芥川文学奖、谷崎润一郎奖等文学大奖。代表作有《骤雨》《砂上的植物群》等。

第 6 章

再论谎言的效用

不记得是哪一次回国期间，我在入住的酒店房间，观看了电视播放的电影《罗密欧与朱丽叶》。虽然是意大利人泽菲雷里（Franco Zeffirelli）导演的电影，但由于是电视播放，所以换成了日文配音。刚开始我听的是配音，可是当播放到那个著名的阳台场面时，主人公日语的告白我无论如何也听不下去。我想起这种酒店的电视能转换成外语模式，于是后半场全程改听英文。

我一点也不擅长英文。不过大文豪莎士比亚的名作，就算非英语专业出身的我也能全文背诵。再说，我非常喜欢泽菲雷里导演的这部电影，曾经观看过两次，片中的细节记得清清楚楚。所以，即便中间有些台词听不太懂，我还是放弃了百分之百理解的日语配音，选择听上去比较悦耳的英语，这样更能沉醉于其中。

话说日语"爱"一词，为什么连我们日本人自己都不能被打动？听上去别扭的话，应该就是谎言吧。怎么会变成这样呢？

写给男人们

"Je t'aime" "Te amo" "I Love you"[1] 说出来是如此自然动听，可是轮到 "あなたを愛している"（我爱你）……

不过，如果是从女人嘴里说出来，听上去还是不错的。女人容易自我陶醉，"我爱你"之类的小蜜语，能够很自然地脱口而出。就是说，当女人说爱时，在相当程度上属于真情流露。

可是，男人用日语示爱，听上去就不是那么回事了，请大家试想一下高仓健说"我爱你"的场景。日本电影里的爱情戏大抵都无声展开，在我看来那是基于国情考虑，不知是不是这样。

那么，年轻一代的人说爱就能像模像样吗？事实同样令人绝望。用片假名写"アイシテイル"（我爱你），是他们非常清楚自己说不好的最好证明。可见，无言和用片假名表达没有什么不同，无论旧人类还是新人类，爱，对日本男人而言，始终是一句羞于启齿的"话"。

这就是说，日语中爱的表现力实际相当贫乏，缺少那种娓娓动听的韵律。应该说，日语原本就没有创造出带有韵律的"爱"的词汇。

"猫王"普雷斯利有一首歌《I want you, I need you, I Love you》。日本歌手该如何用日语演唱呢？难不成唱"我渴望你，我爱着你，我需要你"？听众来不及感动就会先笑翻吧，可见还得唱原文。此外，那些意大利的民歌，看译词每每让我乐不可支。想

1　依次是法语、拉丁语、英语的"我爱你"。

必译者也是绞尽了脑汁，像这样有趣的事情，我是不会公开提出质疑的。

歌剧同样如此。为了让听众更好地了解内容而改用日语演绎的这份苦心，我非常理解。但是，了解内容却无法沉醉于其中的艺术，大概就称不上艺术。

其实，完全不必忌讳原文。意大利人大都也不懂德文，可是瓦格纳的作品在佛罗伦萨上演时，用的就是德语。

艺术的问题暂且不谈，我们回到人生话题。那些只能以"アイシテイル"片假名方式说"我爱你"的日本年轻男子，说"我喜欢你"似乎毫无压力，张口就来。但高仓健那一代，这句话好像也用得很少。为他主演的爱情电影写剧本台词，编剧大概蛮轻松的。

或许是清楚现状，知道吾国男性不擅长用日语表达爱，因此我们日本女性大多满足于"喜欢"的程度。然而那样的恋爱淡而无味，大家是否心里清楚呢？

因为"喜欢"一词，可以用于所有对象，"喜欢工作""喜欢高尔夫""喜欢旅行""喜欢钓鱼"等等。"喜欢牛排"和"喜欢你"，至少在字面上是同样程度的喜欢。换作我，绝对无法容忍自己和那些玩意儿相提并论，哪怕我知道实质上的差异。

我本人也是经常提醒自己不要给恋人添麻烦。

但同时我也很清楚，恋人相处时，女友太麻烦男人会感到吃不消，但完全不添麻烦，又让他觉得缺了点什么。

换言之，世间的男子都喜欢有那么一点点"麻烦"。如果连这一点点都无法忍受，他就不算男人了。

所以，作为恋人，女人不妨尝试着给男人添点"麻烦"，要他们说出感觉别扭，或者羞于启齿的甜言蜜语，清清楚楚地讲"我爱你"。

想来，他说这句话时，一定很害羞、很犹豫。然而，不管是否需要破釜沉舟的勇气才能做到这一步，只要他开口告白，之后便顺风顺水。其中原因，我接下来说明。

人就是这样，哪怕心中再有爱，说与不说，日后的感情发展完全不同。因为心里的感觉耳朵是听不见的。相反，一旦说出口，最先听到的就是自己。也就是说，心思会转换成语言这种清晰的形式，进入大脑。而男人，但凡不经过他们大脑的东西，绝对不会长留于心。

因此，内容中包含了多少真实并不是问题。关键是，通过嘴巴表达之后，真实才会出现。

"没有真实的空洞语言，我不想听。待有了真心，能为自己说的话负责时，再来讲给我听。"说这种话的自以为聪明的女人，可以说是完全不懂男人，准确地说是不懂人的本性。

当男人第二次说同样的话时，肯定会少了一些最初的犹豫，然后是第三次、第四次……不知不觉地，他会发现真的爱上了对方。对此，比任何人都感到惊讶的，首先是他自己。

内在与外形之间，微妙且迷幻的变化就在于此。

每当听见或看见"爱不必说出口""超越语言的爱情"之类的说辞，甚至令我有些悲哀。这是永远不懂唯有与人相处才能享受到这种愉快、感情迟钝的人才会说的话。

禁忌的芳香，如果不打破禁锢就无法嗅到。那些所谓大男人不得轻易挂在嘴边的话，女人们不妨试着让他们说出口。哪怕煞费苦心、不择手段，也绝对值得一试。看到那些说出"禁语"的男人的变化后，相信大家一定能够同意我的观点。只要能跨过第一道坎，接下来的坎，就容易多了。

无论是语言还是行动，客观形式对实质内容所产生的影响，并非只有爱情语言一例。一些父母不让孩子叫自己爸爸妈妈，而是要求其直呼其名，也属于同样性质。

不知那些父母是怎么想的。难道是希望通过废除父（母）子关系，和孩子也建立朋友关系吗？

反正我是完全不能理解这种行为的。对孩子来说，朋友可以有很多，父母却是唯一。社交能力再强大的人，也只有一父一母。为什么要将这种唯一的关系，变成广而泛的朋友关系呢？怎么想都觉得那些人是对为人父母没有信心，而不幸的是他们的孩子们。

有一次，我和一对带着两个幼孩的年轻夫妻，一起坐帆船出海旅行了三四天。那次的经历，让我痛下决心再也不和这样的家庭同行。

两个孩子完全不听父母的教导。说来也正常，平素互称朋友的人突然摆出权威，孩子们当然不会买账。所谓朋友关系，若不是处于对等的立场相互理解，是不可能成立的。和 5 岁的孩子建立平等关系，根本就是勉为其难。结果，我不堪忍受，丝毫没有享受到乘坐帆船的乐趣。

不管是恋人还是夫妻，男女之间，要有一些有别于朋友的东西才不至于无趣，正如父母与孩子的关系。漫漫人生中能遇见真爱的机会并不多。因此，当幸运眷顾时，我们应该努力地去让自己尽情品尝这份甜蜜。各位觉得如何呢？

第 7 章

用"同样语言"对话的尊严

被誉为文艺复兴精神代表之一的意大利政治哲学家尼克罗·马基雅维利，曾经写过一封信，是写给佛罗伦萨共和国驻罗马教廷的大使弗朗切斯科·韦托里的。因受到政变的牵连不得不蛰居佛罗伦萨郊外山庄的马基雅维利，在信中以幽默的笔调，向好友叙说了与以前位居政府中枢时大相径庭的单调生活：早晨，携但丁、彼特拉克的诗集去森林读书；归途顺道拐进小酒馆，和在那里吃饭的旅人们聊天，了解世间发生的事情；回家和家人共进午餐；午餐后再去家附近的那间酒馆，这一次是去玩牌，牌友们都是农民，个个大嗓门，粗野的声音甚至传至邻近的村庄。接下来，马基雅维利这样写道：

> 夜幕降临，我回到家中，走进书斋。在门口我脱下沾满灰土的日常衣服，换上官服。待穿戴好贵族的宫廷服，我就

回到了古老的宫廷。在那里，我受到他们热情的欢迎。我吃着他们专门为我做的，也是我为此而活的食物。在那里，我毫不羞涩地和他们交谈，询问他们行为的理由，他们会像平常人一样回答我的问题。

在这 4 个小时里，我一点不感觉无聊，忘却了所有的烦恼，不再害怕贫穷，也不再畏惧死亡。我已全身心地融入了他们的世界。

但丁曾经说过：听到的事情不去思考整理，就成不了学问。所以，我决定把我和古人们的对话试着整理成一篇题为《君主论》的小论文。我会尽量围绕这个主题做探究分析，什么是君主国家、它有哪些类型、如何才能成为君主、怎样才能维持君主的地位、为何会失去地位……

信的最后部分，讲述的是著名的《君主论》——俗称马基雅维利主义的根源的作品——的表现手法，如今是非常重要的史料，不过这里我们不谈这部分，重点放在前面一段，前往古代宫廷，和古人即历史上的著名人物谈话。

但是，真实的场景又是怎样的呢？马基雅维利虽然个子不矮，却是一个丑男。这个长相寒碜的 40 岁男人，背靠烧着柴火的暖炉，独自在木桌前坐下，一手托腮，两眼怔怔地望着半空，时而眼中放出光亮，时而颔首低眉，时而拿起羽毛笔在一沓纸上唰唰写个不停，时而止住，再次回到手托腮、眼放空的状态，喃喃自语着别人听不懂的话。他大概每天晚上 4 个小时都重复着这样的事情。如果边上有人看见此番情形，想必会怒声呵斥，什么古代宫廷，什么和古人对话，别再犯蠢，认真想想怎样打理家里那一小片地吧。

在后世成为畅销书的《君主论》，在马基雅维利生前没有出版，初版也是在他死去 5 年之后的 1532 年才发行的。他一分钱也没赚到。貌似相当现实的马基雅维利夫人，也把这样的丈夫看成"没出息"的人，马基雅维利只能给可以用同样语言交流的好友写信。

这种和古人的对话，如果被对方嘲笑净是些发痴胡话，就无法交流了。至少是觉得"原来那家伙每天晚上玩 4 个小时穿越古代的游戏"，彼此方能顺畅交流。这封信的收信人弗朗切斯科·韦托里和马基雅维利一样都是佛罗伦萨共和国的官员，但他是驻罗马的大使，是"有出息"的官员。也正因为如此，他不能像马基雅维利那样畅所欲言。以个人来说，韦托里仅仅因为是马基雅维利的好友之一，才在史上留下一笔。但对于天才马基雅维利的"胡言乱语"，他却是一个能微笑着理解的男人。

所谓的朋友，关系就应该如此吧。而且，能得到这样的友情的眷顾，不仅仅取决于对方的品质，自己的"质量"往往也起到决定性的作用。像我就认为马基雅维利是一个非常出色的男人。虽然他又丑又不会赚钱，但还是很棒。如果判断男人价值的基准中有一项是"noble"（这个词译成"贵族式"往往给人固定的印象，我还是直接用"noble"），那么信中马基雅维利的表现完全

　　　　　　　　　　　　　　　写给男人们

符合这个评语。像他那样拥有自己世界的男人，怎么会不出色？用和古人对话的形式表达心声的男人，不算出色又算什么呢？在我们周围，虽然没有马基雅维利一般的天才，但是像他那样拥有"noble 之魂"的人其实不少。能否发现他们，要看我们自己心中拥有多少美好。

我有一位正在恋爱中的女性朋友，对方也很爱她，但他们两人既不能结婚也无法同居。女人有女人的问题，男人也有男人的隐情，总之做不了夫妻。

人们常说要和相爱的人结婚，失去爱情的婚姻不必维持下去。然而，现实并不能如此干脆地一刀两断。保持爱情或成全爱情，并不限于恋爱、结婚或同居这一类幸运的形式，和当事人的勇气也没有关系。近来奔放的生活方式往往成为人们赞誉的对象。但能够始终保持奔放的人，仅限于原本条件就得天独厚，或者是老话所说的，对人际关系粗线条的"生性大胆"之人。而不伦之恋，是被对人伦关系敏感的恋人一再冠以骂名的恋情，真是一个很讽刺的现实。

不伦之恋，也是隐世之恋。我这位女友不能向任何人公开这段恋情——男方是有一定社会地位的人。据说她甚至没有告诉自己的母亲，我当然也不知道对方是谁。不过，这样的形式并非她的初衷。她曾经说过："我打心底里想和他结婚。希望让全日本都知道，我爱的人如此出色，我被这个出色的人爱着。"

我对她说，恋爱和交通事故相似。有人一辈子都不会碰上，也有不知算幸运还是不幸的人几度遭遇。不过，估计这种话对她没什么安慰作用。

女友决定死后被埋葬在无主坟地。据说上野的某个寺庙有供奉无缘佛的墓地，可以和那些无亲无故的人埋在一起。即便有家人，只要本人有意也可以埋在那里。据说是她男友先说起这件事情，于是她也决定死后和他一起去无主坟地，两人都在遗书中清楚地交代了这一点。对她而言，没有比死后和爱人一起入葬无主坟地来得更愉快的梦想。

如果有人嘲笑说这是无聊透顶的浪漫主义，又有何妨呢？我在听她说这件事时，忍不住想象在装满大小骨头的墓地中，被远远地分开放着的两块骨头，一面打着招呼说"抱歉"，一面挤开其他骨头逐渐靠近的画面，于是很没有同情心地笑出了声。女友听了我的想象同样大笑不止。据说后来她还告诉了情人，那个男人也觉得十分有趣。

只能在无主坟地实现的爱情，无论是不伦之恋还是什么恋，都属于真正的恋爱。现实是如此的滑稽，又如此的无奈，但我们还是得面对，微笑、乐观地生活下去。一边笑着，一边认真地听对方"胡言乱语"，无论是出于友情还是爱情，这都是对喜爱的人的一种礼仪。这种时刻，两人之间的对话，就是他人无法理解的"同样的语言"。

我认为，一生中哪怕能够拥有一次这样的关系，都属于幸运

写给男人们

的人。还真是和交通事故一样，有人因此死亡，有人身负重伤，也有人不过是擦破了一点皮，每个人所付出的代价是不同的。然而，如此的相遇相知完全值得付出代价。至少，可以由衷地说，活着真好。

经常听人评论说某某是没有话题的人。其实，完全没有话题的人是不存在的，不过是对话的双方没有共通的话题，或者说精神上无法交流。如果仅限于共通，只要是职场的同事、同乡之间，一定找得到说不完的话题。然而，要寻觅到能在同一个"世界"畅游的伙伴，双方就必须拥有"同样的语言"。这和恋爱有点相似，有人一生遇不到真爱，也有人幸运地屡屡与真爱相遇。

第 8 章

装扮的美好

在上一章介绍的马基雅维利的信件中，有一段很美的文字：

> 夜幕降临，我回到家中，走进书斋。在门口我脱下沾满灰土的日常衣服，换上官服。穿戴好贵族的宫廷服，我就回到了古老的宫廷……在那里，我毫不羞涩地和他们交谈，询问他们行为的理由，他们像平常人一样回答我的问题。

为了和历史上的著名人物见面对话，马基雅维利脱下脏脏的便服，特地换上他以前在佛罗伦萨共和国担任公职期间，和他国使节会面时穿的官服。用他的话说这是尊重礼仪。学者们对这封信后边有关《君主论》诞生过程的内容十分重视，而我却对换上官服这段无法忘怀。没有任何人看见，何必特地换上束手束脚的官服呢？但马基雅维利却选择以这样的形式来保持自我。我想，它正体现了装扮的真正意义。

近来就算是意大利，人们去看戏、听音乐会或歌剧时也不再讲究着装。以前，穿着毛衣去那种地方的人，只有坐在 3 楼俗称天花板座的学生们。由家长带着的年轻女孩，即便不是花她们自己的钱坐在特等席或一二层楼，也会穿上相应的服装。这既是对演出的艺术家们的礼貌，也是向他人展现自己的机会。

日本因为情况特殊，下班时间过于接近演出时间，来不及回家换衣服，所以除了基本上是提供给有闲人士观赏的歌舞伎和帝剧之外，人们去剧院通常没有特殊的服装。不过，近来盛装打扮去剧院的人似乎越来越多，哪怕纯粹是不想枉费昂贵的戏票，我也觉得是一个很好的现象。对舞台上身着黑色西装或长礼服的演奏家们而言，眼前一排排牛仔裤的情形太过现实，无法令他们充分沉浸于"表演"的愉悦之情。穿上异于日常的服装，既是对那些传达与日常生活不同内容的艺术家的礼貌，同时也是作为受众的观众，享受非日常体验的一个很不错的方法。对那些着便服即可的邀约，虽然明白对方是好心不想增加客人的麻烦，但我多少还是会感到厌倦。

接下来再介绍一个反例，证明并非事事都是西方好。

偶尔我会和来意大利的日本人一起去当地的银行，他们总是瞪大了眼睛打量着银行内的环境。如果是银行业的人，更会从吃惊变成赞叹。因为银行的工作人员，不仅女性，甚至连男性也享受着着装的自由。日本的银行虽然没有非藏青色不可的规矩，但可能是要维持正经行业的形象，没有人会穿鲜艳颜色的西装。

银行的工作在时间和收入上都很稳定，因此在意大利也是一个好职业。也许正因为收入稳定，原本就热爱时尚的意大利男人，更专注于打扮。意大利新颖时尚的男装，目前在世界上首屈一指。如果想了解流行趋势，最好去银行看看。大学校园里是看不到的。在不热心学习的同时对服装也不上心，似乎成了如今大学生们炫耀年轻的方式。夏天T恤配牛仔裤，冬天毛衣配牛仔裤，外面再套一件防风夹克，很遗憾地成了他们的标准搭配。所以只有去银行。在那里我们可以看到华伦天奴、阿玛尼的时尚如何在实际生活中被发挥展示。

不过，如果只说衣着上的赏心悦目，不谈其他，对日本的同行们似乎欠公平。

意大利的银行职员们，上班都穿着个性十足的服装，工作态度同样也是个性十足。所谓富有个性化的工作态度，就是把意大利男人天生爱亲近人的社交性加倍发挥。我不过就是去窗口取个钱，一旦遇上相熟的职员，他势必主动寒暄："有一段时间没见到您了，是去旅行了吗？皮肤晒得好漂亮哦……"诸如此类。

如果没有其他的客人，在不给别人造成麻烦的情况下，闲聊几句话倒也无妨，毕竟这也算一种人际关系。但如果后面排着长长的队伍，从小严格接受日本人公德教育的我，这么有一搭没一搭地说话心里就会觉得非常不安。若是站在长长的队伍中，望着窗口前没完没了的聊天情形，就更火冒三丈了。

写给男人们

当然，如果只是这点事情，还是能够容忍的。银行职员也是人，喜欢聊天也是他们个性的流露。不过，这类个性的流露，我想在日本是绝不会发生的，在意大利流露得有些过度，让人也感到有些棘手。我在日本的银行取钱，向来是拿了就走，而在意大利柜台，必须一张张数清楚。那些职员其实没有恶意，不是存心的。

　　"这是您儿子吗？混血儿长得就是可爱啊。小朋友一半是日本人，一定会去学柔道吧。"基本上就是这样一边和蔼可亲地说着话，一边手里数着纸钞，时不时就把钱给数错了。

　　我们对银行的期待，是提供正确且高效的服务，不是工作人员个性的发挥。日本银行的制服，即使没有个性也完全不影响银行原本的业务，所以我认为还是那种非个性化的制服最适合银行。

　　制服，或者说类似制服的装束，基本上都有变美的效果。机长、空姐们穿制服时很漂亮，但同样一个人穿便服走在街上，往往给人的感觉不过如此。医生也是这样。看见那个穿着白大褂在大学附属医院中忙忙碌碌，认真聆听患者家属倾诉的男人，真的无法相信他和早上为红茶泡得太浓而生气的男人，是同一个人。人在职场上自信的表现和工作时穿的服装两者结合，整个形象会变得比实际更好看，看上去格外有型。哪怕不像机长、医生那样有掌控人命的特殊性，建筑工地上戴着安全帽的工人们，同样也很神气。

　　如果要举和工作无关的制服例子，那么首先就是学生服。让学生穿上统一的服装，也许初衷是让学生在读书期间专心学习，不要把时间浪费在穿衣打扮上。这一点我也很赞同，不过对于像日本学生那样，将无论何时何地穿制服总没错的观念无限制"利用"，我无法认同。那种连求职面试时都穿着学生制服的年轻人，实在够蠢的。而喜爱这种装束的负责面试的公司人事负责人们，比愚蠢的学生更愚蠢。学生制服的好，在于它只有学生时代才有机会穿。想享受这种人生中不会有第二次的体验，最好是好好享受。没有比存心把学生服、水手服穿得松松垮垮，来得更丑陋、更不成体统的。

我建议重新恢复对"不成体统"的评判基准。至于它的判断方法，相较于有理有据的结论，把纯粹来自感官上的感受作为评价标准，会更有说服力。

话说回来，最顶级的制服，说到底还是军服。愣头愣脑的美国南部乡村的年轻人，穿上英气十足的海军装，即刻有种判若两人的感觉。似乎最不适合穿军服的法国男人，如果穿上那支令人闻风丧胆的伞兵部队的制服，相信个个也是威风凛凛。尽管我对皇家蓝被滥用于学生服、婚礼服、葬礼服十分反感，可是在派对上看见穿着皇家蓝士官服的军人，依然觉得赏心悦目。我不喜欢战争，但相信军服是最显男人美的装扮。纳粹军服在具备了军服所必需的一切条件之上，创造出另一种审美。像元帅制服上使用的那抹红色，简直是神来之笔。纳粹时代的德国人，在绘画和建筑上的表现平庸至极，只有军服堪称杰作。那是因为他们深知军人的本性，懂得如何从外观上去改变精神。无论是谁，哪怕是成日穿着破破烂烂牛仔裤的年轻人，都会情不自禁地"咔嚓嚓"并拢长筒皮靴。

　　对"着装应该符合穿衣人个性"的这种传统说法，我完全不赞成。我相信表现出穿衣人的个性，才是穿衣打扮的重点。正因为这样，它才有趣、美好。

第 9 章

所谓“美人如画”

　　女性从事的职业不少，但是以女作家为主人公的小说、电影却不多，甚至可以说几乎没有。设计师、歌手、音乐家、画家、舞蹈家、艺妓、陪酒女郎、女演员、空姐、教师，还有编辑，都能成为小说、电视剧、电影的主人公，然而被归类于女性作家这一行业的女性，却鲜有机会享受此等待遇。有时候我会绝望地想，难道是因为我们写字的女人都长得丑吗？事实上，美丽的女作家大有人在。既然如此，为什么她们就不能成为文艺作品的主人公呢？

　　大概在两三年前，美国制作了一部以两位女作家为主人公的电影，片名在日本似乎译成《最好的朋友》，在意大利则叫《有钱有名》[1]。既有钱又有名的美国女作家的生活状态这一题材，当然令我兴致勃勃，在意大利上映的首日便前去观看。

---

[1]　1981 年美国电影 *Rich and Famous*，中文译《琼楼旧梦话当年》。

主人公分别由坎迪斯·伯根（Candice Bergen）和杰奎琳·比塞特（Jacqueline Bisset）扮演，两位都是名副其实的美女。了解成功和美貌同行的故事，是一件赏心悦目的事情。

我先说结论：剧情平平，缺乏新意。大学时代的挚友，在成为作家之后，依然保持着友情，虽然维系的方式有些奇妙。两人同业却不同类，杰奎琳·比塞特扮演的是纯文学作家，坎迪斯·伯根则是超级畅销的通俗小说家。两位文风不同的作家，在外形上也有着鲜明对照。"纯文学作家"烫着廉价的卷发，素面朝天，哪怕高价的衣服，也存心要穿出漫不经心的气质。相反，"通俗小说家"披貂皮，戴宝石，妆容无懈可击。两人在纽约时下榻的酒店，趣味同样迥异。"纯文学作家"选择小而美的欧洲式酒店，"通俗小说家"则包下华尔道夫酒店的一层楼面。

尽管作品销路不畅，严肃文学在美国似乎也备受尊崇，"纯文学作家"是文学奖的评委，而比好友名气大又多金的"通俗小说家"，却始终处于被评的一方，因此对文坛的权威地位渴望不已。

这部电影让我看得乐不可支，不禁联想到自己。爱精美衣服、爱皮草宝石，化妆也是仔仔细细，完全属于"通俗小说家"的类型。不过对酒店的偏好，倒是与"纯文学作家"一致。可惜，我既不是文学奖评委，也没有超级畅销的作品，与多金更是无缘，这一点税务局绝对能够为我证明。如此看来，她们两人的缺点被我占尽。

再说说两位主人公的异性关系。或许因为活得太现实，"通俗小说家"的周边几乎不见男人的身影，最终连丈夫都被"纯文学作家"抢去。"纯文学作家"仿佛以"活在当下"为人生至高目标，相遇即缘分，男朋友来来去去，走马灯一般，连坐趟飞机也不肯消停，要与邻座的陌生男子挤在洗手间里云雨一番。在那么狭窄的地方施展身手，我边笑边为美国的同行感叹，将"纯文学"进行到底，着实不易。

诸如此类表现女作家生活状态的一幕幕虽然有趣，但电影中她们作为职业作家工作时的关键场面却寥寥无几。其中有一场讲"通俗小说家"与丈夫就寝时，突然来了灵感，一骨碌坐起身，下床直奔书房，在纸上唰唰写下几行字。而"纯文学作家"从头至尾只有一个接受杂志采访的工作场景，当然少不了与采访的记者又迸射出爱的火花。撇开男欢女爱，能证明两位主人公职业作家身份的镜头，真是少得可怜。

看着"纯文学作家"遇上男人便即刻进攻或被攻陷，我想她大概是在为日后老去写回忆录搜集素材。相较于普通人小清新的恋爱，她的情感历程宛如一场壮举。即便是以"纯文学"方式叙述，作品势必也会畅销无疑。眼下的各种放浪不羁，都是为一生唯一一部畅销作品积攒素材。

总而言之，两位主人公各自以不同的方式，呈现了职业作家的生态，但影片中却从来没出现过她们坐在桌前写作的场景。当时西方人写作大多用打字机，哪怕有一个打字的镜头也好，结果也没有出现。想来导演是认为作家从事本职工作时的模样，实在

　　　　　　　　　　　　　　　写给男人们

勾勒不出一幅美丽的画面。当我意识到这一点时，仿佛明白了女作家鲜能成为影视、小说作品主人公的原因。

有关女作家的题材，在日本又是如何表现的呢？以林芙美子为主角的电视剧，我没有看过，不知剧情是否像她的小说《放浪记》那样，忠实地再现了其"壮烈"的半生，也不知有没有她写这本小说时的场面。虽然性质有别，但面对稿纸的辛劳不亚于流浪。然而写字大概还是没有出现在镜头里吧。不能如"画"的场景，哪怕找名角演绎，终究成不了"画"。

我这里做一个尝试，模仿镜头中芭蕾舞演员对镜练舞的方式，来表现女作家写作时的场景。顺便说一下，芭蕾舞演员的举手投足，每一个动作都是一幅画。再看看另一方作家的情形。整齐的书桌上，放着一沓稿纸，稿纸边上搁着吸满墨水的钢笔。我本人是坐在椅子上写作的，那么就让镜头下的女作家坐在椅子上面对书桌。她会穿什么衣服呢？虽然不出门，但难保不会有客人临时拜访，因此不能过分随便，可又不能穿得束手束脚妨碍写作，所以毛衣配长裙大概比较合适。

坐在书桌边的女作家拿起钢笔，在雪白的稿纸上飞快地写下一行行文字。如果事实如此，倒也是一帧潇洒的画面。然而这种理想的状态，一年365天也不会出现1天。写作前先回看一遍前日写下的内容，能够随即接下去写的情况，365天中大概也就只有30天。通常是，脑海中想着什么，视线落在空白的稿纸上，或茫然投向窗外的风景。过了一会儿，又仿佛脱兔一般急急地在稿纸上走笔。不过，这种状态没有维持多久，她会再次扔下笔，双手捂住脸，又一次陷入思考。

久久找不到头绪的她，站起身在房中走来走去。当然，不会像拿破仑似的两手抄在背后踱方步，而是甩甩手臂，揉揉肩膀，放松一下僵硬的肌肉，其间脑子仍没有放弃思考。

突然，她停下脚步，两手叉腰凝视着不远处书桌上的文稿。几分钟后，她拎起裙摆迅速地跑到书桌前坐下，重新拿起了笔。当然，下笔如有神的状态依然很短暂，但总算写完了一个段落，这一次钢笔被安静地搁在稿纸旁。她拿起香烟点上火，心满意足地吸了一口。吐出的烟无意中形成圆圈。感到有趣的她，不停地尝试着将烟吐成一个个甜甜圈，思路再次中断。

稍后，她终于回过神，不得不重新整理混乱的思路。时而捂着脸冥思苦想，时而回看写完的稿纸，时而翻出史料查阅。原本干净的书桌上，除稿纸之外，多出了字典、便签、参考书等等，烟灰缸中同样也是满满的烟蒂。

这般场面，客气点称苦吟，实际见到还真是相当滑稽，相信再厉害的作家、导演，也无力将此勾勒成一幅美丽的图画。只有杂志的照片，才能定格作家端坐于书桌前在雪白的稿纸上运笔如飞的画面。哪怕真有这样长期保持理想状态的女作家，除了喜欢前卫电影的观众，想来没有人愿意花一个小时去看那些写字的场景。总而言之，我们这些著书撰稿的女人，无法如"画"。

不能如"画"，意味着难以成为主角。不能成为主角，意味着

　　　　　　　　　　　　写给男人们

这是一门无法凭借女性魅力、只能靠实力打拼的职业。相较于一些如"画"的工作，写作不是一门利多的营生，一丝不苟地观察着试管的女科学家反而更"美如画"。换言之，女作家不受男性的喜爱。

我希望尚未决定未来职业的年轻女孩在选择时，考虑一下以上的不利因素。一般来说，选择通俗小说中经常出现的女主角的职业，大概是最保险的。因为主人公一定会有恋人，而她所从事的工作的性质，通常也具备令大多读者相信恋人能喜欢上她的说服力。

当然，如果有人觉得这种以世俗眼光挑选女友的男人根本不值得交往，那倒是可以考虑作家这一行业。

第 10 章

行家的意见

自 1 月 13 日起连续 4 天，秋冬男装展在佛罗伦萨举行。男装之后是童装、女装，令人眼花缭乱的各类时装展轮番登场，展示不同风格、类型、面料的服装，已成为每年的惯例。毕竟这里是与罗马、米兰比肩的意大利时尚三大发源地之一。我正在写有关男人的文章，碰巧又收到了请帖，于是决定去看看展览。

展览之前是在通商会馆举行的，从几年前开始，展览会场移至位于佛罗伦萨旧城西端的老城堡。城堡原本就是为上千名士兵抵挡敌军长达数月的围城而建的，所以在宽大的中庭设展实在是小事一桩。这座建造于文艺复兴后期的城堡，不仅用于时装展，意大利各地土特产展等大规模展览也常常在此举行。

步入与古色古香的城堡奇妙地融合为一体的，堪称现代建筑之典型的会场，顿时被那股男人追求魅力的气势压倒。参展商数量的增加，使得作品在质量和种类上更为丰富多彩。

我个人以为，当今的意大利男装远超其他国家，走在世界的前列，也许是因为意大利人对色彩、线条有敏锐的感觉吧。其实他们并不是只用鲜艳的色彩，哪怕素朴的颜色，在他们手中也会变得绚丽。意大利人能辨别出细微的色差，对色量有精准的感觉。在他们看来搭配颜色哪怕有一丝误差，也会破坏整体的协调性。既有玩心又很实用，这也许正是意大利时装成功的关键。

　　各家品牌展厅的陈列也相当有趣，想必是请专业设计师布置的，它们又是一次意大利时尚的荟萃。看着一个接一个精彩的展柜，我不禁想把它们原封不动地搬回日本去做展览。

　　会场中也出现了一些日本买家的身影。对这些不得不走遍巨大的会场看完巨量展品的人而言，观展应该是相当辛苦的事情吧，所有人的脸上都带着刚跑完马拉松似的疲倦神情。

　　我不是来工作的，对满目美色自然不会疲倦。见到感觉不错的展品，会想到日本的某位朋友，愉快地想象着衣服穿在他身上的模样。当然，仅仅是想象而已，送衣服易招来误解，我不会真的那样做。

　　在会场发现了曾经见过一次面的设计师，我突然想对他做一个采访，有时听听专家的意见还是挺不错的。设计师的国籍是意大利，名字叫缇尼·巴格蒂尼，年龄 37 岁，如果男女结合才算结婚的话，那么他未婚。他在米兰的美术学校毕业后，又攻读了服装设计专业的硕士学位。我每次回日本都很忙，几乎没时间去百货店，不清楚实际情况，但据说他设计的男士针织衫在"英国屋"等高级男装柜台有销售。这样看来，巴格蒂尼算是成功地打入了日本市场。他从男装起步，现在也做女装。不过以我个人的趣味看，他的男装要好得多。以下是我和他的一问一答：

"对男人而言，最优美的是什么？"

"肩、胸、腰的线条。保持自然又注重修身。"

"哦。身形相对没有优势的普通的日本男子，也适用于这个定义吗？"

"当然，并不是人人都有盎格鲁－撒克逊人、日耳曼人般的体格。像我自己，个子也不高。"

经他这么一说，我仔细地打量了一番。今天的缇尼·巴格蒂尼身穿肩膀稍宽的斜纹软呢外套，里面穿着领子和袖口拼接白色的红白细条纹衬衫，带黑色蝴蝶领结。因为隔桌而坐，所以看不见裤子和鞋子。

"再请教一个问题。怎样才算优雅的男士着装？"

"第一，一点点英伦复古风。第二，美国色。第三，一和二经意大利的精致感过滤后的东西。"

所谓一点点英伦复古风，我很理解。最近我也热衷于第二次世界大战前的欧洲时尚，为了穿上效仿那个时代的窄身衣裙至少还要瘦2千克，结果男性友人们纷纷反对。首饰我也喜欢那个年代的设计。真正的老货属于古董级，价格贵得很难下手，为找些做工精致的仿制品我煞费苦心，可至今也没遇到中意的。在我看来，那个时代才是欧洲最像欧洲的最后岁月，如果说男装，也只有回到当年的统治者——英国那里寻根。欧洲过去的好时光，在20世纪30年代结束了。

所以，英伦复古风我已经懂了。第二要素的美国色我不太明白。于是再问，他是这样回答的：

"就是美国男人喜欢的颜色呀。原色基本上都是。"

讲到原色，我一直以为是意大利的特产，看来并非如此。听他解释后，我明白了一件事，原来颜色中还有天真无邪色。而优雅男士着装的决定因素，就是他说的第三点，大概意思是那些时尚元素都要以意大利风格来表现。

这种抽象的解释不能说不好。和身为文字人的我不同，设计师是形和色之人。如果要了解我的想法，与其热心听我说话，不如独自熟读我的书。同样，了解设计师的最好方法，就是看其作品。不过，相信大家还是能从对话中感觉到一些东西。

我继续问相关问题。

"要到什么年纪，才能穿出属于自己的优雅？"

"40 岁以后。肯定是这样。"

"原来如此。那么 20 多岁的年轻男子该如何打扮呢？"

"尝试着穿穿父亲 20 世纪 40 年代的衣服，应该挺有趣的。再搭配一点皮革的元素。"

20 世纪 40 年代是"二战"前后的年代。在那个时代度过青春的父亲们，不是成天都穿着军绿色的工装吗？尤其是日本。眼前这位意大利的实力派设计师，大概是想说如果有当年的旧西装不妨试试。意思我多少能明白。

"那么，30多岁男人，怎样穿才能显得优雅呢？"

针对这个问题，巴格蒂尼大致的回答是，主要看个人的性格。但要记住一点，不可用力过度。太含糊其词了。30多岁正是他本人现在的年龄。无法清晰地分析自己这一代倒是挺有意思的。我似乎第一次看到了他人性上的一面。

真的，30多岁的男人好有趣。没有比他们写起来更难却让我写得如此愉快的一代了。在他们那个年龄，由于遇到的人不同，有人会变回年轻的20岁，也有人会像40岁的男人一般成熟。30多岁，对男人而言，也许是从摇摆走向大器的最后一站。

我换了一个话题，询问他对日本时尚的感想。

"带着恶趣味，有过度的攻击性。"

按照他的说法，过度的装饰，根本不配叫时尚。我本人也是除了狂欢节，不会穿那种开着破洞、剪得须须拉拉的衣服，所以能够理解。不过这也让我想起，在像现在这样找到自己的风格，觉得传统服饰更有意思之前，20多岁时候的我，打扮也够有攻击性的。我想，这是光有无穷的欲望，却找不到实现手段的那个年龄的特色吧。郁闷的结果带来恶趣味，似乎也说得过去。品位好的年轻孩子，反而让人不舒服。巴格蒂尼又补充了一句："如果只限于日本设计师的话，在目前的浮华风过去之后出现的人是一个问题。因为我们真正的竞争对手是他们。"

　　巴格蒂尼的新款系列，以蓝色、咖啡色、灰色为主色调，不见浓烈的原色，即便有也是稍稍点缀而已。我一面眺望着白色墙壁上宛如浮雕般陈列的服装，一面不可思议地感慨，从架子上随便挑一件毛衣，无论是穿在校园内匆匆行走的 20 岁的大学生身上，还是年过 60 岁的男人穿着它坐在桌前吃着安静的周末早餐，都很得体。女人却做不到这一点。不仅是洋装，和服亦如此。20岁的女人与 60 岁的女人，是穿不了同款衣服的。即使穿上，势必有一方在勉强行事。而所谓男人衣品的上等趣味，应该是发现某些超越年龄的元素，并懂得如何发挥它们。

第 11 章

送什么样的礼物给女人

刚去欧洲生活的时候，我认识的男性朋友们，不可思议地大多数都是优质男。我想这是因为我在大学时学习的是他们高中时读过的西方古典作品，有着共通的文化基础吧。哪怕是没有主题的聊天，如果彼此能理解对话中出现的典故，闲聊也会变得更有意思。拜这种交流所赐，我的"优质"男性朋友们送给我的东西中，书籍占压倒性多数。

那是 20 多年前的旧话，所以在当时的欧洲，日本女孩还是十分少见的。一个来自地球另一端的异文化圈的稀有人种，竟然和自己谈着相通的话题，有着同样的笑点，自认欧洲文明精英的他们，想来是带着小小的优越感发挥了热情。而我也不会小心眼地对待这些知识上的刺激，送给我的书我会立即阅读，积极发表感想。那时我的语言能力根本不够表达，显得相当着急，而他们的态度总是非常耐心。能交到好朋友是多么美好的事情！当时的我就是这样心满意足地享受着每一天。

有一次我和"优质"男性友人中的一位，决定开车去希腊旅行，中间还发生了一件趣事。当时我在罗马租下公寓，以当地为据点做放射状的旅行，所以那一次也是从罗马开车先到意大利南部的布林迪西，再从那里搭乘渡船，一个晚上的时间就能到达希腊。我们顺利抵达布林迪西之后，离开船还有一段时间，于是决定在意大利吃最后一顿晚餐，便走进了一间临港的餐厅。

和隔壁桌独自用餐的男人说话，是在晚饭快结束的时候。也许是他一个人太无聊，也许是像来自英国的男人和一个日本女人用意大利语对话的景象，引发了他的好奇心，他主动过来打招呼。

这个意大利男人先介绍自己是米兰一家公司的销售员，负责意大利南部地区的销售。然后，他问我的朋友，能不能将剩余的产品送给这位女士（也就是我）。在得到男伴的允许之后，他拿出了东西。

他送的是一个造型简单的银手镯和一条虽然是纯丝但并没有什么特别之处的围巾。尽管那时的我并不宽裕，但如果想买这类小东西还是负担得起的。但这位销售员懂礼节，在向有男伴的女性赠送礼物时，首先会征得男方的许可，而且知道如何送出礼品（直接交到对方的手里，实在很刻板无趣）。他亲手为我戴上手镯，将围巾轻轻地戴在我的脖子上。

手镯没过多久就被我弄丢了。那条围巾，如今戴在热衷于扮西部牛仔的我家儿子的脖子上。然而，手镯戴在手腕上时的凉意，围巾绕在脖子上的轻柔，那种如沐春风的感官上的快感，时隔20年，还宛如昨天才发生。和那位销售员分别后，我忍不住想挑衅一下我的优质男性友人。

"如果不是对希腊之旅期待了很久，说不定我会跟那个男人跑了。"

当然，我不会真心为了萍水相逢的销售员而抛下知性的友人。我不过是想让他知道，收到书我当然开心，但书这种礼物带来的快感是精神上的。除了书之外，还有那种肌肤直接感受的东西。

几年以后，我又遇见一件相当"优质"的事情。这次是经法国的朋友介绍，我与电影导演卢基诺·维斯康蒂（Luchino Visconti）有了交往。如今他已经是在日本都人气爆发的大红人。我认识他的时候，他虽然作为意大利电影的代表人物在欧美、日本等地受到肯定，但尚未达到前几年在日本掀起热潮的程度。不管怎么说都是名人的这位电影导演，之所以不嫌弃地和我这样的女人来往，我想是因为他没觉得我是女人。

众所周知，他是一个只对同性感兴趣的男人。应该说他对女人不是不感兴趣，只不过因为身上流淌着中世纪古老的贵族血液，可以说是把老欧洲最好的一面展现得淋漓尽致，因此他理想中的女性，也必须是带着老欧洲美好一面的女人。换个说法，就是"永远的女神"。或许是因为维斯康蒂幸运地拥有一位非常优雅美丽的母亲，反而使得现实中的女性在他眼里总是不够完美。他曾经和我说起，童年时，如果母亲晚上出门去宴会，他无论如何也不肯先睡。直到听见母亲乘坐的马车进入庭院，才会安心地闭上眼睛。维斯康蒂的家里一直挂着如天鹅一般美丽的母亲的照片。

维斯康蒂拍电影，常常会起用西尔瓦娜·曼加诺（Silvana Mangano）和克劳迪娅·卡汀娜（Claudia Cardinale）。这两位女星我也知道，的确长得很美，但是是粗俗的美，也许说是"雌性美"更合适。我想，维斯康蒂心目中的女人，要么远在天边，要么带着原始的野性。而我不属于其中的任何一类，所以对他来说不是女人。

何况，当时的我只是刚入行的无名作家，有大把的时间。只要接到敬爱的维斯康蒂先生的邀请，肯定二话不说如期赴约。我们住得很近，而且不知道为什么，和他同住的两位未婚的妹妹也很喜欢我。

就这样，作为一个轻松的存在，我经常跟着维斯康蒂出行，既看过他导演的歌剧的彩排，也和他的工作伙伴们一起吃过晚餐。他购物时也常常带上我。他拍片时向男主角赠送高价礼物的习惯，向来是很有名的。

有一段时期，主演维斯康蒂电影的男演员们收了导演什么礼物，我全都知道。它们通通是直接接触肌肤的东西，让人感叹不已。在真正意义上属于贵族的卢基诺·维斯康蒂，有意识地做了我在布林迪西遇见的销售员无意识做的事情。

他和销售员的区别，不在于礼物的价格，昂贵或平价不是关键。不同的是，维斯康蒂让店员送去对方那里，他绝不会自己提着礼物上门亲手给对方穿戴上。尽管如此，就是我这个陪在边上的人，都能想象男演员打开盒子，拿出礼物披上身时的样子。真是一个绝妙的主意。我几乎可以肯定，在收到皮草大衣时，那个像一头雄性动物的年轻德国人，势必会赤身裸体地站在镜子前披上大衣。我个人并不怎么喜欢那位演员，但必须承认，没有什么比这件皮草大衣更能展现他的雄性魅力。

我想维斯康蒂的演技指导用的就是这个方法。他在挑选礼物时，脑海里一定想着主角的性格，应该说他想要的那个"形"是介于男女之间的模糊又妖冶的感官美。然后，演员们按照他的要求，做出那些动作，说出那些话，就算是大功告成了。事实上，无论电影还是戏剧，维斯康蒂是将一匹单纯的雄性变得有"形"有"色"的高手。日本翻译成《夏之岚》的那部电影，原名叫 *Senso*，是"感官、情欲"的意思。那些被送出的皮草、宝石和羊绒的薄毛衣，也许只是用来唤醒只有一副美皮囊的雄性们心底沉睡着的爱欲的小道具而已。

我对同性爱完全不抱成见。无论对方是异性还是同性，关键在于这种关系本身的状态。如果是有爱情介入的关系，那么在甜美的决斗中，礼物就是武器。不过，如果认为送上巧克力和鲜花就算是完成任务，那就等于没有有效地使用武器。至于那些相信什么都不送也能传达自己感情的男人，就更不值得一提了。

话说回来，女人是一个棘手的存在，真的很难缠。因为她们不满足于和男人保持简单的关系。既喜欢皮草、宝石，也喜欢鲜花（巧克力吃了会发胖，姑且可以忍着不碰）。有时候想看文艺电影，读点深奥的书籍，听见"这香水的味道和你好像"，心怦怦乱跳个不停……

总而言之，对女人，能送什么就送什么。她会根据收到的礼物，让你看到各式各样的面貌。

追记

绝对不能赠送的礼品——胸罩和内裤。

在购买这两件物品时，女人会守在试衣间里闭门不出，直到遇见完全合身的东西。也就是说它们属于女人倾情投入的对象。何况，不是还有"再亲密的关系也要讲礼节"一说吗？

第 12 章

有关在人前哭泣的男人

有些男人会当着人面哭泣。近来时不时遭遇这种场面，让我不由得感叹，难道男儿有泪不轻弹的老规矩已经消失了吗？

究竟是怎样的男人才会在人前哭泣呢？应该说"哭得出来"更恰当。不管怎么说，在只有女人才能哭的传统下长大的我看来，这属于不可思议的现象。其实，女人也不可以当着外人的面哭泣，至少我父母是这样教导的。

我留心地观察了一下周围的人。不知是幸还是不幸，我认识的男人中没有一个属于这种类型。所以，无法以实例来和女人的哭泣做对比，只能从"哭泣"这个心理状态，对此现象做一些考察。

哭泣，到底是怎么一回事呢？

首先，悲伤的时候哭，或者说因为感觉悲伤所以哭。

其次，高兴的时候哭。比如说赢了比赛的男人们，会哇哇地放声大哭。

写给男人们

第三，感到滑稽的时候哭。遇上或听到滑稽的事，笑出眼泪。想必人人都有类似的经验。

第四，同情的时候哭。虽然和自己没有切身的关系却被引得流下眼泪。比如说我回日本期间，看见遗留中国的战争孤儿回国寻亲的电视报道，鼻子忍不住一阵阵发酸。

第五，我不知道该叫它什么，就是读书、看电影电视时落泪。它和第四种看似接近，都和自己无关，但它的特征不是被谁惹哭，而是自发性的。

当然，这种"想哭"的心理，和前四种一样都因人而异。令很多人潸然泪下的电视剧《阿信》的童年部分，我就一点也哭不出来。对那些曾经吃过很多苦的成功人士，我虽然觉得很不容易，但是总能从他们成功后的言行举止中，窥见一些扭曲或穷酸的东西。每次看到那些都让我感到，人最好还是在阳光下长大。

我并不认为从来没吃过苦就是好事，只是认为，人有幸运和不幸之分。

不过，人在 40 岁之前，运气大多是老天给的，过了 40 岁，运气大多是自己给的。

回到原来的话题。单是一个"哭泣"现象也有各种类型，本篇的主题是"哭泣的男人"，因此，这里不谈第二至第五种类型，锁定第一种。不管怎么说，它是最常见的哭泣。所以，接下来我就谈谈因为悲伤而在人前哭泣的男人。

可是，人真正悲伤的时候，会哭吗？

我有一位在佛罗伦萨美术馆工作的年轻朋友。她最近失去了 8 岁的儿子。那孩子死于一场意外事故，所以是突如其来的灾难。

不幸发生后，没有人见过她的眼泪。在人前号啕大哭的是其丈夫。而她，没有落过一滴眼泪。绝望似乎令她停止了思想，做任何事情似乎都是机械的反应。可连我也不知道的是，她的胃也停止了工作，吃不下东西。尽管她依然在机械地进食，但吃下去不出 30 分钟，又全部吐了出来，胃在代替她本人拒绝吃饭。她的丈夫对此非常反感，伤心流泪他一定是懂的，却无法理解呕吐这件事情。

在失去儿子 6 个月之后，她离开了家。而丈夫在妻子离家出走不到 6 个月，便开始和其他女人同居，准备等正式离婚后再婚。我这位朋友至今还孤身一人。悲伤也许会随着时间而淡化，心灵也许能找到新的寄托，但绝望不会。所以，"忘记过去往前看"这种泛泛的劝慰，我无论如何也对她说不出口。在外人眼里，她是一位出色的专家，身上完全不见阴影。而我每次见到她，总是唏嘘地想，真正的绝望令眼泪枯竭。无论女人还是男人，大概都是如此。

在本篇开始的部分，我说过，要谈论的不是"在人前哭泣的男人"，而是"在人前哭得出来的男人"。

因为，哪怕是"哭泣"这一个小小的行为，也如上例所示，分为"做得到"和"做不到"两种人。伤痛的量并不是关键，因为从本质上说都是一样的。我想原因不在于量或质，在于每一个人表达悲伤的方式不同，也就是说性格不同。

　　　　　　　　　　　　　　写给男人们

有人因为一点点事情便哽咽抽泣，甚至哭个不停。像这样一类人，无论是在人前还是人后都能哭。对他们而言，哭不哭不是伤痛程度的问题，是感到悲伤就会哭。

　　我不是说这样不好，只是想说，有人容易感伤，而有些人不容易。换一种说法，想象力丰富的人，大多容易感伤。想象力令他们体会到比实际痛苦更深的悲哀。再换一种说法，就是容易代入感情。

　　很丢脸地说：我也曾经为丁点大的事哭过。那是几年前我患上神经性胃炎时发生的事情。这种病基本上属于作家的职业病，没什么大惊小怪的。但是身体稍有不适立马神经兮兮的我，即刻想到会不会得了癌症。我去医院做了钡餐造影，然而把片子拿给医生朋友们看，得到的是不同的答案。妇产科的医生瞄了一眼 X 光片便对我说，你的脸看上去不像癌症病人，给出了一个非常不科学的诊断。而耳鼻喉科医生的见解是，胃的前端好像有点弯，同样讲得似是而非。

　　这下又让我觉得意大利的医生不可靠，专科医生姑且不论，总而言之，整体水准让人不敢放心。碰巧那个时候，这个领域的权威造访本地，我惶恐不安地带着片子去找他看诊。那位权威是日本人，他告诉我虽然片子拍得不够清晰，不过没有看见胃癌的典型征兆。如果不放心，回日本时可以再做个胃镜检查。给出非科学诊断的妇科医生也表示，日本是治疗胃癌的"先进国家"，你回去大可查个痛快。

当时距离我回国还有 2 个月的时间。在那些日子里，作家常有的想象力和再现历史必备的感情代入能力，被我发挥到了极致。

我的死会给日本文学界带来多大损失，我倒是没想过，只是对工作不得不半途而废感到有些惋惜。最大的问题是：留下 9 岁的儿子怎么办？

只要静下来，我就会想到将要和儿子"永别"，一面流着泪一面考虑如何告诉他真相。如今回想是相当滑稽，当时可是一想起来就忍不住哭泣。我想象的"永别"，那真正是既戏剧性又伤感，还保持着克制的"杰作"。而最陶醉于其中的，不用说，就是我本人。

如果那时胃炎没能得到及时治疗转成癌症，我不是想象而是可以断定，实际情况既不会戏剧性也不会伤感，流的眼泪也会更少。同样是悲剧，它绝对是一场无法让人陶醉的悲剧。人们之所以能沉浸于悲剧之中，正因为它不是残酷的现实。

当众抽泣哽咽的男人，往往会被看成在做戏，这还真怨不了别人。悲情戏，还是留给一些愚蠢的女人演吧。

不过，有一种泪是可以流的，那就是当女人提出分手时，哭着恳求她留下的男人的泪。男女反之亦如此。那种场合的眼泪，是舍弃自尊心、不顾一切的真心流露。尽管哭也不保证对方就能回心转意，应该说几乎不可能，但还是应该选择去那样做。那一刻不存在自我陶醉，也没有它存在的余地。

写给男人们

男女之间，如果尊重"善始善终"的话，相较于双方干脆地分手，似乎更应该有一方流着眼泪告别。而那一刻的男儿泪，我认为是唯一可以被原谅的眼泪。

第 13 章

有关时尚的男人

近来，哪怕是日本，时尚的男人也变得多了起来。非常好。

堂堂正正挑战"君子不修边幅"的观念。

然而，时尚男们在我们这些对男人从来不吝颂词的女人眼中，成了饶有兴趣的研究对象。

首先，我以时尚为基准，试着将男人分为几类。

第一类，一眼就能看出的时尚男。

第二类，看不出时尚的时尚男（不愿随大溜的男人和随大溜的男人）。

第三类，嫌麻烦不打扮的男人。

第四类，天然纪念物。

基本上可以分为以上几类。

先来剖析第一类，一看就知道会打扮的时尚男。这类男人真正是自己、他人都认可的时尚人士。不过他们的时尚水准，意外地属于大众喜爱型。比如说某人去打高尔夫，球场的女职员们会放下手边的工作，跑去围观他当日的装束；或者是在女子大学兼课的国立大学老师，常常被女大学生们称赞从来没见过某某先生穿过相同的衣服等等。所以，这类时尚男，完全不能打动像我这样眼睛毒辣的女人。他们身上没有令"眼睛毒辣"的人眼前一亮的时尚元素。也就是说，他们追求的是最大公约数的时尚。既然是最大公约数，那么就和时尚的本质——"冒险"，相距甚远。

尽管如此，或许应该说正因为如此，这些男人对于"服装是为彰显着装人个性而存在"之类，只有平庸的设计师才会说的那一套深信不疑。每每在和这些时尚男接触，都让我觉得他们的个性似乎也处于最大公约数的水平。根据我迄今为止的经验，这个判断应该没有错。

时尚之人，不分男女，都属于有自我表现欲的人。然而，第一类时尚男自我表现的手法非常直白，不带任何隐晦，因为他们喜爱的就是能让别人一眼就看懂的时尚，可爱倒是挺可爱的。对女人而言，没有比他们更容易驾驭的男人了。我并不是说他们能力有限，只是认为这一类心思也是让人一目了然的男人，对女人比较有利。

而且，他们几乎毫无例外地，对所有的女人都很温柔。他们不是想对女人好才释出善意，而是认为对女人必须温柔。大多数的女人都很喜欢他们，本能地知道这一类男人是无害的，但同时，在真正攸关自身利益的问题上，他们属于无足轻重的存在。

接下来看第二类，看不出时尚的时尚男。首先分析不愿随大溜的这一款。

我先说结论。无论是作为老公还是恋人，没有比这类男人更难应付的男人了，大概还是做朋友安全。刚才说过爱打扮是自我表现欲的一种，而第二类男人的表现形式过于做作。比如说，他们穿高价的毛衣配一条褪色的牛仔裤，这身打扮不是随意而是刻意搭配的。既不想让人看出自己追求时尚，又希望表现出与众不同。

我并不是批评高价和廉价衣服混搭不好，有时候甚至觉得这种方式很棒。但始终刻意保持这种风格，似乎能看见这类男人沉淀于心底的一些扭曲的东西，令人避之不及。精神过分扭曲的人，看什么人什么事都会不顺眼。没有比这种精神状态更悲哀的了。

而另一款随大溜的男人还有救。这种人做丈夫不错。不过，在我看来，像他们这样听说领带针不错，便戴上众人同款的行为，和领带上面那张脸一样无趣。随大溜，原本就是一种合乎社会最大基准的无趣的生活方式。

不过，这类男人中没有坏人。他们也许不算有趣的存在，但绝没有坏心。对待女人，同样是以普世价值观真诚相待。如果说安定是令女人美丽的要素之一，那么他们在这方面是有所贡献的。

话题转向第三类嫌麻烦不愿打扮的男人。有不少男人都会说太麻烦懒得打扮。每次听见，我都很想告诉他们，这种话还是不说为妙。因为嫌麻烦的心态，不仅仅反映在着装打扮上，它关联所有的事情。而且，嫌麻烦往往是缺乏感受性、好奇心的幌子，就像说没有时间一样。对于没有时间读书的说辞，我是绝对不相信的。

不过在日本，很意外地，人们似乎很宽容地接受这样的借口。太麻烦不想打扮、没时间看电影等等，凡事都以"工作忙"这个了不起的借口搪塞。再这样发展下去，做爱也会因为工作太忙被省略。说到底就是除了忙于工作，生活淡而无味。

他们穿的衣服基本上都是妻子选的，而能够容忍这类男人的女人，也不可能有趣，就是说是不懂男人的女人。结果，男人穿着的就是这种女人挑选的无趣的衣服。男人装是不是女人选的，不知为什么，几乎一眼就能看出来。

最后，来说说天然纪念物。我定义他们为"天然纪念物"，其实是找不到适当的词汇描述。也许被归类于这一类的男人，是真正属于常常被一般男人拿来做挡箭牌用的所谓"君子不修边幅"之人。

首先，这类男人，几乎毫无例外，都是在事业上拥有绝对自信的人。当然，这个绝对不是百分之百。一般男人的自信心有时候是百分之二十，有时候会增至百分之五十，往往不能保持一致。而这些男人知道，自信是由对自己才能百分之六十的信心，和百分之四十超越自己才能的，也可以被称为"命运"的东西，二者微妙地组合而建立的。换言之，他们非常懂得，想在事业上取得成功，就得尽量保证这个比例的持久性。而他们的自信，正在于相信自己能做到这一点。这类人也许就是日语说的"大器之人"。

工作上能如此绝妙地满足自我表现欲的这类男人，对在时尚上表现自我的必要性，几乎本能地予以否定。他们不是出于"男人爱打扮会影响工作"之类在某种意义上属于有理有据的判断进行的否定，而是天生就没有这方面的欲望。

那么，他们是否就欠缺美感呢？完全不是。虽然自己不修边幅，但是对于他人的着装，尤其是对女人的美丽打扮，他们有着敏感的反应。只不过，他们不像其他男人，尤其是那些一目了然的时尚男，会当场给予赞美。也许，我们对君子不能强求太多吧。

说到这些男人的具体穿着，也是很一言难尽的。

既不能说没有品位，也完全不是我们普通人心目中那种上品的着装打扮。如果不是对他们有深度观察的女人，大概会给出"没有品位"的评价。那么，他们是不是穿得和平常人不同呢？要说不同似乎有点不同，说差不多好像也差不多，但绝对不会给人带来不快。他们的着装整体而言，给人一种奇特的感觉。

我的朋友中，有两三个着装极不可思议的男人。看见意大利最新的时装，我有时真想买下送给他们，让他们来个大变身应该是蛮有趣的。不过愉快的小心思瞬间就会消失，说到底我还是希望他们能保持现状，或者说不舍得改动他们。天然纪念物正因为具有稀有价值才被称为天然纪念物，观赏原生态最好。

但这类男人，是真正的厉害角色。女人尽量不要去接近，他们不属于我们能驾驭的男人，完全没有天真可爱之处。表面上松松垮垮，实际上心思缜密至极。对这种男人，也许只能全面投降，不仅是女人，其他男人也如此。

写给男人们

第 14 章

男女不平等的建议

由于是间接听说的传闻，所以我不能确定真实性。据称，小野洋子女士曾经说过："男女平等？为什么我们优秀的女性要放低姿态，降格去和男人保持平等关系？"

不愧是学姐！同样毕业于学习院大学的我，读到这句话时乐不可支。

有趣之余，我发现这是很美国化的视角。在像我这种在欧洲成长的人看来，在美国度过青春的日本人，思路多少有些过分地简单直接，让人跟不上节奏。这种倾向不仅反映在男女平等的问题上，在政治、外交上同样如此。

这里，我们姑且不谈美国化、欧洲化，就以土生土长的日本人的思路，来考虑一下男女平等的问题。它既不有趣也不复杂，事实上非常正统，就一句话：男人和女人必须平等。

倘若稿酬上有男女之别，我肯定怒不可遏。如果是按照市场供需原则，名气大的作家的稿费高于我，我可以坦然接受，仅因为我是女性而降低价格，那绝对是要生气的。所幸，在我从事的自由职业这个世界里，不存在类似的性别歧视问题。那些在工作中遭受歧视的女性希望废除待遇差别的心情，我非常能够理解。总而言之，社会上、法律上的差别应该废除，趋向男女平等。

然而，世间的事情并不全是靠修改社会、法律的规定便能解决的，尤其是男人和女人的关系。如果是个体对个体，会出现不少法律无法约束的现象。换言之，它们属于精神层面的问题。

先说结论。对我而言，公正平等的人际关系，只存在于同性之间。而与男性，可以说毫无例外地从来就没有平等过，我更不像洋子女士那样地位高人一等，而几乎始终处于劣势。占优势的，应该说让他们占优势的，都是男人。为什么要这样做？这样更显感官性嘛。

我与女性编辑之间，是公正平等的人际关系的最典型例子。我有两位在工作上配合得很好的女编辑。在我刚进入文坛还是新人作家时，她们也是刚入行不久的新人编辑。我个人之后的成长情况不好说，但她们两位早已是优秀的职业女性。我们的合作之所以顺利，也许是因为双方成长的速度比较接近吧。

相较于作家与编辑的关系，我们更像是共同制作者。敏感的话题彼此不会碰触，但如果听到谁健康上出了问题，那是打心眼里为对方忧心的。她们都是极其敬业的人，有时候会对我的文稿表示不满。遇到这种情况，我也毫不胆怯，竟然大言不惭地说

"连载，本来就是鱼龙混杂"。

话虽如此，心里还是想尽量把文章写得龙多过鱼。公正平等的人际关系，类似于同伴之爱，双方都为了将事情做得圆满而付出，彼此的利害关系是完全一致的。

尽管做好事情这个目标相同，但如果共同制作者是男性的话，我与对方的关系形态就完全变了模样。尤其是对方年长时，我们之间绝对是不平等的。准确地说，是我将彼此的关系变成了这样，因为和年长的人打交道，这样做反而更简单、更轻松。

面对年长的男性编辑时，我总是直言不讳，向他们抱怨自己的作品没有获得正当的评价，书籍销量低迷，等等。想来他们会暗中叹气，盐野七生如果能像她的文章那样，理性地控制个人情绪该有多好。不过，他们从我初登文坛起便习惯了我的作风，所以总是耐着性子聆听我的牢骚，给予鼓励，有时候也会呵斥：

"你这么说，我倒想问问，如果一开始我就告诉你这样那样写，作品会获得好评，会热销，你听得进去吗？"

"应该不会。"

"既然如此，那你就按自己的方式写下去，不要再抱怨什么孤独、孤立。"

这种时候，我会笑得很开心，因为就是想听到对方的呵斥。被批评或鼓励之后，阻塞的思路会重新通畅，能够继续写下去。为了维持这种关系，男女平等绝对是百害无一利的。必须让对方处于绝对强势的地位，否则对我不利。

话说回来，如果对方比我年轻，方寸就被完全打乱。倘若只相差五六岁，还不会有太大的影响，可是我也年岁渐长，近来不得不和20多岁的年轻编辑打交道。任我再怎么想方设法地抬举对方，总达不到如期效果。年龄上相当于小姨和外甥的我们，唯一的安慰是对方觉得和我一起工作比较有趣，这样双方就能建立起一种近似玩伴的关系，首先在工作上容易交流。话说回来，由于是玩伴关系，所以不会出现对等关系中的那种严谨。

说到和那些在工作上没有密切交往的其他人，我同样坚持不平等。首先绝不容许对方叫我"老师"。"不要用这种干巴巴的称呼！"

一句话堵住对方的嘴。如今人人都叫我盐野女士，有些自信的人会叫我七生。关系近到这一步，哪怕共进晚餐时让我坐上座也不会有影响。当然，双方仍然不是平等的。我是以约会的心态打扮得漂漂亮亮去赴宴的，绝不会做谆谆教导这种蠢事，不过会给对方一些精神上的刺激。教导和刺激，完全不同。教导是由上至下的行为，而刺激则是平等者之间，抑或下位者面对上位者时所使用的优雅且有效的武器。

我有两位"大哥"，他们是我一厢情愿认下的，并没有征询过本人的意思。所谓"大哥"，字典的解释是"如兄长般敬奉的人"，在我这里，他们是我敬爱的人。

不用说，两位大哥的地位现在亦凌驾于我之上。但这种上下关系，从我们最初相识起便定了型。

他们两位都是大学教授。在我首次于《中央公论》杂志发表文章的稍早之前，他们在同本杂志作为评论家横空出世，而且由同一个编辑负责。所以，我们算是兄弟姐妹。

如今他们都是日理万机的大忙人，以至于我们很少有机会能三人相聚。当年轰动整个传媒界时，他俩只有30多岁，相对比较清闲。那时我们常常和编辑一起，坐在《中央公论》杂志社顶楼的法国餐厅，喝着咖啡高谈阔论。揣着第一本书稿坐在边上舔着冰激凌的我，每每被他们的对话惊得目瞪口呆，心中感叹怎么会有如此聪明的男人，他们刚才说的那句，我能不能用在哪篇文章里。

尽管我们年纪相差无几，但从一开始就注定了彼此间不平等的关系。

20多年前，他们根本没把我这个刚从蛋中孵出，羽毛未干的小鸡崽放在眼里，现在，他们依然不把我当回事。我每次出新书必定赠送给他们，但他们出版书籍从来没想到我。不平等关系延续至今的最好证明是，他俩是图书奖的评选方，而我则属于被评选方。而且，他们还在政府的委员会任职，似乎肩负着决定国家走向的职务。如此看来"大哥"和"小妹"的关系还会持续很长一段时间。

我想，我们女人把男人当成闺蜜或大哥，人生应该会更多彩、更精深，而且更愉快。男女平等是否可以让它停留在法律层面？毕竟，无时无刻不强调"平等"，身体首先就吃不消。

第 15 章

论胡须的种种

佛罗伦萨和威尼斯，是代表文艺复兴时期的意大利的两个城邦国家。我在学习那段历史时，发现了个有趣的事实：相对于佛罗伦萨男人少有蓄须，威尼斯男人除了未满 20 岁的少年之外，几乎无一例外地留着浓密的大胡子。

当然，佛罗伦萨也有"例外"。米开朗琪罗留着胡子的自画像和列奥纳多·达·芬奇一把漂亮的雪白胡须的自画像，想来大家都有记忆。不过，达·芬奇在青壮年时期似乎没有留胡子。除此之外，当时佛罗伦萨的实际统治者——美第奇家族的男人们，每一位都留下了蓄须的肖像画。因此在佛罗伦萨，蓄须似乎属于个人的趣味，对 15 世纪末期佛罗伦萨的男人而言，主流的趣味是像恺撒时代的古罗马人那样，不留胡子。这个情况愈发激起我对堪称"佛罗伦萨的对手"的威尼斯男人们的蓄须现象的好奇心。

结果，非常现实的蓄须理由令我忍俊不禁，原来是为了防止同性恋。那个时代的威尼斯是地中海贸易第一强国，交易对象中有很多阿拉伯人、土耳其人。那些人是伊斯兰教徒，因此并不将基督教禁止的同性恋视为罪恶。他们除了拥有娶四房妻子的权利之外，似乎也很盛行少年爱。更何况男人在成年后蓄须，是那些国家长年的风俗习惯。通过阿拉伯人采购东方香料的威尼斯商人，如果不被当作成年人，不仅不利于生意，甚至会危及生命安全。父亲在给第一次出海的儿子的注意事项中，除了告诫不得参与船上的赌博等内容，还有一条就是长出来的胡子只能稍加修剪，不可全部剃净。说不定十几岁时前往东方的马可·波罗就留着稀疏的小胡子。当然，在供孩子们观看的动画片中，作为主角的马可·波罗大概就不太适合长胡子了。

尽管距离威尼斯仅200千米，但是同时代的佛罗伦萨却少有胡须男。想来这是因为佛罗伦萨人与不得不和伊斯兰教徒打交道的海洋民族威尼斯人不同，他们主要从事金融业和手工业，主要客户来自欧洲西北部。直到最近，其实是时至今日，同性恋依然不受基督教的待见，因而只能潜伏于地下，所以应该不用担心大白天被劫色。虽然是区区几根胡须，但也曾经有过举足轻重的作用。

我们将话题快进至现代。在始于1968年的风靡欧洲一时的学生运动中，胡子同样起到了不小的作用。几乎就在同一个时期，日本的校园纷争也是风起云涌，只不过胡子的类型还不至于成为话题。顺便提一句，当时留胡子的日本男人的数量不断增加，但没有多到像西欧那么引人注目。欧洲人说这是因为日本人胡子稀疏，我不知道此话是否有道理。

再说回校园纷争时代。当时纷争的主角新左派的年轻人，9成左右都留着满脸的大胡子。既然是长满全脸的，自然是络腮胡。当络腮胡成为大多数时，这种现象就完全变成了一种风俗。我记得观看那些人占领校园的电视采访录像时，所有人看起来都长得一模一样，令人匪夷所思。日本的大学生们用手帕遮脸，难不成是为了对抗以胡须掩面的西欧同志？

在左派风头十足的时代，对现状不满的右派学生们也没有闲着，但他们留的都是唇须。而那些对政治无感、不参加学运的学生，无论下巴还是鼻头下，都刮得干干净净。多说无益，下面我来归类一下各派别的造型。

左翼——留着刻意不去打理的胡子和长发。穿牛仔裤配Anorak Jake（套头半拉链连帽夹克），稍显邋遢。

右翼——留着精心修整过的世称"威廉须"的八字胡。由后颈往上倒剃的短发。穿皮夹克、牛仔裤，但整洁干净。

不参加学运的 Nonpoli[1]——毛衣配长裤的校园风装扮。不留胡须，发型中规中矩。

这些区别非常重要。万一弄错，误入对方的阵营，极有可能遭到拳打脚踢，在当年可不是开玩笑的小事。相信日本大学生是

1　英语 nonpolitical 的略称，原指 20 世纪 60 年代和 70 年代不参加学生运动的学生，泛指对政治不关心的人群。

以装扮上的差异来代替按头盔的颜色来区分党派的。尽管校园纷争如今已偃旗息鼓，曾经红极一时的"众须相"亦成旧话，然而左派下巴胡、右派唇须的基本共识依然存在。不知道这种"传统"源自何处，难道是马克思和希特勒？

胡须大体分为络腮胡和唇须，不过还有其他五花八门的造型。既有像达利那样在嘴边弹上弹下、花样十足的八字须，也有泥鳅须一般耷拉着的胡子；既有只在唇上和下巴留两撮小胡子的怪情侣，也有像《鲁邦三世》里次元大介的那种细长型络腮胡。

像这样细数所有的胡子造型是不可能的，但它们似乎有一个共通点。也就是说，无论留哪类胡子，都是在受之父母的面孔上存心添加一些变化。换言之，蓄须的都是不喜欢暴露肌肤的男人。身体的其他部位可以靠衣服遮掩，唯独一张脸暴露无遗。因此，我感觉蓄须似乎是有意识的掩面行为。

当然，像文艺复兴时期的威尼斯男子或者学生运动火红年代的大学生那样，胡子成为不可或缺的要素的现象纯属例外。只有在蓄须与否取决于个人趣味的和平年代，上述的推断才可能成立。

女人有化妆这个手段。对不可能化妆的普通男人而言，胡子便成了他们的一种"妆容"。我这样说不知是否合适。

不懂女人的男人，往往将女人化妆看作掩丑。这完全是一种误解，因为女人不会为了掩盖面部缺陷而长时间地端坐镜前。如果真有这样的人，那只能说她们太过无趣。大多数女人是觉得父母给的这张原生态的脸不能完全地展现内心世界，所以带着添彩的心情去面对镜子。因此不觉有缺憾的女性喜欢素颜，这与其自身长得美或丑没有关系。问题其实很简单，无论天生的面庞是否标致，但凡相信现有的面貌足够展现自己的女人，不会认为化妆是必然之事。

如果男人蓄须近似女人化妆，那么是不是也可以理解为它无关长相的美丑，胡须不过是男人的一种自我表现？只不过蓄须不再是当今的主流倾向，反其道而行，也许是相当刻意地强调个性。相反，女人化妆无论在哪个时代都是普遍现象，因此两者不能相提并论。毕竟，相较于不留胡子的男人，一年到头素面朝天的女人肯定更少。

所以，从小小一根胡须可观人间百态。比如说，有时候满脸胡子的男人某天早上起来，竟然把脸刮得干干净净，这也是一个可以考察的有趣现象。我曾经就此询问有过类似经验的男人，所有人都不约而同地表示，刮完胡子如同羽毛被拔光的小鸡，对着镜中的自己，感觉既奇怪又无奈。

我还问了他们剃须的原因，结果得到了几种不同的回答。有人是因为胡子和头发一样会掉皮屑，不好打理。这种理由太过现实，很没趣。但意外的是，对当事人来说，这却是一个非常切实的苦恼。

其次的理由是白胡须越来越显眼。据说胡子变白的速度快于头发，大概和发根新生的头发有点相似吧。就我个人的趣味而言，花白胡子一点都不难看，不过对那些当事人而言，这同样也是一

写给男人们

桩无法忽视的烦恼。

第三个回答是心境的变化。这有点像我们女人改变发型，突然有一天把飘飘长发剪得短短，或者将笔直的头发烫成大小卷。常说女人失恋会剪短头发，男人则会剃净胡须，说不定同样充满了戏剧性。

不管是怎样的形状，留胡子还真不好打理。如果不集中精神，左右两边可能修得不对称，得不偿失。这一点和女人化妆颇为相似。相反，如果早上胡子修饰得漂漂亮亮，就会有一种接下来一整天都会过得很顺利的预感，这又和女人化妆相同。所以说，有胡子还是件很愉快的事情。如果各位去多产胡子男的欧洲旅行，不妨对此细细考察一番。

第 16 章

好棒的男人

黑泽明先生常常会说"好棒啊"。从 1.8 米的堂堂伟丈夫、国际大导演口中说出的"好棒啊",带着一种难以言喻的温柔,每次听见这声音,我都不由自主地露出微笑。

这里要介绍的人物,是被黑泽明先生称赞"好棒"的人,我也认为他是一个好棒的男人。

这位男士姓宫本,不清楚叫什么名字。他曾经做过日立公司的工程师,如今在九州的饭田高原经营牧场。他大概刚过 50 岁,身材以西部牛仔的标准来看不够高大,据说在美国生活过很长一段时间,我想他在当地一定属于小个子。

没有询问他的名字,也不知确切的年龄、家庭情况,甚至也没问过当初转行的动机,我只是在这位异常忙碌的宫本先生附近,静静地看他工作。如果是在他清闲的时候相遇,我会问他这些问题吗? 我感觉不会,因为这一类事情似乎对宫本先生没有意义。

关注"当下"的宫本，已足够令人心旷神怡。

宫本先生之所以繁忙，是因为他一手承担了黑泽明导演正在牧场附近拍摄的电影《乱》中使用的马匹的调教工作。专门从美国进口的六七十匹马当时刚被运送到当地，必须给它们钉上马蹄铁，让它们熟悉环境以便用于战争场面的拍摄。而且，在最大的一场战争戏中，包括这些美国马在内总共要投入200匹战马。让它们成为尽职的演员，就是宫本先生的工作。换作我，大概早就忙晕了过去，而宫本先生却非常镇定地、有条不紊地处理着每一匹马。

从美国进口的马，是北美特产的夸特马。在看惯纯血马的我的眼里，它们显得格外粗壮。也许是因为在马厩初次见面时，它们左右排成一排，臀部对着我的缘故，这些有着巨大后臀的强壮的马儿把我镇住了。据说夸特马性格好、速度快，我在想不知约翰·韦恩有没有骑过这种马，后来被告知约翰·韦恩的爱马是比夸特马更矮一些、体格更强壮的印第安马。每次看他主演的西部片我都会感叹那些马竟然没有被累趴下，这下算是明白了道理，无须再为它们担心。虽然日本人没有约翰·韦恩那么高大，不过背上要驮着穿戴盔甲的武士们飞奔，想来夸特马也不是那么轻松吧。

我看着那些美国产的马陆续被牵出马厩，由宫本先生亲自为它们钉上铁蹄。这些性格温顺，原本很适合人骑的马儿，很不巧刚抵达日本。刚抵达意味着它们要经过动物检疫，连续几天接受疫苗注射，因此对人类产生了厌恶。虽然没有时差问题，但是初来乍到引发的精神不安，马和人都是一样的。其中有一匹无论如何不肯被上马掌。它是一匹母马，所以我很有兴趣地想看看宫本先生如何"驯悍"。

九州的牛仔们，听见老大一声令下，左右拉紧母马的缰绳，在它的前脚套上了绳索。适才还狂躁的马儿突然变得不会动弹，咚的一声倒在地上，哈哈喘着粗气。到底是"悍马"，它依然不停地踢着后腿，想再次站立起来。马睡觉时也是站着的，所以，横倒在地的姿势，想必令它感到非常不安。但是只要它一挣扎，边上围着的牛仔们就拼命拉绳索不让它站起来。

这般场面如果让英国动物保护协会的大妈们看见，势必会即刻甩上抗议信。不知算幸还是不幸，我是一个为立规矩掌掴过独生儿子的母亲，对此不会大惊小怪。我告诉边上 10 岁的儿子："为了那匹马，一次残酷胜过千次放任。"并且又加了一句，"如果一直狂暴下去，最后只能变成饭桌上的肉排哦。"宫本先生也告诉我们，再等一阵马就会流眼泪，会变得乖乖听话。

为了防止烈马在撞击地面时伤到头部，人们在它侧脸下放了一块毛毯，马只要一扭动身子，毛毯就跟着移动，始终保护着它的脸，这样也可以发现它是否开始流泪。在这期间，面对这匹反抗精神旺盛的母马，谁也不敢动手。为测试它是否已经安静下来，人们有时候会用马鞭轻轻抽打一下它的后腿。刚开始时哪怕只是轻轻碰一下，它都会迅速地抬起后腿甩开鞭子，满满的反抗情绪。

那匹母马看来十分愤怒。当宫本先生去移动毛毯，凑近它的脸时，它好像用鼻子还是肩膀狠狠地撞击了宫本先生。说好像，是那个瞬间我正好在点烟，遗憾地错过了这一幕，大腿遭到重创的宫本先生走路时一瘸一拐。然而，对此感到吃惊的不仅是我们，马儿似乎也被吓到，没过多久它便乖乖地站起来，之前的疯狂仿佛没发生过一样，变成了一位淑女，乖乖地被牵着去钉马掌了。

　　而令我佩服不已的，是这期间宫本先生的态度。他不曾高声怒吼、做出任何粗暴的动作，而是由始至终保持着平静的态度。与此同时，他也没有忘记掌控方面面的情况，保证高效的作业。曾经的工程师经历，俨然非常有说服力。黑泽明先生拍过一部电影叫《静静的决斗》，不知道有没有叫《静静的牛仔》的电影。

　　不过，这位静静的牛仔，到了傍晚时分，让我们见识了他精湛的骑术。钉马掌时要将马脚夹在两条大腿之间，首先用铁锉刀轻轻磨平马蹄，然后钉上铁蹄，最后再用锉刀打磨一下。据说这是美国式的操作，让人联想到美甲的过程。但是在此期间，宫本先生必须一直保持弯腰的状态，一天下来，想必腰会很不舒服。骑马也许就是为了舒缓身体吧。

　　所以说，尽管他不是为了向我展示技艺，但是在我心里，对他的表现只有一句话：精彩之极！小个子的宫本，在骑马时显得威风凛凛。那不是在骑马，是真正的驭马。

　　第二天，我又前往宫本先生的埃尔兰乔牧场，这一次去目的有二。第一是为了儿子，他前一天骑过马后似乎上了瘾，吵闹着非要再去骑一次，所以作为母亲陪孩子来满足心愿。另一个是听说宫本先生将训练在《乱》中扮演骑马武者的演员们，这是我本人非常想看的。

第一个目的轻而易举达成了，儿子心满意足。埃尔兰乔牧场的做法是哪怕是第一次骑马，边上也没有人陪同帮忙拉着缰绳，而是随你自己在马场或草原上骑着走，有点像让学开车的人直接上马路练习。这种方式让骑马人也感到非常愉快，短短两天的时间，我家儿子已经能骑马飞奔了。不过，在我看来，这种办法之所以行得通，与骑马人关系不大，是马场挑选的马更靠谱。

骑马武者的训练，在距离马场不远处一个如足球场般的开阔空间进行。那一天参加训练的有 20 骑。正式拍摄时会穿上盔甲的演员们，因为是训练所以穿着各自的便服，不少人都是牛仔裤配 T 恤的打扮，但没有人穿骑马装。要拍摄战国时代的会战场面，如果穿着骑马装练习，演员们大概找不到那种血腥激烈的感觉吧。

那一天宫本先生的指挥依然镇定。说话斯文，语调平稳，只是通过扩音器冷静且准确地传达指示。想来，待会战的大戏临近时，静静的牛仔也会变得热血，而在此之前的一个月，节奏从缓和的行板开始，乐声慢慢转强。如果从一开始便大喊大叫用足力气，人和马都会失去后劲。在正式拍摄时能够全力发挥，才是最重要的。这位安静的牛仔，头脑也是老大级的。

即使是位于阿苏山山麓的饭田高原，到了冬天也会下雪吧。

漫长的冬夜，这位安静的牛仔会干什么呢？弹着班卓琴和年轻人愉快地喝酒聊天，还是享受一个人读书的时间？读书的牛仔，没有在任何西部片中出现过，但我感觉如果是宫本先生的话，这个形象会非常自然。

第 17 章

有关"甜言蜜语"的考察

在我最近收到的读者来信中，有这样一封信：

> 男性般条理清晰的头脑、如蛇般盘绕的硬气又性感的文
> 体，还有那钻石般冷冷发光的独特的卓越见解，我从心底赞
> 叹不已……另一方面，称男性留胡子是因为厌恶裸露皮肤的
> 透彻观察，又带着一股出其不意的情色。您，一定是位猫一
> 样性感的人……

这种话，在欧洲是从男人嘴里说出来的，可是换在日本，竟
然来自女人。究竟是怎么一回事嘛！家住吉祥寺的池田千代子女
士，未经允许擅自使用你的来信，非常抱歉！

因为工作的缘故，我回国时通常借住东京市中心的酒店。有
时候，会有鲜花送到酒店的房间，送花人几乎全是女性。偶尔卡

片上也见到男人的名字，但仅限于工作的关系。工作以外只能收到来自女人的鲜花，是我本人的魅力每况愈下，还是因为在日本像甜言蜜语、送花这一类，看似举重若轻却能抓住人心的、需要高度技艺的事情，女人做起来比男人更擅长、更巧妙呢？浮想联翩之际，我不由得产生了对"甜言蜜语"做一番考察的想法，鲜花这里就暂且不谈了。

原本我打算将本篇的标题定为"有关甜言蜜语的功过"。不过，我对"甜言蜜语"的功绩非常认可，而且无论如何不承认它有罪，所以还是改成了现在的标题。

首先，"甜言蜜语"指的是不用剑杀人的方法，也就是和平的杀人手段。

第二，嚷嚷着杀人，对方会起戒心，往往达不到目的。必须趁对方不留神，一剑毙命，才能产生真正的效果。而真正的效果，就是被杀的人因为被杀这件事而产生快感。

第三，这种杀人手段没有性别之分。虽然它往往被视作男人针对女人的手段，但其实完全不是这么回事。女人也可以针对男人，男人与男人之间、女人与女人之间，皆能使用，所以才有趣。

第四，"甜言蜜语"并非百分百的真话，但也不是百分百的谎言。对于这个事实，说话的人和听话的人都必须有一个共识。否则，情形就会很糟糕地变成"你骗我！"。

第五，"甜言蜜语"是用语言杀人，所以，使用者必须具备察言观色、了解对方心头好的能力。

最后，适材适所、灵活使用"甜言蜜语"的能力，属于高难度的技巧，蠢人效仿往往会伤到自己，所以不是可以向所有人推荐的。但如果掌握好这个技巧，虽然我们不是高杉晋作[1]，或许也能对"让这无趣的世界变得有趣"有所贡献。"甜言蜜语"功过中最大的功绩，应该就是为人生添姿添彩。

遗憾的是，如今世人却相反地强调"甜言蜜语"有罪的一面。比如说，有一次，某个男人对某个女人说："我的家庭已名存实亡，夫妻随时可能分手。在和妻子正式办完手续前，你会等我吧？"

女人相信了男人的话，憧憬着即将开始的婚姻生活。可是，等来等去也没等到男人"和妻子正式办完手续"。她的心情自然是一天比一天烦躁不安，最后忍无可忍，向男人爆发："你说过和妻子正式办完手续后，会和我结婚的。现在怎么看都觉得你是在哄我而已。"

这种事情如果按照社会新闻的说法，就叫结婚诈骗。对于"结婚诈骗中男人永远是加害者，女人永远是被害者"的观点，我是很不以为然的。不过，无论东方还是西方，结婚是女人最喜欢的"诱饵"也是不争的事实。像我这样，认为"结婚唯一的好处就是不用再去想结婚这件事"的女人，始终都属于少数派吧。

1　高杉晋作，日本幕末时期的著名政治家和军事家，长州藩尊王讨幕派领袖之一，奇兵队的创建人。"让这无趣的世界变得有趣"是其辞世之词。

所以，作为多数派之一的这个女人，终于说了重话："我为你这句话赌上了性命。你若不守诺言，我可以去死。"

被女人逼得无可奈何的男人只好搬出"我不希望我爱的人悲伤，总想做点什么事情"之类的蠢话应付。

如果是意大利女人的话，大概会当场咒骂让他见鬼去。这种含含糊糊、意思不清的表达方式，简直是少女漫画的水准。我竟然对男人产生了同情，也不知道为什么……

不仅男人和女人，人类是一种只要两人在一起就得说些什么的动物。虽然也有些无须语言的场合，但是长时间没有对话，总归很困难的。所以，为了表示与其他动物有别，我们人类的学名叫作"智人""现代人"，不是一个，而是两个！

但是，智人、现代人的对话，不一定非得说真话才能成立。又不是公司的企划会议，不过是活人之间，为加深彼此的关系进行的一种交流而已。男人和女人在一起的时候，双方常常会说出自己的愿望。因为作为动物，人类常常无法严格地区分客观的真实和主观的真实，而选择相信自己是真的。

"我爱你"这句话应该是真的。

"我喜欢和你在一起"这句话也不假。

但换作"我想和你结婚"，那就成了一种愿望。如果双方都是20来岁的人，大抵都能如愿，可40多岁的人实现起来就不那么容易。然而，如果刻板地认为做不到就不要说出口，无趣的世界就会一成不变地无趣下去。举一个极端的例子。在做爱时女人如痴如醉地说："亲爱的，我会满足你所有的愿望。"

如果男人将此话当真，下床后指使女人又是拿烟又是端茶，那他绝对就是一个傻子。无论是床上还是出门在外，不能忽视的是，男女对话中有一部分是游走于虚实之间的，它们既不是谎言，也不是真话，是以愿望的形式表现的。对说的人而言，这个愿望在说出口的那一瞬间，没有比它来得更真实的事情了。

指责"说这种不可能实现的谎话来骗我"和认为"因为是我，那个人才会有这样的愿望"，是在听到同一句"甜言蜜语"后两种不同的反应。如果是我的话，我会原谅男人，应该说更多的是开心。

不过，也有不能原谅他们的女人。"我也不想活了，真想把你杀了！活了30多年竟然没看清你这种人，我也够蠢的！"面对这种一根筋、真性情的女性友人，我劝她要学会"成年人的恋爱"。我那时说的"成年人的恋爱"，意思是在不伦关系中，保持一种仅享受甜美、不求更多的成年人的心态。当然，维持这样关系的人应该不少，不过不是所有人都能做到。

大人们也会热恋。虽然不能像年轻人那样有着广阔自由的前景，但同样会产生火一般的爱情。如果双方都是成熟的大人，女人会欣然接受男人"造一栋属于我俩的房子"的建议，两人兴致勃勃地设想着99%不可能实现的未来之家。就算这栋房子怎么等也不可能出现，女人也绝不会指责男人不守诺言，哭喊着要去死。男人期待有一个两人之家的这份爱情，她觉得比任何事情都来得重要。如果像这样的"谎言"中夹杂着所谓的清醒，再热烈的恋情也会冷却。

相反，把它当作一种无奈中真切的愿望，恋情也许会变得更加亲密。动辄想到低劣的结婚诈骗而愤愤不平，还谈什么培养日本男人"甜言蜜语"的技艺？它们在萌芽期便会枯萎。

第 18 章

有关女人的天性

男人对女人所犯的错误，和国际政治世界中日常便饭一般发生的"摩擦"及其原因，实际上非常相似。

"现实主义者所犯的错误，是判断对手会像自己一样正视现实，不会去做愚蠢的事情。"这是 500 年前的政治哲学家马基雅维利说的。如果将现实主义者换成男人，这句话同样适用于男女关系。

不过，必须事先声明，我从来不认为和我同性的女人们劣于男人。当我们女人意识到不利可以变成有利，并且将有利条件充分发挥在生活或工作上时，不仅能和男人做得一样好，甚至可以轻松地超越男人。

真正的女人，对男女平等不会有远高于必要层面的过分执着。所谓必要，是指属于法律层面的事项。相较之下，我们更热衷于超越男人。超越，不是比求同等或平等更刺激吗？

写给男人们

近年来，追求这种刺激的女人似乎越来越多。撒切尔夫人大概是最典型的例子。我认为，她才是真正将男人鄙视的所谓的女性弱点，完美地变成强势的人物。相较于天生强势的男人，由弱转强的女人，在真正意义上获得了自由，女人觉醒的时代已经到来。

所以，我们不再需要远道英国去找范例，在日本国内也出现了不少优秀的，也就是超越男人的女人。那么，她们在远离公共视线的私人场合，是不是也一如既往地展示着不让须眉的见识呢？这个，倒也不一定。

在她们面前略显自卑的男人，如果以为能从这些优秀的职业女性或贤内助那里得到自己满意的答案，势必会大失所望。因为女人往往依靠本能行动，尤其是在私底下，言行举止常常会让男人觉得很没有常识。

不知为什么，女人有暴露的欲望。

我这里说的不是肉体上的裸露，而是精神上的暴露。比如说，电话会录音且公开内容，把过往的恋爱经历以文学语言赤裸裸地写进小说里，等等。

要解开这种现象之谜，也许首先得从女人不能保守秘密这个"特性"说起。女人喜欢倾诉，确切地说，不讲话会死。

为了抑制女人的这种天性，先人们想出了不少聪明的办法。

比如说，深刻了解人性弱点的天主教，会利用忏悔的形式。信徒去教堂跪在小箱子般大小的空间里，向对面的神父告解自己所犯下的"罪"，诸如不留心爱上了什么男人之类的事情。问题是，天主教的神父同样也是探索精神满满，不会说两句开解的话，再向圣母马利亚祈祷便将人打发走。男人是谁啊，在哪里认识的啊，等等，问得十分具体。偶尔遇上那种世俗的文艺复兴式的神父（其实人数应该不少），甚至具体到爱抚的过程。

而忏悔的女人，也不知道为什么有问必答，赤裸裸地交代了情事。如果告解的是男人，神父大概不会问得那么仔细吧。

在神父和告解者之间有一层细格子木窗。隔着小小的窗户，在昏暗中进行如此对话，除了淫秽真不知该叫什么。但不得不承认，这种仪式很有效地让女人在不给他人造成麻烦的同时又抒发了本性。相信倾诉后感到心满意足的女人，会很乐意地向圣母马利亚祈祷几百次。非常遗憾的是，随着宗教势力的衰弱，这种仪式也失去了原本的重要性。这也是随着文明的进步，从前的智慧逐渐消亡的一例。

就算是非基督教的国家，同样有类似的智慧。出嫁时带去的乳母或丫鬟，就属于可以无话不说的同性。做姑娘的时候便在一起的人，自然很放心，而且地位又比自己低，聊起来不会拘谨。无论已婚还是未婚，从前的女人，身边都有这样的女伴，即使没有贴身下人，附近也会有那种好像什么都懂，乐于解惑的邻居。这大概正是从前人与人之间美好的一面。

在昔日智慧消失的今天，女人想要忠实于"天性"，就不得不去寻找其他手段。大家似乎一窝蜂地，或对着电视镜头滔滔不绝，或买下厚厚的稿纸，拿起笔写个不停。专不专业不是问题，而是如今这种赤裸裸也被誉为文学的时代问题。

对于连二人间的私情也公之于世的女人，男人们绝望也好，责难也罢，通通没有用。这是女人的"天性"，就是说，对女人而言这是很自然的生存方式。

或许有人会反驳，近来不是也有男人在赤裸裸地写，赤裸裸地讲吗？那种只能算"赤裸裸式"，男人的倾诉不是本性所产生的冲动。事实上，这类男人往往会遭到同性的轻视。就算不谈同性，在我们女人眼里，他们也显得相当不自然。暴露，有违男人的本性，哪怕只是精神上的暴露。除非是重度同性恋，否则男人就算在忏悔的时候，也不可能一点不漏地道出爱的细枝末节。

或许又有人会说，女人中也有不暴露心声的吧。如果有男人觉得这样的女人可以放心，认为她们1天24小时都能保持和男人同调的状态，我敢肯定，几乎百分之百会失望。

女人们尽管在公共场合不会"裸体"，但这是一种有违天性的生存方式，所以私底下势必需要发泄。也就是说，她们需要取得平衡。当然，对在大众面前"赤裸裸"的女人，男人们有必要做好她们在私底下也是赤裸裸的心理准备。

遭遇这些私下场面，想必男人们会目瞪口呆：哇！太没见识了！被世人誉为才女典范的女人，竟然也这么傻！……

然而，这种"傻"也是女人的"天性"。女人"傻"的时候处于她们最自然的状态。如果不是女人觉得时不时需要犯犯傻，那还要男人干什么呢？

我奉劝男人们，无论女人的脑子好不好用，都不要期待她们1天24小时都和你保持同类的"见识"。时限定在8小时左右，会比较安全，否则你们会受到意想不到的伤害。

总而言之，对于自己做出的有违天性的言行，也许有程度之差，但任何女人都需要靠其他的方式来保持心理上的平衡。至于在何种场合以何种形式表现，那就完全取决于每个人不同的"智慧"。如果人人都一样，男人也就失去了爱上女人的理由。

有吉佐和子不幸去世的消息，令我非常难过。尽管我本人不属于她的热心读者，但她是我认为隐身于作品之中的少数的女作家之一。只是有一点我无法理解，她笔下的主人公为什么大多是女人？也许是出于个人的喜好，或者是考虑到书的销量吧（这种想法一点没错）。女人写女人的事情，在商业上的确是有利的。

这一点姑且不谈，对"不裸"的有吉女士，我总是怀有同感地、远远地关注着她。而且，我相信这种写作方式一定给她带来了巨大的压力，因为写自己事情更忠实于女人的本性，是更自然的生存方式。而选择撰写他人的故事，违反了女人天性，所以不找个发泄口根本撑不下去。但释放压力以真面目示人时，又可能遭来非议——那个女人是不是太出风头了？

日本是一个盛产不自信的男人的国家，对知性的名女人只会像小孩子那样叫"好可怕"。在这个国家，对女人只有两种好评：

平易近人的大妈和温柔细腻的女人。这两种女人都只能在一堆无聊男人中扮演助兴角色。

男人们，请你们拥有自信，记住马基雅维利说的那句话。只要想到男女关系和国际关系差不多，就应该能释怀吧。

第 19 章

敬告所有的年轻人

虽然用了一个非常居高临下的大标题，但实质内容非常细碎，所以请各位放心读下去。

作为本章对象的"年轻人"，年龄限于 15 岁到 30 岁。其实我是想把上限定在 25 岁，但考虑到如今年轻人精神成长的速度似乎比以前缓慢，所以还是决定放宽至 30 岁。至于相对"年轻人"的"大人"，就算 40 岁以上的世代吧。用现在流行的说法，叫"熟年世代"。

话说我本人很早以前便加入了大人世代的行列。我这个大人打算和年轻人谈谈自己的想法。

"年轻人"绝对不要期待"大人"理解自己。

常有人提代沟，而且说话时往往带着叹息和绝望。不过，在我看来，有代沟理所当然。如果没有，反倒让人感到别扭、不自然。正因为存在世代间的鸿沟，下一代人才会创造出新的东西，才能积蓄下创新所需的能量。

也有一些"大人"主张和年轻人积极对话来填补代沟，说这种话的人不懂代沟的益处。懂得正视优势的"年轻人"，千万别听信这种示弱的劝告，大大方方地享受和大人们之间的这条代沟吧。只有能够做到这一点的年轻人，才能成长为和平庸的大人们不一样的、拥有一些特别东西的自信的"大人"。

我想起自己年轻的时候，对那些频频向年轻人伸出理解之手的大人总是侧目而视。对那时的我而言，大人既是挑战的对象，也是打倒的对象，绝不是并肩畅谈共通话题的朋友。如果有哪个大人提出类似填补代沟的建议，我肯定会满心嫌弃地躲得远远的。

相反，对那些没打算理解且完全无视年轻人的存在，或者只是淡定地站在远处眺望的"大人"，我却感到十分有魅力。他们那种从容不迫的自信，既刺激着年轻的我，又深深地吸引了我。

某次，属于真正的"大人"的意大利电影导演费里尼说了这样一番话："年轻人问我对年轻世代关不关心，这还用问吗！我尽情地度过了属于我的青春，所以，如今的我只考虑如何尽情地过好当下的人生。哪有闲工夫去管别人的青春！"

对这样的"大人"，年轻人要学会冷静、客观地观察他们，从他们身上偷学本事。偷师是创造的源泉，所以请大胆地去偷。然后，力争成为一个超越他们的"大人"。哪怕不是在费里尼那样的艺术界，无论职场还是学校，一定会有几个这样的"大人"存在。

年轻人需要的，是区别真正的"大人"和貌似通情达理的无聊"大人"的能力。对那些声称站在年轻人一边的大人，断然无视是对他们最好的回应。

声称站在年轻人一边的大人们，大体上分为三种类型。

第一，因生意需要声称站在年轻人一边的人，也就是为了赚钱而讨好年轻人的人。青春展会、年轻人专柜……还有面向年轻人一边倒的电视广告，在我看来背后铺着的都是一张张一万日元的钞票。

第二，杂志、书籍、电视等传媒界中，声称站在年轻人一边的人。那些人看似和生意没有关系，实际上他们的工作环境和百货店的专柜一点没有区别，取悦年轻人同样是因为有利可图。第一种"生意"和第二种"生意"巧妙地结合在一起的现实，就是最好的证明。

第三，真心认为自己想成为年轻人的伙伴、理解者的大人。这些人确信自身行为的必要性和正当性，所以不会牵扯到"生意"，也没这个兴趣。正因为如此，他们深信自己的理解是年轻人成长过程中不可欠缺的一环，并为之努力。

这种类型的大人，比第一、第二种更难缠。

因为第一、第二种大人是生意人，对流行与否相当敏感。流行的时候站在他们一边，一旦过时即刻抛弃，不会有任何良心上的愧疚。所以，对"年轻人"而言，他们属于容易判断的很没劲的大人。

然而，第三种大人由于是思想犯，所以辨别起来很麻烦。同样是间谍，拿钱办事的和思想犯，绝对是后者不容易被抓。

而且，正因为是思想犯，他们不会受流行左右，诚心诚意、始终如一地做年轻人的理解者。

但他们是不得不提防的大人。考虑到代沟有益于双方，年轻人还是应该远离这群真正无聊的大人。被他们哄着忘乎所以地混到 30 岁，有损"年轻人"的形象。

那么，如果说代沟的存在有益于双方，是不是就没必要和"大人"们对话了呢？我认为取决于方法。这方法不是对话，而是对决。如果能双方对决，就是非常棒的一件事情。

不过，对决的意义在于双方站在同一个擂台，所以不能忘记这个好处。而同一个擂台，又意味着必须以超越世代的共通的东西作为决斗的武器。

这个共通的东西，我想应该不是感性而是理性的。感性属于个人的感受，容易被自己所属的世代左右，因为年轻人有自己特有的感受，大人们有他们的感受。但同时，不同世代之间也存在着共通的感受。与其说寻找世代之间的共通之处，不如说是寻找更自然、更实质的人人相通的东西。

这么说来，剩下的只有理性的东西了。世代间的对决，最好是堂堂正正的、论理清晰的对决。

我曾经在某本杂志上，读到一位颇有才华的年轻人写的挑战大人的文章。内容挺有趣，我边读边感叹，终于出现了能和大人站在同一个擂台上对等相争的年轻人了。可是，当我看到文章中的某一行字时，顿时感到失望。那行字是这样写的："那是像某某某那样大腹便便的大叔世代才会说的话……"

首先这位某某某虽然是大叔，但没有大腹便便，而是一位身材修长、很有魅力的大人。何况，就算对方挺着个大肚子，如此挖苦也很没有品位。读到这样的文字，令人不禁怀疑起作者的人品，没有兴趣继续读下去。

我并不是在告诫年轻人，谁都会老，要懂得设身处地，不可以使用属于年轻人的特权的肉体优势。我只是想说，这种攻击方式和年轻的女职员不屑地叫年长的女同事"老姑娘"一样，自以为是，反而会被人瞧不起，它不是有效的对决武器。

世代对决，非常之好，而且非常重要，否则两代人都无法真正地释怀。但是，既然对决就得光明正大，理性的、客观的论述是各世代唯一可以使用的武器。用其他武器就是赢也赢得不光彩。这种人应该说一开始就拒绝站在同一个擂台，并且自己走下了擂台。这种做法，体育上叫作弃权，其实就是输。

所以，不管是男人还是女人，最好还是放弃充满恶臭的泄愤式的情感对立，我相信，以理性的方法"对决"才是真正能消除代沟的唯一的方策。

各位年轻人，不管是男是女，希望你们都能成为真正意义上的激进派。因为我们"大人"们，也在心底期待着强敌的出现。

第 20 章

有关男人的色气[1]（之一）

我曾经读到过这样一段话，但忘了作者是谁：

> 女人被男人的力量迷惑，对于男性的美却没有定见，而
> 是近乎盲目的迟钝。而且，这种迟钝，与正常的男人对于男
> 性美鉴别力的迟钝没什么差别。对男性固有的美敏感的人，
> 仅限于男同性恋者。

写这段话的人，我几乎肯定他是一位男同性恋者。不过，对和
男同性恋者正相反的身为女人的我而言，这段话还是挺有启示的。

首先，女人被男人的力量迷惑这一点很有趣。

这里所指的男人的力量，应该是包括肉体上、经济上、个人

---

1 色气是一种委婉的表达方式，带有诱惑力、（性的）魅力、情趣、风情的意思。

能力、权力、社会影响力等等在内的力量。作者的意思是我们女人没有选择性地，被所有的力量"迷惑"吗？

第二，即使是对这些"力量"敏感的女人，对男性的美却完全没有定见，而是近乎盲目的迟钝，并且与正常的男人对于男性美鉴别力的迟钝相差无几。

作者认为，对于美的鉴别，如果没有定见就等于没有鉴别力。这一点正是我判断作者是男同性恋的理由所在。

因为我们女人，对女性美并没有什么固定的标准，所以也不认为对男性美需要定见。

人人见着都觉得美的美人的确存在，但也就是如此。相较于丑人，美人赏心悦目，除此之外，没有更多的意义。

有些人常常拿自己的丑作为卖点，其实那是受害者意识的逆反。如果对他们说"真的，这样看来你还真是长得丑"，相信那些"卖丑"的人立马会拉下脸，手足无措。而且，一旦如此直言不讳地相告，会让他们遭受一辈子也无法忘记的伤害。"卖丑"的人真正想听到的是"不，你一点也不丑，有特别的魅力"，所以才会花样百出地各种"卖丑"。没有比这更丑陋的人生了。

话说回来。没有被定见证实过的"美"，的确是不能称为美。因此，古希腊人不断追求美的定见。美的定见换成别的说法，应该叫理想美。类似"那也算一种美吧""看上去也挺美"的见解，不可能成为"定见"，势必有一个"这才叫作美"的标准，才能称

　　　　　　　　　　　　　　写给男人们

为定见，那么这个标准，自然只能从超越现实的东西中寻求。

最后一行对男性固有的美敏感的人，仅限于男同性恋者的说法，从理论上来说是正确无误的。

不过，它让我感到了男同性恋者的傲慢。

身为男同性恋者的这位作者，在对男性固有的美是否有鉴别之眼做出表述的同时，又指责被男人的力量迷惑的女人，以及没有男色倾向的男人对美的迟钝。言下之意，女人对同性之美一样也是迟钝的。这种观点说白了，就是轻蔑。当然也不是完全没有道理。

必须申明一下，我本人对同性恋不抱任何的偏见。而且，教会我懂得西方优雅的，统统是偏爱男色的男人。我的欧洲朋友们有一半是双性恋，和同性恋有着剪不断的关系。我甚至认为，不论男女，最自然体现人性的不是异性恋，而是双性恋。

说回原来的话题。其实不用男同性恋者提醒，人人都知道古希腊人热衷于追求理想美。不过，如果观察古希腊的雕像或者壶绘，再拿它们和古罗马时代的作品做比较，就会发现追求理想美的最终结果，似乎就成了同性恋式的美。

这种感觉不是反映在身体上的。古罗马人也很热衷锻炼身体，所以在身体部分两者没有明显的区别。

这种感觉反映在脸的不同。在代表理想美和代表现实美的作品中，人物的脸长得完全不一样。

多少反映出人格特质的肖像雕塑，在希腊和罗马并没有太多的不同，但是对于神像，表现手法是完全自由的。比如说赫尔墨斯的雕塑，只要守住他脚上带着小翅膀这条底线，其余部分大可自由发挥，当然苍老的阿波罗的形象也不合理。不过，这一点点程度的限制，不仅不会压抑人们的幻想，反而更有益于增加作品的多样性。如果想表现中老年男子的话，可以去雕塑海神波塞冬。这正是古希腊雕塑中，众神雕像最为完美的原因所在。

拜希腊雕塑家们所赐，除宙斯之外，希腊的天神们个个都长成"对男性固有的美敏感的男同性恋者"喜欢的类型。

宙斯之所以是例外，大概因为他是栖身于奥林匹斯山的诸神的老大，必须表现出威严的气势。而威严，不论是对同性恋还是对异性恋，都能挑动起所有性别的敏感神经。

也许有人会反驳，神话中容易动怒的海神波塞冬，可没有长着一张同性恋的脸。我建议各位不妨去雅典国家美术馆看看他的雕塑，看照片也可以。虽然他有着一把大胡子，但那张脸妩媚得很。

既然连波塞冬都如此，那么女神们的雕像，自然不能偏离理想美这根准绳。希腊人追求理想女性美的结果，就是她们都不再像女人。

无论是美神阿弗洛狄忒、宙斯之妻赫拉，还是智慧女神雅典娜或狩猎女神阿尔忒弥斯，虽然肉体是女性的，但由于身体和脸部被刻画得过于理想化，让人无法从她们身上感到女性特有的色气。那股端庄大气的气势，绝对让那些心有邪念想伸手摸胸的人倒退三步。当然，风情万种的女神像也是有的，不过，那些基本上都是从追求理想美的古典时期"堕落"的希腊化时代[1]和古罗马时代的产物，这也是理想美和色气不能两立的证据。

由此可见，对于色气，是不可能确立对它的定见的。

观赏希腊的男女雕像，越是杰作就越感觉男不像男、女不像女。之所以产生这样的感觉，是因为我既不是男同性恋者也不是女同性恋者。如果说真正的美是超越这些的一种存在，我也能理解，但另一方面，我想说的是，如果其中没有人的存在，真正的美又有什么意思呢？

此外，所谓色气，不单单是性感。尤其是男人的场合，表现更为复杂。我甚至认为，形形色色，是最适合表现色气的词汇。

所以，没有主见或者说没法形成主见，并不等于近乎盲目的迟钝。恰恰是因为过于敏感，反而无法形成主见。

而且，被男人的力量，哪怕只是世俗意义上的力量迷惑的女人们，也比男同性恋者想象的更聪明、更有心机。

的确，女人会被男人所拥有的力量迷惑。但是，使我们迷惑的"力量"，不是在没有这种力量的男同性恋者（或者说大多人都没有）看来很恶心的那一类"力量"。

不同的女人，甚至同一个女人，根据时间和场所的不同，有

1　希腊化时代指从公元前 323 年亚历山大大帝逝世到公元前 30 年罗马征服最后一个希腊王朝，即埃及的托勒密王朝为止。这一时期的地中海东部地区原有文明区域的语言、文字、风俗、政治制度等逐渐受希腊文明的影响，而形成新的文明特点。该时期在 19 世纪 30 年代以后逐渐被西方史学界称为"希腊化时代"。

时也会被这种力量迷惑。即使这样，也不能说它就没有意义。不管那是什么东西，对女人来说，没有比被迷惑来得更感官的状态。

作为男人，不能小看了被钻石、皮草迷惑的女人。对这类女人过分轻蔑、厌恶，会变成专爱男色的男同性恋者。男同性恋者的特征之一，就是对女人不宽容。也就是说，总体上不能宽容地看待人性。

说到男同性恋者，倒让我产生了从女人的角度写一写有关男人种种色气的想法。从下一章开始，对这个无法确立定见的色气，我打算想到什么就写什么。

学问，是天生注定要追求定见的领域。所以，我的想法，不是学问，而是独断。这样说来，倒让我想起，古希腊是一个凡事都和科学扯上关系的时代。

第 21 章

有关男人的色气（之二）

男人的色气，在后颈。

词典对"后颈"的解释是："脖子的后方，后脖颈的书面语。"

既然能令人感到色气，当然不能太细。粗粗肥肥也不行。必须粗细适中而且结实有力。

记得在我出国后第一次回国期间，有一次去听音乐会，我惊愕地发现坐在前一排的人的后颈个个都那么细，尤其是男人们。以前在日本的时候并不觉得（说来也很正常），在欧洲住了两年，回到国内再看到日本男人的后颈，竟然让我感到有些吃惊。

从那之后，我开始留意起人们的脖子。日本的男人总体上脖子较细，因此后颈也不结实。如今情况大有改善，不过还是属于细的范围。相反，西欧的男人看上去细细长长，实际却很强壮，所以整体上后颈给人一种稳稳当当的结实感。如果是女人，当然是脖颈越纤细越好，而对男人而言，没有什么比暴露在外的后颈更能推测其内在的一面的了。

观察古希腊、罗马的雕像，少年与青年的区别，首先表现在后颈上。

我再次重申，男人的后颈是不用脱衣也能看到其内在的"商标"。因此，发型就分成露后颈和不露后颈两类。

我在写文艺复兴时代的历史故事时，对于那个时代，哪怕是缺点我也非常喜爱，唯有一点无法接受。

这一点就是遮住后颈的发型占主流。相信切萨雷·波吉亚 [1] 一定长着令人忍不住想亲吻一下的颈项，但他留着几乎触肩的长发。还有完全称不上美男的美第奇家族的洛伦斯·美第奇，虽然长相丑陋，却集教养、风度、财力、权力于一身，势必有着人格魅力，却顶着一头像童花头似的重重黑发，真是浪费了高大强壮的身形。

好在，在同一个世代，坚守短发、露出颈项的男人依然存在。在任何绘画中，都找不到长发的威尼斯男人。其中原因，在之前胡须的一章中已有陈述，这是他们在中近东做生意时，为避免被伊斯兰教徒误认为同性恋而采取的保护手段。

但不管怎么说，在文艺复兴时代，男人还是以留长发居多。就算在威尼斯，那些年纪尚未达到出门去东方行商的年轻男孩，也留着一头披肩的长发。卡尔巴乔 [2] 画中特地转过身露出一头金发

1　切萨雷·波吉亚（Cesare Borgia，1476—1507），教皇亚历山大六世的私生子，红衣主教、瓦伦蒂诺公爵、军事统帅。
2　维托雷·卡尔巴乔（Vittore Carpaccio，1460—1525），意大利画家，威尼斯画派。

的少年，让人十分着迷，当然那属于一种青涩的魅力。

在那个时代，除了威尼斯的男人之外，还有一批露出颈项的男人。

他们是专业的军人。应该说是以打仗为业的雇佣兵队长们。当时的佛罗伦萨和威尼斯都缺乏人力资源。为战争动用稀缺资源会使政治和经济停滞不前，所以两国都会花钱雇用"战场上的猎犬"，让他们为自己打仗。雇佣兵队长相当于战争商贩，在当时有着相当大的需求。

那些男人都留着短发，而且比威尼斯男人的还要短。观察保存下来的肖像画，有些人甚至剃成美国大兵式的寸头，因为他们需要戴头盔。他们的头盔和日本的不同，深长至脖子，所以戴那种头盔留长发是很不利的。头盔紧贴后颈才稳当，留长发容易造成头盔滑动。战场上，头盔戴得是否安稳事关性命，长发再怎么流行，从事这个职业的男人们也顾不上讲究这些。

君主们也会上战场。但那不是他们的职业，战场也不是他们的主要职场。所以，始终处于战争状态的切萨雷才能保留一头长发。

认定男人的色气在于后颈的我，在长发流行期间心情相当郁闷。佛罗伦萨的男人们脸长得轮廓清晰、线条分明，配一头长发倒也不难看，不过在我看来他们实在没必要存心把头发留长。

偶然的一个机会，让我找到了消解郁闷的办法。那是在看到我家附近的电影院的宣传海报时找到的。海报是《你往何处去》

（中文译《暴君焚城录》）重新上映的预告。

　　不用说，我肯定去看了。其实这部影片我已经看过两次。第一次是电影最初上映的时候，第二次应该是电视台重播。亨利克·显克维奇[1]的原著我也读过，从梗概到细节都记得很清楚。再次观影，自然是为了观赏男人们的后颈。

　　我的目的完好地达成了。古罗马的男人们，尤其是尼禄皇帝时代的男人们，个个都留着短发，不蓄胡须。本片的主演是罗伯特·泰勒，对这位男演员我始终没有感觉，哪怕是那部著名的《魂断蓝桥》也没让我觉得他有多大魅力。不过，这一次我可是认真地盯着他看，他的后颈因为头发剪得类似 20 世纪的款式令我略感不满，所幸影片中有其他男演员留着卷发，微妙的长度正好碰触到脖颈，这些古罗马式后颈消除了我的不满。

　　话说罗伯特·泰勒这位演员，穿陆军服，尤其是英国陆军服还算帅气，但是穿不好古罗马将军的服装，甚至连西装都穿不出样子。问题不在于他的身材体格，而在于他不懂如何举手投足。脸长得英俊，动作却不自然的男人，终究无法令我们女人热血沸腾。

　　我的欲求不满通过老电影得到解决后不久，盛极一时的长发开始走向终结，新流行的是后脑勺头发向上推剪的短发。

　　若是问我这下是否心满意足，我可以告诉各位一点都没有。

1　亨利克·显克维奇（Henryk Sienkiewicz, 1846—1916），波兰作家，1905 年获诺贝尔文学奖。

这次流行的短发剪得太短，后脑勺露出的触目惊心的青色头皮，完全不能给人带来诸如观赏性的精神愉快。有些人的头发甚至短到露出耳朵，毫无防备的一对孤零零的耳朵，真有点让人担心会不会遭遇变态的攻击。这一类短发，让耳朵和脖子都变成孤立的存在。孤立和露出看似一样，实际上完全不同。

这种像无毛公鸡般的发型，我以为不会流行很久，意外的是竟然还受到女性的喜爱，看来我的绝望有可能会长期地持续。

如果我在写完文艺复兴之后，笔下的对象上溯至古罗马时代，那一定是由于男人后颈的原因。当然，内容不会围绕脖子写，应该会写从那个时代的男人们的颈项联想到的其他一些东西。

在罗马有一座古罗马博物馆。其中有一处专门陈列从共和政体到帝政时代不同时代的男女头像，非常有趣。600 年里，男人的后颈也在不断变化。当然，它和发型的变迁有着相当大的关系。

以扩张女权为目标的女权主义者们，对于我们女人被男人视为性对象，会做出近乎疯狂的反击。

我对此很不理解，不懂她们为何如此生气。这一类敏感反应，不仅出现在女权主义者身上，甚至是思想并不过激的普通女人多少也会有，这也让我觉得难以理解。之所以说普通女性也有敏感反应，是因为有不少人在性交后常常会问男人："你爱我吗？"

我们女人被男人当作性对象有何不可呢？事实上至少在一段时间内不正是如此吗？何况，我们女人难道没有把男人看成性对象吗？不管是否有主动意识，肯定是这样认为的。

当然，无论男人还是女人，如果只是把对方作为性对象的话，性关系本身也维持不了多久，所以也没什么可以担心的。

作为对那些喜欢议论女人脖子的男人的反抗，女人们是不是也能站出来，对男人的后颈指指点点一番呢？

第 22 章

有关男人的色气（之三）

　　女人，要是从来没有期望丈夫或恋人或男朋友，总之是心爱的男人生一场病，那她就不算女人。

　　当然，这病不能太认真，像危及生命之类的重病，问题就很严重，女人绝不会"希望"的。所以，我这里讲的病，大抵属于感冒或骨折之类的程度吧。

　　之所以希望他生病，是因为生病会躺在床上不能动弹，只有这种时候女人才能独占男人。

　　男人真是一种奇怪的动物，他们相信自己的才能和忙碌成正比。我本人是完全不相信这一套的，但不知道为什么，男人，尤其是日本的男人几乎可以说越忙就越了不起，而且往往会向女人炫耀自己的忙碌。

　　对于这样的男人，和他们说"忙中偷闲，尤其是为了心爱的女人挤出时间，才是真正有本事"之类的道理，完全没有效果。

唯有通过为达到目的不择手段的战法，方能使他们屈服。所以，女人们会有恶魔般的心愿，希望自己的男人生一场病。躺在病床上的男人，意外地散发着一股色气。至少比没事瞎忙乎的男人要可爱多了。

其实，在聪明女人的眼里，平时没干什么大事却忙得不亦乐乎的男人，相当滑稽可笑，如今被困在病床上反倒老老实实，也就是说，比他们忙碌的时候显得更加率真。因此，当女人来探望问候男人时，发现了他身上比平日更自然的一面，在觉得可爱的同时也会有一种说不出的幸福感。

而且，平素神气活现的男人，生病时会变得意外的软弱，一点点小病便惊慌失措地担心自己会不会死。男人一年到头弱不禁风当然是麻烦，不过偶尔的虚弱还是非常欢迎的。相信真正的女人都会赞同我的说法。

意大利的男女，会经常像寒暄一般说出以下这句话。它直译是："我，处于你希望的状态。"

这句话不仅用于调情，还常常用于约定时间——除了几点到几点之外，其余时间随你处置。意译的话，就是"这段时间有空"。

如此委婉的说法是不是很有情趣？尽管时间被限制，"我，处于你希望的状态"听上去还是非常性感的。

各位不妨记住这句简单的意大利语"sono a sua disposizion"。

日本男人往往不肯说这么好听的话，所以只能把他们绑在病床上。只有横躺在病床上，女人才能掌握男人的自由。而且，在照顾心上人时，心里又会悄悄地多出一份愉快。

这种念头必须藏在心底，就算是"坦露心声"，也绝不能说出口。因为那些貌似日理万机，其实没做什么大事的男人，很少能理解女人这种微妙的心理，他们只会觉得希望男人生病绝对属于坏心肠的女人。正因为如此，一个能够懂得女人心思的男人，这一辈子都值得去爱。

哪怕不属于心上人范畴，有些躺在病床上的男人也散发着一种不可思议的色气。

比如说歌手兼演员的戴维·鲍威，其实也不过是有些别样魅力的年轻人，但如果让他戴上眼罩躺在病床上会变成什么样子呢？那充满冷酷魅力的双眼被眼罩遮住，紧致的双颊线益发锋利。何况他还不能动弹，想动也动不了。我认为那个男人不动的时候反而更有色气。换言之，动的时候不过如此。

基思·卡拉丹什么时候能生一场病呢？也许让他骨折比较好，这样那带着嘲讽又显温柔的眼神不会消失。不过，他大概是不会被为病中的自己全身心奉献的女人打动的。对他那样的男人而言，女人的献身是再平常不过的事情了。只要是喜欢的女人，不管有没有献身精神，他都会爱上她，不爱的女人，再怎样无私奉献也不会动心。

但感谢的话，相信他一定不会吝啬。而且，一定会说让女人心颤不已的温情脉脉的蜜语。

除了上述的两位之外，我想象不出其他希望卧病在床的男演员，也许他们都不够有魅力吧。只有对有魅力的人，女人才会心生束缚对方自由的欲望。剩下的男人，都属于健健康康不在家最好的一类。

话说回来，为什么男人这样的人种，总是如此忙忙碌碌？当然，有才能的男人忙碌，是古今中外无一例外的现实。我们女人就算明白这个道理，还是心有不甘。在百忙之中为女人腾出时间，也应该是男人的才能之一吧。希望男人卧病在床不起，说到底，是女人无奈之下的苦肉计。

这里我向大家介绍一例。大概在十多年之前，我曾为《文艺春秋》杂志写过介绍意大利现代社会的众生相的连载。因为这个工作的原因，我和意大利的不少政治家有了来往。其中有一位，即使不是采访我们也常常见面。他当时的工作有点类似于日本的大藏大臣，不过在意大利真正相当于日本这个职务的有两位——大藏大臣和预算大臣。这位政治家在和我有工作上的来往期间，当选为总理。作为一国总理，哪怕是在像意大利那样的国家，同样也是日理万机的。因此，以前可以有 1 小时用来谈话，在他就任总理之后，变成了 30 分钟，后来又缩短到只有 10 分钟。对此我没有任何抱怨。能够为我这样在日本也无名的作家抽出 10 分钟的时间，已经十分感激，怎么可能再有意见呢。

不过，这位意大利总理改变了以往见面时的做法。虽然地点还是和之前一样，在他的私人办公室，但是在这 10 分钟里他不接听任何的电话。我也见过一些俗称 VIP 的人物，尤其是日本的这类大人物数量更多。我不太喜欢和他们在办公室见面。因为不停地有电话进来，频频打断对话，让人兴味索然。

　　而这位意大利的前总理，做法完全不同。他规定在会谈的 10 分钟里不接任何电话，但是有一个例外。当时我并不清楚详情，后来有机会听说后敬佩不已。如果有政变或革命，以及重大灾害发生，内务部会立即通知总理。例外就是这根电话线。除此之外，就算是部长也不能打搅我们两人的 10 分钟。

　　受到如此礼遇，难道还会有人感到不满足吗？的确，只有 10 分钟的时间，但这 10 分钟就像完全属于我一个人的。在和他交往期间，意大利既没有发生过地震也没有发生过恐袭，所以，我们的 10 分钟，从来没有被人打搅过。

　　这位政治家如今依然活跃在第一线，也曾经访问过日本，因此在私人轶事中透露姓名有些失礼，我这里就不具体说明了。他绝不是一位美男，甚至可以归于丑男一类。但是如此懂得女人心思的男人，已超越了容貌的美丑，展露出性感的一面，让人感到他的魅力。

　　相信这位意大利政治家，不仅对我一个人如此。对其他女人，甚至对男人，同样也会这样做。忙是理所当然的，但是在忙碌中抽出哪怕 10 分钟的时间，令对方得到完全的满足还是可能的。我认为，这是男人的才能之一，而且是非常棒的才能。

　　这位政治家在其 40 年的政治生涯中，尽管几经沉沦，但每每都能再次站起，而且几乎始终位居一线。他成功的原因，想必和上述才能有关。这种才能也许不是全部，却有不能忽视的效用。人生，说到底，是建立在人与人的关系之上的。

第 23 章

"妈宝"礼赞

"恋母情结"（mother complex）这个词，从来没享有褒义。所谓的"恋母情结"，指的是那些不管长多大总不能断奶的男人，在现今常常被大人们用来鄙视年轻人。而且，那些大男人针对的，应该说鄙视的，往往是将年轻人养育成"妈宝"的母亲，也就是那些成年人的母亲。想来，"教育妈妈"[1]一词，同样带有这种鄙视意味。

的确，不少母亲希望儿子达到的目标，大抵是进一所好学校以便将来有一份好工作，因此被人小看也无话可说。对最心爱的儿子所寄予的期望，水准如此之低，作为那些母亲的同性，我也会感到不屑。

不过，如果我们暂且忘记日本这个现状，放眼回看 3000 年的

---

1 "教育妈妈"指热衷于子女教育的母亲。

历史，则会发现成为"妈宝"并非总是坏事。

恋母情结，指的母亲对孩子的影响力从童年时期一直持续到孩子成年以后。我这里要谈的恋母情结，并非母亲参加儿子大学入学仪式之类的问题。因为这不是儿子非要母亲参加入学式，而是母亲本人希望能亲眼见证自己长年的辛劳和牺牲所换来的成果。哪怕是低水准"妈宝"全面盛行的日本，大概也没哪位儿子会说妈妈不来，我就不去上大学。

让我们回到高水准"妈宝"的话题。母亲的强势有必要分为两种情况。

第一，由于儿子本身比较平庸，因此哪怕是比较平庸的母亲，也能施展其影响力。

第二，儿子相当优秀，而母亲同样具有与之匹敌的能力，因此儿子不得不受其影响。

第一种情况是孕育出低水准"妈宝"的根源，这里不做讨论。我打算就第二种情况做一些论述。

之所以会考虑这个问题，是因为我在写亚历山大大帝时需要查找资料，结果意外地发现这个男人是一个相当标准的"妈宝"。于是，我从这个视角去看历史上的其他伟人，没想到"妈宝"的数量多到令我瞠目结舌。哪怕是尤里乌斯·恺撒，我也能为他洋洋洒洒地写一本《妈宝列传》。

这些人物都是世界史上的英雄，无疑是具备了与生俱来的才华，但他们长年受到母亲的影响。对此我做了一番调查，结果发现，那些人的母亲都是非常能干的女性，而且，她们的才华并没有为丈夫事业的发展或出人头地起到所谓"贤内助"的作用，而是将所有的心血都倾注在儿子身上。她们对儿子用心周到，施加影响，足以令当今平凡的母亲们汗颜。这些母亲堪称"教育妈妈"之极品。

亚历山大大帝的母亲，名叫奥林匹娅斯。她嫁给希腊北部马其顿王国的腓力国王，生下了亚历山大（希腊语称亚历桑得罗斯）。虽然她还有一个女儿，不过奥林匹娅斯的关注完全聚集于儿子一人，所以那个女儿近似于无。

据说奥林匹娅斯是一个热情、高傲的女人，其子亚历山大是一位美男子，相信她也容貌秀丽。奥林匹娅斯似乎还具备很好的教养，自儿子年幼时起便向他讲述荷马的《伊利亚特》。这个描述特洛伊战争中各路英雄的故事，情节非常有趣，想来同时也激发了心高气傲的少年的英雄梦。亚历山大不甘于做马其顿国王的志向，也许就是在听母亲讲故事时埋下的种子。

以亚历山大的导师而闻名的，是哲学家亚里士多德。他负责这位日后的大帝13岁到14岁时的教育工作。不过，纵观亚历山大的言行，我还是认为相较于哲学家的教导，荷马笔下的英雄们对他的影响更大，因为聘请亚里士多德担任儿子的家庭教师，是腓力国王的主意。

在亚历山大进入青春期不久，父母离婚。其父腓力迷恋上某个女人，为此与奥林匹娅斯离婚，娶此女为妻。父亲为情疯狂不是第一次，不过这次似乎是动了真格。同情母亲遭遇的亚历山大不愿待在父亲住的王宫里，愤然"离家出走"。慌了神的父亲为召回儿子煞费苦心。

阅读亚历山大大帝的传记，似乎感觉总是父亲试图利用各种机会与儿子对话，这也让人不禁联想到当今奇妙的父子关系。然而，父子间的谈话，总是被儿子不客气地中断。相较于亲密的母子关系，这对父子似乎始终处于紧张的状态。亚历山大 20 岁的那年，父亲遭暗杀，这件事于父、于子，大概都属于幸运。

亚历山大 22 岁时开始远征亚洲。即使在征途中，他也没有忘记写信给母亲报告点点滴滴。打赢战争时，他一定从战利品中挑选最昂贵且最美丽的给母亲。再者，就是他在那座著名的阿蒙神殿接受神谕。

神殿的祭司们告诉亚历山大，他的父亲是不死之身。言下之意是，马其顿国王不是凡人而是神。这对亚历山大犹如晴天霹雳。他即刻写信给母亲，称自己获得了秘密的预言，待回国后只向她一人转述。如果亚历山大深爱他的父亲腓力，就会因为被告知是神之子而欣喜若狂。

由于受到权威及权力不断增强的儿子的殷切关怀，母亲奥林匹娅斯多少会有一些"指手画脚"的表现。然而，对母亲在信中涉及政治、军事的言论，亚历山大总是温和地忍受着。他的一位部下曾经写了一封责难母亲的信。读完此信后亚历山大对边上的人说："这个男人就算写 1000 封责难母亲的信，也不抵母亲流下的一滴眼泪。"

哪怕一次也好，我想对我儿子说说这句话。

在普鲁塔克的《名人传》中，与亚历山大组成合传的，是罗马英雄尤利乌斯·恺撒，拉丁语称 Julius Caesar。他受母亲的影响之大，完全不输给亚历山大。

恺撒的母亲名叫奥莱莉娅，后来成为古罗马母亲的榜样。和亚历山大一样，恺撒也作为家中唯一的男孩受到了精心的养育。他有两个姐姐，但她们的存在同样是被忽视的，母亲心中唯有儿子一人。阅读相关资料，无论是强健身体的运动，还是训练大脑的教养，让人感觉原来古罗马母亲的榜样，完全就是一个"教育妈妈"。拜母亲的教育所赐，恺撒成为一个在体格和体力上皆不逊于他人的年轻人。尽管他不属于班级第一名的秀才类型，但具有超群的判断力。尽管是"教育妈妈"，但是在有关教育内容方面，恺撒妈妈似乎还是具备一些榜样的资格的。恺撒 15 岁时父亲去世，但在他身上完全看不到缺少父亲的弱势。即使在 15 岁之前，父亲的存在感也很淡薄，母亲压倒性的影响力，贯穿了恺撒的整个青春期。

成年后的恺撒有事时还是会和母亲商量，甚至包括不少相当高级别的政治问题。与奥林匹娅斯不同的是，奥莱莉娅似乎不爱出谋划策，这也是她能成为古罗马母亲典范的原因。

和亚历山大一样，恺撒并不喜欢仅仅长相甜美的女性。最典型的例子，就是他爱上了像克利奥帕特拉那样在胆识上不让须眉的女人。对异性的才华致以敬意，并不是在普通家庭长大的男人的特征。自小见惯了能干的母亲，才不会对优秀的女性有抵触心理。

对于"父亲缺席"的现象，近来吵得有点过热。其实，看看动物世界就能明白，父亲在"播完种"之后总是不在的，成天围着孩子转反而不正常。说到"种"，其实也是母亲说"是你的"，父亲就认为是自己的。事实只有我们女人知道。如果儿子有着超人的天分，可以说是神之子的话，那么抚养他们长大，绝对是母亲的权利。所以，不必畏惧旁人对"恋母情结"的轻蔑，母亲们应该堂堂正正地发挥自己的影响力。

不过再次强调，我礼赞的"妈宝"，不是如果妈妈不在连油瓶倒了都不知扶起的那种。我们也想有机会对天才的儿子说："你真正的爸爸，不是礼拜天躺在电视机前翻来翻去的那个人。"

　　　　　　　　　　　　　　　写给男人们

第 24 章

有关"男人的浪漫"

"男人的浪漫"这句话不绝于耳。于是，我对什么是"男人的浪漫"产生了疑问。

既然叫浪漫，那么应该是男人在现实中追求的以外的东西。男人们在现实世界追求的，通常被认为是地位、金钱、女人。那么，这些以外的东西，理应和地位无关，和金钱无关，和女人也无关。一生奉献给鸟类的研究，为青函隧道[1]的开通不惜牺牲，等等，是不是就属于男人的浪漫呢？

不求名不求利的生存方式，倒也不难理解。一介女流的我，也在坚持写着绝不可能拍摄成NHK大河剧的西方历史故事。当然，我并非不求名和利，不过是我选择的事恰好这样而已。所以，不

---

1 连接日本本州青森地区和北海道函馆地区的一条海底隧道，是目前世界上第二长的海底隧道。

要名和利我是能够理解的，但是对于排除女人才能成全男人的浪漫这一点，我始终无法释然。

在小说、电影、电视剧里出现的"男人的浪漫"，不知为何总是有女人的存在，而且她们总是为那些对女人不闻不问、沉浸于浪漫的男人，无怨无悔地奉献着爱情。这令我非常不爽，当然是作为一个女人的不爽。

那么，是不是也存在着"女人的浪漫"呢？在不求名和利这点上，比我做得更加彻底的职业女性，大有人在。"职业女性"似乎限定了人群，换作"有自己热爱的事情的女性"更为合适。

不过，如果将不求异性作为"浪漫"的条件，我本人肯定是不合格的。的确，有很多优秀的女性志不在男欢女爱，但我不认为必须三个条件兼备，才能算"女人的浪漫"。和男性相比，是不是鲜有以此类女性为主题的文学、影视作品呢？可见，这种"女人的浪漫"，不能引起男人，甚至也不能引起同性的共鸣。

那么，能够引发众人共鸣的"女人的浪漫"又是什么呢？

我在观看和田勉导演的近松门左卫门作的《殉情庚甲夜》[1]时，也想到了这个问题。我难得回一次日本，屡屡错过这部剧的播放时间。所以，听说我回国，热情的和田勉导演半强制性地把我关在NHK的放映室里，请我观看这部由他导演的电视剧，还问我要

---

[1] 近松门左卫门是日本江户时代净琉璃（木偶戏）和歌舞伎剧作家，有"日本的莎士比亚"之称，心中物（殉情剧）《殉情庚甲夜》是其代表作之一。

不要喝咖啡，体贴得让我乐不可支，虽然喝咖啡基本上也属于半强制性。不过，我还是很乐意被关在屋里，因为这部剧给了我不少的启发。

封闭状态下观看的这部作品，并不是连我都知道的通俗的殉情故事，所以非常失礼，我竟然忘记了它的剧名。电视剧由秋元松代女士编剧，大地喜和子主演，似乎获得了当年的艺术奖。

有一段剧情看得我不自觉地落下眼泪。据和田说，这部分的台词不是近松的原作，而是编剧的原创。首先要向如此理解"女人的浪漫"的秋元女士致敬。

然而，看完剧本、导演、主演的水平皆属上乘的作品，我心里想的却是殉情，也就是为情而死这种人生抉择，是没有孩子的女人才被允许拥有的奢侈。

近松原作中殉情的女人没有孩子吧？有哪个女人能抛下自己的孩子，和她爱的男人去死呢？

虽然不像近松的作品以爱为主题，我最近在写战争背景的历史故事时，也写了一个在男人战死后随他而去的女人。我决定写这段壮烈的爱情是在很久之前，倒不是受了和田勉导演的近松殉情剧的启发，它是我酝酿成熟后的自然结果。

在男人死后的第二天，女人自己也穿上盔甲冲进敌阵，几乎以自杀的方式求死，我觉得非常自然，如果是我的话也会选择那样做，所以下笔时没有任何的抵触感。对了，那个女人没有孩子。

那么，难道有孩子的女人和"浪漫"就完全无缘吗？

托尔斯泰是我认为最不可能超越的作家。篇幅浩大、结构扎实等等姑且不论，能够把女人的心理描写得如此出色的作家，我认为无人比肩托尔斯泰。

这位托尔斯泰先生有一部作品叫《安娜·卡列尼娜》。

人妻安娜因偶然结识了渥伦斯基，从此落入不能自已的命运般的爱情旋涡。我想，对这样一本世界名著没有必要再介绍梗概。总而言之，安娜抛弃了丈夫，也就是舍弃了生活地位和财产，投入渥伦斯基的怀抱。然而，这正是命运的转折点，最初真心相爱的两个人之间也出现了不可磨合的裂痕，最终安娜走向铁轨结束了自己的生命。

我最早阅读这本小说时还是高中生。即使在那个年纪，也深深地感受到了恋爱和人心的复杂。不过，能明白其中的原因，是在我成为母亲之后。在我自己也有了儿子之后，我第一次想到，安娜悲剧的根源，是她被迫和儿子分离。

如果，安娜·卡列尼娜没有心爱的儿子，她和渥伦斯基的恋情，说不定会有一个圆满的结局。她对丈夫已没有感情，对丈夫所代表的上流社会的生活，也有抛弃的勇气，唯有孩子不能让她忘记。虽然为了心爱的男人离家出走，但她仍然会偷偷地看望儿子。一直把儿子捧在手心的安娜，在儿子生日的那天带着玩具去家里就是为了拥抱一下自己的孩子。可是，她刚把儿子搂进怀里，就被返回家中的丈夫强行拉开。听着儿子呼叫"妈妈、妈妈"的声音，不得不转身离去的安娜，那一刻是怎样的心情？

我相信，就是在那一天之后，安娜变得恍惚。精神不安的女人是不可能全身心投入爱情的。所以，问题不在渥伦斯基，再爱的男人也无法代替儿子。日益混乱的安娜，甚至对男人的爱情也开始猜疑。对这样的安娜，托尔斯泰仿佛自己也不能控制，任由她痛苦发狂，精彩绝伦的描写令读者也心痛不已。自我崩溃的安娜的最后结局是，自杀。如果把这个结局看作婚外情的代价，我想是太不懂女人，应该说太不懂有孩子的女人的心理了。

近松的殉情剧中的女主人公最后选择了死，有孩子的安娜最后也选择了死。这样看来，如果结局是死亡，而且是因爱情自己寻死，都称不上浪漫。

为了把孩子抚养长大，没有在心爱的男人死后随他而去的女人；即使陷入绝望的状态，也没有为成全爱情请求男人殉情的女人；痛不欲生地离开深爱的男人，回到孩子身边的女人…… 她们的确很难成为影视剧中的主角，就是让我写也写不出来。痛苦的心情可以理解，但不知道如何在作品中具体表现。放弃优越的社会地位和富裕的生活太简单了，和抛弃自己的孩子相比，实在是可以重演千百回的小事。

如此看来，即便有"女人的浪漫"这一说，也很难对此定性。不像"男人的浪漫"，可以简单地定义为不求功名、利益和女色。无论是男人还是孩子，女人与人世间所有的爱情都有着无法割舍的关系，和"男人的浪漫"完全不是一回事。

真是岂有此理。"浪漫的男人"一边可以完全不把女人放在眼里，而另一边在生活中却不允许女人无视男人的存在。就算可以无视，也称不上浪漫。这样的不公我无法容忍，男人的浪漫必须清除。相关的小说不要读，相关的影视剧不要看。一想到有女人愿意花钱看那些东西，就让我非常生气。

还有，就是不要爱上追求那种浪漫的男人。我们女人一旦追求浪漫的生活方式，就得承受各式各样的痛苦，没孩子的最后以死解脱，做母亲的在孩子和爱人之间撕裂。

再看看男人们！把他们那种以自我为中心的生活方式誉为"男人的浪漫"，这不是在羞辱女人吗？

第 25 章

"花心"辩护

人们常常说，花心是心思不定的结果，所以不好。不安定的心思所造成的不贞等行为也不能被原谅。

然而，花心真的是心思不定的结果吗？首先我们要清楚，所谓的心思不定，到底指的是怎样一种状态。

托尔斯泰是一位描写女性心理的高手。因此，他笔下的女主人公们都充满魅力。无论是《复活》中的喀秋莎、《安娜·卡列尼娜》的安娜，还是《战争与和平》中的娜塔莎，相较于男人们有些刻板略显平凡的形象，她们显得非常生动。也许这是因为托尔斯泰描写的男人（哪怕只是男主角）有他自身的影子，带着一股俄国式的严肃感。女人们从本质上说也是严肃的，同样有着俄国人的特征，不过还是和男人有所不同。我想不同之处也许在于她们都属于自然率真的女人，所以才会如此栩栩如生。

上一章以安娜作为素材，这一章将从《战争与和平》的女主人公娜塔莎说起。

娜塔莎是一个充满活力的年轻女孩。年轻女孩通常都活泼伶俐，但她的精力似乎格外旺盛，仿佛就是生命力本身。这位娜塔莎令保尔康斯基公爵倾心不已。那是因为在一个春天的夜晚，他偷听到她的欢声笑语。年轻女孩的快乐、蓬勃的生命力，让这个成熟的男人怦然心动。不过在那个阶段，娜塔莎并没有意识到，她被他的魅力吸引，是从舞会的晚上开始的。

沙皇时代俄国上流社会的舞会，想必美轮美奂。身穿白色军装的公爵，想必也是英姿飒爽。年轻的女孩在频频受到这个英俊男人的邀请共舞后，忽然有了一种恍恍惚惚的感觉，然后发现自己彻底爱上了这个男人。这种反应太自然了，换作我也会如此。

原本就足够令人着迷的保尔康斯基公爵，竟然在不久后拜访娜塔莎的家，正式提出了和她结婚的请求。眼前发生的这些事情一定让娜塔莎感觉如梦幻般美好，那个时候的她一定相信自己拥有了女人所期待的全部幸福。

然而，成熟的男人提出了一个条件。由于娜塔莎太年轻，所以婚约保密一年。如果一年后，双方尤其是娜塔莎没有变心，两人就结婚。更残忍的是，在这一年里，不仅婚约不公开，两人既不能见面也不能写信。

娜塔莎闻讯后，绝望得忍不住哭泣，称自己受不了如此折磨。但成熟男人心意已决，娜塔莎不得不接受这份约定。

事实上，这一年对娜塔莎过于残酷了。小说中有她在山上小木屋狂舞的场面。在那不久之后，她受到劣迹斑斑的花花公子的引诱，差一点和花花公子私奔，这自然也成了人们津津乐道的话题。她和保尔康斯基之间的秘密婚约也宣告无效。而且，成熟男人绝不肯原谅她的行为。

最终，公爵因在俄国与拿破仑的战争中身负重伤，临死终于与娜塔莎冰释前嫌。娜塔莎真正爱的人是公爵，所以在获得公爵谅解之前她陷入了深深的苦恼。然而，托尔斯泰对她并没有一味地指责，那正是深谙女人心理的他了不起的地方。

就是说，在某种意义上，托尔斯泰在为这位年轻的姑娘辩护。在描写她洋溢的生命力场面时，托尔斯泰特地用了一个德语单词"leben"（生命、生活）。

其实，所有的起因，都源于她的生命力。所有的罪——如果那算是罪的话，也是因为她那活泼的性格。

爱情，不会眷顾每一个人。死亡，却会造访所有人。爱情并不是所有人都会遭遇的现象，而在那一夜的舞会上，它落在了娜塔莎的身上。从那一晚开始，娜塔莎的心中便燃起了炙热的火焰。

娜塔莎原本就是一个生机勃勃的女孩。当这样性格的人遭遇爱情，面对燃烧起的激情，是无法要求他们根据常识一边控制好自己的情绪一边维系感情的。这种"常识性"的技巧，他们不懂，这有违他们自然的性格。

作为有常识的人，保尔康斯基公爵想来是没能读懂娜塔莎的性格。他无法理解在长长的一年时间里，被迫处于不能见面也不能写信的状态，对娜塔莎是多么残忍，多么不自然。

尽管可能只是无意识地，但娜塔莎本人感觉到了，所以才会绝望地哭泣。只不过她太年轻，不知道如何向公爵这个成熟的男人解释爱情的本质。就算她懂得怎么做，估计也不能令有常识的保尔康斯基公爵信服。

燃烧中的爱情，让它尽情地燃烧，才是自然的回应。先浇上一盆水，还希望它继续燃烧的人，我认为没有资格享受爱情。

娜塔莎满腔不知如何安放的激情，终究要倾倒在某人的身上。充满活力的女人，一旦情感被唤醒，想必比其他女人来得更强烈。

曾经从未关心过的男人的话语、男人的气息、男人的肉体，也就是男人的所有，娜塔莎平生第一次感觉到它们是如此的梦幻、如此的美妙。哪怕只是一年的期限，她也只能寻求他人了。

或许有人会说，守住贞操的女人也很多。

对此我也承认。但那些纯洁的女人，大多是为了守贞操才坚守的吗？是真的相信贞操必须守住，才去坚守的吗？

在我看来不见得如此。哪怕是在结果上没有背叛爱人，也许只是出于恐惧，因为害怕被抛弃，所以才没有跨过那条红线。

真正陷入恋爱的女人，不会去顾忌不贞、不伦、不道德这些问题。恋爱，能让平凡的人徘徊于善恶边缘。而达到这种境界的女人，能否把控住自己，完全是看她本人是否害怕失去爱人。年轻的姑娘娜塔莎只不过没有能意识到这一点而已。

我认为，爱情对于女人，是身体中生命力的苏醒。由于某个因缘巧合，恋爱的场合就是男人出现，女人自己不曾意识到的这种力量逐渐释放。

因此，对于这股瞬间喷发的生命力，没有比把它强行圈在常识规范内来得更残酷的事情了。说男人一般都有常识，大抵都是男人一方的说辞。

那种说"一周见一次面刚刚好"的男人，还是早早甩掉为好。随时能满足女人见面愿望的男人，大概不会步保尔康斯基公爵的后尘。他那么爱娜塔莎，结果却永远失去了她。

对《战争与和平》的女主角娜塔莎而言，如果她没有恋爱，就不会移情别恋。没有对某一个男人的存在有过特别的感觉，对其他男人的存在自然也会无动于衷。

花心，不过是因恋爱而引发的激情下的一种派生物。而这股沸腾的热血没有流向他处，纯粹是出于害怕被恋人抛弃的正常的恐惧心理。

这一路说下来，我想没必要再做说明，我这里讲的"花心"和世人嘴里常说的那种花心，完全不是一个性质。

那种花心，根本不是展现生命力的一种派生物，也不是恋爱激情的爆发口之一。女性杂志之类的刊物常常刊登炫耀自己是如何巧妙地享受偷情快乐的读者告白。抱有那种想法的人，对我来说是完全没有关系的人种。我说的"花心"，无法巧妙地去做，甚至都不快乐，更不要说是得意扬扬地向他人告白。花心这件事情，如果做了，可能事后会后悔到恶心作呕，如果没有做，那只是在忍耐而已。

写给男人们

第 26 章

两条谦恭的忠告

对日本男性的着装，我不打算说三道四，也没有这个资格。再说，对那些穿得无懈可击的男人，我也早过了看着个个都好的年龄。自 20 岁出头旅居欧洲，二十多年来见惯了这一款男人，因此并不会轻易心动。欧洲毕竟是洋服的本家，西装原本就是按照他们的体形设计的，穿得帅气的男人自然是要比日本多。

衣品好的男人当然赏心悦目，只不过我已经不再会因为这点事痴迷心动，甚至认为皱巴巴的衣服只要穿法得当也很有魅力，这不知算不算是一种精神堕落。话说随着心态的转变，我现在开始觉得日本男人还是很有希望的。不过，请大家不要多想，说不定又是一种盐野七生式的回归日本的表现。

总而言之，欧洲好男人见得越多，很奇怪地，对日本男人就越宽容的我，有一件事情无论如何也无法忍受，那就是日本男人对袜子的不讲究。

首先，要清楚一个概念：男人裸露双脚的场合，只有在床上，或者在海岸边坐游艇之类。说脚不够准确，应该是从膝盖到脚趾。

所以，除了在床上和海上，这一部分必须全部盖住。奇怪的是，日本男人喜欢穿短袜，那种长度不及膝盖，也不及小腿肚的短袜。我想，是因为他们缺少以上的概念。如果问题不在男人，那就是帮他们买袜子的女人的问题了。

这个和年龄完全无关，男人就应该穿长度近膝盖的半筒袜。无论是搭配素色外套的素色袜子，还是打网球时穿的白色棉袜，都该如此。

其中理由，各位只要想想打网球的时候怎么穿便能明白。男人的腿，不可思议地从膝盖往下往往都长得不太好看。如果暴露在外，就糟蹋了上半截原本还不错的大腿。所以，露出上半截可以见人的大腿，穿上长长的袜子遮住不能见人的膝盖以下，腿部的整体感觉就会变得顺眼。不信的话，不妨在大镜子前试验一下。

因此，即使长裤能遮住小腿，还是应该遵守这个规矩，尤其是穿西装时。穿西装坐下时西裤会自然地上移。这种时候没有比裸露出短袜上的脚踝更丑的了。不是不好看，是丑陋。尤其是其他部分都在合格线以上的男人，会因为一双短袜全盘皆输。防止裸露的长裤至关重要，而意外的是，袜子不合格的日本男士还真不少。

不过，对于日本在这一方面的改进，我最近感到有些绝望，因为看到孩子们都穿着短到几乎露出屁股的短裤和刚过脚踝的短袜。这种装束和欧洲正好相反。欧洲的男孩通常穿日本叫作"百慕大短裤"的窄型中长短裤，搭配长至膝盖的半筒袜。

我并不是说因为叫"洋服"就必须百分百模仿欧洲，但基本款不该是短到几乎露出臀部的短裤和短袜。所谓"基本"，是鉴于某种原因所确立起的一种形式，在没有创造出颠覆性的"新基本"之前，还是应该恪守传统的形式。

这种如今成为日本中小学男生主流的穿搭，不清楚是从什么时候起受到母亲们的喜爱的。想来不会是很久之前，因为食品匮乏问题得到改善，孩子们体格开始增强，是在东京奥运会前后。看着和父辈世代相比腿变修长的儿子，也许首先是妈妈们想到应该让他们穿上更显腿长的衣服，紧接着商家也留意到了这一点，结果就变成了小男生们的基本装束。

这种穿搭，首先是不得体，而且有违"洋服"的基本概念，等孩子们长大穿西服不容易穿得服服帖帖。我不要求日本男孩们都换上百慕大短裤，但至少把袜子换成长一点的。半筒袜更显腿部修长，而且长大后也不会再出现那种从裤脚和鞋子之间露出乱哄哄的腿毛（没腿毛也丑）的丑态。

另一个小小的忠告是，重新认识绿色。

不知道为什么，日本男人不喜欢绿色。近来穿红、穿黄、穿紫的人都有，偏偏绿色成了人们敬而远之的颜色。

这对日本男人们来说，可是一个重大的损失。因为日本人的头发是黑色的，和绿色非常相衬。不过由于肤色不够清透，在明亮度和饱和度方面需要慎重选择。我这个外行认为，鲜明而且浓重的亮绿非常不错。

当然，也不是所有的日本男人都不喜欢绿色，事实上我就见过穿绿色衣服的人，但仅仅是和咖啡色或米色搭配。难道在日本男人的眼中，绿色仅代表树木吗？

实际上绿色是一种令人非常愉快的颜色。首先，它会根据面料的不同而变化，让人不敢相信用的是同一种颜色，而且还能搭配多种色彩。我认为，能尽情享受配色的愉快，才是最棒的颜色。用咖啡色或米色搭配绿色，除非是宣传保护森林，否则太平凡了。

明亮度、饱和度高的绿色配深蓝色，在意大利是普通到不能再普通的组合，而在日本我尚未见到能让人眼前一亮的绿色混搭。但不管怎么说，绿配深蓝属于经典的搭配。

如果是饱和度不高的浅绿色，搭配粉色应该蛮有趣的。藏青色的西装外套，淡绿色的背心，天蓝色的衬衣，粉色的领带，这样一套穿在身上应该不会显得沉闷。

绿和白，属于最没有想象力的组合，非常无趣，又不是穿国旗。任何时候鲜艳的颜色只会配白色，太没长进了。

我非常非常爱国。应该说，长年生活在国外的人99%都会成为爱国者。不过，日本的服装太缺乏鲜艳的色彩，我的爱国心真没法发挥在那些脏兮兮的颜色上。鱼子酱和沙丁鱼干之间绝对选后者的我，只有洋服不会在日本购买。日本制的衣服做工仔细，比如说纽扣就钉得不容易脱落，的确有它好的一面。但在剪裁、颜色和面料上总让人感觉缺一口气。如果愿意出高价，或许能买到一些品质更好的衣服，不过我对欧洲的成衣足够满意，不会花大钱在受潮流左右的东西上。

合成纤维混纺的面料我个人不喜欢，所以在这一点上选择倒很简单，纯棉、纯丝、纯麻都能接受，只是日本的剪裁和用色至今依然落后于欧美。随时能掌握欧美最新流行信息的日本，就是这一点很让人不可思议。设计师们到底有没有认真观察过女人的身体？包括日本女人的肤色和发色。

不过，对于看上去脏脏的颜色，曾经有人这样为它辩护："日本对清洗时的掉色问题要求非常严格，所以面料中都会加入防掉色剂，鲜艳的色彩显不出来。"

这样说来，欧洲的衣服水洗后的确会变色。几乎所有的衣服都带干洗的标识，泡在热水里用手搓洗这种事情，是绝对不可以的。

如果话讲到洗衣的份上，那么我没有异议。大放厥词嫌男人的袜子太短、太丑，日本的颜色脏兮兮的我，也表示诚服。

是的，日本是一个潮湿的国家。衣服还没穿脏已经变得黏糊糊，或者是因为湿气重更容易沾上污浊，总之需要勤换勤洗。袜子长至膝盖以下，大概也会热得让人受不了。衣服颜色越洗越淡的确是个麻烦，所以面料里需要掺入化学药剂，结果就给颜色蒙上了一层纱。

话说回来。成年的大男人们，就不能容忍潮湿这类事情吗？我们女人可是以"灭却心头火自凉"的心态在努力哦。

写给男人们

第27章

女人与手包

男人们势必以为，女人的手包不过是拿在手上用来装些女人零碎用品的玩意儿。但是，这完全是一种误解。对女人而言，包是心灵寄托，是身体的一部分。

相反，对男人而言，无论是手提皮箱，还是曾经风靡一时的小型拎包，或者是印着公司名字的纸袋，它们纯粹是因为衣服口袋装不下而不得已使用的东西。不消说系牵心灵了，男人的包跟身体也没有半点关系。

对于"放东西"的定义，男人和女人的认知截然不同，因此，同样作为容器，男包与女包，在形状、颜色、选材上的制作力度也有很大差距。

女人的包里确实放着各种实用的物品，但包里装什么并不重要，带着它出门才是关键。

我们不妨想象一下不带包外出的女性，应该会感觉她身上缺少了些什么吧。哪怕衣服上有着装东西的大口袋，女人们依然喜欢将包包带在身边。两手空空，仿佛失去了重心。

接下来，我将讲述一段手包之于女人有重大意义的故事。

那是第二次世界大战爆发之前，距今 50 多年的旧闻。当时意大利的法西斯政府，由墨索里尼掌权。墨索里尼出身中产偏下阶级，他从最初的学校教师逐渐变身为法西斯主义的倡议者，继而成功地建立起极端主义政权，做了长达 20 年之久的独裁者。

时至今日，依然有不少人将墨索里尼与希特勒视为同类，我倒认为他们两人有着很大的差别。首先，墨索里尼虽然是独裁者，但不像希特勒那样冷酷到可以毫不留情地屠杀犹太人，并且深信自己做了正确的事情。墨索里尼身上没有高人一等的优越感，这也许是德国人与意大利人的不同，是来自边境的北方民族的德国人，和自古罗马时代起一直作为都市人的南方民族的意大利人的天生差异。 无论是好的方面还是坏的方面，墨索里尼都表现得比希特勒更富有人性。

墨索里尼有一个名叫克拉拉·佩塔奇的情妇。她比墨索里尼年轻很多，有着修长匀称的身材，非常适合穿 20 世纪 30 年代流行的装饰艺术风格的紧身丝绸长裙。其父是罗马的医生，就是说，克拉拉是一位典型的来自教育水平中等偏上家庭的女孩。她未婚，以情妇的身份终其一生。

虽然没有特别高贵的学识，更谈不上聪明绝顶，但克拉拉绝不是一个粗俗的女子。如果她嫁给同阶层的前途光明的年轻医生，大概会成为丈夫乐于向人介绍的美丽开朗的少妇，生下两三个孩子后依然保持姣好的身材，宛如春天里清爽的西风。可是，克拉拉的一生却饱尝了夏日的激情、秋日的忧虑，以及冬日的绝望，因为她遇见了墨索里尼。

墨索里尼当然有妻子，名叫蕾切尔，两人生了五六个孩子。这位所谓的糟糠之妻，在精神和体形上都与墨索里尼相似，属于健壮的农妇型。也许正因为如此，她为人做事脚踏实地。墨索里尼似乎选了与妻子完全不同类型的女子做情妇，但这并不影响妻子的地位。再说意大利是天主教的国家，离婚几乎是不可能的。

克拉拉的存在，很快就被不少意大利人得知。墨索里尼原本就不是对情妇之事藏藏掖掖的那种男人，何况国家元首的情妇，想遮掩也难。不过，对于领袖的婚外情，大多数国民并没有指责非难。意大利人最大的长处，就是保持平衡的精神状态。在非常清楚人生不可能非黑即白的那些人看来，元首有情妇，恰恰证明了他也是凡人。

人们默许此事的另外一个理由，或许是克拉拉不是一个利用独裁者情妇的地位而惹是生非的野心家。能成为深受人民敬重的领袖的情人，已经让她感到十分满足。自己的父亲、弟弟是否能乘机出人头地，也不是她关心的。佩塔奇家族从未因为女儿是独裁者的情人而获得特殊的利益。这些大概就是意大利民众对两人的关系没有口诛笔伐的理由所在。

那么蕾切尔对克拉拉的存在又是什么心态呢？想来是不会愉

快的。不过，身处几乎不能离婚的国家，夫妻之间又有数个孩子，其妻子的地位还是有保障的。更何况，但凡正式的场合，唯独她才有资格出现。以农民的现实主义精神推断，说不定蕾切尔对此泰然处之。而墨索里尼，不管怎么说都是拉丁男人，他不会肆无忌惮地漠视妻子的存在，同时，也不会因为同时拥有两个女人而产生罪恶感。

这种关系持续数年之后，意大利加入德国阵营，战争开始了。起初高歌猛进的德国、意大利、日本，没过几年便转向颓势。有关"二战"战事的变化，我想无须再做详细的说明。这三个国家中，最早脱离战线的是墨索里尼领导的意大利。从国土为长靴形的意大利的鞋尖一路北上的盟军，在意大利国内游击队的帮助下，将墨索里尼逼到了北部的边境。在日本宣告投降的一年前，化装成下士打算逃往瑞士的墨索里尼被游击队抓获。也就是从那个时候开始，情妇克拉拉开始现身于公开场合。

落入游击队之手，等于死路一条，可是她却想方设法接近墨索里尼。妻子蕾切尔则带着孩子成功地逃去了中立国瑞士。事实上，墨索里尼曾给妻子写过一份饱含深情的家书，恳求她为了孩子们坚强地活下去。相反，没有孩子的情妇，只求和男人一同赴死。

如果想活，克拉拉·佩塔奇其实是有机会的。她的家人虽然没有做什么坏事，但考虑到与墨索里尼的这层关系，唯恐遭受游击队的追杀，所以坐飞机逃亡瑞士。

送走家人，克拉拉赶着去和心爱的男人相会，一心求死。终于追上男人后，她下定决心从此与他再不分离。游击队最初没打算处死她，尤其是其中一位有伯爵头衔的首领，为保住她的性命做了不少努力。然而，克拉拉本人心意已决，甚至还有勇气去安慰因死到临头而惶恐不安的墨索里尼。

当他们度过最后一夜离开农家时，克拉拉将一直带在身边的手包留在了屋里。在小路边一户人家的铁门前，独裁者墨索里尼倒在了密集的机关枪炮火下。克拉拉拼命护着爱人，直到最后一刻仍在抗议杀人行为，最终也倒在了血泊里。两人的尸体，和法西斯政权时代的另一些重要人物的尸体一起被倒挂在米兰广场上。不知被谁掀起的克拉拉的裙子，裙子滑落至大腿附近，尸体遭受着民众们扔来的石子的打击。

仿佛预感到死期的克拉拉·佩塔奇，唯有在那天早上，放下了从不离身的手包。察觉到她这般心思的，是农民、工人占多数的游击队中非常少见的那位伯爵。不在现场的我们，之所以能了解这些细枝末节，是因为伯爵向传记记者、学者们口述了当时的场景。一般的农民、工人，应该是不会懂得包对于女人，尤其是对某个阶层以上的女人的意义。正因为是贵族出身的男人，才会对这类学校里不会教导的文化，有着切身的体会。准备赴死的女人，放下手包离去，宛如将整个世界抛在身后。这个下意识的动作，只有那位男士注意到了。

说到我本人，完全没有鞋子和手包配对成双的爱好。由于自卑腿粗，总是穿与丝袜同色的鞋子，因此出门时穿的鞋子的数量不断增加，挺让人头痛的。相反，挑选手包，则是为穿礼服时添色增彩。先买了中意的手包，再挑选与之搭配的礼服的情形也许更多。因此，我的手包非但不低调，反而非常抢眼，并且价格远高于鞋子。买来的包，我甚至会摆放在房间里，暂且当作观赏之用。不管怎么说，买包是我对生活充满热情的象征，挑选时自然是十二分的用心。

第28章

精英男为何不性感

也许是因为职业的原因，在我周围出没的男人，有半数左右都是所谓的精英人士。但剩下的一半却不同，虽然也都是聪明绝顶的人物，但将他们归类于精英人士我似乎有点不甘，自吹自擂地说一句：他们证明了我对男人的好品位。不过本篇要谈的是无法令我自吹自擂的那一半，也就是一点都不性感的男人。

这些人的第一个特征是，从事所谓有文化的职业。不是大学教授就是记者，总之是用脑的职业。我先声明一下，这个行业的男人，并非人人都不性感，也有属于我说的另一类，即性感的男人。不过，从事这类职业是精英男必备的条件，这一点我想大家都会同意。

第二个特质是，身材不错的人占多数。最近似乎流行智力和体力同步，白面书生如今反倒成了稀罕物。不仅身材保持得好，精英男们的穿衣品位也在线，以世俗的标准评判的话，不少人能入选"最佳着装奖"。

继社会地位、外貌之后，第三点自然是经济实力。大多数精英男过得挺滋润。尽管大学的薪酬低，杂志的稿费惨到10年不涨，不过最近各类杂志的数量倒是一个劲地上涨，就连企业发行的刊物也多如牛毛，虽然一篇文稿或一次采访的价格便宜，但总量还是绝对增加的。有人口出豪言称"大学的那点薪水只够还房贷的"。

精英男们共通的第四个特质是，这群人到底在想什么，女人完全不懂。

这些人在杂志报纸上写稿，接受电视、杂志采访，而且还在近来盛行的各种研讨会上发言，按理说，不懂他们到底在想什么的人才奇怪。可是，真不懂。

这一类男人，再怎么写一手好文章，说一口漂亮话，相较于陈述自己的思想，还是更热衷于"解说"，最爱说的一句话就是"从学术上而言"，其实不过是将非学术的东西整理得貌似有学术性而已。

世间众生相虽然不能一概而论，但无趣的现象真的很多。比如说，画漫画和看漫画，在我看来那是个人的选择，所以对这些行为我不会指责，但也不会赞美。因为我非常非常讨厌漫画。

也就是说，这属于个人喜好的问题，只有喜欢或讨厌。所以，试图为这类"现象"寻找存在理由的"解说"式论文，每每让我看得不胜其烦。我承认画漫画和看漫画是个人的自由，但讨厌写相关"解说"的人。估计有人会说从专业的视角对社会现象进行梳理，然后传达给大众，是知识分子的使命。但我相信一定会有人跳出来反驳：不用多管闲事，你自己先多学点本事再说。

我甚至认为，解说员的盛行，恰恰是日本如今最严重的无知现象。解说员的言论，再犀利也不会比得上血淋淋的事实。他们自己大概也成了金刚之身，不会流出鲜血。

说到这类男人的第五个特征，我想应该是没有遭遇绝境的经历。习惯以知识处理事务的精英们，在需要靠经验做判断时，出乎意料地头脑简单。无论政治、外交还是实业，生活中的困境无处不在。经历过绝境的人，既饱尝背水一战的痛苦，也体会了快感。他们非常知道，必杀之剑，在何时、何地，指向何方。

因此，同样的一行文字、一句话，浓缩其间的"力量"是不同的，也就是说，震撼力不同，它能直逼人心。读者、听者为之热血沸腾，而热血的特征就是有快感。

就在不久前，我去旁听了一场在某地举行的国际问题交流论坛。在出席的外国人中，还包括了美国前总统助理布热津斯基和加拿大前总理特鲁多[1]。掌控会议基调的是布热津斯基。他以一贯的口吻就美苏的对立关系以及日本在其中应该扮演的角色，发表

1　皮埃尔·埃利奥特·特鲁多（Pierre Elliot Trudeau），现任加拿大总理贾斯廷·特鲁多的父亲。

了长长的鹰派讲话。然而，接过他的话题发言的特鲁多，几乎开口第一句话就讲，他曾听非洲某国的总理说过："大象们打架时，小草会被践踏蹂躏。当大象们交配时，小草面临同样的遭遇。"

这就是面对布热津斯基关于美国、苏联甚至拉上日本的充满大国意识的"高水平"讲话，特鲁多给出的漂亮的回应。同时这也是对尚未成为大国，只有论调非常大国的日本的精英们，一个辛辣的讽刺。可见，特鲁多不仅仅是因为西服上总插着一枝鲜花才出名的人物。

在那次会议上，有一位日本大学教授也加入了对谈，但根本无足轻重。明明做着靠语言决胜负的职业，竟然连武器都不会用，由始至终使用着他们那一类人惯有的解说式论调。为什么就不能清楚地表达自己的观点呢？也许，是他们相信没有自己观点的观点才是"学术型"吧。

精英男的第六个特质是，没有杀人的经验。这一点是我最近想到的。

我这里说的不是杀人的行为。即使不从肉体上除掉他人，精神上的杀害，也完全可以视为杀人的经验。对那些欲成就一番大事业的人，上天总是非常刁钻地让他们在展现欲望的过程中，必须经历这种"杀人行为"。

精英男之所以不性感，势必和他们特有的不痛不痒的观点有关。

男人感觉到女人的魅力，说到底是因为她引发了他想和她上床的冲动。女人感觉到男人的魅力，最终也是因为他挑起了她肌肤相亲的欲望。

知识和姿容，对这种健全的欲望只能起到促进的作用。想要真正刺激起健全的、自然的，最忠实人类本性的欲望，唯有靠人格魅力。

精英男之所以不性感，是因为他们明明只有促进的功效，却奉行最高价值的做人方式，缺乏直截了当评判是非的坦然。岂止如此，他们更喜欢讲一些似是而非的大道理。这样的男人，自然是不能让人感到他们是"男人"了。

所谓的精英男的最后一个特征是，只有一点小小的野心。虽然有欲望，格局却很有限。

因此，当他们听到政治家的召唤，会毫无骨气地弯下身躯。听说财界大佬设宴，他们跑得比艺妓还要快。艺妓出场是有报酬的，而精英们不过是为了吃一顿晚饭而已。除了猥琐无话可说。

如果是为了实现心中的什么目标需要权力相助，完全可以无所顾忌。不管是灰色还是黑色的方式，都大可利用掌权者。但是明知被人利用还陶醉其中，那纯粹就是吃相难看了。

我们女性，由衷地想尊重男人。请男人们务必不要令我们失望，否则，我们的爱将无处安放。就算是将爱投注于孩子，那也是在他们成人之前的一段时期而已。

第 29 章

嫉妒与羡慕

　　8 月的意大利，全国进入了假期模式，国家电视台也不例外，连新闻节目也缩短了时间。世间的大小事件又不会因为 8 月到来而减少，想想也是够滑稽的。其他栏目自然也没有新节目推出，从早到晚都是重播再重播，炒冷饭。

　　不过，这也不全是坏事情。电视台的不用心，反而让我们有机会看到一些优秀的节目。因为最聪明的偷懒方法，就是播放经典的老电影。只要稍稍留意一下节目表，在家里也可以愉快充实地度过一个"名作欣赏周"。

　　今年的夏天我也是以这种方式，再一次观赏了久违的奥逊·威尔斯自导自演的《奥赛罗》。那是他年轻时的作品，所以电影是黑白片。不过第二天播放了一个彩色版，是奥逊·威尔斯讲述当年拍摄这部电影经历的纪录片。教育栏目推出这样的组合堪称完美，电视台假期中的懈怠如果都能维持这等水准，我还是非常欢迎的。

电影《奥赛罗》应该算是杰作。它不仅获得了专业评论家的好评，上映以来 30 年仍在世界各地播放，可见也深受观众的喜爱。这样的作品对制作者来说就叫幸运之作。我本人也认为没有比奥逊·威尔斯演绎的奥赛罗更像奥赛罗的了。

电影和文学、美术等所有的艺术作品一样，洋洋洒洒数万字的评论，都不抵自己亲眼看一次。所以，我不会再谈这部电影，而是谈谈翌日播放的纪录片的一些内容。

之所以选这个主题，是因为奥逊·威尔斯这个男人，并非普通的电影人。他是精英，不是人们带着轻蔑的口吻讲的那种精英，是货真价实的知识分子。他说为电影这个 20 世纪的综合艺术赌上了一生，我非常能够理解。大概正因为聪明绝顶，所以他才会想到娶丽塔·海华丝那样不怎么聪明的女人为妻吧，尽管只是一段很短的婚姻。

在纪录片中，奥逊·威尔斯和在《奥赛罗》中扮演伊阿古的演员有一场对谈。那位演员的名字我忘记了，但他也是一位不逊色于奥逊·威尔斯的知识分子，因此对谈相当有趣。再有才华的人，如果没有遇到好对手，也谈不出有意思的话题。

两人的对话自然是围绕《奥赛罗》展开的，以嫉妒和羡慕为中心。我归纳了一下，内容大抵是这样的。

　　嫉妒和羡慕有时候表现得很相似，但它们完全是不同的情感。嫉妒是因为恐惧本质上的失去，羡慕是针对他人拥有自己想要却没能拥有的东西。

奥赛罗受尽了嫉妒的折磨，伊阿古则是羡慕的化身。

无论是嫉妒还是羡慕，二人都是牺牲者。所谓牺牲者，指的是尽管从来没有想过牺牲，却因为强烈的情感而导致自我毁灭。所以，嫉妒和羡慕都是双刃剑。

这个定义让我觉得挺有意思，想做进一步了解，于是首先查了日语词典。

嫉妒：忌恨、小气、吃醋。
羡慕：眼红。

就这么寥寥几个字。我想日语词典的注释大概也就只能到这个程度，于是又查了同类型的意日词典。

gelosia（嫉妒）：①吃醋、忌恨、羡慕 ②关心、用心呵护、警戒、执着。

日语里似乎没有第二种含义。而意大利人说他"嫉妒"他的生活，意思是"对自己的私生活十分重视"。所谓重视，其实就是执着，用心呵护不让它失去。

对"羡慕"的注解，意日词典并没有新意，大抵是"忌恨、嫉妒"，意思几乎和"嫉妒"相同。顺便说一句，在基督教教义中，羡慕是七宗罪之一，嫉妒倒没有如此高规格的"礼遇"。另外还有一句废话，叫"嫉妒和羡慕是女人的名词"。这大概出自男人谚语。

最详细的是意大利的词典，为了解释这个词引用了诸多的文学作品。四分之一米粒大的字竟然填满一页纸。总而言之，嫉妒是唯恐失去的恐惧，羡慕是眼红他人拥有自己没有的东西。

基督教把羡慕定为七大罪之一，而将嫉妒排除在外，似乎也有点道理。嫉妒不值得同情，羡慕则是完全不能同情。奥赛罗是自己死的，伊阿古是被处死的。

原作者莎士比亚笔下的这位摩尔人将军，由于得到了做梦也不敢想的幸运，使得他对以往建立起的自信产生了动摇，心理上的失衡扭曲最终酿成了一场悲剧。既不是威尼斯共和国的贵族，也不是威尼斯公民的一个黑人异类，竟然被年轻自己很多又是威尼斯贵族的美丽少女苔丝狄蒙娜爱慕。这样的好事换作其他人也不敢相信。而且，苔丝狄蒙娜不顾父亲的反对毅然与奥赛罗结婚，这份坚贞的爱情势必令奥赛罗在婚后依然幸福无比。他大概会常常掐一下自己的脸颊，确定这一切都不是梦。

祈祷一切都不是梦的心愿，容易和害怕失去的恐惧纠缠在一起，那是人间地狱。哪怕没有伊阿古的挑唆，奥赛罗迟早也会坠入这个地狱。可怜的苔丝狄蒙娜，真心的爱给她带来了毁灭，而这种毁灭又是如此的悲哀。

如果单单是被丈夫杀死，倒也不能一概说是不幸。可是，被丈夫怀疑不贞最后被杀，无论如何都太悲哀了。

伊阿古和奥赛罗不同，他是白人，是当时的强国威尼斯堂堂正正的公民。但他只是一名副将，准确地说，连副将都不是，因为被凯西奥占了先机。而另一方的奥赛罗竟然还拥有了美丽的贵族女孩的真爱。

伊阿古的关注点不是向往奥赛罗的地位而没能成功，也不是爱上苔丝狄蒙娜却遭到对方的拒绝。他对这两件事情都没有欲望。像他那样聪明的人，想来是应该明白凭自己的能力是做不到的。

如果伊阿古自信和奥赛罗拥有同等的才能，他大概就不会产生羡慕。相信自己只要有机会也能做到的人，大抵都不会有这一类情绪。羡慕大概属于明知自己不行却忍不住去想的一种感情吧。

奥逊·威尔斯对伊阿古的评价只有一句话："他是 impotenz。"

词典对"impotenz"的解释是：无力、无能、软弱、无效、空虚、不毛。衍生到医学上，自然是性无能、阳痿。

我想奥逊·威尔斯的话中包含了以上所有的意思。就是说伊阿古对奥赛罗的羡慕，是无能的人对有能力的人抱有的情感。

有能力的人也会嫉妒，但羡慕势必源自无能。不过，嫉妒有着让有能力的人变成无能的人的危险。被嫉妒折磨的奥赛罗，最终变成了精神上的弱者。

那么，羡慕是否会激励人摆脱无能的现状呢？我认为不毛只会产生不毛。哪怕心有再多的羡慕，无能也不会变成有能。

　　如果说我自己的话，简直就是嫉妒的化身。"如果你敢对周围的哪个女人表示出一点点兴趣，我立马让她成为石头人。"这种威胁爱人的话，我张口就来。

　　我大概就是爱上一个人立刻就会想到失去他时的恐惧。虽然很不好，但我从来没打算做一个善解人意的女人，看来一辈子也改不了嫉妒这个毛病。

　　再说羡慕，很遗憾这种情绪我也有。不过羡慕的对象仅限于可以一起工作的团队。我自己的工作必须孤独地一个人完成，所以对大家一起热热闹闹做事情，非常之羡慕。不知道这会不会被归入七宗罪。

　　最后具体说一下七宗罪：淫荡、贪食、贪婪、懒惰、愤怒、傲慢和羡慕。

第 30 章

有关吃相

吃相，不仅是餐桌礼仪。准确地说，它才是真正意义上的餐桌礼仪。只是在日本提到"餐桌礼仪"，往往让人联想到刀叉等餐具的使用方法，因此，事先做一个说明，我要谈的不是狭义上的规矩。

那是很久以前的事情。RENOWN 公司为制作宣传册，希望和我做一个访谈。我开玩笑说，如果能让我观看阿兰·德龙出演的 D'URBAN 男装的所有电视广告，便答应接受采访。（因为在电视上看过一两次这个广告，觉得挺不错。）

没想到，RENOWN 方面当了真。在刚搬迁至筑地的电通公司的放映室里，为我准备了 8 年来制作的全部广告。

我去看了。虽说是广告短片，整整 8 年的量，实在也够庞大，只能粗粗地浏览一遍。

看完之后，被问及感想，我只说了一句话："突然想回欧洲去了。"

　　　　　　　　　　　　写给男人们

阿兰·德龙，不是我喜欢的演员，也不属于我喜欢的男人类型。他的下半张脸显得有点猥琐。

然而，广告片中的阿兰·德龙却非常出色，超过了他扮演过的任何角色。广告充满了浓郁的欧洲味，阿兰·德龙这次演绎的不是法国，而是欧洲。

我很惊叹，忍不住向同席的制作人古川英昭表达了心声。对只见过一两次面的人向来记不住名字的我，时隔多年依然清晰地记着这个名字，可见当时的我真动了心。这位与我年龄相仿、法国文学专业出身的广告人，对欧洲有着如此敏锐和深刻的感知，着实令人感觉不可思议。

不过，我还是有小小的不满，于是老实不客气地说了出来："某片中有一场吃饭的场景。那个，我觉得不怎么样。"

仿佛知道我会提出异议，古川急不可待地回答说："那场戏，拍了很多遍，结果还是不尽人意。"

阿兰·德龙是个有魅力的美男。但那种美，属于下层社会，与气质、品性无关，纯粹是长得好看。善于发掘新人的著名的意大利导演阿尔贝托·拉图瓦达曾经说过，看新人有没有未来，要看他（她）的眼睛。如果按照这个标准，我必须承认阿兰·德龙有一双成为巨星的眼睛，但不知为何，身上总有一股草根的味道。正因为如此，那些社会底层的角色，他演得都很到位，《阳光普照》堪称杰作。

不过在古川制作的广告片中，阿兰·德龙坐在富贵人家的堂皇

饭厅，而且不是一个人，餐桌上还有其他人。结果，他露出了破绽。

要说他的餐桌礼仪，倒也没什么问题。腰板挺得笔直，手肘没有撑在餐桌上，刀、叉、汤勺使用得当，没有弄出丁零当啷的声响。喝红酒前，知道用餐巾先轻轻地擦一下嘴，更没犯含着满嘴食物滔滔不绝的大忌。

总而言之，阿兰·德龙的表现，挑不出什么毛病，但就是给人一种不自然的印象。我仔细想想了其中的原因，得出了以下的结论。

他显得太规矩。规矩当然要遵守，只不过他守得太紧。那一招一式，仿佛临时抱佛脚，现学现卖，就像新贵们照本宣科地摆出高雅姿态，别扭得要命。所谓似鹿非鹿、似马非马，坐在华美餐桌前的阿兰·德龙宛如木头人，连原本那一点卑微的气息都荡然无存。木头人当然是不会有魅力的。

那些与他同桌的人（大概也都是专业演员吧），不知是有心还是无意地配合表演，一个个都变成了木头人。吃饭的场面，是表现人物特质最有效的手法之一。不用说话，吃相胜过千言万语。可惜在这场戏中，所有的角色都像淡而无味的白开水。反复拍摄却达不到如期效果，原因也许就在于此。

如果我是制作人的话，会做一个彻底的改变。拍摄吃饭场面是个好创意，但地点不会选豪华餐厅，而是找居酒屋那种众人围坐在一起，轻松吃饭喝酒的地方。想来，在那里，阿兰·德龙能做回他自己，也不会影响其他演员的正常发挥。

不过，这样的安排，有违广告的本意。虽然我不怎么了解，

但听说 D'URBAN 是高级男装品牌。相信以古川的敏锐，肯定清楚问题所在，只是由于名牌形象，不能选大众食堂作为场景。

世上没有什么事情比吃相更容易暴露一个人儿时的家庭环境了。矫正吃相，比矫正牙齿还要困难。小时候养成的习惯，很难掩盖，成年后再怎么努力学习优雅，基本属于徒劳。尤其是刻意地讲求规矩，反而欲盖弥彰，不自信在双手、嘴巴的细微动作间流露无遗。落落大方是最自信的表现，但一举一动倘若不是自幼习得，不可能有真正的自信。

用错了叉子又何妨？向服务生再要一把就是。桌布最好能保持干净，但铺在上面起保护作用的餐巾，沾上些污物不算什么大事，不必挪动餐盘藏藏掖掖。喝哪种酒是客人的自由，爱喝红酒喝红酒，爱喝白酒喝白酒，无须对侍酒师的建议言听计从。吃多少同样因人而异，没有非全套不吃的道理。

当然，吃套餐的确有益于营养均衡，不过像怀石料理那样，无视客人的肚量，一道接一道源源不断，似乎又有些矫枉过正。

味噌汤拌饭，完全没有关系，关键是拌了汤的饭如何吃。用筷子一小口一小口地送进嘴里，样子肯定滑稽，唯有嘶嘶地啜吸。吸就吸得泰然自若，想吸又担心声响，不上不下最没腔调。

话说回来，令他人感觉不快的事情，还是能免则免。要问具体是什么，我只能说，换位思考，想想自己讨厌哪些事情。礼仪，说到底是人生经验，而这些真正的规矩，唯有母亲从小教导。

文明，不同于文化，它是生活中的礼仪，或者说是生活方式。因此，确立规范，即确立生活方式。

说得夸张一点，食是文化，吃相是文明。哪怕烹饪食物是借他人之手，吃食物时还是要有自己的姿态。事关文明大事，母亲的教诲必不可缺。

我昨天读完一本小说，其中有一段描写令人忍俊不禁：

> 坐上饭桌，摩拳擦掌准备大吃一顿的女人，着实可爱。那种拿着菜单反复斟酌的女人非常讨厌，看上去战战兢兢，似走在地雷阵里。

我完全同意！如今的男人们简直就像书中那扭捏的女人，没有一点气派。

既然食是"文化"，就该吃得兴致勃勃。没有兴致的人，终究创造不出文化。

阿兰·德龙在广告片中的演绎堪称完美，唯有吃饭那场戏毫无生趣，原因就是既没有文化也没有文明。

话说回来，要在用餐上体现文化，的确很困难。电影、戏剧中之所以不常出现吃饭的场面，大概正是因为不容易。

第 31 章

不幸的男人（之一）

幸或不幸，纯属于个人问题，我很赞成这个观点。自己认为幸福就是幸福，相反，觉得自己不幸，那就是不幸。

对那些所谓的幸福论，我向来没有兴趣。有人说不幸的女人，距离百米之外，便能感觉到她的不幸。对此，我也很同意。女人，无论幸或不幸，总是表现在整体的氛围上，相貌的美丑、着装的好坏都无法掩盖。

那么，男人是否幸福，能看出来吗？我觉得能看出一半。男人没有女人率真，他们能掩藏一部分，至于剩余的部分，即便是狡猾的男人也无能为力。尤其是过了 40 岁，愈发藏不住。

这样说来，可以撇开"幸或不幸取决于个人心态"这种主观的论调，客观地去分析其中的原因，试着检讨一下不幸的男人为何不幸。

当然，相较于笔者，向来智慧高我几筹的读者们，想来应该立即会明白，不幸的反面就是幸福。此外谈论男人，女人并非与之无缘，因为话题的对象，说到底还是人。

那么，究竟是什么造成了不幸的男人的不幸？

背运，大概是很多人想到的第一个原因。的确，运气对男人的一生影响颇大，但又不能全归咎于此。尤其是在男人40岁之后，不走运似乎与其性格有关，正如幸运与性格息息相关。

所以，我不打算论及才华、工作能力或体能等问题。因为它们是否有机会发挥，受制于所处的行业、环境。所以，这里不会细分行业，而只论一般性。何况，像才华之类，大多是与生俱来的，有的人有，没有的人就是没有。

接下来我就单纯分析一下除运气和能力之外的原因。

意大利语中有一句话："Uomo diprincipio." 意译的话容易模糊不清，所以还是直译：坚守原理、原则、法规、主义的男人。也可以理解为忠于原则的男人。

想必会有人质疑：为什么"忠于原则的男人"是不幸的男人，或者说是令男人不幸的原因？通常，"忠于原则"总是用于赞赏的短语，具有积极的意义。

但是我打算从消极面去看待这件事情。忠于原则，正是男人不幸的原因。我甚至可以断言，它是造成男人不幸的最大的原因。

这里举一个例子。

某位男子，对一位女同事有好感。他坚信这份感情完全是工作中产生的友谊。然而，他的妻子凭着女人的直觉，不相信这段关系的发展会仅限于友情。于是，妻子恳求丈夫，至少半年内不要与这位女同事见面。

丈夫觉得妻子的要求无理，断然拒绝。妻子见说服不成，便改口让丈夫与女同事上床。只要发生了肉体关系，丈夫就能清楚地了解对方是怎样的女人，这同样出于女人的直觉。

这下彻底惹恼了丈夫。他认为，妻子无权干涉他与女同事之间这份高尚的关系。妻子将一份纯粹的友谊，看作普通男女的苟且。

结果，对丈夫原本完全信任的妻子，因此变得心理扭曲。她并不是恐惧会被其他女人夺去丈夫。她很清楚，至少在目前这个阶段，丈夫说得非常在理。她不满的是，丈夫得理不饶人的态度，那种无视人与人关系中的微妙，只靠说道理的自以为是。

既然叫人与人关系，那一定是双方的。但这位男子完全不考虑对方的心情，忠于原则，只要道理在自己的一边就认为行为是正确的，没必要去改变。而妻子也通过这件事情，以未曾有过的视角，去重新审视丈夫。

那么，丈夫那一边最后是什么结果呢？

虽然他没有想过要和那个保持着纯洁友谊的女人发生肉体关系，但他并不蠢，不到一年的时间就看清了对方的本质。无论是才能还是性格，她都不是值得交往的朋友。男人心里剩下的，只有肉体上的欲望。也就是从那时候开始，他想和这个女人上床。

然而，做这种事情时机非常重要，尤其是文化水平相对较高的男女，一旦失去机会，肉体关系便永远不可能再实现。不知不觉中失去了机会的这对男女，不管双方心里如何想，关系始终只能维持在友情的水平线上。确切地说，只要有一方寻求肉体上的关系，就应该属于男女关系了。而这种既不算友情又不是恋情的奇怪的关系，大概只能称作柏拉图式的缘分。

就是说，男人失去妻子所换来的只有这一段柏拉图式的缘分。也许还有其他的原因，但总之没过多久，他的妻子就主动提出了离婚。而那段柏拉图式的缘分，时至今日还在继续。这就是过于忠实原则落得不幸下场的男人的故事。

忠于原则本身是一个非常了不起的理念，但人类社会还有不同的人存在。如果不顾他人的感受，一味地推行自己的高尚理念，总是会遇到种种障碍。原则主义者在家庭和职场常常遭遇不幸，就是因为他们缺乏这种敏感或者说是感情。这是一种与头脑好坏毫无关系的性格，大多是先天性的。在我看来，和父母的教育有着很大的关系。

不想遭遇不幸的男人，要学会设身处地地思考，相较于读几本好书，更需要改变心态。我并不是在这里建议妥协，它和妥协不是一回事，是能不能宽容待人的问题。

在欧洲，自由党的势力已经衰弱很久了。无论在德国、英国还是法国，冲回第一线取得政权的梦想几乎成了泡影。

如果问原因，政治学家们能讲出无数的道理。在这方面外行的我，也曾经和几位自由党人士谈过话，多少能够理解他们为什么会失势。自由党是忠于原则的男人们的大本营。

写给男人们

他们都算是聪明的男人。知识水准高，出身大都不错，举止做派也很绅士。

而且，他们的观点很正确。如果只听他们谈政策，全都是让人不由得点头同意的正论。然而，他们无法获得选民的支持。即使有，也是很小一部分人。

原因在于他们的态度。他们相信自己的主张是正确的，所以错在不肯支持他们的选民。在他们看来，提出正确的主张，自己已经出色地尽到了责任，因此对于不惜动用各种手段去说服民众的做法十分不屑，归根结底，是不能理解自己的选民。

这就是典型的原则主义者。从个人的情况看，可能会不幸失去家庭或同事的支持，但如果是一个组织，则会影响到存亡。我可以断言，西欧的自由党没有未来。高举着正论，路却越走越窄。

相反，同样披着自由外衣的日本自由民主党，之所以能维持政权 30 年以上，想来是因为他们从来也没想过要忠于原则。

没有比自民党更奇怪的政党。在认为党员应该奉行同一个主张、立场的人们看来，自民党的行为简直是不明就里。有一次，西欧自由党的某位干部对我说："我们的自由党，和日本的自民党很不一样啊。"

我忍住笑回答他："所以，日本的自民党才能长年执政。"

第 32 章

不幸的男人（之二）

凡事要求完美的男人，往往也背负着不幸的宿命。

追求至善至美不是坏事，但认为所有的事情都可以达到完美，则会招来不幸。

完美主义者不仅严于律己，也同样苛求他人。可是，完美本身就是一个主观的看法，每个人对"完美"的标准不一，A 眼中的完美无缺，在 B 看来可能漏洞百出。

正因为没有客观的标准，对完美的要求就千差万别。无视人性的多样化，将自己的标准强加于人是一种傲慢自大，说到底是无知。

只要生活在人类社会，无视人性、苛刻要求的人，注定摆脱不了不幸的宿命。在这一点上，完美主义者和忠于原则者，不幸的原因完全一样。

和前章一样，本章也会以男女关系为例。可能有人要质疑：人际关系并不局限于男女关系。的确如此。但我们也不能否认男女关系是最基本的人际关系，它不仅适用于人与人之间，在某些方面也适用于国与国的关系。

研究国际政治的国际关系学专家永井阳之助曾经说过："看国际关系，可以把它当作男女关系来分析。"

如果国际关系都能如此，那么，日本国内或者说小规模的组织就更没问题了。

不过有一点必须说清楚：男女关系只是基本的人际关系，并不等于所有的关系。因此，在男女关系上失败的男人，不等于其他的人际关系也注定失败。男女之间的问题，在于一对一的关系。如果对方酗酒或吸毒，即使情况没那么严重，但只要是根本性的缺陷，那么相关的另一方再怎么努力，也不可能成功。

像这类失败有必要打上引号，只能就事论事，不是简单地把它定义为失败，一刀两断便能解决的问题。但无论如何，男女关系是最基本的人际关系。

有一个男人，爱上了一个女人。他刚大学毕业，女人比他大10岁。

当时还很年轻的这个男人，之所以会爱上那个女人，是因为发现她身上有特别之处，她和他知道的其他女人不同，尤其是和他的母亲不同。

男人的母亲属于典型的家庭妇女，非常爱干净，甚至有些洁癖，客厅的大理石地板永远擦得闪闪发亮。被视为欧洲主妇重要工作之一的熨烫，她同样做得完美无缺，以至于穿着母亲熨过的衣服长大的男人，根本受不了洗衣店的服务。母亲的烹饪水平虽不算上乘，但普通的家庭料理都能应付。因为爱干净，也不会把厨房弄得像战场一般。

在意大利或法国，通常的家庭套餐，从汤或通心粉开始，然后是肉类的主食、蔬菜，最后是奶酪和水果。这样的全套料理，一天两顿出现在男人家的餐桌，从未缺过一道菜。一年 365 天做着内容没多少变化的料理，已经近似于仪式感，在他母亲看来这也是主妇应尽的义务。变化是她最不喜欢的。

对他的母亲来说，最愉快的事情，是每天早上赶着开市的时间去菜市场买菜。那里的菜既新鲜又便宜。对了，差点忘记交代，她心目中最高的美德是节俭。不懂得节俭的女人，通通是不可原谅的敌人。

如此性格不用说也知道，肯定不属于社交型。因为请人来家里做客，既会弄脏屋子还要花钱。对没有好奇心和人对话的她而言，社交活动，能免则免。

有着这样一位母亲的男人，爱上的是一个性格完全与之相反的女人。

首先，女人有工作，而且非常热爱这份工作，从未想过在家做全职主妇。

其次，与人交往得心应手，非常自然。说自然是相较于男人的母亲。在他的母亲看来，招待客人意味着要铺上雪白的台布，端上银器，是非常隆重、非常麻烦的一件事情，而那个女人对这些事情却处理得轻轻松松。

有一次，男人被邀请去她独居的家中吃晚饭，可是和同事配合的工作怎么也结束不了。他突然想到，不如带同事去女朋友家边吃边谈，于是拿起了电话。虽然关系亲密，但临时带朋友上门，事先向女朋友打一声招呼还是必要的礼节。

不料，电话竟然没有人接。眼看着约定的时间就快到了，男人索性直接带着同事去了女朋友的家。

见到不速之客，女人没有表现出一丝惊慌。她将准备好的2人份的晚餐，自然地分成3份，又在炉灶上放上一锅菜用小火炖着。等菜吃得差不多了，临时加的炖菜正好上桌。3个人的晚餐，吃得宾主尽欢。

就在那一刻，男人决定娶这个女人为妻。没过多久两人便举行了婚礼。

妻子不爱干清洁工作，又不能忍受房间的脏乱，熨烫衣服不是她擅长的事，最多也就能烫烫手帕，所以这些家务只能请用人代劳。她既不算节俭，也不浪费，最喜欢做菜而且非常拿手，只不过每一次都倾情投入，把厨房弄成战场，最后还得找人帮忙善后。但这一切对男人不仅不是问题，甚至男人对此感到有趣。

新婚时代，对男人而言真正是新鲜的日子，对女人而言同样是愉快的时光。接着孩子出生，一天天健康地长大，像大多数年轻的夫妇一样，两人的生活并不富裕，但精神却非常充实。

随着事业日趋成熟，男人的年纪自然也在增长。不知为何，在他进入"四十不惑"的 40 岁之后，对工作、家庭有了诸多的不满。

工作上的问题这里不谈，他对家庭的不满，首先是妻子的工作。

妻子有工作，是在结婚之前就知道的，而且在婚后，他还为她不断取得的好成绩感到高兴，在朋友、同事面前也不掩饰骄傲之情。妻子不是在普通的公司上班，而是专业官僚，对她的工作的性质，同样从事脑力劳动的男人是能够理解的。

所以，男人的不满并非针对妻子的工作，而是她对工作的那份过分的热情。有一次，男人对正在做饭的妻子说："你炸着薯条居然还能谈工作。"妻子笑答："这不也没耽误炸薯条嘛。"

这种程度的牢骚还能一笑了之，但男人的不满和妻子的成功呈正比例上升。他曾向妻子的母亲抱怨："真不知道，我和工作，到底哪一个对她更重要。"性格幽默的岳母回答："通常这种问题都是女人问的。"

人的不满积累到一定的程度，对所有的事情都会看不惯——只关注孩子不关心丈夫，对女佣放任自流，以没时间为由在家附近的高级店铺购物导致生活开销增大，等等。

曾经令他深恶痛绝的母亲的那些做法，渐渐变成了他对妻子的要求。除了对他本人有利的善于社交这一点之外，其余一切女人都得向母亲学习。

如果能满足男人所有的希望，那么妻子便是完美的女人，但是世上难有如此好事。正因为妻子和母亲性格不同，才让男人感到格外满意，如今他竟然要求她变成母亲那样。

说白了，这就叫"缺啥要啥"。然而，在完美型性格的男人看来，不能满足自己的要求，就证明妻子缺乏爱意。

这对夫妻目前尚未离婚。除非男人能清醒地认识且宽容地看待人性，否则分手大概是迟早的事情。如果真有那么一天，不幸的不会是女人，而是男人。

第 33 章

不幸的男人（之三）

男人的厄运年龄据说是 42 岁。我个人认为这个年龄是男人人生的一个转折点。

数年前，我收到高中时代的同届生名册。高中毕业 30 年第一次举办同学会，可见我的同学们对此类事情毫不上心。借同学会的机会，同学们第一次制作了同届生名册。

我毕业于东京都立日比谷高中。在我读书的那个时候，学校并没有应对高考的特别课程，可是东京大学的录取率却是全国第一名。我一半的同学都考进了东大，其余人大抵就读于庆应、早稻田，去了学习院大学的我，完全属于差生。鉴于此，大家高中时的朋友们大半也成了大学的同学，大概也就没有必要举办高中同学会。

我不住在日本，无法出席首届同学会。翻看着寄来的名册，不禁浮想联翩。

名册的横栏，分别以姓名、现住址、家庭电话、就职单位、工作电话的顺序，写着个人信息。竖栏按照字母发音顺序排列班级（日比谷高中称为房间）。一届有 9 个班级，当时每个班级的学生超过 50 名。

到底是秀才学校，就职公司一栏齐刷刷地排列着政府机关、著名大学、大企业的名称。不过，也有人是空白的。我找到自己的名字，这一栏也是空白的。作家的确是没有单位的。不过，和我同样属于自由职业的私人律师、私家医生，倒是写得清清楚楚。我笑着想，看来作家在秀才学校的毕业生中，实在是不值得一提的小人物。

毕竟 30 年未见，名字和模样对不上号的同学占了多数。如果见面的话，也许能从对方的脸上找到一些年少时的残影，啊，原来是某某同学，但单看一个名字还真想不起来。可以想象，我本人在 30 年里也被曾经的同桌遗忘了。

名册能记录的信息自然有限。事实上单凭这些内容，根本无法了解每个人这 30 年来的人生。虽然在大企业工作，但肯定有人是不得志的"坐冷板凳的人"；尽管只是一名中学教师，生活却可能相当愉快充实。再说，名册上那些空白项又意味着什么呢？纯粹是因为联系不上吗？信息空白的人大多只有一个姓名，也有像我这样，没有就职单位和电话号码。不过，有一点我是可以想象的，同学中没有出现超级富豪。就读于当年排名第一的高中，同学们几乎都考上了著名大学，又几乎都在毕业后进入中央机关、名校、大企业工作。这样一类人是不可能出现大富豪的。

看名册有一点让我非常吃惊。50 人的一个班级，每个班级平均有 2 人已不在人世。

才刚过 50 岁的人，怎么会有如此高的死亡率？不知他们是死于疾病还是事故，无论如何，这个年龄死去，都属于意外。他们应该比父母还走得早，真正是大不幸。

除了这些不幸早逝的人，这本名册里又藏着其他人，即 30 年前站在同一起跑线的那些男人的幸福和不幸。

说起同学，好像都是男生。都立日比谷高中的前身是旧学制的男子初中，男生的比例自然是远远高于女生。学校对外宣称男女比例是 3∶1，实际为 4∶1，有些班级甚至达到 5∶1。我进入这所当年东京大学录取率全国第一的学校，倒不是奔着进东大这个目标去的。入学仪式上，听见校长说各位同学要成为国家未来的栋梁时，我被惊吓到，怎么进了这么一个可怕的地方。然后在惊吓中变成了差生。

有一句话叫"四十不惑"。男人的厄运年龄是 42 岁。即便和这些都没关系，40 岁这个年龄，我认为对男人而言，依然是决定人生幸或不幸的一个转折点。

首先要看之前的 10 年是怎样度过的。我以前曾经写过，30 多岁的男人，根据遇见的人的不同，有人会变回 20 多岁，也有人会成长为 40 多岁般成熟的男人。结果，一位 30 岁的读者来信表示非常赞同我的意见。看来我应该没有说错。

既然有"三十而立"这一说，那么 30 多岁的男人，就应该以十几、二十几岁时期的积累为基础站起来，也就是说，是开启事业的年龄段。至于不惑，可以等到 40 岁之后，因此站立时遇到困惑完全没有关系。岂止没有关系，各种烦恼困惑反而更能激发斗志。

不过，古人教导 40 岁之后不能再困惑，就是所谓的"四十不惑"。

于是我判断，40 岁以上的男人不幸的最大原因，就是困惑。我讲的"惑"不是古训所指的道德伦理上的，只是从现实角度来看不困惑比较有利，不惑之人才能获得幸福。

那么，过了 40 岁依然困惑的男人，究竟在困惑些什么呢？

首先是找不到发展的方向。应该说是看到了目标，但对在这条路上自己的能力能够充分发挥，获得他人的认可没有信心，因此没有向前的勇气。

意大利语中有一个词"realizzare"，意为"化为现实，实现"。

如果说 40 多岁的男人有不幸的事情的话，那就是自己的规划、设想，在进入 40 岁之后也没能实现。它和社会上所谓的成功或不成功不是一回事。职业、地位与幸不幸福没有关系。自己想做的事情进展顺利的男人，无论世间评论如何都应该是幸福的。

和受家庭中自己意志的有无影响很大的主妇不同，社会型的男人，是否可以心想事成，是一个很重要的问题。没有这个机会的男人，很多人会热衷于兴趣、副业。这样也很不错，哪怕只是周末幸福，也是由衷的幸福。

有问题的是，选择了自己喜欢的道路，却没能心想事成的男人。这一类男人的 40 多岁，真正叫作厄运年龄。之所以知识分子中这一类不幸的男人尤其多，是因为他们有着按自己的意志选择了这份工作的自负，这使得他们更加陷入不幸。

40 多岁时没有机会的男人，不知为何还会去期待五六十岁。这种毫无希望的期待非常可悲。40 多岁未能如愿以偿的男人，几乎所有人都就此结束期待。相反，在 40 多岁时得到机会的男人，进入五六十岁之后依然能顺势往上走。幸福和不幸福的男人之间的差距越来越大。

那么，为什么以 40 岁为界会发生这种现象呢？

"罗马不是一天建成的"，男人 40 岁也不是一日而就。30 多岁时的作为对日后的发展影响很大。哪怕彼时承受着种种的困惑，关键还要看做了些什么。如果积累足够充分的话，就可以一直"四十不惑"地走下去。也就是说自己到底想做什么要在 30 多岁时做出决定。所以古人说"三十而立"。

立是决定，不惑是不犹豫地行动。

我因为工作性质的关系，接触的大多是男性（和高中时期的男同学多没有关系）。根据我的经验，20 多岁的男人，基本上不知道自己想干什么，处于摸索期。我本人直到 30 岁还在堂而皇之地啃老，大言不惭地说着 20 岁如何浪费在与未来走向无关的事情上。当然有这样的 20 岁反而快乐。30 多岁的男人，大抵能看到日后的发展方向，对自己的能力有一个比较清楚的认识。而 40 岁的男人就是一清二楚，只要简单地和他们说上几句话，我就能以相当高的准确率预测出他们将会有幸福的人生，还是以不幸告终。而且在十年之后，我的预测基本是没有错的。因为看脸就知道了。男人到底是从什么年纪开始对自己的脸也得负责呢？

这不是脸长得美丑的问题，它无法用确切的语言说明，像似一种气场，是那个人自然散发出的一种类似氛围的东西。

既然连我都能看出来，想必其他人也都会感觉。而且，老天也一定知道。因为到了 40 岁之后，幸福的人会更加幸福，不幸的人，会更加不幸。

不信神灵的人，换种说法也许能接受：人会对不幸的人深表同情，但总是对那些幸运的人，不遗余力地付出爱和协助。

第 34 章

管家这类人

那是我在伦敦拜访驻英大使官邸时注意到的。那一次给我留下最深印象的，不是邻近玛格丽特公主宫殿的大使官邸周边的英国式的优雅环境，也不是同样很英国式的庄重宅邸，而是在我逗留官邸的下午，为我提供各种服务，在我离开时为我打开大门的管家。

我不知道他叫什么名字，年龄应该早已过了 60 岁。中等偏瘦的身体，非常符合不可过分彰显存在感的管家形象。他瘦却不高，也许在英国男人中属于较矮的一类。如果遇上警察要求协助调查，这种男人大概属于无法令目击者清楚描述身高、年龄的类型。这是我对这位管家的第一印象。来到伦敦警察厅，便以推理小说的方式观察人物，这是我最拿手的怪癖。如果去埃及，街上擦肩而过的行人，大概都会被我看成法老的禁卫军。

总而言之，曾经长年服务于日本驻英大使馆的管家 X 先生，不是那种一见面便能给人留下深刻印象的男人。

说曾经，是因为在我拜访官邸的几年之后，X先生辞去了管家一职。他不是换去其他地方工作，而是退休了，靠养老金安度晚年。如今大使官邸的管家是怎样的人物，我就一无所知了。

在大使官邸工作的其他人，有需要时才会出现，唯独管家X先生总是伴主人左右，至少给人的印象如此。当其他仆人伺餐时，管家并没有静静地站在边上，而是往返于厨房和餐厅之间。他眼观六路掌控着一切，令主人家的大使夫妇、作为访客的我，以及在场的其他仆人都感到安心。而他的举手投足是那么的自然，又不会让人感到他的存在，大概只有被他监督的手下才会绷紧神经。管家X先生就像润滑油一般，令所有事情都能顺利地运作。

这位管家不会直视客人的眼睛，也相当有意思。

他势必知道仆人直勾勾地看着宾客的脸十分失礼，却时刻注意着我们的一举一动。因此在我们开口要求之前，已经做好了周全的回应。"举止谨慎。"在遥远的伦敦，想起日本人常说的这句话，让我颇感不可思议。

侍奉左右，却悄然无息，一切又安排得妥妥当当，完全是理想的用人。平生第一次亲眼见到只在英国小说中看到过的管家，不禁令我想入非非。如果有这样的管家，帮忙照顾丈夫的日常生活，妻子该多么轻松。可以穿上羊绒毛衣和格子半裙，坐在温暖的火炉前，阅读间谍小说，享受优雅的时光。英国上流社会的夫人们之所以能保持从容淡定的姿态，管家一定功不可没。因为普通人家的主妇，会被因衬衫纽扣掉了之类的事情而大呼小叫的丈夫弄得手忙脚乱。

以前，我羡慕大使这份职业的原因只有一个：大使有权从日本带厨师赴任。近年来，日本料理店遍及世界各地，在国外也能随时吃上家乡料理，当然，能坐在家中品尝，感觉还是不一样的。

自从去过驻英大使的官邸之后，我又多了一个想成为大使的理由：可以雇用管家，尤其是像 X 先生那样优秀的管家。

如果说雇用女佣，我也负担得起。不过男管家和女佣，似乎有着根本性的差异。两者之间不仅是性别的不同，管家与清洁工、保姆等，在职务上也存在着区别。

我也有一位女佣，已经在我家工作了 9 年。她 50 多岁——我从来没有问过她准确的年龄。她不住在我家，早晨 9 点来上班，下午 1 点回去。根据工作量，有时会延长，但没有提前下班的情况。如果我晚上临时有事，她也很乐意过来帮忙，我出门旅行时，会让她住在我家帮忙照管。虽然她干活不是特别麻利，但能够让人放心交出房门钥匙和钱包的用人少之又少，因此，我对她没有不满。

不过有趣的是，这位女佣爱管闲事。如果我打扮精致地出门，她会非常开心。她来上班的时间和我工作的时间一致，见到的总是素面朝天，穿着毛衣、紧身裤或长裙等家居服，埋头写作或阅读史料的我。所以，当她看见我穿戴整齐地去听音乐会，就显得十分心满意足。

"夫人，工作虽然重要，可您是夫人，必须漂漂亮亮的才是。"那口吻简直像一手把我带大的乳母。因此，当我去米兰参加斯卡拉歌剧院音乐节的开幕式，或去罗马与人见面时，她会很高兴地接下帮我看家的任务，"家里的事情您不用担心，务必玩得尽兴。"

有时候我会想，同为女性，用人见到主人华丽的打扮，会不会产生嫉妒之心。所幸，至少我对我家的女佣没有这方面的担心。

话说回来。当她管闲事的劲头发挥过度时，也会令我有些尴尬。比如说当我很得意在打折时买到了中意的商品时，她便告诫说："买打折货不是不可以，但因此喜形于色，就不符合夫人的身份了。"在她眼里，我是一位能收到驻日本的意大利大使来信的非常厉害的女作家，购物理应去托纳波尼街。顺便介绍一下，托纳波尼街上古驰、菲拉格慕等名牌店林立，是佛罗伦萨最时尚的街区。

我向来不迷信名牌，即使被教育也不会有所改变。但无论如何，对方是出于善意，何况和像她这样的用人打交道，能受到作为女主人应得的小小尊重，因此，我不会对她的忠告表现得置若罔闻，往往是呵呵笑着应付过去。

不过，遇到这种情形时，总让我痛感女人真是多事。如果换作我在英国遇见的那位管家，势必懂得拿捏分寸，不会令主人家感到厌烦。

像大使官邸或超级富豪的管家，大概只需要负责管理其他用人，不过在欧洲，即便不是豪门，也有不少家庭雇用被称为管家的男仆。这类管家就得承担起所有的家务，因为仆人只有他一人。既要打扫房间也要清洗衣服（但使用的是带烘干机的全自动洗衣机），当然也得熨烫衣裳、烹饪料理。主人大多是单身男性，因此一位仆人足以胜任。我认识的两位优雅的独身男子，家里都雇用了这样的管家。

男仆往往能静悄悄地扫净房屋，也不会把厨房弄得像事故现场般惨不忍睹，而且衣服烫得软硬适中，鲜花插得有模有样，让人感到不可思议。唯一的不足便是菜肴的味道偏淡。

这类男仆，对主人总是保持低调的态度，不多管闲事，不过分热情。看上去不动声色，实际却做得周全得体，不会像我家女佣那样接电话忘记记下对方的姓名，更不会批评主人家买打折商品。当然，他们的主人也不会像我这样因为捡了便宜而沾沾自喜。

有时候，我真恨不得能换一位懂得保持适当距离的用人。要知道，外国妇人有时候真是热情得让人吃不消。

写给男人们

第 35 章

电影《飘》中的男性形象

这部电影，我看了很多次。第一次观看时我大概还是初中生，算上之后观看的次数我至少看了 5 遍，原著小说也在高中时期读过了。可就在最近，我又看了这部电影。这一次是意大利国家电视台晚上 8 点半开始的不间断播放。

在本片中，相当于主人公的男人有两个：瑞德·巴特勒和艾希礼·威尔克斯。如果斯嘉丽·奥哈拉是当之无愧的女主人公的话，那么两个登场的男人中，男主人公应该是由克拉克·盖博扮演的瑞德·巴特勒。事实上，正因为有克拉克·盖博这般合适的演员演绎，瑞德这个人物才给观众留下了深刻的印象，令大家感觉，男人就应该像他那样。

不过，我本人从初中时期第一次观看开始，一直更喜欢艾希礼·威尔克斯。相较于在激变的时代中岿然挺立的瑞德·巴特勒，我更喜欢被时代潮流吞没的神经柔弱的艾希礼·威尔克斯。

可是，我在很长时间里都不敢大声地说出此事。喜欢柔弱的男人，像似证明我自己是性格剽悍的女人；再说喜欢纤细敏感的男人未免过分少女心了，因此我总是羞于承认这一点。在电影中，小说其实也一样，始终爱着艾希礼的斯嘉丽，直到最后才懂得了瑞德的好，想与他长相厮守却已经来不及，瑞德终究还是弃她而去。至少在一般人的心目中，斯嘉丽没有看男人的眼光，醒悟得又太迟。

所以年轻时，我常常怀疑自己是否对真正的男人缺乏理解，因为我怎么也不能感受到瑞德的好。相反，对艾希礼，尽管也说不清他哪里好，但在心理上还是非常认可的。

我不敢说自己喜欢艾希礼，其实是出于一种自卑感。对内心抵抗众口交赞的事情的自己，没有信心。

然而，这一次认真观看电影（虽然是通过电视），我第一次敢如此确切地公开说，我还是喜欢艾希礼·威尔克斯。

克拉克·盖博扮演的瑞德·巴特勒，一言以蔽之，是一个帅男人。再加一句的话，就是非常成熟。

他的家世背景不详，似乎也没接受过值得炫耀的教育，属于不介意那些世俗常规的独狼型男人。而且，不知为什么他超级有赚钱的能力，令人简直不能想象他会有贫穷落魄的一天。他总是衣冠堂皇，而且又是那么不可思议地毫无违和感。

正如他断言南方与北方开战极不理性那样，瑞德是一位现实主义者，因此也能够毫无心理障碍地利用战争赚取财富。从他的视角来看，这种行为并没有错（至少是现实的），我也不会对此说三道四。虽然换作我不一定会采取和他同样的手段，但清教徒式的伦理观向来与我无缘。

制片方同样找到了合适的演员莱斯利·霍华德扮演艾希礼·威尔克斯，他是一位与瑞德正好相反的人物。

他出身大农场主家庭，似乎接受过相当于英国贵族式的教育。在等级森严的社会中，他享受着特权，也没有忘记善待下人。

瑞德·巴特勒是一个聪明的男人，艾希礼·威尔克斯在这方面也毫不逊色，应该属于聪慧过人的一类。事实上，虽然各自立场不同，但是比任何人都能理解瑞德的，正是与之性格迥异的艾希礼。

这两个几乎同龄的男人的最大不同，首先就是以下这点：

独狼型和非独狼型的区别。瑞德给人一种四海为家的印象，"归乡"之类的表现很不符合他的形象。适用于他的只有"本人在此！"。因此，无论何时何地，他都能"本人在此！"。

相反，艾希礼拥有实实在在的故乡，有可以回去的地方。他所属的那个世界确切存在。哪怕是直面南北战争这个时代大潮的撞击，一切被毁，他至少还有精神的家园可归。对这样的男人，是无法要求他无论何时何地都能说"本人在此！"的。

指责他没有预见时代潮流的眼光，未免过于简单。何况，人的生存方式，并非必须顺应形势。

两个男人的第二个不同点，我认为是对女主人公斯嘉丽的态度。

大多数人认为爱斯嘉丽的是瑞德，而艾希礼尽管被斯嘉丽一往情深地爱着，但自始至终没有回应。

对于这个观点，我同意后半句，但是对于前半句的瑞德爱斯嘉丽，无论如何不能接受。

我不认为瑞德是真正爱斯嘉丽的。不，应该说，不仅是斯嘉丽，他不爱任何人。就算是对女儿的爱，实际上也是占有欲的表现。

我确信，如果男人从心底深爱着一个女人，绝不会像瑞德那样对斯嘉丽做出各种"惩罚"。

我很肯定地说，就是"惩罚"。因为他的所作所为，毫无怜悯之心，冷酷之极。

我们首先从电影中最著名的场面说起。那是斯嘉丽和怀孕的梅兰尼同坐着马车，应该说是运货的马车，逃离大火熊熊的亚特兰大的一段。以男人之力助女人们成功逃出困境，的确是瑞德的功劳，但之后他却提出要加入已溃不成军的南方军，下了马车，丢下斯嘉丽让她自己想办法回家。

像他那样的男人，在这种时候突然变得伤感多少是有些突兀的。凭女人一己之力返回家园是多么艰辛，影片中有浓墨重彩的表现。那时候瑞特的表现，与其说他相信斯嘉丽的能力，不如说他更自私地关注自己的情绪。

另外还有一个场面，是一肩挑起全家生计的斯嘉丽走投无路时，下决心去向他借钱。如果真想借，瑞德是拿得出斯嘉丽想要的金额的。可是他却对她冷嘲热讽，践踏她的自尊心。无奈之下，斯嘉丽只好嫁给了身边相识的男人以拯救危机。就算瑞德后来打算借钱，也为时已晚。

在女儿的问题上，瑞德对斯嘉丽的惩罚更是冷酷。斯嘉丽当然是疼爱孩子的，然而瑞德却说她不适合做母亲，竟然带着女儿出门旅行。后来女儿从小马上摔死，他甚至认为唯有他才能悲伤，因此连悲伤的权利都不给斯嘉丽。在久违的同床共寝的次日，当瑞德看到斯嘉丽展现出重新做回女人时的幸福模样，他心里只想着如何去毁掉这一切。

哪怕瑞德爱过斯嘉丽，这份感情也没有持续到最后。就像是把胡萝卜伸到兔子鼻子下却不给它吃。这称得上爱情吗？在我看来这不过是一个感情能力欠缺的男人的自以为是，简直是在开一个低俗的玩笑。

斯嘉丽对此大概是心知肚明的，她知道瑞德并不是真正爱自己，所以无法爱上他。把耍女人当乐趣的男人，谁会爱上他！

当然，艾希礼也不爱斯嘉丽。他深爱的，只有相貌平平、心灵如圣女般高贵的梅兰妮，以及他所属的那个世界。对这样的男人，斯嘉丽再怎么一往情深，终究是徒劳。

不过，斯嘉丽也属于艾希礼所爱的美国南部社会。因此，艾希礼看斯嘉丽的眼神，不仅充满了对她的好意，更流露出对她背后的那个南方旧世界的眷恋。然而，这却让教养并不高的斯嘉丽产生了误解，以为他爱上了自己，以至于酿成一场悲剧。

可是，正如艾希礼理解的那样，他与斯嘉丽之间有着共通的东西，我们不妨称之为"回去的地方"。就算得不到感情的回报，只要与艾希礼的对视，斯嘉丽就能活下去，哪怕没有瑞德。

真正饿死，其实是挺难的一件事。像斯嘉丽那般坚强的女人，在这段艰难的时期中，应该能找到转机。当她伸出手的时候，并不需要即刻捂住她冻僵双手的男人，有温柔的眼神便足矣。

让斯嘉丽握紧塔拉庄园的泥土，告诉她其中意义的人，除了她的父亲，只有艾希礼·威尔克斯。

第 36 章

温莎公爵夫人的宝石

前些天，报纸刊登了温莎公爵夫人在巴黎去世的消息。起初漫不经心看这篇文章的我，读到接近结尾处时，大脑开始转动起来。

对被称为"温莎公爵"的原英国国王爱德华八世与其美国妻子辛普森夫人的恋情，我从来没有多少兴趣。一来这是发生在我出生以前的事情，再者这段被世人称为赌上王冠的爱情，在我看来，也是不得已而为之。无论对方是多么魅力十足的女性，让一个美国人当英国王后终究不合时宜。两人的爱情要坦露在阳光下，除却放弃王冠别无他途。

不同于 19 世纪前的那些欧洲国王，20 世纪的国王是君主立宪制下的君主，他们君临天下但不统治天下，因此并不需要出众的治国能力。君临所必需的，是出众的责任感。

所谓的国王责任，就是清楚地知道，绝不能做有悖于大多数国民期待的事情；普通国民被允许的行为，立于万人之上的人物，不一定被允许。在 20 世纪，"君临费"是由国民税金负担的。

母亲是美国人的丘吉尔担任首相，英国国民并没有苛责，但他们反对美国女人成为英国王后。这是因为民众认为必须"统治"天下的首相，有非凡的领导力就足够了，而"君临"天下的国王必须具备超越一般国民即大众的道德品质。我以为，作为 20 世纪的民众，英国人当时的要求并不过分。

所以，爱上辛普森夫人的爱德华八世，从一开始就应该秉持以下态度：

我爱上了那个女人，想和她结婚。但此举有违王冠，因此我让位给弟弟乔治。

这样的话，他就不算是失职。男人的人生价值并非仅限于事业。深爱一个女人，也是一种完美的人生。问题是选哪一个而已。

就结果而言，爱德华八世选择了后者。他被封为温莎公爵，降为臣子。但在最初，他似乎既想要王冠又想要辛普森夫人，不过是后来在各方的压力之下，才不得不做出牺牲王冠的决定。这也是他作为男人令我缺乏兴趣的原因所在。

不过，对于女方，我倒是一直觉得挺有意思。前辛普森夫人即温莎公爵夫人，势必是一位优秀的女性。她不算美女，而且在与爱人相识时，已经过了凭青春决胜负的年龄。然而，她依然令爱德华八世舍弃了王冠，想来她应该是生气勃勃、聪慧伶俐的人物，就像一股春风，总能令四周的人宛如沐浴于阳光之下。

论器量，这对爱侣中应该是女方更大。倘若生活在上古、中世纪或近代，她一定能成为王后或皇后。上古、中世纪以及近代的国王们，不仅君临天下，还可以打破传统。也就是说，只要国王喜欢，哪怕对方是离过婚的美国女性，照样可以排除一切干扰娶为妻。

如果是那个时代，也许温莎公爵夫人，就能够成为像舞女出身的查士丁尼大帝的妻子、具备优秀才华甚至引领皇帝的拜占庭帝国的皇后西奥多拉那样的人物。

而 20 世纪，则是一个才华出众的女性相较于王后之位不如竞选首相的时代。

话说回来。既没能成为王后也未能成为首相的辛普森夫人，至少还拥有深爱着她的男人。

我不是看了爱德华八世写给辛普森夫人的情书才得出如此结论的。随夫人去世而公开的情书，我曾经阅读过几封，说实话，但凡热恋中的男女都能写出类似的内容，并无新意。刺激我大脑的，还是上述那篇报道中的几行文字。

> 温莎公爵在婚后，仍不间断地向夫人赠送名贵的珠宝饰品。夫人的收藏，很快便成为欧洲社交界女人中首屈一指的珍品。

公爵在他去世后被公开的遗嘱中明确表示，这些珠宝全部归夫人个人所有。公爵本人赠送的珠宝之外的物品（即公爵从英国王室的某位成员那里继承的东西）同样属于夫人。

然而，如此宽仁的公爵，还是附加了一项条件。那就是，除公爵夫人以外，任何女人不得佩戴这些珠宝。

男人的任性真是不可理喻，可又充满了感官性。根据这个条件，哪怕公爵夫人生活窘迫，也无法变卖这些首饰。无论是卡地亚等商家，还是夫人的有钱女友们，估计谁也不会购买，因为除了公爵夫人，旁人无权享用。

按照夫人的遗嘱，那些绝美的藏品全部赠予巴黎巴斯德研究所。

可是，巴斯德研究所该如何处理这批藏品呢？如果捐赠的是公开情书获得的稿费，对以杰出的医学研究而闻名的巴斯德研究所而言，金额多大都有用武之地。但不能转让给他人的珠宝，研究所拿着有什么用处呢？虽说事不关己，我还是忍不住操了把闲心。既然不能将它们抵押给银行贷款，难不成像托普卡帕宫（Topkapi Palace）似的在研究所内建一个珠宝展厅？若真如此，专心致志造福病患的研究所，岂不是要被爱凑热闹的游客、媒体搅得鸡犬不宁？看来温莎公爵夫妻二人，即使过世仍然是不甘寂寞的话题人物。

且不论是不是制造话题，这件事本身倒是近来少有的佳话。

精美绝伦的珠宝藏品散落四处，的确令人遗憾，但在遗嘱中附加条件从而保全所有珍品的用心，我并不是很能理解。倒是这位温莎公爵，作为男人可能不算气度非凡，却很会说甜言蜜语，而且是那种令女人全身被掏空一般动弹不得的性感的情话。

首饰，绝大多数都直接与女性的肌肤相触。不管是项链、手链，还是戒指、耳环，不戴在身上就没有使用价值。

就是说，温莎公爵一面不惜重金地向深爱的女人馈赠珠宝，一边叮嘱女人，除了你，别的女人都不能碰触这些东西哦。

不知道公爵夫人是否有被束缚的感觉。如果她是对男人这种性感的行为给出适当反应的女人，那么温莎公爵夫妇的确有着相濡以沫的感情。因为男女之间的关系，说到底，是感性互动中产生了激素。

男人们常常抱怨女人一心只想着被爱。我奉劝各位最好将这种不满藏在心里绝口不提。因为这等于是公开告诉大家，他们遇到的女人，不过是没有得到充足的爱也不会全心付出的女人。

其实，女人如果真正得到爱情，是非常懂得付出的。同时她们也非常清楚，拥有真爱是一种稀有的幸运。男女恋爱仿佛讨价还价、尔虞我诈，实际上放弃一切盘算，才能真正成为感情的赢家。

无欲则刚，没有比无条件投降更强的强者。也许有人会反驳说不是附加了一条充满感官性的条件吗？在我看来，这种条件，就像全面投降时举起的白旗一般单纯。

追记

为了避免被头脑不那么灵活的男士们误解，我再添一笔。

"除了你的肌肤之外，其他女人绝不能碰触"是一句绝妙的情话，不过如果赠送的礼物只有 1 万日元左右的价值，请注意别用这句，完全没有性感可言。

能有资格配这句话的，至少是价值百万日元以上的礼物。另外，请不要忘记，只有对那些不会无聊地将首饰戴在衬衫或毛衣外面的女人，这等蜜语才有效果。

再追记

在小文发表后不到一年，欧洲各大媒体均报道了温莎公爵夫人的珠宝收藏被拍卖的消息。看到新闻后，我很诧异地向之前撰写相关文章的意大利报社的记者，询问获准拍卖的原因。记者首先称他接到很多类似的读者询问，接着说："真正的理由，我们也不清楚。似乎是巴斯德研究所的律师从夫人的遗嘱的某一句中，找到了可以拍卖的线索。律师嘛，原本就是从肉里可以挑出骨头的人。"

所以，在律师找到证据之后，巴斯德研究所很快便拍卖了藏品，买家中据说也有一位日本人。说来这也不失为一桩好事，终究是为世界最先进的艾滋病研究做出了贡献。不过，我还是心存小小的遗憾。毕竟，这是温莎公爵生前做过的，几乎是唯一的，动人的事情。

写给男人们

第 37 章

和银器有关的一些事

最近，我迷上了银制餐具。

然而，迷恋，并非凡银便买那么简单。一来我没这个经济实力，二来迷恋本身，是一个非常复杂且愉悦的过程。

首先，要细细端详。

在佛罗伦萨，有两家商店的银器我十分喜爱，近来下午的散步时间，大多是在那里度过的。这两家店都不售新品，专卖古董。对了，我喜欢的银器不是现代风格，而是古典型。

在店铺里，我会一边与店主聊天，一边慢慢地观赏物品。聊天让我学到了不少知识，现在只要看一眼器皿上小小的刻印，我就能分辨出其产地是英国、法国，还是意大利或奥地利。

我只关注纯银的制品，对镀银或合金的东西不感兴趣。虽然后者更为结实，但碰触时也会有种硬邦邦的触感。

细细端详之后，还要仔细斟酌。这第二项作业是离开店铺回到家后才实施的。面对琳琅满目的商品，人大抵很难做出冷静的判断。

所谓斟酌，主要是看看想买的东西和家中现有的餐具是否相配，与桌布搭不搭调，另外还要考虑一下它们是否符合使用者，也就是我本人当下的心情。如果我充满与时俱进的朝气，餐具最好也够时尚，相反，若处于怀旧情绪中，那么更适合用一些古典的东西。这种判断看似毫无逻辑，其实相当重要，哪怕小小的一把调羹，也会影响整个氛围。

第三项作业，在斟酌之后开始。

我会再去店铺，再次向店主咨询。不像之前的对话围绕文化文明展开，这次是做实质性的询价。

银器的价格比较特殊，与其重量息息相关（古董亦如此）。和黄金一样，白银的价格每天都有波动。当然，白银不比黄金贵重，没必要紧张到时刻盯着伦敦市场的交易讯息，但了解一下市价，还是有助于判断店家的定价是否合理。

市场价指的是纯银 1 克的价格，商品另外还要加上制作费。新品的加工费通常是材料费的百分之四十，古董品至少是百分之百。

那么，商品价格合理就会即刻买下吗？我的回答是，不会。

我家在佛罗伦萨的市中心，距离其中一家店铺只需步行 1 分钟，另一家也不过五六分钟，因此，没有速战速决的必要。先回家，在脑海中再玩味两三天，才会进入第四项作业——去店铺做最终决定。

　　　　　　　　　　　　　　　　写给男人们

最终的决定，不限于买或不买，还包括了暂且忍耐，将欢喜留待日后的选项。

买点东西弄得如此复杂，也许有人会以为我是要店家打折，其实，我很讨厌讨价还价。

不是我装清高，店主也不是将价格交涉当作文明行为的一种的阿拉伯商人。在意大利，但凡正规的店铺，基本上都恪守西欧式的以贴牌价为准的商业规则。

另外，像宝石、皮草或金银制品这类商品，购买它们的同时，也是在购买店家的信用。与其要求店家给一些折扣，不如和他们建立友好的关系。那些人都是内行，如果想动歪脑筋，骗骗像我这等级别的买家，简直易如反掌。

所以，对不能接受的价格，我不会勉为其难地点头答应。如果店家一开始就有打折的准备，不用你来我往地过招，对方会主动放下身段。

"我们可以给您一点优惠。"

"哦，是嘛。"举重若轻，点到为止。

做一个优雅的贵妇人，多少是要付出些代价的。在意大利语中，平民主妇还包含着另一层意思，即"精明的女人"，很欧洲，很意味深长。

话说回来。当时左思右想拿不定主意，不知是痛苦还是享受的我，终于下定了决心。

首先是一套一百多年前巴黎产的 6 人用餐具，如今制造商已不再。餐具上雕刻着家族纹章，应该是奥匈帝国时期的一位侯爵定制的。

这套餐具包括了大汤匙6把，餐刀6把、叉子12把（分前菜和正餐时使用）、吃甜品用的小调羹（如今完全可以当作大调羹使用）6把。还有2把分菜用的大调羹、吃沙拉用的一套调羹、叉子，以及1把黄油刀和1把前菜用的大叉子。

大概因为是巴黎制造的，它们的造型简洁，但线条非常优美，如上所述，每一件餐具上都雕刻着纹章。从纹章的形状和数量上来看，估计是侯爵家日常使用的东西。

眼下流行的（日本）怀石料理风格的法餐，用的都是那种纤纤细细的餐具，我不喜欢现代派的理由正在于此。吃饭，要吃得痛快，老餐具都比较宽厚，仿佛天生就是为大快朵颐准备的。另外一点，是刀刃。以前没有不锈钢，刀放久了会生锈，但落刀时那种利落感，绝非时下的不锈钢所能比拟。

银器最大的问题是刀刃会生锈，白银会氧化发黑，需要花功夫保养。不过我以为，所有美好的东西，都得用心呵护，嫌麻烦就没资格享受。

接下来介绍另外一套占据吾心的餐具。

如果说上述的巴黎银器美在器皿本身，那么这套来自英国的餐具则有一种令人怦然心动的魅力。

初见时，它们着实让我吃了一惊。通常，银餐具一套是12人用的——哪怕日常家用，数量也就是减半，但这套餐具，仅供2

人用，盛汤或通心粉的深底盘 2 枚，放鱼或肉的浅底大盘 2 枚，甜品用小盘 2 枚，分菜用大盘 2 枚。这点数量的餐具，的确只够 2 人使用。大餐盘的重量约在 700 克左右，哪怕下手重些也不会弯曲变形，用钢刃的餐刀切肉，想来盘底也不会留下刮痕。

餐具的造型颇为家常，称不上洗练精致，可是当我听说它们的故事时，心中情不自禁地涌上了一股暖流。

这套餐具是 19 世纪后期时的一位英国外交官，专门为了与妻子共餐而定制的。那个时期的英国，殖民地遍布全球，外交官们会定期被调派各地。他们被派往中国，用的是中国的瓷器；被派驻荷兰，则会买荷兰的陶器。不过，那些 24 人用的餐具终究是为宴客，这位正统的英国人在与妻子日常用餐时，更愿意使用英国风的餐具。它们有些温暖的厚实感，又因为是纯银制品，显得豪华大气。我想，这套餐具，一定跟随它的主人，辗转过世界各地。

然而，昔日荣华不再的现代欧洲，人们似乎连日常使用银器的"底气"也消失殆尽，纯银的餐具完全只用于宴客。而我本人，更喜欢保持旧习的老派欧洲人。

作为乔迁纪念，我买下了 6 人用的餐具。不管有没有客人，也不看帮忙擦拭的用人难看的脸色，每周定规拿出来用两次。两人用的那套，至今仍在考虑中。

也许，我这个来自新兴经济大国的日本人，尚未积攒下视金银为平常的"底气"吧。

追记

2 人用的银餐具，在我"考虑中"时售出。究竟是谁买下了它们呢？是"底气"尚存的欧洲人，还是比我早生气势、出手果断的日本人？或者是纯粹把古董当投资的精明人？

写给男人们

第 38 章

工作是追求，孩子是生命，那男人呢？

"工作是追求，孩子是生命"这句话似乎出自著名的大美人凤兰之口。我不住在日本，所以不能判断真伪。如果真是她说的，那么这位宝冢歌剧团出身的高挑丽人，一语中的的语言才华也属于大师级。据说，这是她在离婚时说的。

工作是追求，孩子是生命。难道老公属于忽略不计？我不禁感叹，离婚还真使人成长。

回日本期间，和妹妹聊天时我再次提及此事。她回答我："实际也许真是这样，但被忽略的老公太可怜了。丈夫以及未婚夫们，都是很希望听到自己是追求和生命吧。"

她的话让我小小地一惊。我家这位小妹可是很有追求的，不过不是把它当作职业，而是作为一种优雅的生活方式。

和她正好相反，认为生存的意义等于工作，完全谈不上优雅的大姐我试着去反驳她："工作是追求，孩子是生命，老公被排在末尾，是不是因为老公不能成为女人的依靠啊？"

"依靠算什么？和追求、生命相比，还是很轻啊。所以女人才会烦他们嘛。"

两个女人自说自话地下着结论，也没参考一下当事人男人们的意见。这种愚蠢的问题（至少我认为很蠢）不能向男人求证，所以我不知道他们到底是怎么想的。

不过，我还是想探究一下这个问题。

对将热情倾注在工作上的女人而言，男人即使作为心理上的依靠或支柱，还是不满意吗？

于是，有点坏心眼的我，想要"考察"一下，如果这类女人把男人当作人生的追求、生命的话，会是怎样一个情形。

女人视男人为人生追求。

这句话听上去非常感人、美妙。

说"老公就是我的追求"的女人，也许是每个男人的理想妻子。然而，如果真的发生，又会是什么结果呢？

讲到人生的追求，对很多男人来说就是事业。那么，让自己的男人心想事成，就成了女人的美好心愿。

讽刺的是，男人在事业上是否能心想事成，大多情况下，和他所处的社会地位成正比。说大多数是因为并非所有情况都是如此。但一般而言，将出人头地作为心愿的人还是不少的。

这样说来，女人期盼自己男人心想事成的美好心愿，就和俗气的希望老公升官发财连在了一起。

　　　　　　　　　　　　　　写给男人们

这不是特定的某些俗人才有的现象，任何人都是如此。实现愿望看上去似乎是一个精神上的高尚理想，但在实现的过程中，不可能避开世俗的东西。所以，没有好坏之分，这是任何人类社会中都会出现的行为，是人类共同背负的宿命。

那么，热心工作的女人，简单归纳就是白领精英，一旦她们积极地介入丈夫的事业发展，会带来怎样的结果呢？

首先，这一类女人头脑都不坏，懂得人情世故，而且对事物都有一定的判断力。

如果她们打算全力以赴帮助老公实现梦想，也就是出人头地的愿望，最感到困惑的大概就属老公本人。有条有理的忠告、建议的确有效。可以说，说得越正确，听得人就越受不了。如果不信的话，不妨试一下。

其实理由很简单。

首先，妻子指出的那些问题，男人都懂。自己心里非常清楚的事情，有哪个男人还想听别人，尤其是关系最亲密的妻子再一次提醒？如果真有这样的人，不过是希望听到别人的同意，再一次确定自己的想法而已。

这些妻子们也算是贤内助了。但话说回来，能给出高水平建议、忠告的女人，人生的追求不放在老公身上，想来也是找得到其他目标的。

再说第二个让男人受不了的理由。女人的建议、忠告越是有效，男人，尤其是普通的男人，就越害怕她的影响力。感到危机的男人，刚开始也许还能忍受，但很快就会避开能干的妻子。

不幸的是，现实中所发生的问题，大多鉴于第二个理由。

如果说结论，那就是能干的女人把老公作为人生的追求，大多没有什么好结果。

接下来说女人视男人为生命的情况。

有一部英国的电影，原名直译的话大概叫《与陌生人共舞》，应该在日本也上映过。总之，是一部非常厉害的电影。我记得在意大利看完之后，兴奋得一个晚上没睡好。其实，故事本身倒没有太大的冲击力，但制作相当精良，属于优秀到可以忽略故事本身的电影范本。

我在这里不评价电影，讲讲故事里的问题。

一个有孩子的离婚女人，爱上了一个年轻的男子，最后因爱生恨杀人，成了英国最后一名死刑犯。简单地说这就是电影的故事。

这部电影给了我一个很奇妙的启发，牵挂孩子的女人，不可能像女主角那样坠入宿命般的爱情。

电影中有这样一个场景：

偷偷把年轻恋人带回家睡觉的女人，第二天早晨在睡梦中，被她十一二岁大的儿子摇醒。儿子叫着说肚子饿了，女人告诉他冰箱里还有昨晚剩下的菜，说完又睡了过去。完全没想过要为饿着肚子的小孩做点什么。

像我这种绝对中规中矩的人，看到这里真是感叹不已。

我肯定肯定做不到。

有儿子在还把男人往家里带，首先就做不到。其次，不可能置饿肚子的儿子于不顾。

可是如果不像电影中的女人那样，男人就不会被视为"生命"。就是说，像我这种感情过于正常的人，不可能坠入所谓命运般的爱情，那么也不会有杀死变心男这种过激的行动。

我本人如何不是重点。我的问题是，那些希望自己被女人看成生命的男人，事先对后果是有心理准备的吗？

孩子和男人不一样，他们总会长大，不再需要母亲的保护和照顾。

但女人会留在原地。如果她们将无处安放的感情，朝着移情别恋或者纯粹就是感情淡薄了的男人爆发，男人们依然希望成为女人的"生命"吗？

如果说事业对于男人是人生价值所在，那么它同样可以成为女人的一个美好追求。

孩子出生时，并不知道母亲是一个白领精英。所以无论是职业妇女还是家庭主妇，作为母亲的责任是没有区别的。职业妇女之所以像走钢丝般地在工作和育儿之间，苦苦地寻找平衡，正因为她们清楚这一点。如果孩子在出生前就能选择母亲的话，相信大多数的孩子都会选家庭主妇做妈妈。

那么男人呢？

是做了女人的依靠、支柱，依然可以被忽略不计的存在？不过，这样总比听女人滔滔不绝讲道理，或是被拿枪指着，要安全得多。

第39章

论风格之有无

因某人的推荐，我读了一位名叫塔基[1]的希腊富家公子写的《高端生活》。此书在日本也有销售，由井上一马翻译，河出书法新社出版。

书如其名，这是一本关于上流社会的逸事集。对通过阅读侦探小说和八卦杂志学会意大利语的我而言，书中内容并没有什么新意。

作者的年龄与我相仿，他的那些经历基本上我在八卦杂志上都看到过，因此就我个人而言，这书纯粹是一本八卦集。如果不是像我这种靠读花边新闻学习外语的人，倒是可以一读，不仅内容有趣，而且颇有品位。

顺便提一下。如上文所述，我学外语，完全仰仗侦探小说和

1　塔基·西奥多拉可普洛斯，希腊船王之子、专栏作家。

八卦杂志。推理、间谍类小说，如果不读完整本，便少了一半的乐趣。遇到生词，捧着字典逐一查找，会影响阅读的快感，所以我向来是跳开看不懂的地方，继续往下读。如此这般，几百本读下来，终究有所适应，不知不觉地便学会了外语。

至于那些八卦杂志，文字大都配以照片，我会捧着字典认真地看图识字。八卦新闻的一字一句皆意味深长，再说照片下附的文字都不长，即使认真阅读，也费不了多少时间。

就这样，我不仅读遍了二十世纪六七十年代的侦探、间谍小说的杰作，也对同时代欧美上流社会的八卦闲话精通无比。

说回塔基的书。虽然这位希腊的花花公子的作品，如上文所述对我并无新意，但书中题为"风格是什么"的一章却令我印象深刻。

副标题是"谁都不知道，但见到便能懂。这就是个人风格"。

整本书中唯有这一章，我很喜欢。因为我对自己最强烈的要求，正在于此。

此外，作为写作人，我也这样要求自己，首先从这个视角去观察、判断笔下的历史人物。也就是说，不论作为个人的盐野七生，还是作为作家的盐野七生，最在乎的就是这个"个人风格"。

出生于希腊的这位作者，花掉的钱财似乎并没有全部被浪费，因为书里论点相当透彻。这里介绍几段由井上一马先生翻译的内容：

　　　　　　　　　　　　写给男人们

"Style"是英语中最被滥用的一词。大多数没有意识的人认为那些"时尚人士"就是拥有个人风格的一群人。

然而，风格具有一种无法捕捉的特质。可以说那些上流社会、时尚人士中的大半，都不具备真正的个人风格。

个人风格，不是金钱可以买到的。

牛津字典将个人风格定义为一种极其优秀的资质。就是说它是一个抽象的性格，有的人有，没有的人就是没有。

不过，如当下般如此缺乏个人风格的年代也实属少见。尤其是立于万人之上的那些人，这种倾向尤其明显。这个世界上最强大的国家的总统吉米·卡特，选举时一味依靠民意调查公司以及形象顾问来建立自己的形象，简直成了毫无个人风格的时代象征。

对社会学、公共关系专家的重度依赖，是自身没有信念的真实写照，也就是说，没有个人风格。

个人风格与装腔作势正好相反。

个人风格是强烈的信念。

烟不离手，酒不离口，以性格刁蛮闻名的温斯顿·丘吉尔，原本属于粗俗之辈。然而，强烈的信念和不同寻常的行动力，让他成为一个极具个人风格的人物。如今的政治人物，几乎完全丧失了个人风格。J. K. 肯尼迪，大概是最后一位稍稍保有个性的政治人物。

个人风格的特征（之一），是在不知不觉中流露出隐藏于深处的人性，即使不是有意而为，周边的人也会因此被吸引……

非常讽刺的是，王室的大半成员，都没有鲜明的个人风格（贵族亦如此）……

不刻意追求货真价实，本身就足够真实的人，都具有个人风格。

除此之外，那些坚信个人的生活方式比家庭背景（包括财产）更重要的人，也都个性十足。

塔基文章的摘录，就到此为止。相信大家已经充分理解了他想说的意思。

我之前在一篇短文中，曾经写过丘吉尔正是英语讲得有 style 的人物。那篇文章是在读《高端生活》之前写的，所以至少在评价丘吉尔这个问题上，我与塔基对 style 的理解是一致的。

然而 style 一词在日本，大多被用于评价"那人体形好棒"或"身材太差"。岂止是大多，简直是所有人都这样。如果按照日本式的诠释，体形上无论如何都让人不敢恭维的温斯顿·丘吉尔，完全无药可救了。

塔基和我所谈及的 style，是有无个人风格的问题。

在谈论某人身材时，不是说有没有 style，而应该说 style 好或不好。

如果问哪一种用法更接近于英语"style"一词的主要用法，非常遗憾，绝对是前者占上风。

写给男人们

而且，这样用更加有味道。年轻的女孩们，不妨说说"那人好有个性哦"试试看。否则的话，就会成了塔基笔下"以为时尚人士就是具备个人风格的大多数没有意识的人"。

　　塔基氏的论述貌似相当抽象，这主要是因为他引用的那些日本人不太了解的欧美名流的例子，我没有摘录。如果大家有兴趣做进一步的了解，可以阅读译本。而我将以我自己的方式，尽量具体地写完这章。当然，是以具体的例子来说明什么叫有个人风格。

　　首先，是超越年龄、性别、经济收入的界限，完全自由的人。

　　我个人非常钦佩的一位是川喜多かしい女士 [1]。我与她在威尼斯电影节上相识，那是第一次也是唯一一次见面。在个性问题上相当严苛的我，也不得不给她一个近乎满分的评价。对川喜多女士，唯有称赞"好棒的女人！"

　　至于男性的例子，我就不具体展开了，多少还是有点敏感。

　　第二，摆脱伦理、常识的束缚。很简单，就是拥有独立的思考能力，不带任何偏见。说起来也许简单，但在实际生活中要做到所有的事情都以此为准则，并非那么容易。所以也可以理解为真正具有勇气的人。

　　第三，没有寒酸相。

1　川喜多かしい，日本昭和时代的电影文化活动家、东和映画社长。

尽管没有外表上的魅力完全不是问题，但是给人一种惨兮兮的印象总是不太好。当然，那些全身上下披金戴银、闪闪发光的人，同样令人避之不及。

第四，从内心深处善良看待人性。

我说的"善良"并不是世俗所谓的"善良的好人"，而是真正意义上纯粹的人。

在塔基的书中，另有一段有趣的描写："我对不分男女相互直呼其名的社会，一点都不信任。往往是这种和谁都很亲昵的人，会躲在阴暗的走廊里袭击别人。"

读到这段文字时我忍俊不禁。这位希腊的花花公子，直击人性的深处。对人与人之间没有距离感的社会，的确需要提高警惕。美国人喜欢不带称谓直接叫名字，左派人士亦是如此。而欧洲式第三人称单数的称呼，或许有些老派，但很适合于我。

第五，出色的人。

让人觉得果然很出色的人物，通常都很有个性。不过，让真正理解什么是 style 的人感觉出色才算数。

　　　　　　　　　　　　　　　写给男人们

第 40 章

对不性感男人的考察

　　一反前晚的"雨夜品评"，今天的佛罗伦萨是一个秋高气爽的好天气。可是今天如果完不成文稿，便赶不上明天的急件发送。普通的航空信要走一周的时间，势必错过截稿日。"您进度如何啊？"如果不想听到电话那头责任编辑 U 君委婉的催促，我只有忘记好天气，乖乖地坐在书桌前。

　　于是，我决定进行一次 20 世纪版的"雨夜品评"。《源氏物语》中，一众人在雨夜里评判女性的品级。我这里天气晴朗，所以打算评评与绝色女子正好相反的不性感的男人。

　　此时此刻，窗外阳光灿烂，佛罗伦萨老城区特有的砖红色屋顶，如波浪般连绵起伏，沐浴在秋阳之下。美景当前却动弹不得，令我十分不爽。所以，我不能保证接下来写的内容严肃认真且具有建设性。

一、地铁中阅读厚本漫画杂志的男人。

有人说现代是漫画时代，那就让他们说去。有人说不懂漫画，便无法理解年轻人或叫作"新人类"的年轻世代，对此我也无感。

反正我非常讨厌在地铁中阅读一本厚厚的漫画杂志的男人。说"非常"至少还承认了对方的存在，那些人只配用"讨厌"。我是不会把他们当作男人对待的。

其中原因无须解释。单说那些厚厚的漫画杂志，其实是挺重的。我很不能理解那些人背着那么沉甸甸的东西出门的热情。如果不嫌重，理当挑选程度高一点的读物，至少这份热情会有所回报。

更何况，让那些人乐此不疲的漫画连载，表现手法大都靠"哇！""呀！""啊！"惊叹词连发，内容淡而无味，和那些以为有特写镜头便能带来震撼力的劣质电视剧一样。而且，绘画技巧也差劲。

其实，我并不讨厌所有漫画。看着手塚治虫的漫画以及迪士尼动画片长大的我这一代人，不会有拒绝漫画的心理反应。近些年出版的《鲁邦三世》我就十分喜欢（虽然看的是动画片），遇上一些唯有漫画才能表现的作品，也让我这个靠文字谋生的人感触颇多。尤其是动画片的表现方式具有无限的可能性，我甚至希望哪一天可以写一部动画片。

但是，我一点也不羞于承认，我讨厌那些连简单明了都称不上的纯粹属于愚蠢的漫画。而漫画杂志刊登的，大多都是描绘愚蠢故事的作品，靠着夸张的表现掩盖奇幻性的不足。像宝贝一样随身携带着满载劣质内容且又重又厚的杂志的男人，哪个女人愿意与其缠绵。一想到他在床上，也是"哇！""呀！""啊！"这一套，萌动的春情即刻枯萎。

画蛇添足一句：只读少女漫画的女人，也是纯粹的白痴。

我自己写的一篇短篇也曾被改编成少女漫画。读着改编为少女漫画的作品，连我这个原作者也哭笑不得。原本压抑恋情的中年人，有了长长的卷发和几乎有半张脸大的眼睛。看着自己的作品像似红茶杯里倒进了半杯的砂糖，作为原作者，除了无语还是无语。

喜爱这种读物的女人的确有问题。不过，编写这种作品的人，性格的成熟度，大概也只有往红茶里拼命加糖的水平。想想也是蛮可悲的。

无论男人还是女人，但凡有工作的人，职业生涯如何持续发展，与本人的成熟度有着很大的关联。

二、萝莉控的男人。

萝莉控属于趣味的一种，所以它和同性恋、SM 癖（施虐与受虐癖）一样，属于个人的自由，轮不到外人来说三道四。

然而，当这种个人趣味如同争取公民权一般高歌猛进时，像我这样对于尊重个人自由从不退让一步的人，也觉得有些忍无可忍。

萝莉趣味的男人，说到底是不自信的男人。校服控、公主控、撒娇控，这一切不过是那些精神和肉体一旦暴露便吓破了胆的可怜男人的逃避手段。如果不是这样的话，那就是变态。变态发展成病态，就成了伤害小学女生的杀人犯。

引发公主控、撒娇控的媒体人，还有那些不知羞耻地观看、阅读这类东西的男人，最好自问一番，到底是自己没有成年男子的自信，还是纯粹就是一个变态。

没自信也好，变态也罢，都不是什么问题。我只希望他们不要昂首阔步地走在阳光下，频频彰显存在感。

同性恋趣味，曾经有一度也打算走到阳光下。所幸，艾滋病骚动又令他们退回到阴暗处直至今日。这才是稳要的做法。情趣可以作为一种个人爱好长久地保持下去。

SM 癖同样如此。只要不犯下披上一层艺术的外衣走在阳光大道上的愚行，它也可以作为个人精神构造的一种，正常存在下去。

公主控、撒娇控等等，是不是都应该回归原本的形态呢？

三、不懂不安的男人。

作为一个成熟的男人，同时拥有自信和不安，一点都不矛盾。不仅不矛盾，不懂不安才是奇怪。

考试前做噩梦，遭母亲呵斥便怀疑自己缺乏母爱，等等，我们始终是带着这样那样的不安成长起来的。再自信的男人，也会有恐惧的意识，否则就成了大脑里安装着精巧电脑的机器人。

相信人类总有一天会制造出有着精准爱抚程序的机器人。虽然对女性而言，它们属于不知疲倦的理想的床上伴侣，可如果发生故障，停止不动还算小事，万一停不下来该如何是好？我现在就开始不安了。

我曾经打算写一个类似题材的科幻短篇，可是一想到科幻也得加入情色元素，便暂时打消了这个念头。

只有人类才会沮丧，到了紧要关头却身心疲惫。我想，不安，将成为男人和男机器人唯一的区别。因为人类迟早会制造出媲美人脑的机器人，但是无法制造出和人类抱有同等不安的机器人。

四、不体面的男人。

不体面的男人，不胜枚举。这里我写一个最高级别的男人不体面的例子。

1823 年，已经 74 岁的歌德，爱上了 19 岁的姑娘乌尔莉克·冯·列佛佐夫。在温泉小镇卡尔斯巴德，这位文豪治愈了让他痛苦长达 1 年以上的病痛，却又犯上了相思病。

大概在 15 年前，歌德曾经爱上过乌尔莉克的母亲，这一次移情别恋女儿。当时他的身份，正如酒店住客登记簿上派头十足的记录：萨克森－魏玛大公国枢密顾问冯·歌德阁下。

与乌尔莉克暂时惜别的歌德（至少他相信是暂时的），据说就是在从卡尔斯巴德返回魏玛的马车中，写下了反映自己真实心情的著名的《马里恩巴德哀歌》，一部没有爱上乌尔莉克就不可能诞生的作品。

74 岁的文豪歌德，并不满足于爱上年轻的姑娘。他以德国男人严谨的做派，向乌尔莉克求婚。不知出于什么原因，他首先和主治医师商量了此事。紧接着，请求同时也是朋友的魏玛大公，代替他本人向乌尔莉克的母亲提亲。

与歌德年龄相近的大公，相信是微笑着接下了提亲的角色。他穿上挂满各种勋章的正装，为让这个74岁的男人迎娶19岁的姑娘，前往列佛佐夫夫人家。

夫人究竟是如何答复大公的，确切内容不知，也许她会说"我们会认真考虑"之类吧。

我这里说结论。不久之后，歌德决定再也不去马里恩巴德和卡尔斯巴德，等于是挥别恋情。

这样的事情，正因为是歌德才被人们宽容对待，没有人公开指责他老不自重。更何况，这段恋情还是酝酿出杰作《马里恩巴德哀歌》的温床。

不过同样的事情，如果发生在写不出诗歌杰作的普通男人的身上，显然不可能像歌德那样轻松应付过去。就算是歌德，即便没有受到公开的谴责，也不能保证周围人不会在背后非议。

变老、变丑，是任何人都躲不过的。不安，在老年这个阶段会以恐惧的形式时刻威胁着老人。然而，一旦做出不自重的行为，便愈发地丑态毕露。再说，我们大多数人，无论幸还是不幸，都不是天才。

　　　　　　　　　　　　　　　　写给男人们

第 41 章

男人与女人的关系

我先声明：这里讲的男人与女人的关系，并非精神上的，而是形式上的关系。

对长年居住欧洲偶尔才回国的我而言，每次回国让我感到不适应的（虽然只是最初的几天），是女人们聚在一起喝酒聊天的东京夜晚的光景。

不过，我逐渐习惯日本的生活，这种不适也随之淡化。因为我想起在日本，生活的单位不限于男与女。

相反，在欧洲，除了工作之外，都是以男女一对作为社会生活的单位。

我无法判断哪一种形式更好。单从女人的角度考虑，日本式也许更合适，甚至让人感觉少了很多麻烦。

讲到男女关系，每每令我回想起宫装人偶。

我的宫装人偶摆饰，是父母在我的第一个女儿节赠送的，也是非常正统的样式。

　　铺着绯色毛毡的雏坛的顶层，是平安时代装扮的一男一女的人偶，并排坐在不知叫作什么的布垫上。下面一层是三名宫女，再下一层则是负责奏乐的五雏童。这是很普通的传统雏坛。重要的是，雏坛最上层的人偶男女并排而坐，女人偶的位置既没有靠后，更没有比男人偶低一层，真正男女平等。但凡正统的雏人型摆饰，无一例外都是这种男女平等的形式。

　　但新式的宫装人偶，或者说现代宫装人偶，就发生了一些变化。

　　换言之，变成了"省略型人偶"。作为下人的三位宫女、五位乐师、三名男仆统统消失；传统雏坛左右分别摆放的樱花树和橘树的盆栽，以及精巧的膳食盒、小橱柜、挂衣架等一律不见，更别指望"自家车"牛车的出现了。新式宫装人偶完完全全是简单生活的写照。

　　然而，这种令人回想起新婚时只有夫妻两人生活的现代式宫装人偶，虽然也是用纸折成的可爱人偶，但是男女位置并不平等。男人偶通常都是稍稍立于女人偶之后，几乎是在支撑着她的后背。

　　我不知道为什么会有这样的变化。不过它倒是和欧洲的男女形式相当一致。也就是说，"现代宫装人偶"中的女人偶，始终是有"护花使者"男人偶相伴的。

　　相较于传统，现代型的女人偶一人独处，反而显得形单影只。只有女人偶的传统的雏坛，倒没有多少违和感，不知是不是和当时男人去女人家走婚的习俗有关。

"护花使者"说起来容易，其实并非众人想的那么简单。仅以日常生活为例，就有以下各种规矩。

坐电梯，女性先进先出。

如果是自动扶梯（走楼梯同理），上行时女性在前，下行时男性在前。这是为了万一发生意外女人没站稳，男性可以即刻出手相助。

去餐厅等公共场所，首先进门的是男性。在确认过没有异常之后，再请女性入内。即便女性推门进店瞬间遭来侧目的时代早已结束，这种形式还是保留了下来。

坐汽车，无论是自家车还是出租车，只要有司机开车，男性要坐在司机的正后方。因此，左侧行驶的欧洲车和右侧行驶的日本、英国车，情况有所不同，并非永远都是女性优先。有时候男性先坐进车内更加合理。

如果是宴会那种场合，形式完全就是"现代宫装人偶"。男性立于女性的后方，随时都能抬起惯用的右侧手臂，在关键时刻保护女性。

男人的正装，通常是黑色，有时也会穿白色。相反，女性的正装往往色彩缤纷。这也是基于"escort"（护卫）本意产生的一种默契。黑或白始终作为背景，扮演烘托色彩的角色。哪怕女性穿黑色晚装，发光发亮的依然是她。

可是，这种形式的男女关系，在日本却被奇妙地诠释和发挥。

首先是认为凡事都该"女士优先"，完全忽视了"escort"的真正意义在于护卫，任何场合都是女性先请。至于那些不礼让的男人，要么是出门也有人帮忙提包的某类VIP，要么就是对这种事情从不上心的"日本男子汉"。

不过，凡事女士优先的仪式，在宴会酒席上，却碎成一地。日本举办的这类宴会，男女之间的形态，既没有沿袭平安时代的传统，也不似现代宫装人偶。尤其是夫妻一起出席的场合，更是纯粹的"日本式"。

原本作为背景，理当护花的男人昂首阔步地走在前面，而女人，却像小学徒似的跟在后面，就算没有退却三分，退一分是肯定的。

这样的宫装人偶我从来没有见过。不过在日本，丈夫的职位越高，妻子的头低得越深，似乎是一种美德。

日本式也好，美德也罢，如果当事人身着和服，倒也是赏心悦目的一番场景。但穿着长长的华丽晚礼服，看上去就有点奇怪了。

晚礼服，要挺胸直背才能穿出气质。如果缩头缩颈，乖乖垂着两手躲在人后，就算是穿着（我认为）天下无双的华伦天奴的晚装，照样黯然失色。

我并不是说欧洲方式样样都好。我想表达的是，欧洲的男女关系的形式是文化的一种，文化输入如果不输入其中的本质，会变得不伦不类。就像我从来不允许属于欧洲人的我儿子在吃荞麦面时使用叉子，当然吃拉面时也是。

如上文所述，单是"护花使者"这个概念，就包含着各种道理规矩，文化输入实在是件很麻烦的事情。

如果感到不胜其烦，一以贯之地保持拒绝姿态，倒也显得落落大方。比如说参加宴会时，不穿那种不适合戴眼镜，不能经常重复出现的晚礼服，而是选择与年龄、流行无关，凭借腰带的变化穿出不同韵味的和服。尤其是日本没有首饰代代相传的习惯，在这一点上，穿晚礼服不太有优势的日本女性，有一两套和服傍身就轻松多了。

更何况，不消说"现代宫装人偶"，连平安时代的形式都无法继承的大部分男人，都没有为女人精美的晚礼服一掷千金的能力。

我曾经和意大利的女性朋友聊天，说不必和那些男人扯上关系，女人自己也可以像花园里自顾绽放的花朵，还省了寻找"护花使者"的麻烦。因为我本人对于打扮得漂漂亮亮一个人去看歌剧或者吃晚饭，完全不觉得痛苦。毕竟去听音乐会、看歌剧这类事情，丈夫也不一定愿意同行。

然而，那位在任何层面都保持独立的精英女友，却是这样回答我的：

"花园里要是没有蜜蜂飞来飞去，就不算花园。"

她的话让我忍不住点头称是。正因为有翩翩绕花飞舞的蜜蜂，花园中的花儿们才显得美丽、芬芳、高贵。这是一个无关女性自主独立的事实。看来，只要还有穿戴打扮的心思，女人身边必须搭配男人。

再说，有人陪伴左右，那种被呵护的感觉，真是很好。哪怕内心彻底独立的女人——准确地说，正因为如此，才能充分地享受这种"形式上"的非独立性。欧洲式的男女关系之所以成为一种文化，我感觉是因为得到了女性一方的支持。

第 42 章

有关勤劳工蜂的概念

歌德在其著名的作品《意大利游记》中，有这样一段描写：

　　是的，命运簿上属于我的那一页，如此写道："1786 年 9 月 28 日傍晚，德国时间 5 点，离开布兰塔河进入潟湖的我，平生第一次见到了威尼斯。不用多久，我将会站在那块土地上，尽情观赏这座美丽的岛屿之都，这个海狸共和国。"

在《海都物语》下卷里，我引用上文后，紧接着写了一句话："海狸共和国。不愧是歌德，妙语连珠。"

文章夹叙夹议，相当不易，司马辽太郎先生是这方面的高手。而作为作家距离炉火纯青依然很遥远的我，分寸把握好了语言就比较简洁，把握不好，就是不够完整。因此，我打算从《海都物语》中没有说完整的内容开始谈起。

辞典对海狸解释如下：

> 栖身于河边、湖畔的哺乳动物。形状与水獭相似，用四
> 肢及尾巴划水。皮毛十分贵重。英文名称 fiber。

我有一件非常喜欢的大衣，它的领子是狐狸毛，其余部分由
海狸毛制成。当然这不重要，重点是辞典中没有提及的——其实
海狸是相当勤奋的动物。如果有人看过有关它们生态的影片，想
来会同意我的观点。那么小小的一只，竟然如此忙碌。嘴里叼着
树枝等东西，游过来游过去，一点一点在小河中筑起"堤坝"，令
人叹为观止。说起海狸，在联想到皮毛大衣之前，它们首先让我
们想到勤劳的人。

更何况，威尼斯是在海水环绕的潟湖之上建立起的人工都市，
简直就像海狸夜以继日辛苦造出的洞穴。

正因为如此，大文豪歌德的文字才意味深长。他将威尼斯称
作海狸共和国，不仅是巧妙的形容，而且接近事实。

不过，接下来我真正想说的是，歌德称威尼斯是海狸共和国
是在 1786 年，威尼斯共和国以首任元首的出现为标志形成国家是
在 697 年，因此，中间隔了约 1100 年。共和国遭拿破仑攻陷而
灭亡是在 1797 年，那是歌德造访威尼斯 11 年以后的事情。也就
是说，歌德所见到的，是海狸们在很久以前便建立起的，世界上

唯一一座浮于海上的都市。

这个"很久以前"，就算作 15、16 世纪吧。那么，距离歌德称威尼斯为"勤劳的海狸之都"，也已经过去了 300 余年。然而，即使在 300 多年之后，对于威尼斯人勤奋的评价，甚至连来自欧洲北部的德国人都没有忘记。

最近二三十年日本人被称为勤劳的工蜂，我们不必为此感到气馁。说不定再过二三百年，也会有人对此做出良好的诠释，如果是像歌德般影响力巨大的人物，就等于确保我们的好名声得以流传后世了。

某次，在一场外国参与者占大半的研讨会上，我不得不充当起为日本人热爱工作而辩护的角色。首先，我问了这样一个问题：

"在日本人的寒暄语中，最常见的一句是'您最近挺忙的吧'。如果有人这样和你打招呼，各位会怎样回答呢？"

在场的外国人，简直异口同声地答道："很不幸！"

我心中暗笑，脸上表情也没能绷住，继续说道："可是，在日本却不一样。日本人会这样回答：'托您的福。'意思是'很幸运'。"

会场里的外国人，几乎全体惊讶得张大了嘴巴。

在那些嘴巴合拢之前，我自然不忘乘胜追击：

"对各位基督徒而言，劳动是上帝对人类的惩罚。夏娃偷吃了苹果，上帝将她和亚当赶出伊甸园，令人类不得不承受辛苦的劳作。对你们而言，劳动自然是能逃则逃、能避则避的事情。因此，像星期天等假期，不仅是歇息日，同时也具有安息日的意义。

"我们日本人并非亚当和夏娃的子孙，没有道理将劳动视为来自上帝的惩罚，它不带有被迫的负面印象。当然，劳动对我们而言，也包含沉重、辛苦、忍耐之意，但不是神罚般绝对的恶事。因此，我们并不具备能逃则逃、能避则避的正当理由。

"此外，基督徒天然地会对劳动抱有不祥之感，我认为有必要说一下这一点。

"在奥斯威辛集中营的铁门上，刻着一句德文：劳动使精神自由。这是欧洲人众所周知的事实。

"然而，不知道各位是否了解，其实这并不是纳粹的独创。

"基督教，尤其是中世纪的基督教允许奴隶贸易，条件是被买卖的奴隶不是基督徒。通过肉体劳动磨炼非基督教的信仰者，赋予那些异教徒或者尚不知道基督教存在的人以精神上的自由，最终让他们作为基督徒而获得救赎，因此，奴隶贸易并不罪恶。这是基督教一方的观念。这种堂皇的说词在 20 世纪依然存在，奥斯威辛集中营铁门上的口号就是证明。

"这样说来，我想各位可以理解为什么西方人比日本人对劳动的看法更为负面。你们认为日本人热爱工作，其实是有着文化、文明上的种种原因和理由。"

我并不打算在这里通篇介绍我在研讨会上的发言，只是想说，遭到批评而变得一味谦恭不算本事，有时候需要据理力争。当然，争要争得巧妙。尽量——准确地说是"必须"，用对方的手段予以回击，这样，争论才不会沦为谩骂。

所谓对话，并不是与对方商议。若论对话的起源，应该是驳倒对方更为合适。能让对方感觉说得有理，便是胜利。苏格拉底的对话方式，就是令人瞠目结舌的强词夺理之集大成。

不过，有一点我没有在会上提及，因为当时我发言的目的是为劳动辩护。其实，工蜂和海狸，既相似又不相似。

工蜂在花丛中忙碌地采集来的蜂蜜，不是喂养蜂后，就是被熊或人类吃掉，并不是为自己。

而另一边的海狸，虽然也很勤勤恳恳，但是在筑起的堤坝内有只属于它的巢穴。当然，海狸的特性是不会因为有了安身之处便放弃劳作，不过至少巢穴是自己的。

当居住环境变得美观舒适，日本人也许就能被称为海狸，而不是工蜂。

这两者之间的区别其实格外重要，与日本是否能创造出影响他国的文化、文明息息相关。

我是这样教育儿子的："无论希腊、罗马，还是文艺复兴之花佛罗伦萨和威尼斯，它们首先创造了财富。创造文化、文明，是之后的事情。没有钱什么也做不了。西班牙、以维也纳为中心的奥匈帝国、法国、英国，以及如今的美国，最初的一步都是变成富国。

"同时，也请不要忘记，那些变富裕的民族，并不是个个都能创造出足以影响他国的文化和文明的，曾经的大帝国蒙古、土耳其，就没有留下什么东西。好奇怪，为什么会有如此的差异呢？"

即便是撰写历史故事的我，也无法知道真正的理由。

我想，大概与那个民族是否具备审美感有关，与那个民族的好奇心是否持续不断也有些关系。

我曾经向在维也纳大学教授未来学的学者朋友请教，日本何时能成为文化国家。得到的回答是 2050 年。

若真如此，那么日本人目前仍处于劳作的阶段。哪怕这不算坏事，我也希望日本人不是工蜂，至少成为海狸。

第 43 章

男人如何优雅地老去

战术之一：始终清楚地记得自己的年龄。

我不认为忘记年龄是一个高明的办法。

因为忘记这个行为本身，就是一个高难度的作业。如果打心眼里不想记得，的确可以做到遗忘。无足轻重的事情，人们往往能轻易地抛到脑后。而另外一些忘了便会有麻烦的事情，就不太会真正忘记。

不论男女，自己的实际年龄，都属于忘了便会有麻烦的事情，过了 40 岁尤其如此。所以，既然知道不可为，倒不如放弃尝试，清清楚楚地记住自己的年龄。

战术之二：找到与年龄共存共荣的办法，并付诸行动。

在前章中，我写过费德里科·费里尼导演的一番言论，大意是：我对年轻人没有兴趣。我在他们那个年龄，不管是从好或坏的意义上，干尽了年轻时该干的事情。所以，那些和我没有关系的年轻人想做什么，那是他们的问题。我现在唯一感兴趣的，是尽情活着的自己。

费里尼导演的这个境界当然是最理想的状态，但那是神一般才华横溢的巨匠才可能有的底气，并不适合我们普通人。

不过，我们每一个人都曾经年轻过。既然有过恣意的青年时代，那么之后如果没有一个成熟老练的时代，反而说不过去。

战术之三：切勿强扮年轻。

强扮年轻，本身就是勉为其难。当然，中年后的男女也有情绪高昂的时候，感觉自己活力十足，重返青春。内心的充实势必会反映在外观上，这种时候，像年轻人那样随意穿牛仔裤配白 T，同样出彩。

不过，违和感始终还是存在的。因为我们无法忘记真实的年龄，所以正常情况下，自然会选择适合当下年纪的装束。

战术之四：坦然面对，顺其自然。

看电视新闻时，如果出现美苏两国就消减军备进行谈判的场面，我会异常认真。不过，这种热情不会维持多久。

因为我对这个话题本身没有特别的兴趣，主要是喜欢美方的首席谈判代表，名字好像是艾米兹。

这位艾米兹先生，大概已年过八十，却依然帅气。尤其是那一双眼睛，直视对方，从不闪烁游离。

他说话的方式也很棒，语气沉稳，声调克制。

最后一点，也是最好的一点，是他没有刻意地露出讨人欢喜的微笑。如今的政治家、企业家，还有明星，镜头前几乎个个笑容可掬，让人倒足胃口。

我倒是很想让这位艾米兹先生开怀大笑，虽然是80多岁的老人，但相信他的笑容一定很迷人。

战术之五：一点亮色。

像80岁的艾米兹那样魅力十足的男人，怎么穿都不是问题。不过像他这般潇洒帅气男人，实属稀有，对占大多数的普通男子而言，以下战术也许有效。

在西装的胸前口袋里，不经意地插上一块幽蓝色的丝绸手帕，立刻显出男人的不同之处。佩戴这类颜色的领带，则给人非常意大利式的华丽的印象。将手帕自然地插入上装的口袋，又有一种英国味的情趣。

会不会使用华彩的元素，是衡量一个人是否具有游戏精神的标尺。而游戏精神的有无，如何发挥，与这个男人的头脑好坏是有关系的。

战术之六：享受恋爱。

出轨、包养情妇等等，如同过季的商品减价拍卖，我没有兴趣讨论。在那种关系中，仿佛什么都有，唯独缺少爱情。

如今，在职场获得成功的女性，倘若身边没有一两个情人，似乎是件很没面子的事情。基于这种想法所产生的男女关系，是不会感受到火一般燃烧的爱情的。虽然这里说的是女精英，但男精英同样如此。

我推荐的，是真正的恋爱。在缘分到来之前，以书和音乐为伴独自度过夜晚的人生，反而更加动人。保持这样的心态，总有一天会遇见让人从心底感受到生活如此美好的，真正的爱情。

> 少女啊，人生苦短，快去恋爱吧
> 趁一抹红唇尚未褪色
> 趁一腔热血尚未冰冷
> 明天就没有这样的好时光了

想来大家都很清楚，在红唇的少女时代，我们经历的是多么愚蠢的恋爱。

大概只有在感悟到人生苦短，懂得爱情的欢愉足以照亮人生的年龄阶段，才会真正去爱。

战术之七：温和宽厚。

温和宽厚的年轻人，不能算是年轻人。我指的不是举止，而是内心。在任何事都有可能的年龄，桀骜不驯更符合年轻人的形象。

温和宽厚，是在懂得人生总有不可能之后才开始的。无论自己还是他人，都有着无法超越的极限，却依然全力以赴。明白这个道理时，人自然会变得温和。

温和，同时也是悲悯。拥有这样的心境，人才算真正成熟，才有忍耐力对待他人。

战术之八：保持清洁。

我说的不是男人要保持精神上的干净，纯粹就是卫生上的清洁。

如果是 20 来岁的年轻人，就算邋遢点，也总能找到辩解的余地。但随着年龄的增长，就越来越没有借口，不干净就是不干净。必须清醒地意识到，自己已经过了为不修边幅正名的年龄。

除了一小撮特别的男人之外，胡子拉碴等表现是不被允许的。

战术之九：不怕暴露疲倦。

有些男人会强打精神表现得精力充沛。其实，这正是无法优雅老去的证明。

我们女人还不至于愚蠢到分不清男人疲倦的原因。如果是达成美好目标之后的劳累，女人不仅会原谅，还会尽力治愈他的疲惫。

相反，如果是因为干了荒唐事而萎靡不振，女人会改变想法。也就是离他而去。

作为文字工作者，我大概至今也未能达到成熟的阶段。但我希望有朝一日，也许是真正成熟的时候，写一个完成了宏大独特的事业之后精疲力竭的男人。满身疮痍、断剑残刀、形销骨立，却又显得那么性感的男人。

这样的人选，我心中已有一个。

战术之十：相信自己90岁也能享受男欢女爱。

近年来由于艾滋病的骚动，做爱仿佛成了人们唯恐避之不及的事情。不过，在我看来，现在才是讴歌美好性事的时代。之前，性爱太容易了。正因为轻松地就能得到满足，男人们（当然女人也同罪）都变得懒惰。

所谓懒惰，指的不仅仅是肉体上的，也指脑力的懈怠。

贪图轻松，在所有层面，都是优雅老去的大敌。

最后的战术：不读貌似伶牙俐齿的女人写的男性论。

第44章

有关成功的男人

我这里说的"成功者"，或许与社会地位的高低没有多少关系。

地位崇高的男人中，也有令人不齿的败类。所以，如果我们谈的不是质量在一定程度得到保证的"品质"，男性论便失去了色彩。

所谓的成功男人，首先是全身上下散发着一种不可言喻的明朗的男人。

不过，这种明朗不是"哇哈哈"大笑之类的东西。它既不喧闹，也不刺眼，是沉稳的举手投足之间带着一种明亮的气息。

如果用"明朗"不足以形容表现的话，我只能借用意大利语词汇"塞雷诺"（sereno）。"Sereno"这个词是很有韵味的。

字典的解释大约是：透明、宁静、晴朗。

形容晴朗无云，可以说"sereno 的天空"。除此之外，愉快的脸也可以用"sereno"形容。形容安稳或者客观时也可以用它。比如说，平安无事的生活，叫"sereno 的生活"，客观的判断，叫"sereno 的判断"。

想来各位大抵能从以上的例子体会其中之意。在我看来，所谓成功男人，首先应该是一个"sereno 的男人"。

那么，要问为什么这样的"明朗"是成功的必备条件，简单地说，它和向日葵朝向太阳，小虫聚集在灯光周围是一个意思。

人的一生，通常有很多的辛苦和烦恼。不管是向他人倾诉，还是深藏在自己的心底，大多数人都是带着这样那样的苦恼生活的。对那些人而言，明朗的人的存在本身，就是一种拯救。

也许有着相同苦恼的人，应该聚在一起相互倾诉，彼此交流。可是这种类似于精神治疗法之一的集团疗法，即使有用也很乏味。这种方式就算对那些真正有心理疾病的人有效，但我们大多数人都没到那个程度，哪怕接受了激进疗法也很难痊愈。

对普通人而言，被明朗的人吸引就像向日葵朝着太阳一样，是天然的愿望。

生活中，这种"明朗人"的数量相对很少，因为能够始终保持沉稳和开朗状态，可以说就是气度非凡的人物。而在不拥有这般气度的普通人占大多数的现实社会中，sereno 式的男人自然就会成为佼佼者。

灯周围总是飞舞着许多小虫子。明知靠近灯光会死，它们依然蜂拥而至。明亮，也许就是一种无法抵抗的魅力。

第二，不是只看到阴暗面的男人。

这一条其实是和上一条相关，所有事情都会往坏处想的人，会让周围的人忍无可忍。

黑泽明导演的电影《罗生门》在接近尾声的部分，有一句令我印象很深的台词："所谓的真实，不过是那个人心中期望的真实而已。"

如果借用这个观点，那么只看到阴暗面的人，大概就是期望人生是黑暗的。

同样的物体，因打光的角度的变化出现异样的形状。当然，一开始就不打算照光的人，看什么都是暗的。这样周围的人可受不了。

这里说一个和《罗生门》根本不能相提并论的我的个人经历。有一次，我的一位朋友在罗马待了几天后来到佛罗伦萨。

毕竟是高中时代就认识的朋友，我当然要去他住的酒店见面。没想到，我见到的是愁眉苦脸，仿佛世界末日即将来临的老同学。我问到底怎么了，朋友的回答概括起来大抵如下：

> 在罗马期间遇到的出租车司机，通通都是坏人。所有的司机都会存心绕路，每一次都不得不支付高额的车费，心情被那些人弄得非常糟糕。结果，接下来吃东西也觉得样样难吃，参观古罗马遗迹也会看得生气。不用说，对当代意大利人的评价更是极差，甚至得出了"就不该在这种地方花钱"的结论。

郁闷到如此程度，即便是文艺复兴的花都佛罗伦萨也不过是另一个想要逃离的城市。对归心似箭的他而言，若不是公司的命令，早就打包走人了。

我多少有点于心不忍，便问他在罗马搭出租车去了哪些地方。在搬来佛罗伦萨之前，我曾在罗马住过五六年，对他说的那些地方都挺熟悉，于是决定尝试一下清除他的不愉快。

"那里是老城区，中世纪城墙内的那片区域中也属于市中心，所以道路非常狭窄，车只能单向行驶。就算司机不想绕道也不得不兜一大圈。"

我非常希望写下"朋友郁闷的心情因此一扫而空"的结局。可惜事实并非如此。他脑子是明白的，可是，将所有事情都消极看待的偏向，会盖过头脑的理解。因此就算和他讲通了道理，也不会有多大的成效。对这位朋友来说，意大利是一个无法忍受、再也不想来的地方。

我想，这个人在来意大利之前，势必心目中已经有了一个对意大利的印象。罗马城中的单行道，碰巧给了他一个很好的借口。

第三，对自己的工作九成满意、一成不满的男人。百分之百的满足，总是不自然的。就算是创造天地的神灵们，相信多少也会有不满。事实上，像这样工作中带着小小的不满，反而更加充实。

话说回来，如果满意和不满的比例对半，大概没法获得成功。之所以这样说，是因为年轻的时候，还能承受这种五五分的紧张关系，但随着年纪的增长，过了 40 岁，这种紧张关系就变成了纯粹的负担。

人还是需要一些乐观主义精神的。否则，首先自己不负重荷，继而牵连周围的人。一直处于紧张状态的人，没有谁愿意接近。

但是，10% 左右的不满还是需要的。乐观主义者再可爱，如果连这一丁点不满都没有，那就不是乐观，而是单纯的傻子。而且，10% 左右的不满正好也是一种刺激，激发出上进心，人也因此变得年轻。对于这种微妙的变化，大家出乎意料地都很敏感。结果就是，这样的人的周围总是聚集着很多人。

总而言之，成功者具备的条件中尤其不能欠缺的一条，应该就是身边能聚集到多少人。

第四，尊重非常非常普通的常识。

我这里说的是"尊重"，而不是"遵守"。需要尊重人们赖以生存的常识，但自己不一定要去遵守，不过前提是周围的人必须认可这一点。比方说能够让大家感到他不是为了显得特别才这样做，那就成功了。

那么为什么必须尊重普通人的常识呢？这是因为，任何人都有权拥有存在的理由。而普通人要发现自己存在的理由，往往只能从世间一般的常识中寻找。想要成为人生的成功者，就不能忘记，再平凡的人也拥有五分灵魂。

这同时也是心怀善意看待人性的表现。真正有人格魅力的人，就像一盏明灯，人们自然会聚集在其周围。

追记

想必会被质问"这样完美的人能有几个"，所以我事先设好防线。

我并不是说要一天 24 小时都得这样，能做到 10 小时差不多就算成功了。当然也有像我这样 8 小时也不行的人，不过我不是男人。

写给男人们

第 45 章

有关地中海的中庸

　　就在不久前，我看了一部叫《看得见风景的房间》的英国电影。怎么说它也是和杰作《野战排》竞争奥斯卡最佳影片而且获得三个部门奖项的电影，想必不会太差，所以我决定去影院一睹为快。

　　没想到，明明不是喜剧，我却从头至尾笑个不停。

　　这部以 20 世纪初为背景的电影，改编自英国人的原著。我看过根据这位作家的另一部小说改编的电影《印度之行》，因此不由得陷入深思：为什么一部非喜剧类的电影，会让我感到如此好笑。

　　鉴于像我这样的电影狂为数不多，首先向各位简单地介绍一下《印度之行》的内容。

　　故事大概发生在 20 世纪初，从一位年轻的英国女性来到彼时还是殖民地的印度讲起。与代表秩序的英国绿色草坪不同，嘈杂拥挤的印度街道，亚热带特有的高湿度的暑气，首先就让女主角晕头转向，进而产生了一种奇妙的感觉。这种莫名的躁动，在她偶然撞见印度教性爱雕像时，差一点爆发。

而真正的爆发，发生在她和在当地结识的医生一起去郊游的时候。如果当时医生有亲昵的举动，大概也就不会有之后的事情发生。可是那位非常绅士的印度人，面对英国女性，没有任何轻浮的表现。

结果，女主角以一种我们平常人做梦也想不到方式，发泄了她的积郁——控告医生强暴她。

当时的印度，可是大英帝国的殖民地。对大英帝国的女性不轨，完全就是犯罪，印度医生必须受到法律的制裁。换言之，问题极其严重。深信自己属于世界第一等民族的旅居当地的英国人，自然是将医生视为野蛮的动物。

众目睽睽，法院开庭审判。在辩护律师机智的追问下，原告的谎言被一一揭穿。对英国人而言，这是一个出乎意料的结果。最后，这位英国女性公开道歉，承认所有的一切都是她编造的。或许这就是人道主义上的觉醒吧。

我没有去过印度。设身处地地想，如果是我，身处一个与自己的文化背景完全不同的异文明世界，同样可能产生莫名的躁动。那些性爱之神交合的雕像，在特定情况下，也许会让这种躁动加剧。

当然，公然撒谎的勇气，我是没有的。

话说回来，《看得见风景的房间》中引发英国人莫名躁动的舞

　　　　　　　　　　　　　写给男人们

台，不是我没有去过的印度，而是我的居住地，意大利的佛罗伦萨。所以，再用"可能""也许"之类的暧昧字眼论述，似乎有点说不过去。

这部电影讲述的是一对英国上流社会的年轻男女，在旅游地佛罗伦萨偶然相识，由此产生躁动的故事。

原著作者对英国人在海外身心状态异常的题材，似乎相当感兴趣。

年轻的女主角和表姐——一位典型的英国老姑娘结伴出门旅行。对当时英国的上流人士而言，去意大利旅行属于陶冶情趣的一种方式，所以目的地选择佛罗伦萨合情合理。在当地观赏乔托的壁画也很寻常。不寻常的，似乎是佛罗伦萨城中随处可见的男性裸体雕像。

另外一件不寻常的事情，发生在她和其他英国游客一起去佛罗伦萨附近的基安蒂郊游时（英国人似乎总是和郊游脱不了干系）。驾驶马车的意大利男子，一路上与小情人卿卿我我，引得维多利亚时代卫道士般的英国人蹙眉。

然而，蹙眉的是那些年长的英国人，年轻的男女主角却被眼前的情景惊呆，渐渐地萌生出一份奇妙的感觉。

不管是裸体雕像，还是意大利下层阶级男女旁若无人的亲热表现，对这些早已见怪不怪的我，看到这个场景时实在是没忍住笑。之后，电影的场景转回英国。

在英国，经历了各种风波之后，终于承认这份奇妙感觉存在的这对年轻人结婚了，并在新婚旅行中再次来到佛罗伦萨，重访令自己萌生骚动之地。

雕像竟然能引起性冲动。也许有人会认为，这是因为故事发生在伪善道德支配下的维多利亚时代。

虽然原著以那个时代为背景，但是根据原作改编的电影，是最近制作的。而且，就在两三年前，大师级导演大卫·里恩刚拍摄了同类题材的电影《印度之行》。所以，我觉得英国社会至今存在这种莫名骚动的基础。

何况，这两部电影，不仅得到奥斯卡最佳影片的提名，而且都曾被视为最可能获奖的热门影片。

它们的确制作精良。但是如果主题让评委们感到无趣，再精美的制作，大概也无法获得如此高的评价。

换言之，英国人依然被期待去拍摄这类题材的电影，而美国人对此不仅不会感到可笑，而且打心底里接受。

很久之前，大概是我首次造访意大利的时候，由英国人制作的一部喜剧《对性事不感兴趣，我们是英国人》颇受好评。

恶搞向来不甘人后的意大利人，当然不会放过这个机会，随即炮制了喜剧《只对性事感兴趣，我们是意大利人》。

这段旧闻，与哪个国家醉鬼多也有关系。

在午餐和晚餐都有喝葡萄酒习惯的意大利，醉鬼并不常见。如果想看醉鬼，得去盛产酒精浓度堪比烧酒的北意大利，中部和南部几乎没有。

虽然葡萄酒的酒精浓度低于日本清酒，但是天天喝想必酒力还是会增强。在这一方面，我似乎也变成了意大利人，几两清酒是灌不醉的。

此外，意大利人通常不喝威士忌。家中的威士忌仅用于待客，我本人几乎不碰。不可思议的是，回到日本，我竟然变得能喝威士忌了。去到英国，酒量更是和当地人不相上下。

似乎有些跑题了。我想说的是，性也许和饮酒相似，会受到环境和人的影响。

无论是特地画上几道布条的人体绘画，还是用无花果叶子遮住私处的裸体雕塑，在我看来它们显得极不自然，反而更可能引起人们的关注。

我曾经长年居住在古代文明的首都罗马，之后又搬到文艺复兴的发祥地佛罗伦萨，对裸体的免疫力也许就是这样产生的。就像葡萄酒喝多了不容易醉。

不过，就个人的趣味而言，相较于无论站着或坐着始终性感十足的意大利男人，我现在更喜欢刻意掩饰的英国男人。平素一丝不苟的绅士，在脱下规矩的外衣后的变化，这种落差感更让人觉得有趣、愉快。

地中海世界自古希腊以来，始终将"中庸"视为第一美德。

字典对于"中庸"的解释是这样的：不走极端，位于中位，无过无不及。力求保持不偏不倚的折中的处事态度。

曾经有人用英语的"good sense"诠释中庸。

这种诠释也让我乐不可支。大概是英国人觉得很难达到中庸的境界，所以才特地用"good"这样的形容词。在其他方面，相当能保持"中庸"的英国的绅士、淑女们，遇到性这件事情就⋯⋯

所谓"无过无不及"，指的是既不能过分也不能不足。这一点是最重要的。

写给男人们

第 46 章

有关自杀的复权

老年痴呆（阿尔茨海默病），我以为只要适当地注意是可以避免的。

那些被誉为智者的人常常建议大家，要寻找生活目标、热衷于某些事情等等。还有不知是谁说的，预防老年痴呆的最好的方法，是阅读外文和写作，哪怕是用母语写。

这些建议总是让我感觉非常放心，相信自己不会有问题。

生活目标，我有。儿子还需要 10 年才能成年。

热衷的事情，我有。工作相当有趣，如果书的销量能提升一点，那就再好不过了。当然，最好是作品能长年畅销，不过能不温不火地卖上 20 年，我也心满意足了。

而我的工作，不读外文史料无法展开。虽然出于被动，但每天都在阅读外语。更何况我原本就在撰文著书，写作已成为生命的一部分。因此，我一直非常安心地觉得自己是不会变成老年痴呆的。

可是，当我观看了电视播放的一部电影后，想法完全改变。这对心情从未受过电视节目影响的我而言，是前所未有的事情。

电影是有关阿尔茨海默病的。准确的片名我不记得了，大概是"你还记得爱吗？"主演是保罗·纽曼的太太乔安娜·伍德沃德。

这位女主人公是一位诗人，并且在大学教英国文学。虽然对美国人来说英语不算外语，不过影片中曾经出现她在课堂教导莎士比亚文学的场面，可见阅读深奥的英文是她的日常。

同时她还是一位诗人，写作也是工作之一。从她儿子的年龄推断，她大概 50 岁，也许不到 50 岁，她母亲依然健在。既没学过莎士比亚，也不写诗的平凡母亲没有痴呆，反倒是这位英国文学学者兼诗人，而且相当出名的女儿患上了此病，所以问题才显得严重，至少我是深受打击。我这才明白，所谓阿尔茨海默病、痴呆原来是一种疾病。据说有人在 30 多岁就患上此病。

所以我不能再把痴呆当作一种不健康的状况，它是真正的疾病。

如果是疾病的话，那么再有生活的目标、热衷的事物，哪怕每天阅读外文、撰写书稿，也很难预防。再怎么担惊受怕也无济于事。

既然老年痴呆是病，就总有人会患上，就像癌症那样，应该说更像交通事故。

因为癌症若早发现还有对策，而阿尔茨海默病却没有什么征兆，正如突如其来的交通事故。

在那部电影里，一天天变回孩子的女主人公，在她温柔体贴、认真负责到令人惊叹的好丈夫和儿子、儿媳，以及年事已高的母亲的守护之下，平静地走向死亡。

面对这种丧失自我意识的疾病，用"守护"来形容感觉非常美好，但实际的护理过程着实让人抓狂。当然，在决定自己照顾病人时他们已做好了心理准备，因此，主人公的丈夫及其周围的人，都表现出无尽的爱意。

爱是终极的、唯一的寄托。影片给出的结论，充满了基督教式的教义。

如果自己患上同样的疾病该怎么办？想来看过这部电影的人，都会如此联想。既然类似于交通事故，那么任何人都可能遭遇。

不过，我没打算全部依托于他人的爱心，也许因为我不是基督徒吧。

那么最终的解决之道，只有自杀。我不会因为自己患上阿尔茨海默病，日益痴呆，说奇奇怪怪的话，甚至变得暴力而感到羞耻。

尽管被视作知性的女作家，但我并不认为自己越来越非知性的形象暴露人前，是无法忍受的耻辱。可是，我再也不能读书，只会写些支离破碎的东西，完全失去了存在的理由。而且，没有钱。

所以不如在变成那样之前自杀死去。这又让我想到长期以来世间对自杀一直采取否定的态度。

首先，基督教是否定自杀的。儒家似乎也有"身体发肤，受之父母，不敢毁伤"之类的教诲。

基督徒不能自杀，那是他们的事情。

身体发肤，受之父母，不可毁伤，我认为在 30 岁之前的确应该遵循此训。不过，当人到了必须为自己的头脑负责的年龄，尤其是到了连长相都属于自我责任的四五十岁，这个规矩还适用吗？

既然大脑和脸都归自己管，那么如何处理肉身，自己也应该有权决定。

其实，在基督教影响全世界之前，自杀并不是什么恶事。

在古希腊，自杀并不罕见。之后的罗马时代，克利奥帕特拉是自杀的，刺杀恺撒的布鲁图斯也是自杀的。

苏格拉底的死，也算一种自杀。如果他打算逃命其实是有机会的。但他留下"恶法亦法"这句旷世名言，端起了盛着毒药的杯子。

耶稣的死，在我看来也属于自杀。只要读过彼拉多和耶稣的对话，就能明白这位罗马总督是多么想拯救那个加利利的年轻人。但耶稣一意孤行。他拒绝拯救，走向了十字架。我始终觉得，在决定前往耶路撒冷的当初，耶稣便想好了如何去实现自己的死亡。

显克维奇的小说《你往何处去》中似乎有这样一个片段。在罗马传教的圣彼得，去见被誉为罗马最有教养的波特罗纽斯。忠厚善良却显得有些愚直的圣彼得，对着波特罗纽斯滔滔不绝地宣讲基督教教义。对此，这位高雅的有教养者是这样回答的：

"你说的，大概全都正确。但请不用为我操心。因为在我认为必要的时候，自己会喝下毒药。"

如果问我为什么没有成为基督徒，上文应该是最好的回答。所以，我没有理由对自杀产生抗拒反应。

接下来要考虑的就是自杀的方法。跳楼肯定不行。我有恐高症，站在那种地方，魂飞胆丧，不可能做出自杀所需要的冷静、客观的决断。

卧轨、动刀动枪都不行。我非常怕痛，所以总是遗憾自己当不了间谍。

冬天登山也不行。我怕冷。像我这种连游学地都要挑选南国意大利的人，到时候一定是缩在山间小屋里的暖炕上，不肯迈出门一步。

安眠药似乎也不妥当。据说那要吞下一大把才有效，可是我对药片天生敏感，估计刚吃下一粒就会吐出来。

就在我感叹自杀也不易之际，有人说到氰化钾。

原来如此。把氰化钾放进胶囊，就不会有满嘴药丸的不快，应该能吞下去。一想到只要准备好氰化钾胶囊便能以防万一，我顿时感觉轻松不少。可是又感觉独自饮毒似乎过于冷清。

虽然不必像波特罗纽斯那样宴请所有的亲朋好友，在众人面前割开血管般的轰轰烈烈，但一个人悄然离世未免太悲哀了。当我受到病毒的侵袭，渐渐变回不更事的孩子时，有没有哪个男人愿意在我的掌心轻轻地放上胶囊呢？

这种时候，再友爱的女朋友也没意思，必须是男人，而且是很有魅力的男人。如果是这样的送别，那么我一定会面带微笑，仿佛变成了波特罗纽斯。

浮想联翩之际，我突然意识到一个重大问题：法律上有一条不人性的罪名，叫"协助自杀罪"。那个，会判多少年啊……

　　　　　　　　　　　　写给男人们

第 47 章

说外语等等

前些日子回国时，我在酒店的电梯中，听见两位年轻女性的对话。

既然是回国，地点当然在日本，两位女性也是日本人。她们好像是某企业的员工，刚结束在酒店举办的报告会的前台接待工作。

"某某先生好讨厌啊，英语说得也太流利了！"

"就是呀。外语流利的日本男人，不知道为什么，总让人觉得有点轻薄。"

听着她们的对话，我心想不是因为外语说得好才显得轻薄，是那个人本来就是轻薄的男人，碰巧能说一口流利的外语而已。

那位某某先生，讲日语时势必也让人感觉轻薄。这不是英语等外语的错，无论母语或外语，我认为最终是说话方式的问题。

而那两位看上去绝非轻浮之辈的年轻白领，对外语流利的人，似乎心存一些妒忌。

这么讲也许会激怒两位姑娘。她们几乎是无意识地，对能力强于自己的人，有着小小的劣等感。

因为会说外语而扬扬自得，属于不可救药的蠢货。

但是，对能说外语的人不屑一顾，同样也是蠢货。

学习外语，是为了理解不同民族的文明。显然，它只是一种基本的沟通方式。

不过，我不会提出人人都得成为外语达人这种非分的要求。

正如任何技能都有擅长和不擅长之分，掌握外语，同样也是有人容易，有人困难。

换言之，有些人生来就有一对能听懂外语的"耳朵"，而有些人则没有。我自己属于后者，因此对"耳朵"的优劣，有着痛彻的体会。

对幸运地拥有这样一对"耳朵"的人，我们除了羡慕还是羡慕。那些在国外待一周左右，便能开口说话应付日常生活的人，总是令我惊叹不已。对他们而言，学习外语与学校、家庭等环境完全无关。我们普通人在所谓的名校花几年工夫也没学好的语言，这些人在很短的时间内便能运用自如。

那么，如何判断一个人是否拥有这样的"耳朵"呢？实际上非常简单。

能够即刻引用对方（当然是外国人）的话，可以说就是拥有语言"耳朵"的人。相反，煞费苦心"独创"措辞作答，就属于无"耳"之人。

　　　　　　　　　　　　　　写给男人们

这就是学习外语必须从孩童时开始的首要原因。等到习惯于用大脑思考，已为时晚矣。当人变得羞于模仿，或者害怕出错，再怎么努力，也很难提高外语水平。

不幸的是，当人们认识到外语的重要性时，基本上也到了已经习惯用大脑思考的年龄，真是相当无奈。天生不具备"语言耳"的人该如何是好，这大概是如今大多数日本成年人所直面的问题。

我想只有两种方法，它们也是我个人的经验——习惯和必要。

比如说想学好英语，就去英语圈的国家，最好是英国或者美国，而且生活在几乎不可能用日语的地区。能否开口说话，夸张一点讲关乎身家性命，相信任何人都能学会。这应该是提高英文水平的最有效方法。

此外，我们必须牢记，语言不过是一种技能。过分强调其重要性，是掌握技能的大敌。与此同时，也应该清楚地认识到，语言属于一种不能蜻蜓点水的技能。

我常常听到这样一种意见。不少人认为由于日语的特殊性，使得它在如今国际化的时代非常不利。

在我看来这是一种奇怪的想法。只会说日语，的确有些不利和不便。不过，转换一下思路，也可以将日语人口数量不多的不利，视为有利的条件。

据称古罗马帝国衰亡的原因之一，就与语言有关。

在古代的罗马世界，只要会说罗马人的语言拉丁语，几乎就能应付一切。因此罗马人并不热衷学习其他民族的语言。

被视为高等文化的希腊语，不少罗马人都会作为一种必修课去学习。但是对罗马世界周边国家的语言，比如像如今英国的布列塔尼亚语、如今法国的高卢语，还有当时与罗马国境相接的如今德国的日耳曼语，以及北非诸国的语言，能说会读的人就很少。

这种现象，为实际生活带来了负面的结果。

按照古罗马帝国的统治方式，周边诸国的治理和维安，交由当地人负责。当地的最高长官是从首都罗马派遣的，但其手下官员、将领都是当地人。

以军队为例。统领军队的最高司令官是只会说拉丁语的罗马人，其麾下的队长们却是既懂拉丁语，又能说本地话的双语人。于是，就形成了一种固定的模式，部下能够理解上司的指令，而上司却完全不懂部下之间的私语。如此状况对于组织的顺利运作，自然不会产生正面的影响。

古代最强最大的古罗马文明的崩溃，原因在于罗马人疏于学外语，这貌似荒谬，事实上也许一点也不荒谬。

英语成为国际语，母语非英语的民族必须学习英语，在很久以前就已经是世界的规则。我之所以认为它对于非英语系的民族并非坏事，正是因为有古罗马的前车之鉴。

不管幸运还是不幸，我们大概都无须担心日语会成为国际语。既然如此，只要日本人成为双语人，相较于只会说英语的美国人，

　　　　　　　　　　　　　　　　　写给男人们

绝对处于有利的位置。

不知大家有没有发现，如果懂两种语言，哪怕是在有翻译的正式场合，也是很有利的。因为对方的发言在被翻译的过程中，自己有时间考虑如何作答。

更何况，能够将一方的表述丝毫不差地传达给另一方的超级翻译，大概只有 VIP 出席的场合才有可能。注重内容准确性的自然科学领域或者经济方面的对话，专业的翻译足以胜任。但是在人文科学、艺术类的交流中，谈话人的语气语调也很重要。连这种微妙的感觉也要求翻译出来，那是强人所难。所以，哪怕说得不流利，还是应该具备一对一直接对话的能力。

我建议大家有机会听听自己的话是如何被翻译的，想来听后会大惊失色。倒不是因为同声翻译的能力不足，他们的能力在于准确性，并不包含理解说话人的个性。

其实，无论是说外语还是母语，人与人的交流，说到底是个性与个性的碰撞。试想男女之间通过翻译谈情说爱，那场景除了滑稽还是滑稽。

语言只是一种工具。然而，它是一种用得越娴熟，人生越丰富的工具。

我认为，学习外语的热情，应该同样程度地投注于母语的学习。母语能力欠缺的人，自然也无法理解外语词汇中那些巧妙且意味深长的含义。

工具的特征是，一旦掌握了它的诀窍，便能触类旁通。

第 48 章

教你和外国人吵架的方法

若干年前，应该说是挺久以前，我曾经与前政府高官 A、大学教授 B 两位友人一起，出席过某电视台的节目。

参加此类节目，话题最好深入浅出。我和 B 先生一致决定谈谈和外国人吵架的方法。因为我们三人的共通点，就是比较熟悉外国以及外国人。

于是，B 先生问 A 先生他认为用什么办法才能争过外国人。A 先生竟然回答："我觉得不该和外国人发生争议。"他的回答让 B 先生和我抓狂不已。

不吵架最好，这个大道理 B 先生和我当然知道。我们都打心眼里希望所有国际问题都能和平解决。

然而，有一种架是自己不想吵，对方却找上门来挑衅。B 先生和我是想谈谈该如何应对这种情况。

当然，友人 A 先生绝非浅薄之辈。他是一个诚心实意的人，获得了很多外国人的高度评价和尊敬。就连我也听不少外国人说过，A 先生的意见我们还是要听的。他的为人处世，应该就是诚心实意能够超越国界的最好演绎。

然而这些年来，日本越来越需要懂得如何与外国以及外国人高明地吵架，因为上门寻架的事情越来越多。况且，这些吵上门来的还认为是日本先动的手，愈发讲不清楚道理。时至今日，日本仍然被视作主动挑衅的一方。我不知道 A 先生是怎样看待这个现状的，是认为无论有没有吵架的本事不吵最好，还是觉得对这种无理取闹就该予以正面回击？

这里，我先说一下我个人的结论：唯一的办法，就是两面作战。

能够靠诚意化解的问题，就不要耍弄什么手段，向对方展示真心。如果这个办法行不通，那么就得考虑如何针锋相对。

我始终认为，如何巧妙地与外国以及外国人吵架，与如何友好地与他们相处，属于同样性质的问题。

说到具体办法，首先是双方必须站在同一擂台之上。

回顾以往日本与外国的争斗，对方已经跳上擂台伸出了手臂，日本似乎还在擂台下嚷嚷不停。这种状态不能称作高明的角力，至少不是积极意义上的相争。

它的缺点是始终无法决出胜负，因此存在着令双方留下心结的危险。

争吵其实是宣泄不满的一种手段。如果没有胜负，无论主动方还是被动方，最终都无法排解不满的情绪。

我认为有必要记住吵架原本的目的和功效。

那么，如何与对手站在同一个擂台上呢？简单地说，就是遵循西方的理论。

这种方法是否正确，属于另外一个问题。

西方式理论，在很久以前就成为世界共通的观点。哪怕它并不正确，在取代它的新理论出现之前，说到同一个擂台，我们只能按照西方人的方式进行。

这里举一个例子说明。

美国要求开放牛肉进口市场，而被要求的日本却认为哪怕开放了市场，也会被价格更便宜的澳大利亚牛肉占领，美国牛肉的进口量并不会因此增长。其实，美国是借牛肉之名，要求日本全面开放。所以，双方的擂台就是市场的自由化。而日本却不愿意从正面直击自由化这个问题，因此才会让人产生一种前文所述的在擂台下嚷嚷不停的印象。

日本就该对美国说："没有问题，我们全面自由化。"

至于自由化的结果是不是进口牛肉市场被澳大利亚占领，美国人白忙一场反倒成全了他国，那就不关我们的事了。

无论如何，日本是按照他们的要求，站在了同一个擂台上。

和外国以及外国人吵架的第二个方法，是在争吵之前，清楚地意识到自己使用的武器所具有的意义。这里的武器，指的是语言。

写给男人们

这是一个非常重要的问题，却往往被人忽略，即使是那些所谓精英知识分子。

如果不清楚自己所表达的意义，就无法顺畅地与对方交流，或者是其中一方忍无可忍，结束商谈。在谈判或者争吵的过程中，总有一方会占据上风。然而处于劣势的一方，通常不会觉得问题在于自己陈述的内容不够清晰明了，总认为是对方强力施压。这不算是高明的吵架方式。

举一个例子。日本人似乎非常喜欢说价值观的多元化。在讨论这个问题之前，首先要搞清楚双方对于"价值观"以及"多元化"的理解，才能进入话题。如果不是这样，日本一方刚提出价值观的多元化，即刻会遭到欧美人价值观不多元化的反驳。

在欧美人的心目中，自己所信奉的价值观只有一个，那就是自古希腊以来的西方思想，没有第二个，因此会认为多元化的价值观是没有价值的。站在西方人的立场，这种想法无可厚非。

因此，我们首先必须站在他们的价值观，即不是"多元化的价值观"这个擂台上，与他们对决，同时就"多元化是什么"展开谈论。

在"虽然""但是"之后，开始辩论。

虽然西方秉持这样的想法，但是在东方正好相反，认为价值观有着多样性。

另外还有一个日本人非常喜欢的词语，也可以证明在对谈之前，先理解自己使用的词语的定义是必要的。那就是"identity"。

日本人在说这个词语时，不将它翻译成"身份、本质"，或者"同一性"，而是直接使用外语。我认为在使用之前，首先要知道它在本家西欧的定义是什么。

日本人大概是认为"identity"比"身份"来得意味深长，所以喜爱。然而，"identity"一词所包含的意义并不像日本人想的那么简单。它也是源自古希腊的词语，如果日本人只因为感觉它意味深长就随便用，是无法和西方人对话的。

必须在了解"identity"的词源之后，才算和对方站在同一个擂台。

喜欢寻找各种词语来源的日本人，是森鸥外。不知为何，在他之后的日本人，尤其是被认为是欧美派的日本人，却很少有人察觉到此事的重要性。

第三个是最简单但对日本人却最困难的方法，那就是幽默感。

近来，能够与外国人据理力争的日本人为数不少，遗憾的是他们大多给对方留下了盛气凌人的印象，原因之一便是道理不错却缺乏幽默。

要想让日本一方的观点获得认同，同时又不令对方感觉态度傲慢的最佳方法，就是言谈间带有幽默和机智。

第四点是要熟知并充分利用手上的武器（语言）所具备的独特的暗喻。

　　　　　　　　　　　　写给男人们

这里我举前首相吉田茂的例子来说明。有一次，某人问吉田爱吃的是食物是什么。这位嘴上抽着雪茄、脚下套着白布袜，在外观上也很引人注目的老政治家，是这样问答的：

"人。喜欢吃人。"

如果不理解日语"吃人"的独特含义，是完全体会不到幽默的。不相信的话，可以直译成英语试试。

倘若能让对方忍不住发笑，心里却郁闷得想爆粗口，就证明你已经成了一名吵架的高手。

第 49 章

你能成为赞助人吗？

所谓赞助人，也是良莠不齐的。从不遗余力地扶持、保护文明文化的英雄，到艺妓的金主，形形色色。

但这里我不会分门别类地一一论述，而是想谈一下赞助人应有的"姿态"，换成英语应该叫"style"。

之所以将"良"和"莠"放在一起，是因为无论赞助的对象是研究学术、艺术，还是学舞蹈的艺妓，都是向成长中的人予以援助的一种行为。

我不认为购买凡·高的《向日葵》属于赞助行为。死去的艺术家，意味着不再出现变化，购买他们的作品相当于规避风险。因此，哪怕斥资巨丰，也不过是一种安全系数极高的投资行为。

绝对安全的投资和赞助人的"投资"，虽然在付钱这个行为上一致，但两者的态度截然不同。

在我看来，赞助是甘于冒险的行为，同时又是一种与赞助对

　　　　　　　　　　　　　　　　　　　写给男人们

象 —— 无论他们是学者还是艺术家 —— 共同分担命运的行为。

就是说，将赌注压在对方的身上。从经济和精神两方面对有望成才的人予以支持和保护。因此，赞助不仅仅是付钱那么简单。

那些志向远大的人才大多心高气傲，因此不痛不痒的帮助，反而会让他们感到不自在。

那么，是不是只要赞一句"你太棒了"，剩下就是定期付款或一掷千金呢？坦白地说，这是最理想的赞助人。因为付钱本身，就是一种赌博。

如此说来，问题在于如何付钱。这是决定赞助人好坏的关键，和资助的金额没有关系，它是资助的方式，是一个可能影响被资助人成长的重大问题。

首先，提供资助时，最好不要采取拖泥带水的态度 —— 对接受资助者说："有需要请随时告知。"

这样说话貌似非常的绅士，其实一点也不绅士。试想，闻悉此言，对方该如何作答呢？难道说"太好了，我现在正需要帮助"吗？

所以，真正的绅士，说到底，就是默默地奉献。

"有需要请随时告知"实际上是不希望对方"告知"，这种人的心理状态希望各位能够了解。

第二点要铭记于心的是，赞助金切勿汇入对方的银行账户，或写支票。

这种做法属于商业模式。如上文列举的各种理由所示，赞助不是商业行为。做生意时理所当然的支付方式，用在此处会令赞助行为本身失去光彩。想保持"光彩"，就该支付现金，而且是崭新的现金。给茶道老师或钢琴老师谢礼时，我们不是都会按规矩包上新钞吗？所以，奉上厚厚的现金，说一句"你随便用"，以此展现赞助人的胸襟。

如果担心自己的钱被用在不合理的地方，就不能称为赠予。既然是赌博，那么赞助人必须始终对赞助的对象予以信任。

而且，赠予的一方不能要求回报。小家子气地不断要求对方给点什么，不仅称不上赞助人，甚至都不能算是"金主"，养小白脸的娼妓都会做得更加潇洒。

另一个重要的条件，就是支付"赞助金"的手笔不能小。付的钱少，意味着赌注小。零零碎碎地下注，称不上赌博高手。

每一次给一点以维持交往的做法，好像小街的店铺老板与相好的女佣的关系，既惨淡又猥琐，不值一提。

一旦决定馈赠，就应该投入相当的金额，爽气地豪赌一场。

只要是倾情投入、做派绅士，被资助的一方势必能充分地感受到这份心意。如果对方是不懂感激、缺乏感性之人，那不过是当初没挑对人，押错了宝。

可见，成为赞助人需要有相当高明的眼光和足够的心理承受力。正因为现实中符合这些条件的人少之又少，我才会认为赞助

　　　　　　　　　　　　　　　　写给男人们

人不会轻易出现。

说到这里，也许有人会认为我是在讲男女关系。其实上述的事实和条件，全部适用于学术、艺术的保护和培养。当然，没有比男女关系更有趣的事情。哪怕一国的外交，最终也回归这种关系。我以为，男女关系是人际关系的基础。

不过，与包养情妇不可同日而语的高尚的学术、艺术的赞助活动，在我们日本，事实上也没有多少眼光好、心态好的赞助人。

被我视为做赞助人的首要条件是不求回报、默默赠予。事实上没有一个文化财团能做到这点。如果不提交"援助申请"，绝不可能得到帮助，正所谓"会哭的孩子才有奶吃"。而且，援助的对象仅限于团体，不针对个人。

我坚信，文化来源于个人的创造。只要对比一下来自个人用近乎疯狂的热情创造的作品，和在国家某些机关大声呼吁下所产生的作品，质和量的差别是一目了然的。

话说回来，对于这样的现状，也不是没有辩解的余地。在日本，有钱的不是个人，而是企业，因此赌注下在某个人身上的冒险行为是不被允许的。个人对个人，最坏的结果也就是承认没押对宝，而作为企业，相信不是一句"看走了眼"就能过关的。

企业的赞助虽然在一定程度上对提升文化水平起到了作用，但是对于引领世界的独创的文化，却几乎完全没有帮助。换言之，可以支持贤才，却漏了天才。天才唯有默默地奉献。

我的第二个条件是，支付现金。相较于个人对个人的关系，在团体关系占主流的日本，大概也只能选择银行汇款。

　　如果是个人对个人，拿出的大抵是自己的闲余资金。然而，那些零花钱相对比较充裕的个人老板，却为了逃税建立文化财团。因此不可能期待他们像美第奇家族那样，用自己的闲钱培养尚未成熟的天才，大成之后再以团体的经济实力大规模发展。这是他们热心购入名画的特有手段。

　　既然现状如此，那么我提出的第三个条件——不求回报，看来也只能是镜花水月了。

　　在以团体对团体援助为主的日本，没有详细的计划报告，评审会是不会通过的。

　　文化，是在模糊状态下诞生的。如果拒绝这种"模糊"，那么只能产生从一开始便知晓结果的小鼻小眼的东西。

　　我提出的最后一个条件是援助不能零零碎碎。但现实似乎也很令人绝望。

　　某文化财团，每年向 10 个人提供每人 100 万日元的赞助金。我本人也是受益者之一，或许不该再说三道四。不过，在拿到奖金时，我曾经想过，既然有支付每人 100 万奖金的能力，为什么不将 1000 万全部给一个人呢？ 1000 万是可以做些事情的，而 100 万能做的却极其有限。然而，在日本，个人获赠的上限在 100 万左右，团体也不能超过 1000 万。

　　如此规模可能出现文艺复兴吗？想来，赞助方自己也不相信日本会创造出文艺复兴般的文化。

从文化创造面而言，在唯有团体才能成为赞助人的日本现状中，隐藏着不可忽视的缺陷。那就是只向已获得一定成绩的人——没有太大风险的人，提供援助。因为团体是不能冒险赌博的。对成长中的新人而言，这是一个非常令人沮丧的决定。

有时候，我会想起因为过于热衷扶持文化，导致自己的团体破产的安宅先生[1]的那段佳话。尽管规模不能同日而语，佛罗伦萨的美第奇家族同样因此导致美第奇银行破产。

---

1 安宅英一，日本实业家，著名的艺术赞助商、美术品收藏家。

第 50 章

肉体赞歌

那是我返回日本期间在入住的酒店房间，观看实施不久的卫星直播时发生的事情。

当时，电视播出的是在美国某城市举行的田径锦标赛的画面。即使没有解说，只要留意一下观众的表情，就算是我也大抵能推测出赛况。

我是一个如果没有日本选手出场连奥运会都不看的"体育盲"，所以对日本人不擅长的田径比赛就更没兴趣。观看那场实况转播，完全是本着消极的态度打发时间。画面上出现了站在起跑线前的七八位男性选手。

心不在焉望着电视的我，视线突然聚焦一点。那位黑人选手，当时已换上比赛时穿的背心和短裤，正站在起跑线前轻轻摆动着身体。我目不转睛地盯着他的身体，不由自主地用意大利语发出感叹："Perfetto corpo! Sublime creatura!"

写给男人们

翻译过来，大意是"完美的肉体！神奇的创造物！""Sublime"这个赞美之词我试着译为"神奇"，但其中的深意难以表达。

记得在意大利语版的关于莫扎特生平的电影《莫扎特传》中，嫉妒莫扎特才华的萨利埃里，第一次听到莫扎特的音乐时，情不自禁发出的那句惊叹就翻译成"Sublime"。

意思是美妙得不似人间技艺，所以和那些脱口而出的感叹不能同日而语。令我不由叫出"Sublime"的，是那位黑人选手的肉体。

那时 13 岁的儿子坐在我边上一起看着电视。他对我说："妈妈这样赞叹男人，我可有点担心呢。"

我笑着对他说："赞美肉体，再怎么夸都不用担心。倘若妈妈表扬哪位男人温柔体贴，那倒真有点问题。"

母子俩的对话在笑声中结束。但我突然意识到，我并没有告诉儿子让我不由自主发出赞叹的，是站在起跑线前的八位选手中的左起第四个男人。而他的注意力似乎和我一样都集中在同一个人物的身上。能成为田径选手的男人，个个都有着健美的身体。可是我俩的谈话却如此默契地集中在一个人身上。

于是，我决定问问儿子。妈妈并没有指着哪位选手，你为什么会知道我说的是谁呢？儿子是这样回答的：

"我和妈妈想的肯定是同一个人。"

之后因为有访客，我们没能看完比赛直播。我不清楚最后的结果，连那位拥有完美肉体的选手的名字也不得而知。

回到意大利不久，我收到在意大利国家电视台 RIA 工作的朋友的电话，问我是否愿意去观看正在佛罗伦萨体育场举行的田径锦标赛，他能让我混进记者席。

其实，那时我的"体育盲"症状丝毫未减，没什么兴致坐在盛夏的大太阳下观看田径比赛。不过意大利的比赛时间是在下午5点（夏令时）。被没有一点风的异常高温天气害得有些苦夏的我转念一想，倒不如去开放的场所换换心情，于是很难得地接受了朋友的邀请。

适合电视近距离拍摄的位置，应该属于观赏比赛的特等席，与赛场上的选手间距不到10米。

坐在现场的我还算全神贯注。不过，连洛杉矶奥运会比赛结果都不知道的我，观赏水准丝毫没有长进，只能凭借观众鼓掌的声量大小，估摸着出场选手的知名度高低。

大概是刚过6点，广播里报即将开始男子百米赛跑，于是我将目光转向左方的起跑线，视线落在一位选手的身上，当时他正好脱下了外套。

"那具肉体，我好像见过。"不知为何，喃喃自语的我竟然说的是日语。

脱下蓝白相间外套的那位黑人选手，弯下腰整理了一下脚上的白色长筒袜，即刻又站直了身体。

毫无疑问，前些天在电视里看到的那具神奇美妙的肉体，如今正出现在我的眼前。

第 5 条跑道似乎是他的战场。高出其他选手半个头的他，已进入了起跑状态。当那具毫无瑕疵的黑色肉体跪在起跑线前时，美得令人赞叹不止。开跑时处于同一条线的选手，在接近看台时稍稍出现了的间隙。在他们来到我眼前的瞬间，那具肉体，和其他人拉开了距离。

流畅、协调、充满韵律的美，此时此刻，爆发出力量。不对，"爆发"这个词用得不适当。因为爆发是伴随着声音的。而如疾风般从我面前冲过的那股力量，是无声的。

这情景，让我想到深夜的高速公路上，从背后无声无息飞驰而过的，装有消音装置的银白色法拉利。

端正的、安静的、从容的，令对手甘拜下风的，压倒性的力量。

我问坐在边上的友人："那是谁?"

虽然是男人，友人此时大概和我这个女人一样痴迷不已。他目不转睛地盯着赛道，头也不回地答道："卡尔·刘易斯。在洛杉矶奥运会获得四枚金牌的选手。"

我这才知道在日本被称为"卡尔·路易斯"的这个男人的名字。

他的脸，我也是第一次去仔细地端详。然而，用意大利语婉转地说，那张脸"什么都没说"。

这不是美或丑的关系。刘易斯应该属于美貌的一类，只不过没能引起我的兴趣而已。相较之下，他的身体传递出更多的内容。

看见我恍惚的模样，友人笑着问："晚餐前有记者见面会，要不要去看看?"

"无论西装还是夹克，我对穿着外套的卡尔·刘易斯没有兴趣。"

"那就替你要一张签名吧。"

"签名之类的就更没兴趣了。"

我的关注点完全在不同之处。

试想，谁会为古希腊的雕塑穿上外套呢? 黑人影星西德尼·波蒂埃也是一个有着健美身躯的男人。但他的脸"会说话"。若是他的话，穿西装当然会好看。

大概又过了 10 天的时间，世界田径锦标赛于罗马举行。那时的我已经是连日坐在电视机前追看比赛直播的热心观众。

卡尔·刘易斯，在众多明星选手之中，俨然一位超级明星。但凡有这位巨星出场，即使没有意大利选手参加比赛，当地电视台的摄影机照样紧追不舍。托意大利人这种审美意识之福，我饱览了卡尔·刘易斯从身影出现在赛场到完赛离去的每一个瞬间。在 100 米决赛中，名叫本·约翰逊的牙买加裔加拿大选手姿态丑陋，却因强壮如牛而拔得头筹，卡尔·刘易斯只取得第二名的成绩，但他获得了跳远和 4×100 米接力赛的冠军。尤其是他出任最后一棒的 4×100 米的接力赛，在接力棒传到手中的那一瞬间，刘易斯的脸，第一次让我感觉"说话了"，那真是一张好看的脸。接棒时位居第二的他超过对手的瞬间，更是我的最爱——安静、从容、力量全开。

有趣的是，刘易斯被戴上金牌的那一刻，粗鲁的颁奖者（官员）的手触到了他的头发，我看见他脸上露出了一丝不快的表情。这个男人的身上也有一点的女性的东西。

就像古希腊雕塑呈现出的绝妙姿态，哪怕是男性的肉体，越追求理想美就越需要掺入一点相反的元素，也就是必须带有少许女性成分。这是古希腊雕塑与彻底彰显男性化的古罗马雕塑的不同之处。

古希腊的人体雕塑，哪怕没有头部，依然有着十足的存在感。但古罗马时代的雕塑，如果没有脸的话，完全就是一块大理石。

脸，对男人而言，是十分重要，还是……

第 51 章

肉体赞歌续

精彩的书籍，带我们走进未知的世界；神技般的音乐，令我们宛如天堂畅游。无论是美丽的绘画，还是完成度令人敬畏的雕塑，都有助于充实人们的心灵。这些都是我们知道的常识。

展现无瑕之美和力量的人的肉体，应该和优秀的艺术品一样，为观赏它们的人们带来幸福之感。

在"发现"卡尔·刘易斯的那个夏天，必须承认，我是怀着非常幸福的心情渡过的。

然而，书籍、音乐、绘画、雕塑可以传世。"Oper"（意大利语，意为"作品"）越是优秀，就越可能流芳百世，越能造福更多的人。人们将之称为"古典"。

但肉体不能传世，无法久存。

哪怕是犹如神之杰作一般，令我相信有上帝存在的卡尔·刘易斯的肉体，三四年之后也将开始衰退，十年后会颓败到再也无

写给男人们

人注目。

因为它完美无缺，所以哪怕只多出 100 克的脂肪，也会破坏其整体的和谐之美。

在对在罗马举行的世界田径锦标赛进行实况转播时，主持人介绍日本的体育用品公司"美津浓"斥资百万美金成为卡尔·刘易斯的赞助商。

闻之我不禁感叹，美津浓竟然做了一件如此纯粹的事情。明知肉体迟早衰落，依然不惜重金，只能说这事做得纯粹洒脱。

倘若古希腊雕塑家菲狄亚斯、利西普斯活在当下，相信他们势必会想将卡尔·刘易斯永远地保存下来。

如果在罗马等西欧各地的美术馆，亲眼看过那个时代的精美雕塑，相信很多人都会同意我的观点，雕像的制作技术在古代已达到顶峰。

每一次观看米开朗琪罗的雕塑作品，让我最先感受到的，是这位比菲狄亚斯、利西普斯晚出生了 2000 年的后生的苦恼。就算是他的《大卫》，如果不是因为那张脸，也不过如此。

或许有人会说，现代也有雕刻家啊。

的确如此。不仅是现代，任何时代都有雕刻家存在，留下佳作的人不在少数。

仅以 20 世纪为例，墨索里尼、希特勒政权倾向崇尚肉体的力量，那个时期制作了大量以男性身体为题材的雕像。事实上，在举行田径世锦赛的罗马竞技场附近，依然有个地方被雪白光亮的男人裸体雕像包围。

相信看过那些雕像的人，会和我有同感。的确，从庞大的雕像群中的每一座，都可以看出其在模仿男人的真身，但程度仅限于此。这已不是模仿对象的问题，而是艺术家能力的问题。

我们不妨做一个尝试。在卡尔·刘易斯那完美的身体上浇铸石膏，待石膏干透后取模灌入青铜溶液。从理论上说，可以制作出与卡尔·刘易斯的体格一模一样的青铜像。

这样做尽管在尺寸上能够做到分毫不差，却无法展现出他肉体所具备的健美、饱满和高贵的一面。

优秀的艺术品必定有着深厚的内涵，否则就无法塑造出"grazia"。

意大利语"grazia"，翻成英语是"grace"，意为"端正卓越的姿势、态度、动作，优雅、美丽"，此外还有"神之赐惠"的意思。

能够做到这一点的，既不是平凡的雕刻家，也不是石膏或者电脑，唯有天生具备出类拔萃的才华的真正的艺术家。而要寻求这样的艺术家，我们只有回到2500年前的古希腊。

其实，那个时代的杰出艺术家并非只有菲狄亚斯、利西普斯。就在几年前，从南意大利海域中打捞上来的，借由意大利引以自傲的世界顶级的修复技术而重获新生的两座"里亚切青铜像"，足以证明这一点。雕像的作者不详，只知道制作于公元前5世纪前后。

这两座绝美青铜像，都是年轻男子的裸体雕像。令我感到遗憾的是，根据意大利的法律，它们被收藏在发现地点附近的雷焦卡拉布里亚美术馆。那里地处南意大利的南端，旅客通常不会远游至此。尽管我赞成艺术品的收藏不能局限于米兰、威尼斯、佛罗伦萨或罗马等大都市，可是又打心眼里期望有更多人能够亲眼看到如此绚丽的作品。

"里亚切青铜像"是在佛罗伦萨进行修复的，因此完成后在当地做了展示。时至今日，我依然难忘去观赏它们时的那份幸福感。

这两具雕像即便少了头部依然存在感十足，是杰出的"oper"。

那么，如果现在无法以石刻或青铜像的方式保留卡尔·刘易斯巅峰时期的身体，是否还有其他办法呢？尽管对成绩记录没有兴趣，但依然十分热衷于观赏赛事的我，脑子里只想着一件事情：如何像 2500 年前的那些美妙的肉体一样，让这具 20 世纪的完美身躯留传后世。

摄影。这是我最终得出的结论。

连续追拍的录像，或者是抓住瞬间美感的照片。

只要有技艺高超的摄影师，即便是今天同样能够制作出传世之作，让这具仅存在于当下的宛如神来之笔的肉体形象代代留传。

何况，摄影还有另一个长处，它能呈现大理石、青铜器无法展示的色彩。

和奥运会一样，田径世锦赛上活跃的选手，大半是黑人。获得奖牌的白人选手，除了占有主场优势的意大利选手之外，照例是来自以东德为首的欧洲诸国的选手。

当然，这些白人运动员也有着不同寻常的健美肉体。然而，当同样训练有素的身体比肩而立时，我们不得不再次承认，黑色肉体更俊美、更上等。

"Black is Beautiful." 观看比赛，让我回忆起且真切感受到这句很久以前的流行语。

如果是相机，就能展现出美丽的黑色。

古代希腊或罗马并非没有黑人，但掌握文明文化的是白色人种。那个时代的艺术家通常使用大理石、青铜等材料，正是顺应时代潮流的选择。

白色的大理石，自然是表现白人的最适合的材料。不过透着黑亮的青铜，更能彰显白色人种的美。尽管颜色不同，但两种材料终究呈现的是黑白色调。

如果想要颜色并且追求色彩之美，那个时代只能以壁画似的绘画予以表现。

不管是大理石还是青铜，哪怕是绘画，具备描绘完美身躯能力的艺术家，如今已无处可寻。更主要的是，当今的雕塑、绘画世界中，缺少古代那般单纯明快地讴歌肉体的美的气息。既然如此，我们可利用的，只有古代没有的，真正代表现代的照相机。

如果我是美津浓公司的社长，会在全世界挑选 10 位优秀的摄影师，让他们自由拍摄卡尔·刘易斯。然后，将那些照片制作成写真集。

　如果要让人理解向一躯俊美雄健且稍纵即逝的肉体投入百万美金的纯粹，那么就应该以具体的形式，保留住这份对神之杰作一般的"美"的热爱。

　倘若这一切能够成真，那么它不仅是一份赠予我们所有人的美好礼物，也是奉献给即将迎来 40 岁生日的卡尔·刘易斯的一座不逊色于奥林匹克金牌的壮丽丰碑。

第 52 章

意大利的工匠们

在塔维亚尼兄弟执导的电影《早安巴比伦》中，父亲对两位儿子说的一句话，令我印象深刻：

工匠，靠的是一双手和梦幻。

这句话点出了单纯的手工制作与匠人技艺之间的差距。

女孩、主妇们爱心满满制作的手工品，的确是靠"手"做出来的，但它们不是专业工匠的技艺。作品中只有添加了并非一般人的行家的梦幻构思，大概才称得上匠人作品。

近年来，佛罗伦萨的大街小巷，如雨后春笋般涌出各种手工编织的小店，女人们坐在店铺的一角织着各式各样的毛衣。除了不讲究的家居服，通常我是不会去那种地方买衣服的。

这类衣服，不知道为什么穿过几次后，便让人生厌，感到无趣。尽管它们价格便宜，但实际使用率很低，因此不算是性价比高的商品。没有比专业的作品，更能显示出普通人与行家之间的技艺高低了。尤其是普通人作品泛滥的当下，我对此愈发地坚信不疑。

换言之，普通人的作品缺乏梦幻性。

能够令同样也是普通人的我叹为观止的东西，终究还是出自行家们的设计。

不知是幸运还是不幸（对于囊中羞涩的我很不幸），佛罗伦萨，是一座充满工匠技艺的城市。

所以，生活在当地的我与工匠们成为朋友，也就不算什么稀罕事了。更何况，最近我换了房子，家中需要内装，与那些人的关系因此变得更为密切。接下来，我将按顺序一一介绍他们。

首先是布料店的利西奥。

我与这位布料店老板的友情，已经维系了 15 年左右。他的店铺复刻文艺复兴时期的面料，最初我去那里是为了考证史料。

当华美的布匹在眼前缓缓展开，我仿佛看见身穿用这些面料制成的衣服的伊莎贝拉·迪埃斯特、切萨雷·波吉亚。

那个时代流行丝绸混织丝绒暗纹的面料，相较于历史书上的文字，亲手抚摸一下它们，认知感显然不能同日而语。所以，我是为了工作来店铺学习的。没想到有一天，老板说在清理库存，问我要不要买些便宜的面料回去。简直是天上掉下了大馅饼（至少对我的财力而言）。

爽快的我，竟然买下了 60 米长的面料。话说这匹面料每隔 20 米变换一种图案，之后如何使用它让我伤透脑筋。当然，丰富的色彩还是相当赏心悦目的。

这匹面料买下后被我搁置了 10 年以上，一直寄存在店铺的角落里，因为当时我家可没有地方摆放 60 米长的厚实料子。

2 年前，当我更换房屋，需要添置家具时，决定让它物尽其用。

于是，我遇见了接下来要介绍的第二位工匠，里齐。

布料店的利西奥对我说，如果想用这匹面料，必须找到一流的工匠。只有顶级的手艺才配得上如此高贵的素材。因此，他向我推荐了在这方面堪称佛罗伦萨第一的里齐。

我买的那匹面料，有三分之一是对 15 世纪中期美第奇家族使用的稀有品的复刻，事实上研究当时服饰的书籍里就登载过它的色彩图。剩下的三分之二是对中世纪东罗马帝国皇室御用品的复刻。

对着单薄的钱包，我不免忧心忡忡。话说回来，虽然是打折品，但根本不想用途一跺脚买下巨幅面料的我，论勇气倒是足够的。本着船到桥头自然直的心态，我决定去见见里齐。当我约他见面时，他声称不看到料子没法谈，结果，我们改在利西奥的店铺见了面。

仔细看过面料后，里齐慢条斯理地问站在边上的我，打算怎么用。我回答，先做 2 把长椅、2 个沙发和床背的贴面，再做一个

　　　　　　　　　　写给男人们

床罩。听完我的计划，这位工匠称所有的布料都将用尽。

这话让我吃惊不小，这里可有 60 米啊！但工匠依然不急不缓："使用这般等级的面料，长椅的尺寸没有 2 米 40 厘米很难相配，睡床也必须是宽宽大大的。"

大床倒是很合我的心意，但 2 米 40 厘米长的椅子，可是三人同坐也绰绰有余的巨型家具。当工匠问我家里是否有空间摆放时，我回答应该没有问题。不过，没有问题的是意大利的家，一想到如果哪天要搬回日本，我不禁又开始焦虑。

里齐说的话仔细想想还是有道理的。无论是从厚重的质地，还是从大朵的花纹考虑，这匹布料的确不适合用于小鼻小眼的家具。尽管对钱包的厚度，以及可能搬回日本的困境颇为不安，我依然决定，既然是意大利的面料就交由意大利的行家处置。

如今的我，常常躺在带着美第奇家族家纹的富丽堂皇的长椅上，舒展手脚，闲散地翻着日本寄来的杂志。有趣的是，工匠里齐在完工之后，时不时还会来我家，一边帮我调整靠垫摆放的位置，一边查看自己的作品是否被正确使用。当我坐在椅子的扶手上时，他会显得很不满："那一处的形状很微妙，不要坐上去。"用他的话讲，他的作品可以保证 30 年不变形，但使用者也必须用心呵护。

我还请这位里齐师傅制作了窗帘。也许有人会说窗帘完全可以自己动手。实际上，没有专家还真不行。

从天花板垂至地面的窗帘，对西式建筑而言，其品质决定了整间屋子的格调。

里齐制作窗帘，宛如制作定制礼服。

首先是挑选面料。这一次不是去店铺而是他带着样本上门，并且测量窗户的尺寸。为了和墙壁以及家具摆设相称，选材和测量同时进行。面料的幅度，也不是计算成窗户的两倍那么简单。面料的质地、长度以及窗户的尺寸等因素统统得考虑进去。

里齐如观察人体般打量着窗户和墙壁，逐一做出决定。

完工后的窗帘的确无懈可击，不过统共 7 扇窗窗帘的费用，让我在付款后头痛了整整一个星期。所谓工匠之艺，着实烧钱，我是深深体会到了。

我的另一位朋友，是名叫卡斯托里尼的木工。与他相识，同样是因写历史读物所需，并非为购买家具。

当时，我正着手撰写马基雅维利的生涯及当年的佛罗伦萨历史，其中有一段内容关于他坐过的椅子。我很想知道坐在那把椅子上的感觉，但这不容易。马基雅维利家中所有的遗留品，如今都放在博物馆展示，当然不会让人随便触摸。我想，既然如此，索性制作一把同款的座椅。我写作时坐的椅子，与书桌相比显得有点贫弱，所以定制的椅子，在学习完之后，可以为我所用。

我原有的这把座椅是实木制成的，样式源自但丁时代（13 世纪），因此被称为但丁椅。不过我笔下的马基雅维利，是一位距离但丁时代 200 年，15 世纪后期的佛罗伦萨人。尽管在他生活的时代但丁椅依然存在，但装饰上还是有些变化。

在查阅了相关资料之后，我前往卡斯托里尼的工坊，提出希望制作一把同样的但丁椅，木匠爽快地答应了我。结果，接下来的两周，每个下午我都在他的工坊逗留。

卡斯托里尼师傅带着两位徒弟，首先制作图纸。他本人还亲自前往博物馆拍摄了实物照片，表现得十分热心。选用的木材，也是他擅自决定的高价的核桃木。我最初认为那把椅子是栗木制的，可是当卡斯托里尼在我面前实际对比材料，指出两者的色差，我便放弃一切质疑，全权交由专家处理。

木工部分完成后，我把椅子送到了里齐处，请他用制作长椅时剩余的面料，包在座位和椅背处。

我打算考证的但丁椅顺利完成。不料，卡斯托里尼师傅又对我说："夫人您如此热心学习，只做一把椅子未免可惜了。"

家里的餐厅正好需要添置餐椅，书房和睡房也应该各放一把，于是我说那就做8把。付完这笔钱，我头痛了两个星期。

意大利工匠的技艺，令我濒临破产，真是可怕。

第 53 章

吾心挚爱

虽说是吾心挚爱，但不是如今占据我心的现实里的男人，也不是我笔下经常出现的历史人物。他是我自打萌动春心时起，便一直喜欢的男人。

他在很久以前就去世了，大概只能算过去的男人。不过，他依然有这种由始至终超越肉体的存在感，只能说他属于某种类型的男人，即我喜欢的男人类型。

大学时代，有一次我缺席德国哲学研讨会，教室里发生了这样的对话。像德国现代哲学这种研讨会，参加的学生本来就不多，哪怕少一个人也是一目了然。

教授说："盐野同学似乎今天没来啊。"

一位同学答："盐野因丧事请假。"

教授问："是她家里哪位亲人去世了吗？"

另一位同学答："不是，是加里·库珀死了。"

写给男人们

在所有演员中，我只知道加里·库珀何时出生、何时去世。此外，我唯一买过的明星照，就是这个男人的。

时至今日，我依然清楚地记得当时的场景。如今大概早已不在的日剧剧场边上的剧照店里，宝冢剧团的明星、马龙·白兰度等人的剧照摆放在显眼的位置，我很难为情地从角落里翻找他的剧照，总共买了 3 张，那是我高中时代的事情。对向来不太做类似事情的我而言，它大概属于第一次也是最后一次的冒险。那 3 张照片，我贴在了书桌上。

当时，加里·库珀还在世，依然活跃于影坛。不过，应该在四五年前便过了 50 岁的生日。可年龄算什么呢，只要他是加里·库珀。这 3 张剧照在我进大学后，仍旧贴在老地方，直到我毕业后去了意大利。家里翻新改造时，它们不知被谁扔了，如今已无处可寻。可见，即使在加里·库珀死后，我也从未"出轨"过。

不对，小小的"出轨"还是有的。

《西区故事》上映时，我从东京市中心的首映场一路追到偏远的郊外电影院，最后凯旋上映又回到市中心的电影院，总共观看了 10 次以上。那时的我，痴迷乔治·查金思。

另外，在观看《阿拉伯的劳伦斯》时，因本片而蜚声国际的奥马尔·沙里夫又成了我心中唯一的男人。

后来，我去了欧洲。也许是因为现实中遇见的男人比银幕上的人物有趣，似乎没有哪位男演员能令我念念不忘。这几年，但凡基思·卡拉丹出演的电影，我都会去看，这个人唱歌时嗓音独特，当然也长得帅气。

话说回来。我对乔治·的查金思的痴迷是最典型的出轨，仅限于《西区故事》一部电影。观看他演的其他影片，我往往是带着捶胸顿足的心情离开电影院的。奥马尔·沙里夫那黑鹰般的俊美也仅仅出现在《阿拉伯的劳伦斯》里，连他日后主演的《日瓦戈医生》都不能再让我动心。

对于基思·卡拉丹，或许因为是现在进行时，尚未出现仅此一次便生厌倦的现象。不过，要将他称作吾心挚爱，我多少还是犹豫的。

之所以这么说，是因为如果和这个既不算年轻又称不上成熟的演员兼歌手的男人在一起，我只能想到一种场面——同床共枕。除此之外，我无法想象如何与他共度时光。聊天的话，该谈些什么好呢？说话这个行为本身，似乎就和他的形象不配。

哪怕是在那方面有吸引力的男人，如此状况还是有问题。一手抱着吉他用那沙哑的嗓音为我歌唱当然很好，可仅仅是上床和唱歌，消磨不了多少时间。坦白地说，基思·卡拉丹的眼神极其勾魂，他性感过头了。一想到和这样一个只有性感的男人认真谈话，他便失去了吾心挚爱的资格。

何况，他属于毁灭型。倘若爱上他，最终结果恐怕是一起毁灭。

鉴于以上种种，早已看不到剧照，早已在30年前死去的加里·库珀，最终一成不变地保持着"吾心挚爱"的地位。我再也没有遇见像他那样的男人，令我对着银屏心醉痴迷。

写给男人们

无论内容多么糟糕，只要是加里·库珀出演的电影，我必定观看。糟糕的电影出人意料地数量还真不少。在离开电影院，或电视播放结束的那一刻，我便彻底忘记了故事情节。能够令我记住内容，并且愉快回想起的影片非常有限。

《摩洛哥》是一部很棒的作品。数年前，电视台播放时我再度观赏，半个世纪前的影片却完全没有过时感。在那部影片中，加里·库珀实在是太帅了！这样的男人，就算是茫茫沙漠，我也心甘情愿追随到底。

《丧钟为谁而鸣》尽管有海明威的原作珠玉在前，电影同样也是杰作。

《正午》这部电影，如果和加里·库珀共演的不是格蕾丝·凯利，我还不至于对她厌恶透顶。我向来不爱拿腔作调的女人，也没喜欢过这位女星，但倘若不是这部电影，也不会对她讨厌至此。与加里·库珀演对手戏的女演员中，我只认可玛琳·黛德丽和英格丽·褒曼，其余人一概无视。

话说回来。加里·库珀出演《正午》时，应该已经过了50岁。看着片中的他我一阵阵心疼，哎，脸上又多了些皱纹……所幸，影片本身不失为一部佳作。

不过，我最喜爱的还是《风尘双侠》。和《丧钟为谁而鸣》一样，这部电影也是加里·库珀与英格丽·褒曼联袂演出的。不同的是，《丧钟为谁而鸣》是悲剧，而《风尘双侠》则是喜剧。不知什么原因，唯有《风尘双侠》日本和意大利的电视台都没有重播过，真是令人遗憾。在这部愉快的电影中，加里·库珀登场时首先出镜的是穿着白色裤子的一双长腿。就是说，镜头从他的下半身慢慢地往上半身移动，引人入胜至极。

加里·库珀和英格丽·褒曼两人在电影里都非常罕见地被塑造成滑稽可笑的形象。我一直感觉这两位演员擅长幽默，这部的影片令他俩尽情地发挥了喜感。不过，我不清楚此片的导演，毕竟它是我在中学时代第一次观赏后，再也没看过的电影。虽然对影片中的一些场面印象深刻，但没有在意谁是导演。

不知道《风尘双侠》有没有出录像带。唯有这部作品，是我真心期望能够喝着白兰地，愉快地再看一次的电影。

写至此，我突然想到一个问题，喜爱加里·库珀，不正意味着我对男人的品位，太中规中矩了吗？

首先，身材高大，体格健壮。

其次，温柔。应该说他是一个内心温暖的男人，这也是他扮演过的众多角色的首要共通点。很难想象形象冷酷的加里·库珀。

第三，诚实。在这一点上加里·库珀大概能得满分，而且还有正直作为加分。他甚至可以说正直到有点顽固不化，简直不能想象他会对女人背信弃义。

第四，貌美。说到底，还是因为长得好看。如果看过《乱世英杰》就会明白，30 岁到 40 岁的加里·库珀美到令人心乱。所幸，他美，却没有杀伤力。那带一点点东洋味、眼角微微上翘的眼睛，使他成为一位温柔的美男子。

第五，不笨拙。190 厘米的身高，动作多少会显得有点迟钝。但加里·库珀的举止落落大方，让人感到在他身边十分安心。

无论怎么分析，我平庸的趣味并不会因此变得高级。不过，向来拿母亲的加里·库珀情结打趣的我家儿子，在观看过《正午》之后，用以下这段话代替了影评：

"西部剧里不是常出现乡间小屋吗？屋子的正面有一个凸出的露台，从那里有一段木梯通往地面。露台上有一个双人的摇椅，妈妈和库珀并肩坐在那里，默默地眺望着落入草原尽头的夕阳。库珀的右手温柔地搂着妈妈的肩膀，妈妈整个人靠在他的身上。5 岁的我在距离你们不远的台阶上玩耍，咪酱（3 年前死去的，我家养了 12 年之久的暹罗猫）在摇椅边的桌子上睡成一团。嗯，妈妈喜欢库珀的理由，我第一次能够理解了。"

"你说的这种人生，妈妈从来没有享受过。"

儿子沉默不语。

"今后还有可能吗？"

他仍然沉默不语。

第 54 章

有肚腩无前途？

女人，不会在乎男人怎么想，始终为减肥做着不懈的努力。

话说近年来男人似乎也无视女人的感受，开始热衷于瘦身，理由不仅是为了健康，还因为怕丑。尤其是那些年轻时身体健硕的中年男子，眼见着曾经傲人的倒三角形，日渐翻转成正三角，每每对着浴室的镜子，无地自容。

于是乎，他们减少饭量，对影响体重的米饭、意面等一概敬而远之。那些瘦身后的男人，在我们女人眼里，与其说变得苗条，不如说变得憔悴，往日的精气神消耗殆尽。

不过，他们自己倒是对成功减肥十分满意，这种心情，与确信"瘦是王道"的女人高度一致。

说到女人对瘦身的热情和顽强劲，那是至亲至爱也阻挡不住的。有一次，我问电视台的导演："为什么石田良子那么有人气？那一脸凄楚相的女星，简直影响我们观众的心情。"导演答："就

写给男人们

是因为长得瘦啊，还特别受女性欢迎呢。"

在不久前我收到的日本寄来的女性杂志中，有一篇关于标准身材的文章，根据腰围和臀围的尺寸，计算身体肥胖度。我当然是测了自己，还特地跑去摆放着多尊维纳斯雕像的佛罗伦萨美术馆，趁保安不注意，用卷尺迅速地量了下雕像的尺寸，然后回家按公式计算。结果，几尊维纳斯，无一例外，都属于"小肥"范畴。

男人们会喜欢哪一种类型呢？是所谓的日本女性理想身材，还是古希腊－罗马的"小肥"型？就此，我向一位男设计师请教。

"如果穿衣服不显胖，绝对是小肥好。"

他的回答让我不禁想到玛琳·黛德丽，她就属于身体丰满，穿衣服显瘦的类型。

有关女人身材的问题，就此打住。话说那些头发稀疏、大腹便便的男人，难道真的是无可救药了吗？

我家那个伶牙俐齿的儿子，曾经调侃"妈妈，你还是放弃早已不在人世的加里·库珀，改换保罗·纽曼或肖恩·康纳利做情人吧。"

我即刻否定："保罗·纽曼不行！他没有肩。"

近年的保罗·纽曼，一扫年轻时的反叛形象，演技日趋成熟，渐入佳境。虽然头发已经花白，但身形并没有走样，属于理想的老年状态。说他没有肩，成不了我的情人，完全与年龄无关，是天生肉体的问题，保罗·纽曼年轻时就不适合穿笔挺的正装，而我个人碰巧对溜肩的男人不感兴趣。当然，如果能和像他那样有趣的人成为好友或近邻，那是再好也不过了。

至于肖恩·康纳利，我无法立即给出答案，因为意大利电视台刚播出一个叫"不仅有邦德"的专题节目。既然"不仅"，播放的自然是詹姆斯·邦德系列之外的作品，总共 11 部，而且不包括《铁面无私》《玫瑰之名》《天降奇兵》。没想到肖恩·康纳利出演过那么多电影，看来也是一个勤奋的人。

这 11 部基本上都是英国电影，几乎没有类似希区柯克导演的《艳贼》那一类能够令人联想到邦德的片子，大部分应该是他在辞演"007"之后的作品。因为在那些影片中，他身体的老化，实在是太明显了。

肖恩·康纳利主演的"007 系列"，从开始到最后，主人公肉体的变化，简直让人不相信是同一个人物。在最初的两三部作品中，肖恩·康纳利的确魅力十足，有足够的说服力证明"007"是因为他才能大获成功。他身上具有一种英国男人不常见的狠劲，当然也有宽厚的肩膀，穿燕尾服几乎无懈可击。同时，他没有忘记幽默感，把英国男人的气质发挥得淋漓尽致。

第二任邦德罗杰·摩尔，虽然各方面都不错，但硬朗不足，而第三任提摩西·达顿，有英武之气却少了幽默，没有演绎出那股傲娇劲。我认为最完美的詹姆斯·邦德，还是第一任演员肖恩·康纳利。

然而，在《不仅有邦德》系列节目播放的 11 部电影中，肖恩·康纳利扮演了完全有别于 007 的角色。

首先是不帅。屏幕上年过半百的罗宾汉一步步吃力地攀爬着城堡的台阶感叹今不如昔的场面，让我大笑不止。对于自身肉体的老化，肖恩·康纳利不仅没有遮遮掩掩，反而在表演中尽情发挥。

其次是身边不再美女如云。除了与坎迪斯·伯根共同演出的作品之外，在其他影片中他基本上没有多少与女性的对手戏。即便是和坎迪斯·伯根也没有床戏。究其原因，很简单，就是不想露出胸毛。

第三个现象是对手角色从女性逐渐变为同性，尤其以少年居多。就像《玫瑰之名》那样，影片中的少年们对肖恩·康纳利所饰演的丝毫称不上帅气的男人，崇拜不已。

最后要说的一点，是他放弃了大主角霸气十足的表演。他与迈克尔·凯恩主演的改编自吉卜林原著的电影《国王迷》，与唐纳德·萨瑟兰联袂出演的影片，都是这一类的典型代表。《铁面无私》也可归于这一类。

就是说，因为已经不再是人生的主角，所以头发稀疏、大腹便便都不再是什么问题。

然而，即便形象与邦德时代相差甚远，但肖恩·康纳利主演的电影依然不断上映。霸气消失后，依然能担任主演，必须具备吸引人的魅力。而且，肖恩·康纳利不是一位任何演员都能替代的配角。

那么，头发稀疏、大腹便便的肖恩·康纳利魅力何在呢？我向力荐他的儿子询问。儿子也看了《不仅有邦德》，结果喜欢上了肖恩·康纳利，才将他推荐给我。14岁却老气横秋的少年说道："那种一半诚实，一半怀疑的气质感觉很好。比起百分之百诚实的男人，半信不信反而令人有种紧张感，对男孩而言，也是理想的父亲。"

"可是我觉得他头发稀疏、大腹便便，相当丑，难道你不在意吗？"

"完全不在意。反倒是现在的他胸怀宽厚，给人一种飞扑过去也能被他妥妥接住的安心感。相比减肥减得心烦气躁的男人，还是心宽体胖的男人更好。另外，他不和女人纠缠不清，也是很棒的一点。"

虽然这是我儿子——一位少年的想法，但他让我发现女人的想法大抵亦如此。毕竟，男人不是一天24小时都用来观赏的。

最终，男人的胜负，拼的大概还是人情味吧。

写给男人们

更 新 知 识 地 图　　拓 展 认 知 边 界

男人们的故事

再次写给男人们

再び男たちへ

[日]盐野七生 著 徐越 译

中信出版集团 | 北京

图书在版编目（CIP）数据

再次写给男人们 / (日) 盐野七生著 ; 徐越译 . --
北京 : 中信出版社, 2020.6
（男人们的故事）
ISBN 978-7-5217-1214-8

Ⅰ . ①再… Ⅱ . ①盐… ②徐… Ⅲ . ①随笔—作品集
—日本—现代 Ⅳ . ①I313.65

中国版本图书馆 CIP 数据核字 (2019) 第 258617 号

再次写给男人们

著　者 : [日] 盐野七生
译　者 : 徐　越
出版发行 : 中信出版集团股份有限公司
　　　　（北京市朝阳区惠新东街甲 4 号富盛大厦 2 座　邮编　100029）
承 印 者 : 河北鹏润印刷有限公司

开　　本 : 880mm×1230mm　1/32　　印　张 : 6.25　　字　数 : 90 千字
版　　次 : 2020 年 6 月第 1 版　　　　印　次 : 2020 年 6 月第 1 次印刷
京权图字 : 01-2015-1851　　　　　广告经营许可证 : 京朝工商广字第 8087 号
书　　号 : ISBN 978-7-5217-1214-8
定　　价 : 88.00 元（全三册）

目　录

第 1 章

清洁度

战争从来都是悲惨的、愚蠢的，当避则避。然而，百害也有一利。战争唯一的好处，是简化了人的欲望，除了想方设法保住自己及家人的性命之外，不做多想。

可是一旦天下太平，人们的欲望就变得复杂、多样。这一边社会主义国家兴起的各种群众运动，令人眼花缭乱，那一边自我感觉良好的资本主义国家，同样存在着民心不稳的问题。无论在哪一种体制下，人们在基本生存欲望得到满足之后，都会产生其他的需求。

这正是和平的代价。如果不想打仗，唯有控制住人类这种根深蒂固的欲望本性。

A 国的某大臣，因酒后乱性，没能通过上议院的"考试"；B 国的某领导人，因为与从事世界上最古老职业的女性关系密切，再优秀的政治能力也没能挽回他下台的命运；而在 C 国，对领导人的第一要求则是清廉，无论如何不得与钱亲近。

如果按以上的标准选择领袖，饮酒便醉的亚历山大大帝完全失格。女性问题上，尤利乌斯·恺撒简直到了无可救药的程度。罗马军团攻下城池列队进入占领区时，那些仰慕恺撒并跟随他南征北战的将士，会半真半假地齐声呼叫："漂亮的姑娘们赶紧藏好！我们的老大下手可快呢！"

论清廉，恺撒更是"百毒不侵"。连一向以学术严谨著称的德国历史学家蒙森（Christian Mommsen）也一头雾水地表示，搞不清楚恺撒身边为何永远不缺金主。

通读马基雅维利的《君主论》，从头至尾没找到他将清廉定为领袖的条件。他甚至说：

> 领袖最需要关注的是将国家维持在一个良好的状态。如果能成功地做到这一点，所有人都会赞扬其手段是高明的，值得称赞的。

不过，马基雅维利也说过：

> 作为领袖不必拥有各种良好的品质。但是在众人面前，他有必要表现出自己具备一切优秀的品质。

亚历山大大帝或尤利乌斯·恺撒，毕竟是战时的领袖。和平年代的领袖，虽然没了拯救千万人性命的责任，但至少应该表现得像人民心目中领袖的形象。

至于那些对维持国家良好状态没有任何贡献，只热衷于中饱私囊的领导人，就不在此讨论范围内了。

所谓"小人闲居为不善"。我个人的理解是，因为世事太平才有小人抬头，因为世事太平才能闲居，结果便无事生非做坏事。这也是和平的代价。

既然连万恶的战争都有那么一点点可取之处，追求清廉的风潮，更是有利有弊。利在彻底清除藏污纳垢的现象，弊在无辜者可能会不幸地被当成垃圾。

第 2 章

人才

　　历史，似乎总能令作者在创作时，联想起世间的种种。想必读者在阅读历史时亦如此。

　　对于人才的看法，不同时代、不同民族大相径庭，这是我写作时联想到的事情之一。

　　本篇的主角是与佛罗伦萨同为文艺复兴代表的城邦国家威尼斯，那是它兴盛繁荣时期发生的一件事情。

　　1406 年冬季的某一天，一则消息仿佛大雾袭来，终日笼罩着海上之都威尼斯：

　　　"卡洛·泽诺因受贿罪被捕"

　　彼时的威尼斯，没有谁比这位具有极高的人气和声望的男人更出名了。

25 年前，威尼斯与热那亚决一死战，最终能险胜对手，一半要归功于卡洛·泽诺。当时作为指挥官的泽诺，站在战场的第一线，凭借超群的指挥力，逆转了连欧洲诸国也认定威尼斯必亡无疑的悲惨战势，引领威尼斯赢得胜利。

泽诺战时的功绩举国闻名。因此，对于他在战后担任军事、外交要职，一路平步青云，没有人感到诧异。1406 年，彼时年届 60 的泽诺，除了共和国元首的地位之外，已拥享所有的荣誉。不仅威尼斯国内，就连他国的领袖们都认为，卡洛·泽诺当选共和国的元首是迟早的事情。

正因为如此，卡洛·泽诺遭逮捕的消息，对于威尼斯的民众来说，犹如晴天霹雳。

在特别成立的委员会的聆讯席上，泽诺否认受贿，辩称钱是帕多瓦的领主卡拉拉的还款，是当年卡拉拉落魄时自己借给他的。这笔被问罪的钱款数目为 400 达克特，换算成日元大约 4000 万左右。

可是，泽诺却拿不出贷款的凭证。天才的武将，在这类事情上大抵都粗枝大叶。更不走运的是，借钱的卡拉拉一年前死在了威尼斯的监狱，无法出席做证。威尼斯政府正是在卡拉拉死后调查其账本时，发现了他与泽诺有金钱来往。

根据威尼斯法律，公职人员贪污是死罪。然而，司法机关并未找到泽诺因受贿而为他国领主开方便之门的证据。罪名不成立，自然也不能判泽诺死刑。

泽诺逃脱了法律责任，但是在以"给统治者需要的正义，给人民需要的面包"为治国方针的威尼斯共和国，却不能回避政治责任，因为他正是位居权力中枢的人物。同时，卡洛·泽诺也是国家功臣，更是一个在国家面临种种严峻挑战时必不可少的人才。对于这一点，从政府官员到普通市民都非常清楚。

针对泽诺的处分，特别委员会迟迟不能做出决定。最后是一位委员给出了关键性的意见。他是这样说的："诸位，要葬送泽诺这般的大才，的确令人踌躇不决。但请不要忘记，一味忧心后继无人的话就不会诞生新秀。相反，不为所困、当断则断的国家，才可能人才辈出。"

结果，卡洛·泽诺被判处两年徒刑，剥夺公职终身。之后，威尼斯共和国出现了众多不逊于泽诺的优秀人才，在他们的努力下，共和国又延续了数百年。

二战战败前后席卷日本的剥夺公职的风潮，在我看来，最终成了一份美国送给日本的礼物。半个多世纪后的今天，日本的人才机制似乎再次出现了"动脉硬化"的现象。这一次，得靠我们自己来解决问题了。

第 3 章

容貌

观察笔下人物的雕像或肖像，对以写史为业的我而言，是一件非常重要的工作，所付出的精力不亚于阅读史料。

这世上没有无懈可击的史料，因为它们都是人写的。每个人看问题的视角不同，得出的结论自然不同，电影《罗生门》便是最好一例。同样，雕像、肖像画也不是绝对客观的。阅读史料最重要的是领会精髓，观看人像，也要"看透"。因为无论出名与否，任何人到了一定年纪，都得对自己的脸负责。

鉴于这种"看脸"的习性，不仅是历史上的人物，对如今日本的领导人，我也会不由自主地细细端详一番。

有人说男人的相貌不重要。其实相貌包括轮廓和神情，说男人不需美貌，或许可以理解，说神情不重要，我不能苟同。

如果要从西欧人中挑一位绝世的美男子，我想当属罗马帝国的开国皇帝奥古斯都。苏维托尼乌斯[1]是这样描绘他的：

> 奥古斯都有罕见的美貌，且一生都保持着优雅的魅力。无论说话或沉默，他都带着一种无限宁静的神情。有一次，奥古斯都在翻越阿尔卑斯山的途中，遇见一位高卢的首领。首领假托谈判，接近奥古斯都，打算伺机将这位皇帝推下悬崖。可是，当他与奥古斯都面对面时，身体却不能动弹，最后只得放弃。

这种力量已经超越了美貌的范畴，是一种凛然不可犯的气势。

古希腊的政治家伯里克利，除了一直用头盔遮住的洋葱般的头型之外，也有一张端正的脸。某位德国历史学家曾评价称"古代人物中能媲美伯里克利的，唯有奥古斯都"。

伯里克利和奥古斯都，都是人类伟大时代君临天下的领袖。无论是政治上长久的统治地位，还是肉体上稀有的美貌，这两位人物的确都旗鼓相当。

除了以上两位之外，能够让历史学家们异口同声称为"美男"的，只有一个人，这里我就不再展开叙述了。

其他的历史人物只能属于"相貌堂堂"。虽然长得不够英俊，

---

[1] 苏维托尼乌斯（Gaius Suetonius Tranquillus）：罗马帝国五贤帝时代的历史学家、政治家。

却有着十足的个性、风格。属于这个范畴的人物，大概就是对自己的脸负责的人。无论是头发稀疏的恺撒，还是完全秃顶的西庇阿，这点小缺陷都不影响他们堂堂的相貌。端详这些人的人像，心情之愉悦丝毫不亚于观赏美男。

人的性格有怪异一说，长相也有怪异的。这一类在西洋史不乏其人，最具代表性的人物，是文艺复兴时期佛罗伦萨的实质君主、美第奇家族的"华丽的"洛伦佐。评价这位男人时，我多少有点于心不忍，终究还是写下了"如果说上帝对洛伦佐开过什么玩笑，那就是让他成为丑男"。

无论是国家还是企业，率领一个共同体的领军人物的相貌，其实是很重要的因素之一。作为一个共同体的领袖，知根知底的亲友毕竟有限，他们必须率领一大批无法近距离接触到他们的人。

而民众，通常是看着领袖的脸，向前进的。

第 4 章

混乱

纵观历史，混乱（chaos）[1]似乎可以分为两种：一种是上升过程中伴随的混乱，另一种则是走向衰落的前兆。

既然是混乱，自然当局者迷。唯有等时过境迁，后世的人才能看清楚两者之别。所以才会有等待历史的评判这一说。

前些天，有人来访，我们做了以下的对话：

"世界规模的战争已经结束半个多世纪。当下，世界各国都陷入一种所谓'和平代价'的混乱中。日本似乎也不例外。"

"的确如此。日本近来发生的骚动，已经不再是局限于政界或财经界某个领域的问题。"

---

1 chaos：卡俄斯，希腊语是 Χάος，传说中的混沌之神，形容混乱、无秩序。

"那就是不折不扣的混乱了。"

"是的。以前发生问题时，除了少数众矢之的，大多数人还是能置身事外的。而如今，所有的领域都出现权威堕落，连媒体界也不能幸免。"

"从整个国际来看，也许是和平的代价。而日本除此之外，还与昭和天皇的去世有关。"

"为什么这样说？"

"天皇陛下去世时，欧洲各国的观点主要有两点。一是陛下对战争的责任，二是日本人失去了精神支柱。有关战争的责任暂且不谈，日本人失去精神支柱这个外国人的视角，倒是耐人寻味。战败后天皇巡视各地，我认为是天皇的一种忏悔行为。当时大多数日本人，虽然嘴上不说，但心中都有所感吧。"

"这么说眼下的混乱，背后有着深层次的原因。"

"是的。民众丧失了最高的偶像。至于那些低级别的偶像，倒不如毁了他们来得爽快。应该说，打倒一切。"

"这让我想起一件事情。明治天皇驾崩时，日本也是一片混乱。发生了西门子事件。"

"虽然不精通日本史，不过西门子事件我还是听说过。那是桩贪污事件吧。"

"是的。那是在明治天皇驾崩后发生的海军受贿事件。海军高官采购军需品时，收受了德国西门子公司的巨额贿赂，导致第一次山本权兵卫[1]内阁引咎辞职。"

"那不是天皇驾崩两年之后发生的事情吗？"

"事件的确发生在两年后。但在那两年里政局混乱，西门子事件可以说是一个熔点。事件爆发后的数年，日本仍然苦于混乱。两年里内阁走马灯似的变化，令人咋舌。西园寺内阁[2]由于陆军拒绝推荐大臣而倒台；继任的桂内阁[3]因史称"大正政变"的群众运动土崩瓦解。山本权兵卫因西门子事件辞职，大隈重信[4]好不容易当上了首相，最终还是不得不让位给寺内内阁[5]。"

"通过夏目漱石、森鸥外的作品，我对明治天皇逝世后日本人的精神空虚感有一定程度的认知，原来当时日本在政治、经济上也处于混沌时期。混乱往往会引发破坏的激情。"

"那个时期的混乱整整持续了五年。"

"看来我们要有心理准备，现代日本的混乱大概也不是能

1　山本权兵卫（Yamamoto Gonnohyōe，1852 年—1933 年）：日本明治、大正时期重臣，海军将领，曾两度出任首相。

2　西园寺公望（Saionji Kinmochi，1849 年—1940 年）：日本明治、大正、昭和三朝元老，政治家，伊藤博文的得意门生。20 世纪初期与桂太郎交替出任首相。

3　桂太郎（Katsura Taro，1848 年—1913 年）：日本近代政治家、军事家，明治、大正两朝元老重臣，三次出任内阁首相。

4　大隈重信（Okuma Shigenobu，1838 年—1922 年）：明治时期政治家、财政改革家。日本第 8 任和第 17 任内阁总理大臣（首相）。

5　寺内正毅（Terauchi Masatake，1852 年—1919 年）：日本陆军元帅、军事家、政治家，第一次世界大战期间的日本首相。

轻易解决的。话说眼下日本的混乱是因为上升期伴随而来的，还是下降期的第一步？"

"嗯，究竟算哪一种呢？"

第 5 章

"拒绝回家症"现象

最近，一种名为"拒绝回家症"的现象，在日本的大男人之间似乎很流行。这个为了和孩子们的"道草"（放学后不直接回家，在途中玩耍）加以区别而特地造出的词汇，令我忍俊不禁，联想起 3000 年前发生的"拒绝回家症"。

公元前 1200 年前后，在希腊有一位名叫奥德修斯的男人，他是位于地中海的小岛伊大卡的岛主。奥德修斯与阿伽门农、墨涅拉俄斯、阿喀琉斯等一起参加了特洛伊战争。有关这场战争爆发的原因，历史上有种种猜想，这里就按照荷马《伊利亚特》的说法，它是希腊人为夺回被特洛伊王子帕里斯诱惑的斯巴达王后、希腊第一美女海伦而发动的一场名誉挽回战。

战争长达 10 年之久，终结者是奥德修斯。将士兵藏在木马里运进特洛伊城中，正是他的主意。

成功攻下特洛伊城的英雄们，纷纷返回故乡。唯独奥德修斯又在海上漂流了10年。荷马在其另一部史诗《奥德赛》中叙述了这个故事。奥德修斯无法回家似乎是因为激怒了海神波塞冬，而我个人却感觉，他正是患了每个男人都可能患上的"拒绝回家症"。

奥德修斯的归乡之途，开始还是挺顺利的。离开小亚细亚东端的特洛伊之后，他沿着爱琴海南下，只要绕过伯罗奔尼撒半岛，继续向北，抵达伊大卡岛也就是10天的航程。可是他惹怒了海神，偏航往西，漂流到了如今的突尼斯。那是一个吃下莲子便会忘记一切，只贪图眼前安逸的可怕的国度。眼见同行的水手接二连三地沾染上这种癖好，奥德修斯深感情况不妙，带着剩余的手下急急离去。

紧接着他们来到独眼巨人的国家，差点全体被巨人活吞。最后，奥德修斯烧掉巨人的眼睛，把活着的同伴缚在公羊的肚子下成功逃离。他们逃到风神埃俄罗斯的岛上，那里与伊大卡岛的直线距离不到300千米。在风神的祈祷之下，离港航行的奥德修斯，"拒绝回家症"又开始发作，眼看着就快接近故乡伊大卡，又掉头返航。在地中海中央漂流的奥德修斯及其手下，这一次漂到了如今被称为"撒丁岛"的巨人岛，在那里他们遭遇袭击，仓皇逃窜至喀耳刻的魔女岛。

岛上的女人有将男人变成猪的癖好，因而被称作魔女。不过连荷马都称赞她们"发辫秀美"，想来是十足的美女。顺便提一句，3000年之后，"喀耳刻"依旧是一个诱惑男人的代名词。

能够想出"木马计"的奥德修斯，自然足智多谋，他不仅没被变成猪，还与魔女同床共眠，在岛上生活了一年。

一年之后，总算下决心离去的奥德修斯与美女依依惜别，动身起航。一行人好不容易避开用歌声诱惑航海者而使航船触礁沉没的塞壬，结果又转弯往回走。这次漂流实在有点离谱，沿着地中海往西的他，竟然跑到了直布罗陀海峡附近。

　　身为地中海男儿典范的奥德修斯，当然不会白跑一趟。在那里，他得到了长发美女卡利普索的眷顾，一待就是整整 7 年。不知道是他"拒绝回家症"的问题太严重，还是与卡利普索在一起的日子太愉快。

　　天神们终于看不下去，决定让他返回故乡。奥德修斯回到伊大卡，等待他的，是世间忠贞女子的楷模——妻子珀涅罗珀。

追记

　　本文刊登在报纸上一周之后，我收到读者的批评信。信中表示"拒绝回家症"并非像我写的那么有趣，它是一种非常负面的问题。

　　我当然知道问题的严重性。我不过是想表达，除了必须寻求精神病科医生帮助的重患之外，人人多少都会有点"拒绝回家"的症状。

　　历经辛劳成功完成任务的人，都会情绪激昂，不想立即回家。虽然我们常人没有攻陷特洛伊城那么伟大的事业，多少也有类似的感受。再说，我对严重的事情只能严肃对待这种态度，总是心存疑问。

第 6 章

情妇考

"不可奸淫"是基督徒的伦理。

"以金钱束缚女性有损女性的人权"是女性主义者的主张。

"不追究下半身问题的默契到哪儿去了"是至今仍然笃信男性至上主义的男人们的悲鸣。

将"女性"与"下半身"画等号实属失礼。作为不全是上半身的女性，我很明白这个道理。然而，男人与女人之间的关系，如果仅限于下半身反倒简单。正因为事情不是如此单纯，现实中才会产生各种问题。所以，我认为上半身、下半身都该被视为人与人之间的关系。

此外，"用金钱束缚女性有损女性的人权"这种指责，在我们正经的女人（用媒体语言叫"棘手的女人"）眼里，完全是一个可笑的论调。不管是 1 个月包养费 30 万日元或者一个晚上 1000 万日元，我们可不会天真地认为收了钱连人权都会丧失。

话说回来，这种赞助金的交往形式，的确容易让人产生束缚与被束缚之感。但意外的是，这种关系往往产生相互而非被动的感情。相较于自由开放，在被禁锢的情况下，爱欲反而燃烧得更猛烈。

最后，说一下"不可奸淫"。身为基督徒却因主张宗教伦理应该脱离政治而被称为改革家的马基雅维利，从来没有将此问题视为领袖必备的条件之一。在他的著作中，对于女性的论述，只有一章篇幅：

> 女人自身的存在不是邪恶的。但由于女人的介入所产生的恶行，则是每位君主都应该尽量避免的危险。也就是说，必须提防因女人的介入而发生的不测事件所引起的秩序混乱。

相较于视女人为邪恶的圣保罗，马基雅维利毕竟是一位文艺复兴时期的意大利男子。当然，最展现他文艺复兴思想一面的是，他没有把女人介入作为问题，而是指出女人介入所引发的恶行。就是说，他并非从道德、意识形态上去评判是非，而是强调手段，尤其是领袖需要慎重。

> 如果亲信是无能且不诚实的，君主的能力势必会遭质疑。因为他在挑选亲信的最初阶段，就已经犯下了错误。

马基雅维利谈论的是亲信，如果将之换成女人会怎么样呢？虽然两者的选择标准多少有些不同，但是在"最初"这一点上，意义是相同的。如果"选择怎样的人作为亲信，是衡量一位君主能力的重要标志"的话，那么选择怎样的女人做情人，也应该是衡量领导者优秀与否的标准。

至于如何处理与女人的关系，这不是什么深奥的问题。哪怕不谙熟历史经验的人，只要有些常人智慧即可应对。是将女人单纯地当作情人，还是与她结为类似近臣关系的命运共同体？后者简单地说，就是要死一起死。

类似这种最初级问题都处理不好的人物，有谁会安心将国政大事托付于他呢？

追记

我曾经与一位英国记者讨论这个话题。英国人调侃称"日本的女性进步不少啊！竟然在公开的场合谈及如此敏感的问题"。

"瞎掰什么呢!"东京出身的我，一生气就会漏出江户口音。

　　女人从来都分为两类，可以谈论和不谈论这种话题。"真正的绅士绝不开口谈论过去的女人"这句话，究竟是哪个国家的人说的？

看来，外国人的观察也不是每次都那么靠谱。

第 7 章

开国还是锁国

一个国家的实力一旦超过周边诸国，就会在接纳外国人这个问题上，面临开国还是锁国的选择。

历史上曾直面这个重大问题的国家，以不同的方式予以应对。

如今的日本，针对这个迟早需要解决的问题，终于开始进行讨论。然而，论点完全没有聚焦到以下这一点：

国家的延续，和接不接纳外国人，完全没有关系。

盛者必衰是历史的规律。正如人终有一死，国家也有迎接死亡的一天。尽管在现代鲜有亡国之例，但必衰依然是不破的真理。

因此，不管是选择开放还是锁国的路线，与国家的寿命几乎没有关系。在必然来临的死亡面前，人能做的事情，无非是尽量过好每一天，对国家而言，同样如此。

无论是开国论者或锁国论者，都不应该忘记这一点。如果焦点涣散，再怎么争论也不会产生真正的对策。就像观察人们的生活方式，不涉及问题的本质纯粹就是瞎聊。

接纳或不接纳外国人，虽然是两种不同的观点，但是如果双方都围绕着是否影响国家的发展而争论不休，是不会有结果的。我认为首先应该清楚地意识到国家终有衰退的一日，在此基础上展开讨论。

从本篇开始我会分 4 篇向大家介绍，历史上接纳外国人的开国路线，以及相反选择了锁国路线的国家的例子。

尽管两个国家选择了完全不同的道路，但它们都享有 1000 年的生命。这似乎也证明了"生活方式"和长寿与否没有关系。

不过，不同的"生活方式"给同时代的其他国家以及后世带来的影响，差异是巨大的。这一点希望各位能够理解。

我首先要介绍的是选择了"锁国路线"的威尼斯共和国。

公元 7 世纪末期，以选出第一位元首为标志而诞生的独立国家威尼斯共和国，面临国家发展方向的重大抉择，这缘于 13 世纪开始的第四次十字军东征。

法国武将们与威尼斯人联合组成的这支十字军，原本应该前往巴勒斯坦夺回耶路撒冷圣地。结果，他们反倒攻陷了同为基督徒的国家东罗马帝国的首都君士坦丁堡，变成了基督徒心目中肮脏不堪的十字军。但是这次东征却给威尼斯共和国带来了飞跃发展的大好机会。

威尼斯通过东征，单单在领土这一项有形的资产上就获得了惊人的利益。这个浮于海上仅拥有一个威尼斯城的国家，得到了相当于本土面积数千倍的领土。威尼斯因此面临着两个迫切需要解决的问题。

第一，威尼斯是否应该将首都迁移至君士坦丁堡。

第二，新归顺威尼斯的民众，是否应该和威尼斯本土的公民享受同等的待遇。

第 8 章

锁国

　　尽管当初是倾全国之力，但威尼斯共和国因参加第四次十字军东征而获得的巨额财富，是他们自己也无法想象的。

　　威尼斯得到了拜占庭帝国即东罗马帝国 3/8 的领土。剩余的 5/8 的领土，归法国将领所有。但东罗马帝国那些人的经济实力几乎为零，唯有依靠威尼斯。当时的威尼斯是经济大国，论赚钱的本事，法国人遥不可及。

　　如果威尼斯人有意，他们甚至可以得到帝国皇帝的位子。推选皇帝的特别小组成员中，法国与威尼斯各有 6 人，威尼斯已经拥有了半数的选票。更何况，呼声最高的人选并不是法国人，而是以沉着冷静、胆量过人赢得十字军全体官兵尊敬的威尼斯元首恩里科·丹多洛。法国人手中的 6 张选票，有一部分势必会投给丹多洛。

　　威尼斯面临紧迫的选择。这是真正意义上决定锁国还是开国的重大问题。威尼斯连日召开国会，就首都是否迁往君士坦丁堡，进行了严肃认真的讨论。

以贸易为生的威尼斯人，判断形势向来秉持冷静现实的态度，但是古罗马对于欧洲人而言犹如母亲，成为伟大的古罗马的继承者，这个无穷的魅力还是令他们热血沸腾。拥有双头鹰国徽的崇高权力，就搁在威尼斯人的手边。

然而，经过激烈的讨论，反对派最终以微弱的优势，赢得了否决权。

那么，威尼斯为什么会舍弃这样一个国家大飞跃的绝好机会呢？根据共和国国会以及元老院讨论的内容，原因大致有以下两点：

第一，人口数量只有10万左右的威尼斯，难以统治800万人的东罗马帝国。

第二，要克服人手不足的难题，唯一的途径是起用威尼斯市民以外的民众。而起用外国人来管理国家是否行得通，则是问题的焦点。

在经济层面，威尼斯人拥有过半的经济实力，剩余的一小部分可以交给希腊裔居民以及渗透至东地中海地区的犹太人打理。

在军事层面，威尼斯拥有当时世界上最强的海军，足以维护海上安全。陆地上的保护任务，可以委托崇尚骑士精神的法国贵族十字军。

最大的难题，在于宗教和政治。

东罗马帝国的人民属于基督教派中的希腊正教一派，该教派与威尼斯人信仰的天主教，在很多方面都存在争议。与意见不同的同门兄弟相处，往往比和异教徒的伊斯兰人打交道，更容易产生摩擦。

政治方面的问题同样很棘手。威尼斯是共和制，如果成了东罗马帝国，便是有皇帝的君主制。继承东罗马帝国的话，首都可以迁往君士坦丁堡，共和制度却无法一并搬去。君主制显然要比共和制更适用于大国的统治，古罗马帝国是最好的先例。

可是，让威尼斯人抛弃自建国起一直实施的共和制又谈何容易。这是一个颠覆价值观的大问题。

鉴于以上理由，威尼斯人给出了否定的答案。那么，他们又是怎样继续推行"锁国"路线的呢？

第 9 章

锁国（续）

因参加第四次十字军而获得东罗马帝国 3/8 领土的威尼斯共和国，并没有执着于 3/8 的"量"，他们选择了锁国路线。对威尼斯人而言，"质"更为重要。

他们将皇帝的位子让给了法国人，在首都君士坦丁堡仅要了一片沿着金角湾适合船只停泊的地区作为居留地。此外，他们用土壤肥沃的塞萨利领土权，换取了克里特岛。宛如一艘航空母舰停泊在地中海上的克里特岛，时至今日依然是军事重地。

相较于农耕地的"量"，威尼斯人更执着于基地的"质"。类似克里特岛的例子，还有爱琴海的米洛斯、帕洛斯、纳克索斯等岛屿，以及位于雅典附近的内格罗蓬特半岛。威尼斯人也无心拿下整个伯罗奔尼撒半岛，他们挑了南端的两个海角，将它们建成堡垒。

对伊奥尼亚海流域，威尼斯同样没有全盘控制的野心。他们只取"精华"，挑了凯法利尼亚岛、赞特岛、科孚岛这几个基地。即便是家门口的亚得里亚海一带，威尼斯人除了港口城市之外，对其他地方也一概没有兴趣。

我在《海都物语》一书中，将威尼斯的这种做法，形容为以点状基地形式建立起的海上高速公路。除此之外，我想不出更恰当的比喻。威尼斯在放弃了对土地的占有权的同时，在东地中海一带，铺设了一张高效率的通商网络。

这种做法既避免了人口不足、宗教冲突的问题，又无须借他人之力去建立一支没有传统性的陆军部队，也不必改变国家政体。国政的安定，意味着避免了因改革而产生的各种社会动乱。

威尼斯共和国放弃了古罗马继承者的荣誉，决定在力所能及范围内成就一番事业。作为现实主义者的威尼斯人，舍名取利。

话说回来，威尼斯的"锁国"，与日本江户时代的"锁国"，完全不是一个性质。彻底奉行商业立国的威尼斯，为了与他国保持友好关系所付出的努力，是以占领疆土为目的的国家无法想象的。

不具备军事威慑力的威尼斯，充分利用商业基地的优势，去提升属地的经济水平，并在必要时提供经济援助。这类经济援助不是短时期的，而是持续了数百年，堪称锲而不舍。在威尼斯势力支配下的他国民众，或在威尼斯投资的造船厂工作，或在威尼斯加莱船上做划桨手，为威尼斯提供了底层劳动力，双方因此形成了利害一致的关系。

不过，威尼斯的这种做法，并不意味着他们要实施开国路线。

威尼斯虽然赋予了殖民地、基地几乎全部的自治权，但是决不允许海外属地的统治阶层参与本国的政治。

与克里特岛信奉东正教的希腊人不同，位于意大利北部的维罗纳、帕多瓦的当地居民与威尼斯人一样，都是信奉天主教的意大利人。但是威尼斯共和国的国会大门，从未向这些地区的贵族阶层敞开过。同样没有议员资格的，还有那些移居克里特岛等海外属地的威尼斯贵族。作为统治阶级，长年经营海外属地的那些贵族，对本国的政治始终没有一句发言权。

威尼斯共和国由始至终贯彻纯血统路线。与同时代的佛罗伦萨人相比，威尼斯统治阶级中与外国人通婚的例子，少到令人吃惊。

　　　　　　　　　　　　　再次写给男人们

第 10 章

开国

历史上，因选择开放而获得巨大成功的国家当属古罗马。而且有趣的是，开辟这条路线的人是尤利乌斯·恺撒。

首先，恺撒向居住在阿尔卑斯以南、旧称"阿尔卑斯南侧"的意大利人，授予了罗马市民权。紧接着是罗马统治下所有地区的医生、教师。

向医生授予市民权，应该是作为将军的恺撒在为战场上负伤的士兵们着想。不过，我们也可以将它视为接纳外国专业人才的一种形式。

大门一旦打开，便无法再关闭。进入帝政时代的罗马，继续向帝国境内的居民授予罗马市民权。从恺撒时代到卡拉卡拉皇帝统治的 250 年间，大罗马帝国境内几乎所有的自由人，都拥有了罗马市民权。当然，还不是人人都有这项权利。

可是，不仅西班牙、法国，连那些出生于非洲、叙利亚、多瑙河一带的罗马行省的人，都接二连三地成了罗马皇帝，这个现象也可以看作罗马开放主义的一个成果。

罗马人概念中的市民权，与现代的国籍颇为相似。拥有一个国家国籍，意味着对这个国家同时拥有权利和义务。在当时仍属于非法的基督教的布道者圣保罗，由于拥有罗马市民权，因此接受的是法律上的制裁。

无论是出生于非洲或罗马，只要拥有罗马市民权，便能享受同等的权利。

这不正是我们所说的"开放"吗？由生活在台伯河畔7座山丘上的牧羊人所建立的古罗马，逐渐发展成北到不列塔尼亚（现在的英国），南至非洲，西抵西班牙，东达底格里斯河－幼发拉底河流域的庞大帝国。如今欧洲共同体想做的事情，不过是将当年罗马世界西部的部分地区统一起来而已。

古罗马人因为选择开放，建立起庞大的帝国。那些如蛛网般布满辽阔罗马世界各个角落的罗马大道，就是对他们持续不断开疆辟土的"生活方式"的最好诠释。有强烈边境线意识的锁国主义者，是不可能想到以这样的方式成就大业的。当然，他们也不可能具备罗马人那种锲而不舍、坚持到底的精神。

然而，即便是这样的罗马，在国家存续时间上，与选择了相反的"生活方式"的威尼斯并没有什么区别，两个国家都延续了1000年。可见，"生活方式"的不同，并不能代表生命期的长短。

威尼斯由于拒绝接受外来者而获得成功，但一以贯之的锁国方针，也使国家最终走向衰败。

古罗马亦如此。他们敞开门户从而成为大国，日后的衰落同样源于此。由于不断地扩张领土并且向所有人提供均等的机会，罗马发展成强大的帝国，却没有能够防止由此造成的首都罗马的空洞化。

我不相信当今的大国美利坚合众国，会成为历史上的例外。以投奔自由女神为象征，建立起无形的多种族文明从而独霸天下的美国，如今不正因为同样的原因而烦恼不堪吗？

必衰，是盛者独有的特权。所以，唯一的问题是，该选择怎样的生活方式，才能成为盛者。

第 11 章

政治家

日本终于在今年（1989 年 8 月）选出了新首相。在同样政局混乱的意大利，朱利奥·安德烈奥蒂当选为总理。他当选的理由大概有以下三点。

第一，议员以及媒体希望尽快决出结果去过暑假。这是度假至上的意大利特有的现象所带来的结果。

第二，即便是喜欢拉帮结派的社会党，也对长期陷入混乱的政局忍无可忍。令人疲惫不堪、心生厌倦从而达到目的的手段，已经由历史证明是一个古今东西都很奏效的战术。

第三，安德烈奥蒂的特点是，虽然有权力欲（作为政治家理所当然），但不露骨地表现。而其对手恰好是一位毫不掩饰野心的人物，所以安德烈奥蒂的特质助他获得了大多数人的支持。

大约在 15 年前，我曾经与这位朱利奥·安德烈奥蒂先生结下数面之缘。当时我正为《文艺春秋》杂志撰写有关意大利时事的专栏，与意大利政界的大人物晤谈算是履行记者的职责。

话说回来，我见其他人属于尽责，唯有对朱利奥·安德烈奥蒂感觉不同，因为他是一位能让我学到很多东西的男人，似乎正是他教导了我什么叫政治。

安德烈奥蒂曾经这样说："所谓民主制，就是实现50%+1人的愿望。"

连51%都不肯说，更不提应当尊重少数派意见云云。

按照他的说法，在民主体制下，只要是50%+1的人赞成的政策，就该果断实施，无须顾虑反对派的意见。倘若民众对政策不满，大可在下一次选举时投反对票。曾经的在野党在成为执政党之后，应该实施那些自己认为正确的政策。而对此做出判断的掌权者，就是国民。只有这个体制正常运作，"主权在民"这句话才具有现实意义。

安德烈奥蒂说的令我印象深刻的第二句话是："只要比过去有所改善，我们是不是该首先承认它是好事。"

尽管这句话令我感到意味深长，但实际上它并不是能够获得众人赞同的观点。包括改革在内，前功尽弃的例子如此之多，就是很好的证明。

安德烈奥蒂说的令我印象深刻的第三句话，也是受到意大利人以及熟知意大利的外国人好评的金句："权力，是被不拥有它的人消耗掉的。"

一般来说，权力被拥有它的人消耗是人们的常识。声称无权者在消耗权力可不是温和的言论。

如果在日本的话，说这番话的人势必会受到"有良心"的媒体等舆论的集体围攻。有趣的是，意大利人却让说这种话的男人一直掌握着权力。我想，说的一方和被说的一方都很清楚这才是真理。这才叫成熟的民众，对不对？

这位安德烈奥蒂，曾经有一次问我如何看待日本的政治家。我苦笑着做了以下的回答：

> 日本政治家中，找不到一个人像你这样拥有政治影响力。但他们单凭自己一个政党的力量便能决胜负，而你却必须和扯后腿的其他政党组成联合政权才有机会。这一点很不一样。

这是 15 年前的旧话了。如今，我们还能这样说吗？

第 12 章

政治改革

　　改革，无论针对哪一方面都是非常困难的事情。一个小规模的组织机构想做一些改变都不容易，像政治改革这般撼动国家体制的改革，当然更是难上加难。

　　推动改革之所以困难，大概在于改革一方和被改革一方同属一人。当刀刃对着自己时，下不了重手是人之常情。因此，即使改革得以实现，实质内容往往很难配得起改革这个称号。

　　政治改革极其困难的第二个原因，也许是以下这一点。

　　饱尝现有体制甘露的人会反对改革，这是任何人都能预见的。损害自己利益的事情任谁都不愿意做。不过，既然有人因改革受损，那么如果没有人会因此获益，道理就说不过去。所以，从理论上来说，那些将得到好处的人会支持改革。

　　但事实却并非如此。即便是支持的人，最多也就是表现出不温不火的态度。

造成人们态度不温不火的原因，首先是改革者没有向他们明确地传达改革将会带来的好处。没有充足的信息就不可能做出准确的判断，自然也无法发挥支持的力量。

　　第二是人们对于前所未有的新事物，带有近乎本能的恐惧心理。这也属于人之常情，所以也不是可以彻底解决的问题。

　　政治改革和家庭改革不同，认识到必要性却不能实现，是困难的真正原因。因此，文艺复兴时期的代表国家威尼斯共和国，在对作为政治改革基础的选举制度进行改革时，用以下方式取得了成功。

　　他们首先提出的法案是：拥有共和国国会席位的全体现任议员，以及4年前拥有席位的人，只要能获得"四十人委员会"中12名委员的赞成，就能成为任期终身的议员。

　　这个提案当然得到了现任议员的同意。同时也解决了因改革者和被改革者同为一方而造成的改革不彻底的问题。

　　两年之后，新选举法出炉。获得终身席位保证的议员和根据新选举法选出的议员两者相加，人数是改革前的两倍。

　　经济繁荣所蓄积的力量，如何公正且有效地利用，需要依靠政治。和政治改革产生的效益相比，几百名议员的费用实在是微不足道。而且法律规定不得填补空缺，所以议员的人数会只减不增。因增加议员的人数所产生的费用，看似浪费，其实不过是时间上的问题。作为经济人的威尼斯人，以经济学的观点对政治状况做出了判断。

然而，正是那个时期在政治上的成功，让他们从经济人成功地转型为政治人。也就是说，他们找到了更长期维持经济实力的方策。

文艺复兴时期活跃的国家不光是威尼斯共和国。从主导全欧洲经济这一点而言，佛罗伦萨、热那亚也毫不逊色。

然而，这三个共和国的寿命却长短不同。原因之一也许是，在 13 世纪末期三个国家都面临政治危机时，威尼斯几乎完全成功地摆脱危机，佛罗伦萨做到了一半，热那亚则以失败告终。

政治改革是十分重大的课题。它决定了国家是否能真正走向成熟。而通常来说，无法走向成熟的人，是不可能成为一个智慧的老人的。

第 13 章

有关历史

历史向所有人都展示了无穷的人类体验。所以，你们可以吸收有效的东西，事先避开有害的东西。

这是生活在 2000 前的古罗马历史学家提图斯·李维留下的一句话。

历史是我们行为的向导。尤其对领导者而言，没有比历史更好的向导了。

这一句是 500 年前的意大利思想家尼克罗·马基雅维利说的。

当然，说学习历史重要的不只是以上两位。仅仅在西欧，自古希腊以来的 2500 年，就有很多先贤留下了相关的言论。如果认真收集的话，可以集成一本厚厚的书。

可是，人类似乎并没有从历史中获得教训。我们依然继续重复着前人犯下的错误。

原因是什么呢？

我想，首先必须在"历史是有用还是无用"这个问题上做一个划分。既然本篇开头介绍了两位人物的历史有用论，那么我就站在这个立场，展开叙述。

不过话说回来，既然历史有用，为什么它的效果却很微弱呢？我个人认为，原因也许在于"教法"。

历史是人类经验的集大成。同时，我们也必须解开其中的因果关系。因果指的是原因和结果，所以如果只背下年号、事件，哪怕记住了因和果，两者之间也是相隔甚远。因果关系必须以综合的形式记入脑海。

换言之，如果不从"为什么"这一视角去教导，历史会变得非常无趣。那么，无论教导一方还是被教导一方，自然都不会积极地去做无趣的事情。

然而，要正确判断历史上的"为什么"，而且以简洁的语言说明，是相当困难的一件工作。

因为历史是人类行为的汇总，所以其中的因果关系不可能非黑即白。这一方有这一方的理由，另一方也如此。没有非常优秀的分析以及综合能力，最终只能是稀里糊涂、不得其解。

教导的一方其实是知道这个问题的，但是在教学时，往往会违反本意对原因和结果给出鲜明的结论。那么，学习的一方能做的只剩下死记硬背。变成了符号的历史人物、现象或事件，既不是人类，也不是人类行为的结果。用这种方式学习的历史，即便耗费了大量时间，在考完试之后也肯定在脑中通通消失。

剩下的只有先贤们留下的有用的金句，和搁在书架上装饰门面的历史书籍。持历史有用论的人越多，就意味着越多的人不曾重视历史。人们在无意识中成了历史无用论者。

不过另一方，有意识的历史无用论者也确实存在，我们不能忽视他们仍在发声的事实。这些人认为学习历史无用，相信历史是靠自己创造的。因为他们坚信自己会发起与过去诀别的革命。

左翼或进步派人士之所以不热心于历史教育，也许原因正在于此。既然认为自己可以创造历史，他们当然没兴趣去学习他人创造的历史。

被他们视而不见的"历史"，也许会在以后写下这样的话：20世纪是这些人满怀希望和受挫的世纪。

第 14 章

有关人事

翻查词典,"人事"一词的注解如下:

一、相对于自然界的,人世间的事情。

二、人之所为,人力所能及的事。

三、有关身世的事情。尤其是指在某一个组织内有关个人身份、能力的事情,例如升迁。

虽然还有其他的解释,这里就写这些。与本篇内容相关的意思,有以上三点足够了。特别是在这里,我想聚焦人事中的继任人选这一点,所以缩小词语的定义范围,重点讨论决定人事的不同制度。

决定顶层人事的社会制度可以分为三类:

一、君主制。由一个人决定。

二、贵族制。也可以称为由长老们主持的选考制度。意思是从上位的人中间选出一人的制度。

三、民主制。这个想必无须再做说明，就是上下一起全体选出一个人的民主主义制度。

人间世事，和金币有正反面一样，长短之处并存。

君主制的长处是高效率，短处则是容易变成世袭的人事。想让自己儿子继位的心愿，对君主而言就如塞壬的歌声一般是难以抵抗的诱惑。

贵族制可以避免世袭人事的弊害。由行家集体参与，不太会选出极端的人物。但是贵族制也不是没有缺点。由于推选人不是一位，而人类社会但凡两个以上的人聚集势必会产生派别。因此这个制度下的人事，往往是派别力量的反映。虽然称为公选，但实际上"公"的比例究竟占多少很不透明。

民主制的好处，在于能更广泛地反映民意，然而这同样也是它的短处，容易被一部分声量大、手段狠的人左右。投票人数的多少，不知道为何往往和煽动家操控的程度成正比例关系。像美国总统，就不一定是上下两院中选出的最优秀的人物。

顺便说一下，这些制度如果运用不当，就会被冠以其他的名称。君主制称"独裁制"，贵族制称"寡头制"，民主制称"众愚制"。

人类并不是没有意识到这些问题。自古希腊以来的 2500 年中，人类不断地在摸索更优秀的社会制度。中间也曾出现过令人眼前一亮的制度，我们也许可以称之为"启蒙式的君主制"。就是说，按照道理决定人事。

在古罗马的历史中，有一段被称为"五贤帝"的时期，指的是从公元 96 年到 180 年这 84 年间，先后由涅尔瓦、图拉真、哈德良、安东尼·庇护以及马可·奥勒留五位皇帝统治的时期。这段时期以善政著称，甚至有历史学家认为，对统治者和被统治者而言，这段时间都是人类历史上最幸福的时期。同时，它也是继任者人事非常成功的时期。

这五位皇帝都是在生前就决定了继承人。皇帝是终身的，但在自己还健在时便决定了下一个皇帝的人选。所谓领袖负责任的行为，应该指的就是这类行为吧。五位皇帝都忠实地履行了自己的责任。

然而，这种做法也有缺点，一切都只能依赖被指定的继承人，也就是皇帝本人的资质和责任感。五贤帝时代因马可·奥勒留指定自己的儿子作为继承人而终结。

以哲学皇帝著称的马可·奥勒留也会做这样的事情。人的欲望，大概是很难克制的吧。

第 15 章

法国大革命 200 年 · 自由

直到几年前，对于人人都追求和尊重自由的信念，我本人还是确信无疑的。

可是在看完一部可能是由意大利国营电视台制作的有关维也纳难民营的纪录片之后，我只能用"眼界大开"来形容当时震动的心情。

那个难民营设在奥地利首都维也纳，难民归乡之心再浓，也不是说回就能回去。维也纳的那所难民营正是为那些决定舍弃自由返回祖国的人等待审查通过而建的。

纪录片主要就是针对那批人的采访。记者提出了任何自由主义国家的人民都会抱有的疑问：为什么要抛弃千辛万苦获得的自由呢？而所有被采访者几乎千篇一律的回答，令我愕然。他们是这样回答的：

在新居地，我们一天24小时都处于紧张之中。就连洗衣机的型号也是花样百出，不知道该买哪一款。自由主义国家，所有的事情仿佛都像挑选洗衣机，必须靠自己的头脑来判断决定，令人疲惫不堪。相反，在以前住的国家，一切都是由国家决定的。比如说洗衣机吧，只要对机型不挑三拣四，只要有足够的耐心等候，迟早会送到你的手里。工作上也无须竞争，只要完成要求的工作就有收入保证。薪水虽然很低，但还是比一天24小时处于紧张状态赚取高薪要好多了，毕竟人轻松，舒服太多了。

我们下结论似乎很容易。

然而，如果我们转换视角冷静地去观察人性，便会发现藏在人内心深处的东西都是一样的。

自由是人人都向往的。不过，自由社会的生活却出乎意料地相当不易。认为所有人都能忍受竞争紧张的环境，应该是很不现实的。

我本人在工作上充分享受着自由。只要不想发财致富，完全可以以自己喜欢的方式去写自己喜欢的内容。但有时候，我也会感到自由的沉重，情不自禁地发出痛苦的呻吟："有没有人能替我决定一个主题，有没有人能告诉我具体的写作方式……"尽管真有这样的人出现我也不会乖乖就范，但还是忍不住会冒出这样的想法。

像我这样没有自由就无法工作的人都是如此，更何况是那些不靠自由吃饭的人。

　　所谓民众，只要他们处于善政之下，是不会特别冀望，也不会刻意去追求自由的。

说这句话的马基雅维利遭到很多有良心的知识分子的批判。但在我看来，那些批判并不是尊重人性，而是没有直视人性。

第 16 章

法国大革命 200 年·平等

　　我们假设这里有 A 和 B 两个人，并且各人手中拿着不同大小的面包。将这两块面包切成同样的大小，平等地分给 A 和 B，从理论上和实际上都是有可能做到的。

　　然而，由于 A 和 B 都是人，问题就会变得复杂。因为 A 有 A 的想法，B 有 B 的想法。在平分面包之前，A 和 B 手中的面包，大抵都属于他们通过劳动获得的。因此，拿着小块面包的 A，不会反对"平等"分配。而拥有大块面包的 B，对于劳动果实被重新分配后只能拿到小块的结果，自然会心生不满。不满日积月累，就会让付出辛苦去赚大块面包的行为，变成一件愚不可及的事情。

　　结果显而易见，每个人都只想着赚一块小面包，简单地说，就是生产力低下。

　　再怎么高呼为了主义或国家，人终究是一种有回报才肯努力的存在。不可能期待普通人像神职人员那样，相信全身心敬奉上帝，死后天堂就会有属于自己的位子。

事实上这是一个单纯明了的道理。它既不是教坛上宣扬的什么主义，也不是哲学或思想。高尚的理想之所以会产生破绽，大概就是因为无视了这种单纯的人性。

令人不快的是，人类总是毫无长进地不断重复无视人性的错误，而且这些错误几乎无一例外地都源自善意。如此现实，岂止是不快，简直让人绝望。

"无论结局多么败坏的事情，在开始时都有着冠冕堂皇的理由。"这句话自尤利乌斯·恺撒口中说出，已经过去了 2000 年。

当然，在这 2000 年里，人类并不是没有尝试去纠正错误。

所谓的自由放任主义或自由竞争，如果起跑线不同，就会变成名副其实的不平等。但是要让所有人站在同一条起跑线，又相当困难。有钱人家的子弟总是多一些优势，有势家族的成员，一生掌握着有形或无形的资源。

这一点对稳定人心非常不利。人往往能坦然接受由于完全自由竞争所导致的失败，可是如果从竞争一开始就处于劣势，那么人们就不会轻易地接受结果，从而产生怨恨和不满。

话说回来。设定让分点的竞赛，我也不认为是一个聪明的做法。这样做，不仅是让分的一方会认为对方的成功是因为事先拿到了点数，而且被让分的一方，想法同样如此。所以，类似男女同权、优惠少数民族等政策，往往不能达到预期的目的。

于是，懂得重视人性的人，想到了败者复活战的机制。

"海之都"威尼斯共和国之所以能长期防止社会运行放缓，正是因为这个机制一直保持有效的运转。运行放缓会造成活力衰退，活力衰退会造成国家衰亡，历史毫无例外地证明了这一点。

必须说明的是，败者复活战与福利政策不同，尽管结果不平等，但是败者复活战以机会平等为目的。而且，这个机制之所以能在威尼斯有效发挥，是因为国家经济力量强大，有赋予人们均等机会的多种可能性。

在威尼斯共和国，"平等"仅适用于法律的实施，在利益分配问题上，只能用"公平"二字。

第 17 章

法国大革命 200 年 · 博爱

对于先人们翻译词汇时的苦劳，我个人向来是表示敬意的。每每遇到绝妙的译词，总是让我感佩不已，在信息缺乏的时代能找到如此贴合的表达，是真正意义上的高悟性。像"地中海"一词，虽然是直译却形神兼备，常常需要使用这个词语的我，除了感激还是感激。

不过，对于"博爱"的翻译，我多少还是感到一些困惑的。

翻看国语词典，对于"博爱"的解释如下：

> 广泛平等的关爱，面向全人类的不设差别的爱，博爱。

外语词典的解释稍有不同，我查了一下英日、法日、德日词典，看看它们各自对法国大革命时倡导的 fraternité 的解释，结果是"兄弟之间的情谊、同胞爱、友爱"。引申到 people，是"诸国民间的友爱"，关联词语则是"宗教"。感觉和"面向全人类的不设差别的爱"不是同一个意思。

兄弟爱、同胞爱、友爱、志向一致的同志爱，应该指的是关系密切的人之间的爱，说它是"面向全人类的不设差别的爱"似乎有些牵强了。

定义成博爱，那么它必然是面向全人类的而且还带有佛教泛爱的含义，实际上这是一个东方式的概念。

而西方的 fraternité，是将观点不同的人排除在友爱之外的。如果从它本意的"同志爱"考虑，似乎也无可非议。

诚然，fraternité 是启蒙思想的果实，但毕竟是经历过基督教统治后的西欧提出的一种思想口号，我感觉将它翻译成"同志爱"也许更为妥当。

由于它被译成"博爱"，使得我们东方人对这个概念抱有了不必要的，应该说是有害的幻想。

这样说来，我们似乎也可以理解法国大革命后发生的恐怖政治的原因。

读书时我们曾被教导自由、平等、博爱是法国大革命的三大思想支柱。它们都是无懈可击的高尚理念，对此无人会提出质疑。这场革命至少在精神上给西欧人带来了极大的影响，这一点我们也完全能够接受。

但是，对于大革命后实施的恐怖政治，尽管有人辩解称是无奈之举，但我相信大多数人都不会赞同。当时不仅政敌被打倒，连许多无辜的民众也惨遭杀害。但凡和基督教有关的人或物都被赶尽杀绝，残暴程度甚至超过了古罗马时代，这就是法国大革命的现实。

如此行径完全与博爱的精神背道而驰。秉持这种观点的，想来不止撒切尔夫人。任何事情都有光和影两面，将那场血雨腥风视为伟大的法国革命的"影子"，已经是对它最善意的解释了。

如果不是把 fraternité 翻译成"博爱"而是"同志爱"，那么，它就是胸怀同样志向的人之间的友爱。我们大概也就能理解为什么大革命会演变成恐怖政治。因为志向不同就是敌人，而残酷杀敌并不违背 fraternité 的精神。

我们再来看看作为 fraternité 词源的拉丁文 fraternitas。当然它不曾受到基督教的洗礼，但这个词里确确实实存在"伙伴间的情谊"的意思。

西方的"博爱"就是这个程度。准确地说，这才是现实。如果对它还抱有幻想，那只能怪我们自己无知了。

第 18 章

女人的叛乱

　　女人造反，男人通常会认为她们是在争取权利。也就是说，他们只想到女人希望能在男人社会中发声，却从未考虑过"女人为何要发声"这个本质问题，所以往往摆出一副"又来了"的厌烦姿态。

　　的确，有一类叛乱是以争取女性权益或既得权利为目的。它们都是合理的诉求，因此做些妥协并不那么困难。但是要找到叛乱的原因，只有具备进步头脑的男人，或者是有着男人般头脑的女人才能办到。

　　令男人不明就里陷入绝望的，是第二类的女人叛乱，即针对男人"不像男人"所发起的抗争。古希腊的喜剧作家阿里斯托芬的戏剧《和平》和《公民大会妇女》如实地反映了此类情况。

　　《和平》讲的是面对除了拖拖拉拉继续无意义的战争之外别无办法的男人们，女人们以停止做爱的独特手段反对战争的故事。

而《公民大会妇女》则讲述了这样的故事，男人们声称女人不懂政治，而理应很懂政治的男人们，在议会只会玩"过家家"似的政治游戏。女人们对因此造成的伤害忍无可忍，继而占领了议会。

两部喜剧的内容都是女人抗议男人"不像男人"。

对于女人叛乱的本质，过了2500年男人们似乎仍然没有理解。当女人发出怒吼时，手忙脚乱的男人们往往将原因归咎于上述的第一类，因此屡屡犯下错误。

推选女性作为参议院比例代表选区的第一候选人，就是属于手忙脚乱且眼光短浅的典型做法，完全是在愚弄女人。

让女性当选大臣、官房长官虽然本是权宜之策，但有时候也会意外地产生良好结果。当然，前提是那些幸运的女人具备真正的政治感而不是停留在"厨房感觉"的层面。

那么，不具备"真正"的政治感，具体又是指什么呢？

对这个问题做认真的考察分析，我认为非常必要。因为引发女人叛乱的原因正在于此。

在进入这个话题之前，我想即使是手忙脚乱的无能的男人们，大概也能做如下的抗辩：

> 选票实际上都流向了那些实在称不上有真正政治感的政党。

问题很简单。在根本找不到一个具备政治感的政党的情况下，选民只能根据看得见的具体事物去做判断。

话题回到被 2500 年后依然没有长进的男人们占据的场所。通过电视实况转播，我们早已习惯了没有"真正"政治感的国会，类似预算审核等各部委的会议就是典型的例子。

一边是气势汹汹蛮不讲理，不停质询却没有实质内容的在野党议员；另一边是始终保持低姿态心里却根本不当回事的、傲慢作答的政府官员。

接下来上演的是，在野党一成不变地反复否决议案，各政党的国会对策委员会的委员长们一成不变地进行私下斡旋。这样拼拼凑凑、蒙混过关，形象表现"男人议会"的"姑息"二字，看上去像一个老派女人的行为，令人感到滑稽可笑。而精神不古板的女人则会因此发起叛乱。

平定女人叛乱的对策唯二：第一，男人下定决心不再搞权宜之策的政治；第二，建立一个女性议会。

不过，第二条对策即便在雅典城邦也无法实现，是只能出现在喜剧舞台上的理想情况，愉快归愉快，一旦失手便会陷入和姑息同样危险的境地，所以必须要提防那种无法超越"厨房感觉"的平民感。有关这个问题，我会在下一章中进行论述。

第 19 章

厨房感觉

"感觉"这个词语，翻查字典，是以下这样说明的：

> 末梢神经接收到的外部刺激，传向大脑中枢时产生的现象……

这种现象若是发生在厨房，大概就叫"厨房感觉"吧。比如说忘记买菜的时候，打开冰箱翻翻存货，心想就用这些拼凑一顿晚饭吧；或者是已经干了的奶酪不舍得扔，开动脑筋想着法子让它派上用处……我所说的"厨房感觉"大抵如此。

正因为是这种程度的现象，所以人一离开厨房感觉就会淡化。如果是坐在远离厨房的书房面对书稿，这种感觉更是消失得无影无踪。难怪评论家们称我写的文章如果不看作者的名字，完全分不出性别。

不过，我从来没有轻视过"厨房感觉"。即使远离厨房，我也没有妄加指责过围着灶台转的、和我同性别的女人们不懂政治。在我看来，"厨房感觉"才是评判是非的健全且坚实的基础。

此外，对于很多女人离开厨房依然烟火气十足的现状，我也不认为是什么不可救药的事情。

人总是依赖于自己熟悉、亲近的事物思考问题。不管是像我这样依赖历史，还是像我的很多同性那样依赖 1 元硬币，都是以熟悉的事物为出发点，两者之间没有区别。要论基础的话，1 元硬币远比历史来得更深厚。历史毕竟不是人人都熟知，但 1 元硬币人人都懂。

然而，1 元硬币这个健全且合理的坚实基础，并非没有缺陷。如果国家预算用 1 元硬币堆起来的话，永田町[1]一带大概会被压塌。当然，如果有人觉得为了日本那个地方还是沉没为好，就另当别论了。

我的意思是，从某一个时期开始必须拓宽思路。换言之，在厨房以外的地方，思维方式依然停留在厨房层面，往往是行不通的，这是人类社会无奈的现实。但要求人们抛弃"厨房感觉"，又是不现实的，毕竟大多数人的思维方式都是以此为基础建立的。

那么，我们只能寻找一条"厨房感觉""国家感觉""国际感觉"三者共存共荣的道路。500 年前的马基雅维利给出了以下的提

1　永田町：包括国会议事堂、首相官邸等在内的日本国家政治的中枢地区。

示。这里我们不妨将他说的"民众"看作"厨房感觉"。

　　人在必须对大局做出判断时往往容易犯错，但是在具体事物上却很意外地有着精准的判断。因此，虽然不能依靠民众（厨房感觉）去判断那些需要宏观视野的大事，但如果是微观的事物，大多情况下，他们都能做出准确的判断。

　　那么，接着就是如何让民众（厨房感觉）开悟的问题了。只要遵循以下的方法便能轻松解决：在需要民众（厨房感觉）对大局做出判断时，不要对他们说概论，而是逐个分解成和他们自身相关的事情。

　　想赢得民众（厨房感觉）的赞同，什么方法是容易的，什么是困难的呢？

　　容易的方法是这样的：用具体的例证告诉他们，这样做会有利可图，那样做将遭受损失。还有，告诉他们这样做会被认为是勇敢的，那样做则会被视为怯懦而卑劣的。无论这些事情的背后存在多大的困难，会造成多大的牺牲，只要表面上看上去是有利的、正当的，就不难说服民众（厨房感觉）。

　　相反，即使是再有益的政策，如果在表面上会有损失，或者不够光鲜诱人，要赢得民众（厨房感觉）的赞同也是至难之事。

第 20 章

意大利之魂

有一位名叫内田洋子的女性。她曾经这样和我说：

> 外语大学毕业后，我曾在那不勒斯做过一年的研修生。在当地生活，完全没有感觉到文化冲突，只要想到它和我出生的河内如此相似，便什么问题都没有了。

她说了一件买鸡蛋的事情。6 只一盒的鸡蛋中，竟然有 4 只是破裂的。她当然向店主抗议。不料，店主却很淡定地问："炒蛋时你会怎样做？是不是得先敲碎蛋壳啊？"

她不得不点头称是。店主继续说："这 4 只蛋就是老天为了不让你辛苦，替你打碎的。"

然而，河内出生的内田也不好惹："我打算水煮鸡蛋。"

强颜欢笑的店主，一边换上完好无损的鸡蛋，一边说："输给你了！"

　　我家儿子，每年暑假都会去英国参加一个月的夏令营。那是为学英语而设立的暑假班，学生全来自英语圈之外的国家。这些孩子和在外人眼里本来就长得很"为人师表"的英国老师之间的"攻防战"，真的是十分有趣。总体来说，来自北方国家的孩子比较循规蹈矩，但面对南方国家，尤其是来自意大利的孩子，即便是堪称英国精英的老师们，也不敢掉以轻心。其中一位"不是省油灯"的孩子，当老师问他家猫咪是什么颜色时，他是这样回答的："white, red, green.（白、红、绿。）"

　　虽说学生的英语能力有限，可是让十四五岁大的孩子回答猫咪的颜色，问题未免太幼稚。所以，学生才会用自己国家的国旗颜色，戏弄一下老师。据说，德国的孩子为了用英文表达"杂色"，绞尽脑汁。

　　当老师问同学们是否喜欢这个班级，并要求说明理由时，其他国家的孩子在 because（因为）之后，回答"老师很好"，或者"同学很友善"。而另外一位来自意大利的"不是省油灯"孩子，他的 because 是 many beautiful girls（很多漂亮的女孩）。

　　学生哄堂大笑，老师不禁苦笑。可是，事情还没完。这孩子说要举例说明，然后将班上所有女孩子的名字一个不漏地报了一遍。不过，他将自己暗中喜欢，同时也是班级公认的最漂亮的德国女孩的名字放在了最后，小心思还真够缜密的。不用说，男孩是存心的。因为他很清楚，美少女都知道自己长得美。

还有一位同学翘课不肯参加板球比赛。这项深受英国精英们热爱的运动，在这位懂棒球的孩子的眼里，实在愚蠢不堪。于是，他将体温计放在电灯泡上，佯称发烧逃过了比赛。要是他能乖乖待着倒也混了过去，可是比赛一结束，这孩子顿时变得生龙活虎。谎言被拆穿，他被叫到了校长室。校长能流利地讲希腊语和拉丁语，绝对算得上是精英，他教训孩子道："难道你不觉得这种行为非常不 British Gentleman（英国绅士）吗？！"

可惜，他问错了对象。正在为学希腊语、拉丁语伤透脑筋的小男孩，竟然毫不退却地回答说："英国绅士跟我有啥关系！我是意大利人！"

校长真不该提英国。要论绅士的话，在英语 gentleman 一词出现的 500 年之前，意大利语就有了 gentiluomo 之说。那位英国精英校长似乎想起了这件事，闭上嘴巴不再作声。

意大利不久前就是以这种方式，一边哄着撒切尔，一边给密特朗面子，让双方在桌面下握手言和，为欧洲共同体尽到了润滑油之责。即便是各国领导人更新换代，意大利这个润滑油角色依然不会改变。不是只有军力或经济力才叫国力。如果是我的话，在日本制定欧洲共同体对策时，一定会充分利用意大利。

第 21 章

归国子女

　　我认为，归国子女[1]大致可分为两类：一类是在一定程度上了解外国和外国人，另一类是完全不了解外国和外国人。这与外语能力的高低没有关系。

　　为提高英语水平，英国的暑期学校也有不少来自日本的孩子。翻看学生的合影照，日本人占了相当大的比例。但我儿子却说："我喜欢在日本结识的朋友，不喜欢英国夏令营的日本同学。"

　　问原因，他是这样回答我的："日本的孩子爱扎堆，不喜欢和其他国家的同学交流，连老师们都感到无可奈何。而且那些日本人聚在一起就是在说老师的坏话，他们大概以为只要说日语就不会有人听懂。"

1　归国子女：指在国外出生长大或是长期在国外生活，后又回到日本的处于学龄期的子女。

我儿子虽然是意大利人，但他听得懂日语。而被某书评称为"貌似不像，实则忧国忧民的爱国史学家"的我，即刻因为这个小小的现象开始担心起日本的未来。作为国家的未来，孩子们如果是这个情形可不太妙啊。

我又查看了一下参加夏令营的学生的家庭地址，几乎所有的日本孩子都住在欧洲，他们是各公司派驻海外的员工的孩子。日本到英国的机票十分昂贵，夏令营的日本孩子自然是大多数都来自欧洲各地。

然而，这一点让我的"忧国忧民"之心，更雪上加霜。

如果是住在日本鲜有机会与外国人接触的孩子说外国坏话，多少还是情有可原的。一个人被送到语言不通的外国（唯一的共通语言是学习中的英语），不自觉地就会选择和自己国家的小伙伴在一起。初来乍到，这种心情可以理解。

可是，如果是习惯外国生活和外国人的海外驻员的子女，这种表现可就完全没有辩解的余地了。相对而言，英语好的孩子似乎更愿意与外人交流，所以，我一直以为问题还是在于语言能力。

不过，今年夏天在英国学校发生的几件趣事，让我觉得这个问题似乎与语言能力没什么关系。

有一个日本孩子，把母亲因为担心英国菜难吃而特地为他准备的方便面，通通分给了同一个小组的同学。包括来自以色列、阿拉伯在内的十来个孩子，同时捧着碗呼噜噜吸着泡面的画面，单是想象一下就让人忍俊不禁，据说个个都边吃边赞好吃。这个孩子一个晚上散尽了母亲的一片苦心，但我相信他回家时除了英语之外，还带回了学到的其他东西。

其他的日本孩子，也有不少能够融入环境。甚至从吵架方式上也可以看出这一点。他们不是抱团躲在角落里说人坏话，而是面对面直接骂"笨蛋""混账"……挨了骂的外国孩子会问我儿子："那日本人刚才说的是啥？"有时候我儿子会如实相告，令那些日本孩子下不了台阶。

有一次，某同学问我儿子："你知道 Okama（娘娘腔、男同性恋）是什么意思吗？"

很不幸，我儿子不知道。结果，那个夏天，在英国绅士、淑女教导大英帝国语言的高尚的寄宿学校，最流行的就是这个词。

如果光天化日之下，这句日语在巴黎、马德里、科隆，在伊斯坦布尔、特拉维夫、里约热内卢的街头横飞，确实让人有点哭笑不得，但我们也无须过分担心。通常这类寄宿生活，孩子们首先学会的，大抵是同寝室的同学骂人的"国语"。在比萨机场见到接机的我，儿子问的第一句是："妈妈，Okama 是什么意思？"

生活在国外的日本孩子之所以分成了解和完全不了解当地文化两类，原因并不在于个人的能力，而是抚养他们的双亲在认知上的差异。因此，即使生活在日本的人，也可以非常了解外国和外国人。

第 22 章

归国子女的家长们

在上一章中，我提到归国子女分为了解和不了解外国及外国人两类，也指出原因在于家长。就是说，家长同样分成两类人。那么，为什么大人之间也会出现差别呢？

在写孩子们时，我没有谈及个人的适应能力，这一章我同样不会讨论家长个人的能力高低。因为我希望能找到超越个体的具有普遍性的原因。

在日本，海外驻员曾经非常风光。能被派往国外工作，不仅代表当事人在其所属的组织机构中属于活跃在第一线的人物，同时也意味着有机会出人头地。哪怕是不隶属任何组织的人，如果有一个类似旅美多少年的经历，身价即刻提升。当然，派驻海外是有实际利益的。如果是派驻欧美一流国家担任分公司的负责人，日后返回总部很有可能步步高升。此外，有过 10 年美国生活经验的人，常常被视为美国通，不论本人是否有真才实学，都能充当顾问的角色。

随着日本人海外经验的急速增加，就个人而言，我是非常希望诸如农协、日航那种海外数日游旅行团，或者为欧美名牌发狂这类肤浅的崇洋风气，能一扫而空的。无论在海外生活多少年，不了解外国的人，始终不能了解外国。

话说回来。日本人以往过度重视外国的态度存在问题，但是近来掀起的轻视外国的风潮，似乎又矫枉过正了。

的确，如今的东京已成为国际经济中心之一，随时能掌握诸多领域的最新信息，不需要专门跑到国外去学习。

然而，利用信息的说到底还是人。在一些必须与国外保持密切联系的领域，我相信，海外经验依然是非常宝贵的资产。

近年的日本，海外经验丰富似乎变得不再被重视。说白了，它不再是出人头地的敲门砖。

对于关注点转向日本国内的这种改变，说来也是人之常情。长年累月派驻海外，吃着不怎么合口的外国菜，听着竖直耳朵才能听明白的外国话，任谁都不好过。

业务繁重却期待甚少的工作压力，自然会转化成不满对家人宣泄。而听着大人的抱怨成长的孩子们，自然而然会形成他们特有的外国观。

开放外国人劳动力市场的话题，近来在我国盛行。据说有些企业甚至雇用外国人担任高管。我认为这是好事。

引进外来人才诚然重要，但因此忽视了本国人才的利用，就得不偿失了。

　　亡国的悲剧，并不是缺乏人才引起的。人才永远是存在的。然而，无论是一个国家还是一家私企，在步入衰退期时，人才机制总是莫名地出现混乱。

　　亡国的悲剧，同样也是未被重用的人才的悲剧。历史上，这种不幸且浪费、显示人类无知的例子，不胜枚举。

　　最后再补充一点。是否是真人才，和语言能力不一定成正比。外语能力非常重要，但不是决定因素。日本曾经有一些人能说流利的英语，却谈不上是人才。

第 23 章

世界难题（之一）

　　佛罗伦萨的市中心，位于商店林立的老桥和面向市政厅的领主广场，以及被称为花之圣母大教堂的佛罗伦萨主教堂的三点连接线上。因为是市中心，对当地居民而言，这里是有事没事都会经过的地方。而且佛罗伦萨又是一座其他城市无法比拟的历史与艺术荟萃之都，来自全世界的游客当然也集中在此。

　　也就在三四年之前，连接桥、广场和教堂的道路两旁开始有黑人出没。最初他们卖的可能是从祖国带来的木雕之类的小玩意。也许是因为存货有限，他们后来就开始销售在当地采购的商品。铺在地面的像一块大风吕敷[1]似的棉布上，摆放着路易·威登的包袋、鳄鱼牌 T 恤等等，这些东西来自仿制品的传统制造地那不勒

---

[1]　日本传统上用来搬运或收纳物品的包袱布。"风吕"意为"洗澡"，"风吕敷"是诞生于澡堂的产物。

斯。把风吕敷铺在地上充当店铺，是为了在警察出现时可以迅速卷起东西，伪装成游客溜之大吉。

作为一个观光城市，这种情形令佛罗伦萨市当局烦恼不堪。不过，掌握市政府权力的是社会党和共产党。这些革新派奉行人道主义至上的思想，就算是接到居民的投诉，也不会简单粗暴地驱赶小贩。于是，他们想出了一个自认为最好的解决方案。

在路上摆摊的人，不受意大利劳动法的保护。市政府的解决方案简单地说，就是把不法劳工纳入劳动法范畴之内。在街头摆摊虽然被法律认可，但有损城市的形象，因此市政府又给那些人介绍工作，让他们去餐厅端盘子或去工厂干活。市政府一定认为这样可以同时解决清除不法劳工和维持市容的问题。

这个善意的决定带来了怎样的结果呢？

在佛罗伦萨的市中心，那些人一如既往地在摆地摊。在成为正式工人或服务员的一批人离开后，之前没能挤进来的人伺机登场。相信在他们的背后，还有很多同胞翘首期待着佛罗伦萨市继续发扬人道主义精神。

类似的现象，不仅出现在大都市的街头，就连意大利南部的渔业、农业，中部和北部的工厂，也挡不住非洲势力的不断渗透。而当今这个现象，和从20世纪初开始持续至二战之前的移民现象，似乎性质完全不同。

这一次不是移民，是移动，甚至令人感觉它是民族大迁徙的前兆。

根据字典的解释，"移民"指的是移居或迁移的人，同时也有以劳动为目的迁往他国定居的意思。

而另一方的"移动"，只是单纯地转移和流动。

两者的差异从结果来看，能够融入移居国当地社会的是"移民"，不重视融入的是"移动"。

如果这样解释的话，就会产生一个很自然的结论：移民对移居国的国力增强有所贡献，移动哪怕不算是纯粹削弱移居国的国力，至少也有被诟病之处。更何况，那些被称为移民的群体中，实际上有很多人都属于移动。

纯属个人的意见，我认为这种现象是无法阻挡的。正如水往低处流那样，贫穷地区的人们往富裕地区移动，是历史上反复出现的现象，只不过，以前可以叫它"蛮族入侵"，现在不能再这样叫了而已。

第 24 章

世界难题（之二）

不久之前，在意大利，以首都罗马为首的各个城市都举行了反对人种歧视的集会和游行。组织者不是受歧视的对象非洲人，而是革新政党和三大工会。他们的口号是：给这些人和意大利人同等的权利。

完全正确。哪怕非革新派想来也没有异议。何况，尊重人权和机会平等，原本就是西方文明的两大产物。尤其是意大利人，历史不必上溯至古罗马时代，中世纪、文艺复兴时期通商国家积累下丰富的经验，使他们成为人种歧视观念最淡薄的民族。而如今，他们却需要专门组织集会游行振臂高呼，可见在意大利也积压了不少民怨，尤其是在底层人民中间。经济实力也是一种避免麻烦的力量，实力越弱麻烦越多。

然而，高举人道主义的旗帜，并不能根本解决问题。当然，关闭边境也不是一个有效的对策。还有那种建议先进国家在那些人的祖国兴办产业，让他们能在自己的土地上生活的理论，这对部分有进取心且勤劳的民族也许有效，但不可能适合所有的发展中国家。现实是，短时期内不可能出现卓有成效的对策。朝向北美、日本和西欧的民族迁徙，想来今后也会络绎不绝。

这种形式的民族大迁徙所带来的结果，极端地说就是生活水平降低。古罗马崩溃之后，西欧在东罗马帝国这个文明继承者还存在的情况下，仍然用了整整 1000 年的时间，才恢复到古罗马时代的生活水平。

从墓穴中挖掘出的人骨便是一个实证。只有文艺复兴时代以后的人，才具有与古罗马人相同的体格。可见中世纪真够黑暗的。

我之所以不愿参与开国或锁国的讨论，是因为这种讨论所产生的解决方法也许适合"移民"，但对"移动"的人群完全起不到效果。何况，很难区分"移民"和"移动民"。

包括意大利在内的欧洲各国，针对这些人群，开始考虑实施"计划性移民"。他们总算明白，仅靠人道主义精神解决不了实际问题。

不过，可以被列入"计划"的移民的基准又是什么呢？历史已经证明，但凡靠"计划"能够解决的"计划"问题，大抵都不是什么问题。这份摆在我们面前的"计划"，有一点是人人都看得明白的——这种权宜之计解决不了问题。

计划性移民，必有人数限制，也有人称之为"定数移民"。

然而，计划性经济的社会势必有黑市存在，这也是无一例外的历史事实。地中海很窄，如果下定决心，哪怕藏在渔船仓底，它不是渡不过的距离。北美的情况是与墨西哥之间有着绵长的边境线，企图阻止渗透简直就是做白日梦。被波涛汹涌的大海四面围住的日本，看似处于最理想的状态，但事实上现在也无招架之力，拿不出任何有效的对策。

话说回来。在移入的人群中，势必也有不少优秀的人才。把他们不管三七二十一通通赶走，从有效利用资源的角度来看，似乎也不是一个聪明的办法。究竟有没有良策呢？

我不禁想到某人写过的一段话：最善的方策，不会从善意中产生，反而大多来自看似恶意的想法。

第 25 章

世界难题（之三）

中世纪、文艺复兴时代的威尼斯共和国与古罗马帝国，尽管对世界的影响力有着天壤之别，但它们都是延续了 1000 年的国家。而这两个国家衰亡的主要原因之一也是共通的：知性精英人口的减少。减少的不是知识分子，而是那些从事必须通过脑力提升生产效率的职业的人。

简单粗暴地说明一下。单纯的体力劳动者的生产力为 1，熟练工为 10，技能工为 100。一个熟练工可以养活 10 个人，一个技能工则可以养活 100 个人。从理论上说，只要技能型劳动者的数量不减，还是可以养活很多人的。

也就是说，先进国家只要具备先进头脑的人数不减，大概还能维持现状。

与此同时，先进国家还应认真地选拔发展中国家具有潜质的人才，将他们从单纯的体力工培养成熟练工，最后转型为技能人才。

但说到底，根本解决这个世界难题的方法，唯有防止知识精英阶层的人数减少。

遗憾的是，正如"丁克族"一词成为当下的流行语，我们似乎要做好回到黑暗中世纪的心理准备。要不然就是月球基地化，所有人穿上宇宙服，迎接我们的 21 世纪。

也许有人会说，想改善现状多生些孩子就是了。但这又是一个极其花钱的"事业"。

有形的费用大抵还是可以估算的，但也绝不是拿点儿童补贴便能抵消的金额。哪怕不读名校，不去高价的兴趣班学习，日常抚养费依然是一笔不小的开支。小孩真是不可思议的物种，刚穿上妈妈买来的新衣服，转眼衣服就小得不能再穿；等身体发育速度开始减缓，又不肯再穿妈妈挑选的衣服。单是一年服装费就不能小觑。

至于那些无形的花费，就更无法估算了。大人想出门听场音乐会，也得花笔钱雇临时保姆照看孩子。除了一些特别有钱的人之外，抚养孩子说白了就是一个焦头烂额的事业。而对于焦头烂额全身心奉献的母亲，孩子是会感受到她的辛劳，反倒是做父亲的能够体恤理解的并不太多。

如此艰难的事业，谁有资格要求那些年纪轻轻又从未享受过育儿快乐的女人去尝试呢？不想生孩子的不仅是女人。像听见孩子叫肚子疼不肯去读书，即刻紧张兮兮地联想到登校拒否[1]之类的

1　登校拒否：因讨厌或恐惧学校而拒绝上学的现象。

精神"开支"，很多男人也是希望回避的。"为防止人类回到黑暗的中世纪"的号召，大概是说服不了那些人去生养孩子的。

我想，唯一的办法就是以具体形式让人们切实地感受到利益。就是说在税制上实施优惠政策。

比如，生 1 个孩子税金减免 1/6，生 2 个减免 1/3，生 3 个以上减半。实际上，家长花在孩子身上的钱至少是这个程度。话说回来，生 3 个以上孩子的，减税额度不能再变，否则就会出现不肯工作靠生孩子赚生活费的情形。生育孩子和贫民救济，完全是两回事。

不管怎么说，只要人们愿意生就是好事。一旦为人父母，母亲总是爱孩子的，父亲自然也觉得孩子可爱无比，更重要的是，可以体会到抚养孩子成长是一个愉快的事业。如果再能少些经济上的负担就完美无缺了。倘若真能做到这样，"蛮族移动"变成未来人才的移动，也许就不再单单是梦想了。

第 26 章

写给女人们

在回国大约两周的时间里，我接受的所有采访，竟然不约而同地从以下的问题开始，让人无语：

> 如今的日本是女性活跃的时代。不仅政界出现了女神、大妈现象，就连激烈的求职战线，也是女性占主导，让人有种女性时代到来的感觉。盐野，对此你有何感想？

刚开始，我只是觉得怎么会有人问出如此愚蠢的问题，渐渐地被问的次数多了，不由得也思考了一下这个问题。

我想，提问者大概希望从我嘴里听到以下两种回答中的其中一种。

第一种：女性的时代，非常好，本该如此。社会以往对女性有欠公平。

另一种：虽然是好事，但不能因此而忘乎所以。女人有女人的职责，没有比得意忘形更丑陋的女人。

不过，我不打算给出以上的任何一种回答来配合媒体。因为在我看来，如今正是女性面临考验的时刻。

迄今为止，我们女性可以将自己的无能归咎于男性，是他们不肯给我们发挥的机会。从今以后，不再有这样的借口可以逃避，因为我们获得了平等的机会。而且女性的声音越来越受到重视。（且不论真相如何，至少在氛围上如此。）

凛然接受挑战，这样的姿态是不是更美一些呢？

记得大概是 10 年之前，我曾经问过摄影家奈良原一高："日本如今已是人人都玩照相机的时代。面对这种状况，专业摄影家是否感到有压力呢？"

奈良原先生以他一贯的沉静口吻回答说："非但没有压力，还很欢迎。这样才能看清楚专业和业余之间的差别。"

女人们，我们也要有这样的志气。

不过要注意的是，如果没有冷静地看清现实，志气最后可能只是一时的忘乎所以。

我以前在文章中写过，为了现状不被打破，顽固不化的男人们常常会使用一些权宜之计。比如说，凡事皆讲男女同权。

最近的专题研讨会或电视谈话节目，流行男女同数出席。如果仔细听他们的发言，会发现女性一方的观点以及表达方式的逻辑性，综合起来除以人数的平均点，明显低于男性。而且，出席的人数越多，这种倾向就越严重。

我曾经开玩笑说，不要男女对半，换成二对八的形式。这种情况下，肯定是 2 位女性赢。结果，我很沮丧地受到了来自女性一方的批评。

不得不承认，目前女性整体的综合能力劣于男性。但无论如何，眼下正是我们发挥能力的好时机。而且，在为提升自己付出种种努力时，我们也会比以前感到更加快乐。

人，为了施展能力会勤奋学习，并且根据获得的客观评价，明确今后努力的方向，这是古今东西不变的情况。受到掌声的鼓舞进而不断完美演技的，可不只是演员。

以往，女人指责男人凭腕力决胜负不肯讲道理。而如今，热衷于凭"腕力"决胜负的，似乎变成了女人。

对我们女性而言，我认为这是一种自掘坟墓的生存方式。

第 27 章

外部压力

文艺复兴时代的思想家马基雅维利曾经这样说过：

> 无论何种政体的国家，哪怕是迫于形势做出的决定，领导者也有必要让它看起来像自行选择的结果。就算不得不采取的行动，富于谋略者，也不会忘记让对手或周边人相信，一切出于他本人的自由意志。

然而，在当今的日本，"外部压力"一词却显得如此的堂而皇之。

很多事都是迫于外部压力，不得已而为之，因为维系良好的国际关系，才是日本的生存之道。

理由，毋庸置疑是正论。外部压力，也是无奈的事实。

然而，政府向民众呼吁的方式，我认为并不高明。因为它只有理性的陈述，没有任何感性的诉求，甚至带着触犯国民感情的危险。

迫于外部压力不得不如此。听闻此言，有多少人能坦然接受呢？一般来说，认为应该去消除压力的人会更多吧。这样的想法才更自然、更符合人心。即便外部压力的存在是不可否认的事实，但它毕竟不是因为我们犯下了什么伤天害理的事情。再者，"屈服""抗争"之类的字眼，往往带有感情色彩。它们不仅不利于理性陈诉，反而会起到相反的效果。这一点也是不能忽视的。

此外，建立友好的国际关系是日本唯一出路的观点，虽然正确无比，但对鼓励民心却效果甚微。人，是一种不会被极端的事情所打动的动物。

制定因应外部压力的政策，没有民众的积极参与不可能成功。推行任何一项重大事业，如果不能以某种方式唤起大多数人的热情，注定是要失败的。

这个"某种方式"，不是理性的而是感性的。

能被理性说通的，仅仅是少数派而已。调动多数派，从来都需要一些令他们热血沸腾的东西。

诉诸理性便能解决问题，是知识分子的想法。然而，有知识的人不一定是好领袖。所谓优秀的领袖，是为了得到良好的结果，可以眼睛不眨地诉诸非常手段的人。

我们能不能不要再高叫"外部压力，外部压力"了！屈服于外部压力而采取权宜之计，不仅不能令人奋起，连思想也会变得消极。相反，如果是按照自己的意志做出抉择，倒能激励民心，国际上对我们的印象也会有所不同。

　　国家的领导人，不妨将国民视为女人。女人其实并不害怕吃苦。只要有一句"让你受累了"，勇气便油然而生。所谓吃苦，如果是"我知道苦但不得不做"，那么苦只是苦。倘若是能激发起干劲的苦，苦就会变得不那么苦了。不仅对女人，对所有人都是如此。

　　通晓这种心理的人，在家庭中势必是好丈夫，治国势必是优秀的领导人。日本的前途，与其交给理性至上的知识分子，不如交给深谙女人心的倜傥男子。大家认为如何？

第 28 章

Noblesse Oblige

　　Noblesse Oblige 翻译成日文，大概是"尊贵的职责"，意思是过去只考虑为自己而活，如今功成名就，应该考虑为他人而活。

　　如果将它转换成日语，这样的解释应该足够了。相信日本人正是这样理解的，所以在使用时不会讲"尊贵的职责"，而是直接说"Noblesse Oblige"。

　　然而，语言中单纯转换不能充分表达意思的词汇非常多，尤其是使用原词的场合，我们有必要了解它原本所含有的真正意思。

　　否则，日本在说这个词语时和欧美人口中的 Noblesse Oblige 有可能会产生理解上的差异，进而有引发语言摩擦的危险。

　　那么，欧美人心目中的 Noblesse Oblige 是什么呢？

　　Noblesse Oblige 最基本的意思，直接说就是"拼命"。当然，它指的不是拼命这个行为本身。如果只是单纯拼命的话，黑社会也做得到。所以，这里应该理解成为他人挺身而出。

因此，这个词才叫作"尊贵的职责"。不是义务，是职责。相较于不得不去做的义务，职责具有更高的道义。在欧美，这两个词有着严格的区别，我想日本亦是如此。

那么，为他人挺身而出，具体又是怎样的形式呢？再直接点说，就是以武力保护自己人不受到敌人的伤害。

历史上欧洲的贵族、骑士阶级很受尊重，并且他们都属于统治阶级。当然，现代的统治者们不会再以手持武器的形式来表现Noblesse Oblige，但它作为一种象征依然还是存在。

精英们受到尊重，并不是因为他们比别人拥有优秀的素质或社会地位，而是发挥了这些优势的效用去保护没有这些条件的人，所以才获得敬意。

在欧美，"精英"一词没有负面的印象。在享受权利的同时，认真履行职责的人，才能称为"精英"。

而职责中首要的事情，就是在必须时使用武器保护民众。只要看看那些欧洲的古城便能明白。城市的周围都建有城墙，以前围绕城墙还挖了护城河。这些设施都是为了城内以及近郊的民众不受外敌的侵犯而建的。如果有敌人来袭，于城墙之上顽强抗敌，便是精英们的职责。这样，他们才受到尊敬。

这个传统时至今日依然健在。美国之所以被公认为大国，不仅是因为它的经济实力，更靠的是遍布全世界的军事力量。迄今为止，是美国在履行 Noblesse Oblige。

而另一方的犹太民族，他们做了所有该做的事情，唯独没有为他人去拼命。在中世纪，犹太人缴纳的税金是基督徒的双倍，但他们可以不用承担军务。所以在遇到不利时，只能靠钱来解决问题。他们这种行事方式一直持续到以色列建国之前。

我个人不是"再军备论"者，但不会轻易地讲 Noblesse Oblige，因为我没有忘记这个词背后有着欧洲 3000 年的传统。而且，我们日本人至今也没找到可以向世界呈现的、取代传统并具有其他意义的 Noblesse Oblige。

我个人的意见是，可以建立一个不使用军事的新型 Noblesse Oblige，它们就是经济和技术。换言之，这是在日本人最擅长的领域。日本人不妨在这个领域里以不同于欧美，也不同于犹太人的方式，"挺身而出"。

这里强调一下，我们要做的是"挺身而出"。它指的不是以下这类事情：因为向发展中国家支付了和美国同等金额的援助费用，然后就觉得自己非常了不起。

如果在军事以外，比如说全球环境问题、援助发展中国家自立等方面，日本投入的人力和财力，能够媲美美国为军事上的 Noblesse Oblige 所投入的人力和财力，我们方能觉得自己了不起，才能说自己实践了 Noblesse Oblige。同时，我们也真正拥有了"实力"。因为对于具备这种良好的"实力"的国家，应该很少有其他国家会乐意看到它衰退。

希望大家能够认真思考一下欧洲的 3000 年历史。这样我们就会痛悟到，日本未来的发展根基，绝不是欧洲人用 3000 年所建立的西方理论，即实力等于军事力。也就是说，它既不是美国式的，也不是犹太式的。

第 29 章

好感度

　　戈尔巴乔夫长得像莫斯科奥运会的吉祥物小熊"米莎"，带着一种莫名的逗趣神情。哪怕恭维也称不上美男子的这位人物，小时候应该很讨女老师的欢心。

　　相信他是一个聪明的孩子。也许成绩不算名列前茅，但排名一定位居班级的前三分之一。那张脸，笑起来自然是无比可爱，就算生气也不会遭人讨厌，势必得到女老师们的种种关照，有愉快的学校生活。

　　像他那样的人，成年之后依然讨巧。这位推动了堪称败北宣言的苏联改革（指 1985 年—1991 年。——编者注）的男人，单单在国际关系领域，就获得了苏联人未曾享受过的利益。

　　可能有人会说，处理国际关系依靠的是冷静算计，和好感度之类的感性问题没有关系。我也承认事实或许如此，甚至打心眼里期望，所有国际关系都能得到理性解决。

然而，现实并非事事如愿，光是看世界对待日本的态度，我们就不得不承认这一点。好感度的高低，竟然意外地重要。如果不重视这个问题，我们往往会将不被待见的原因归咎于人种差别，结果在国际上的好感度变得更低。

话说回来，不管戈尔巴乔夫是走马灯似的更换亲信，还是面对波罗的海三国的软弱姿态，不知为何，西欧方面还是自始至终支持着这个男人。尽管他们嘴上说着要延期双方的首脑会谈，暂缓对苏联的经济援助，但字里行间总让人感觉，西欧暗地里还是希望戈尔巴乔夫的地位安泰稳定。

据说原因是没有能够代替戈尔巴乔夫的适合人选。那么，西欧为什么会认定没有其他人选呢？我感觉，仅仅围绕他天生讨喜（从小就深受女老师喜欢）的层面，大概是解不开这个答案的。

撒切尔夫人的一句话道出了关键："和那个男人可以做生意。"当然，她口中的生意不是商业行为，而是在重大问题上可以达成一致，换言之就是讲得通道理。

在经济世界中，1 加 1 等于 2。但是在政治世界，1 加 1 未必等于 2，有可能变成 3，也可能只有 0.5。因此，那个世界的生意，是可以相互沟通的，就算是为了 1 加 1 不要变成 0.5。

不过，戈尔巴乔夫和撒切尔夫人都是政治家，不是哲学家。对哲学家而言，讲道理是追求真理的唯一方法，但是对政治人物而言，讲道理是为实现自己的目标而制定的策略之一。我以前在作品中曾经写过这样的话："利己主义者之间的妥协，始终是可能的。"

当然，这里的利己主义者，我指的是真正了解什么才是自己利益的人。在那些狂妄自大的人之间，妥协这种属于人类智慧的产物是不存在的。从这个意义上来说，撒切尔夫人和戈尔巴乔夫，应该都算是利己主义者。

戈尔巴乔夫想改造苏联，撒切尔希望维护欧洲的安全。即便撒切尔退出政坛，其他欧洲领袖们的首要目标，依然是欧洲的安全。

然而，在他们心目中能够做生意的戈尔巴乔夫，如果失势下台，情况是否会起变化呢？我想，正因为西欧方面担心这个问题，才始终希望戈尔巴乔夫能够太平无事。如果苏联人有心换将，选出的新领导人不是戈尔巴乔夫式的"做生意"的人物，想来西欧是不会接受的。领袖与领袖交往，好感度大概也从感性的个人偏好，变成了一种理性的判断。

环顾日本政、官、商界，在这个意义上具备好感度的人物，究竟有几位呢？想到这一点，不免令人心情黯淡。

第 30 章

百年大计

每天与历史做亲密的接触，不禁让我想到，这世间其实并不存在所谓的百年大计。

如果从后世回望，历史上的确有过一些堪称"百年大计"的策略。然而，在规划的当初，甚至连规划者本人都不会意识到它们将成为百年大计。

无论是谁，都会考虑未来并且制定相应的规划。明天将如何开始，最后又怎样结束，虽然也有人声称为未来布局，但我怎么听都觉得像谎言。如果说者本人不是存心撒谎的话，那么就是在自欺欺人。

与其说古人诚实，不如说那个时代没有热衷宣扬堂皇论调的媒体。但不管怎么说，的确没有人口口声声说什么百年之计。他们大多都明确地表示"现在，必须做这件事情"。

我认为这样更符合自然的人性。让人去考虑自己死后会发生什么，并不是那么容易。而且，就算是有这样的计划，也很难令他人信服。

所以说，即使是那些最后成为百年大计的计划的设计者，在提出计划的当初和其他人的想法并没有什么不同。

那么，为什么会出现一日之计和百年大计的差距呢？

我先说结论。这个差距应该是源于设计者天生的感觉。制定计划的人如果感觉良好，一日之计便可能成为百年大计，这个人就是有先见之明。相反，感觉迟钝的人制定的计划，由始至终只是一个短暂的一日之计。

如果从百年之计的性质考虑，它相当于我们开发一个任何人去实行都会产生同样结果的程序。多数人一生能活 50 年到 80 年。真正能制定计划的年龄，怎么说都要过 30 岁。如果是"大计"的话，那么大概要到 50 岁才能开始。

也就是说，能想出百年之计的人，哪怕是下意识地，也一定考虑过如何做到在自己死后无论是谁继任结果都能保证不变。

能够下意识地认识到这些的人，是天才。换言之，"百年之计"是天才的产物。如果不是这样，市场调查之类的事情就不会显得如此重要。

我以前就对市场调查心存疑问，甚至觉得它是庸才想出来的、充其量属于辅助型的事情。当然，我本人也是庸才一名，只不过不想去过分依赖那种辅助工具而已。

言归正传。如果百年之计的性质是"开发任何人实行都会产生同样结果的程序"，那么它和科学的性质就是一样的。

不过，虽然两者有相同之处，但计划还是会出现波动。

程序设计得巧妙，那么任何人去做都能让结果在一段时间内保持不变。但既然它是由人操作的事情，那么就不可能和参与者的能力完全脱离关系。组织的寿命始终是一个严峻的课题。

百年之计和科学的另一个不同之处是，1 加 1 未必会等于 2，可能变成 3 或 4，也可能变成 0.5。

马基雅维利对领袖的要求是：力量、幸运、合乎时代。

一日之计没有在一天终结反而成为百年大计的原因，大概就在于以上三点。尤其是人文科学领域，即使是天才，运气和时代还是必需的。

第 31 章

实力主义的正与负

近来的日本，流行"实力主义"，或者称之为"能力第一主义"。"终身雇用、论资排辈"这一套似乎已变成明日黄花。

就我个人来说，作品的销售量不会随着年岁渐长，或是因 20 年的作家资历等理由而上升，所以我非常赞成能力自由化。不过，考虑到所有的事物都有正反两面，能力的自由化应该也有不利的一面。事实也的确如此。

在公元前 3 世纪到前 2 世纪的地中海世界，罗马与迦太基发生了拼死搏杀的布匿战争。第一次布匿战争始于公元前 264 年，最终以迦太基灭亡而宣告第三次布匿战争结束，则是在公元前 146 年。地中海世界的双雄，一而再，再而三，来来回回打了 118 年的战争。

尤其是决定战争走向的第二次布匿战争，从公元前 218 年至前 201 年，整整持续了 17 年。这场战争与其说是罗马与迦太基的对决，不如说是罗马与汉尼拔的对决。

当时的罗马，被这位迦太基的战将玩弄于股掌之间，完全不知所措。面对采用前所未闻的跨越阿尔卑斯山的战术直捣意大利半岛的汉尼拔，新兴大国罗马的军团一筹莫展，屡战屡败。尽管汉尼拔率领的军队在人数上处于劣势，可是败下阵的总是罗马军团。迦太基军步步逼近，距离首都罗马只有一步之遥。

当年的罗马军团由具有强烈的保家卫国意识的罗马公民组成。而这支军团的将领，则是由公民选出的任期为一年的两位执政官。从军队的性质而言，这应该是最理想的组织结构。

可是，他们却不敌除大将汉尼拔之外几乎没有迦太基人的外国雇佣军团。特拉西梅诺湖、坎尼会战，罗马军团两度完败于汉尼拔，遭受了之后的大罗马时代 500 年间不曾有过的惨败，输得可谓彻彻底底。如果当年的媒体像如今一样发达，相信各家报纸、电视台势必会大肆喧嚷："罗马，命不久矣！"

当时的罗马采取了严格的共和制。由贵族组成的元老院运作健全，寡头政体下一人独揽大权的现象自然被视为有损于共和体制，因此执政官的任期仅限一年。在如此短的时间内，将军们不可能与士兵建立起牢固的关系，罗马人甚至认为不应该利用人际关系来操纵军队。

在军队那样的体制里，相较于实力、才华，经验当然更为重要，官职也是随着年龄的增长逐渐提高。正因为讲求论资排辈，这种由多团体构成的组织才能保证正常的运作。

不过当年的罗马似乎是病急乱投医，他们决定让年仅 25 岁、尚未达到通常担当要职的年龄门槛的西庇阿统领军队。国家危在旦夕之际，已经顾不上再讲求什么论资排辈了。

这个决定带来的结果是众所周知的。战无不胜的迦太基，仅仅因为一场扎马会战的败北，便输掉了整个战争。

这次的转机也令实力主义在罗马共和国内不断抬头。从此之后的罗马历史，几乎是由个人传记连缀而成的。最终的结果自然是转向帝制。

那些认为由皇帝取代元老院统治国家因而导致罗马走向衰败的历史学家，甚至将罗马在西庇阿之后兴起的依靠实力获得公民权的现象，称为"汉尼拔的复仇"。话说回来，只让事物发挥正面效果，是任何人都不容易做到的。

第 32 章

自我满足也有限度

这大概是我时隔四年再次在日本跨年。难得有机会如此近距离地观察从平成元年[1]跨入平成二年的日本。

令我印象最深的是，谈话节目从岁末新年的电视上消失了。就在三四年之前，讨论时事的节目还非常流行，从下午至夜间大约连续 3 小时，都会有众人侃侃而谈。如今，就连 NHK 也将此类节目转至广播放送，在民营电视台这类节目更是不见踪影。

第二个印象是怀旧风盛行。以"红白歌会"[2]为首，所有的频道都充满了缅怀昭和时代的情调，众口一词地回顾战后的辛劳困苦，感叹今日的来之不易。正月里的电视画面被大型历史剧占据，

---

1 昭和六十四年（1989 年）1 月 7 日清晨，日本第 124 代天皇裕仁驾崩，55 岁的皇太子明仁登基，于次日起改元"平成"，标志着平成时代的开始。

2 日本广播协会（NHK）每年 12 月 31 日晚举办的歌唱晚会，由女歌手组成红队，男歌手组成白队。

自然也是这股怀旧风所致。

也许是因为我从纷纷扰扰的欧洲归来，所以才会对日本的这个现象感到无语，反应有些强烈。简单地说，这是"我们今后将往何处去"的欧洲与"我们走到今天多不容易"的日本的不同。两者之间的反差，甚至让我相信这就是文化冲突。

当然，回想过往的艰辛，有一些"走到今天多不容易"的自我满足感，实属人之常情。

坦白地说，我也因为时常沉湎于回忆招来儿子的嫌弃。

"那时你一点点大，走路时只抓得住妈妈的小手指。就这样妈妈还能工作。"

听着我的感慨，15 岁的儿子一脸不屑："好像我变回 3 岁更好似的。"

根据字典的解释，"嫌弃"指的是"厌烦、不愿接近"。

被最心爱的儿子嫌弃实在划不来，所以我也考虑过改变对策。不过，怀旧趣味属于人类自然的感情流露，就算刻意回避，效果也不会太明显。于是，在体味了自我满足之后，我决定如此思考：既然这样一路走了过来，那么今后也没有什么不能做的事情了。

日本人是否可以这样想呢？不管怎么说，我们多少都有一点自我满足的权利。尤其是对饱尝战败后贫穷滋味的老一辈而言，今日富裕的生活宛如梦幻，感慨的心情可以理解。曾经饱尝贫穷滋味却因为年幼记忆模糊的我，刚去欧洲时也总是被人问"是不是中国人？"，而如今大都变成了"是不是日本人？"，令人感慨万分。

然而，这里有一个限度的问题。如果日本一味沉溺于自我满足，在遭外国人嫌弃之前，首先就会被对穷困时代一无所知的本国年轻人鄙视。

　　对红白歌会的怀古之风不胜其烦的我，按下遥控器换台，竟然发现了罕见的谈话节目。节目好像是朝日电视台制作的，一大堆人在那里谈天说地。虽然每一位参与者都是相当了得的人才，可是因为人数太多，七嘴八舌谈不出什么实质内容。柏拉图《飨宴》中聚集的人物也不过就七八位而已。所以，我看了一会儿便关了电视。不过节目中一位嘉宾说的话倒是留在了脑海里。

　　他是这样说的："日本是怎样的一个国家，日本人迄今为止付出了哪些努力，这些和外国人没有关系。世界想知道的是，日本今后打算做什么。"

　　井底现在也许风平浪静，井外已是波涛汹涌。

第 33 章

国际人

所谓国际人，应该是性格以及反映性格的言行具有国际竞争力的人物，也就是所谓的国际通用之人。

很久以来，日本国际化、国际人的呼声不断。但是国际化或国际人，究竟以怎样一个具体的形式表现，似乎是一个谁都难以问答的问题，所以有种雷声大雨点小的感觉。也许是因为日本不太有国际化历史的情况比较特殊吧。

因此，这一章我准备挑战一下这个不太容易的问题。希望能以小见大悟出规律，或者说探索一下国际人的模式。

我与现任的出云市市长岩国哲人[1]先生，既没有见过面也没有谈过话。有关他的情报，仅限于两三本杂志所刊登的采访记事。

1　岩国哲人：日本政治家，担任过众议院议员、岛根县出云市市长等职。在进入政界之前，曾作为日兴证券的代表长年被派驻纽约、伦敦、巴黎等地。从日兴证券辞职之后，岩国哲人在美国投资银行摩根史丹利、美林证券等公司担任要职。

对以写历史人物为主业的我而言，讲述既没有见过面也没有谈过话的人物属于稀松平常。当然，写历史需要庞大数量的情报（即史料）做基础，和读几本杂志是不能相提并论的。

不过，本篇不是人物传，我只是将岩国先生作为"材料"使用。这样说也许有些失礼，请岩国先生多多包涵了。

在我看来，岩国先生才是真正的国际人。不仅如此，他应该是对日本人而言最理想的国际人的形式。原因有以下两点：

第一，岩国先生的夫人与他是同乡。夫妻共通的东西，势必要比非同乡的夫妻多一些。像这一类夫妻的共有财产，会给在异国他乡工作的人带来一种无法形容却切切实实的温暖。无论岩国在国外生活多少年，身与心总是热的。

这种无时不在的温暖，势必会反映在人品和工作上。而外国人，尤其是具备平均水准以上教养和才能的外国人，对这类人尤其敏感，瞬间就能判断对方是否是有根之人。

所以，像岩国这样有深厚根底的人就会赢得信任。在国外生活顺利，工作上自然会取得好成绩。

令我认为岩国先生是真正国际人的第二个理由，是在杂志上读到他谈及大学时代的朋友、Recruit 公司社长江副浩正[1]。

在市长竞选最激烈的时期，岩国和这个麻烦很多的人物的关系，似乎成了对方阵营打压他的话题。那时的岩国没有任何的躲

---

1 江副浩正：日本著名的人才中介公司 Recruit 的创始人。1998 年因贿赂遭起诉、逮捕，2013 年去世。

闪逃避，大大方方地告诉众人，他和江副在大学毕业后仍然保持着友情，在后来创业时曾受到江副莫大的鼓励和支持。因此，时至今日他依然心怀感激。

对于岩国的这番表态，我不知道出云市民是怎样回应的，但我可以自信地说，我知道外国人会有怎样的反应。

不管是美国人、欧洲人还是俄罗斯人，都会感受到这个人的义气，认为他是个可以信赖的家伙。

日语中有"侠气"一词。翻查词典看见的是，"男気"二字。

杂志的采访没有提及岩国先生在工作上的表现，因为这一点想必是不言自明的。再怎么有根可寻、侠肝义胆，外国人可没有善良到愿意接受一个无能之辈的程度。能够在纽约那种不能靠脸吃饭的地方获得成功，他在这方面的能力一定是有保证的。

当然，我并不是要求所有的日本人都应该成为岩国型的国际人。人有不同的个性和适应性，正因为有这样的多样性才构成了人类社会。

不过有一点我想还是可以说的。日本人也分"外向型"和"内向型"。对今后的日本而言，采取适才适用的方针善用两者，也许是有效利用资源的方法之一。

岩国先生属于"外向型"，即适合与外国打交道的人才。那么，谁是"内向型"人才呢？

这里我就不点名了。但凡会阅读拙文的读者，大概脑海中立刻会浮现出两三个人的名字。

第 34 章

国际化

《中央公论》杂志的新年号（1990 年）刊载的题为《国际化发展中国家日本将往何处去》的文章，想必有人读过。我等着看反响，可是除了 2 月号刊登的一篇观点有失偏颇的读者来稿之外，专家们像是都漏读了这篇文章。也可能是专业的评论家们感觉不足 8 页纸的内容属于试水小文，在静候作者正经的大作吧。不过对我而言，它足够引发思考。

此篇文章的作者是 1945 年出生的美国记者理查德·马修斯（Richard Mathews），内容让人联想到美国南部绅士的丝毫不带卑劣论点的那种规规矩矩的文章。它是这样开头的（大前正臣翻译）：

全世界尤其是美国，出现了"日本应该更积极、有力地担当起国际事务"的声音。很多人认为日本如今是经济上的超级大国，理应对世界负起更大的责任。然而，有关日本到底该承担怎样的责任的问题，即使在美国也是意见不一。所以，我很想知道日本人自己是如何看待这个问题的。我在今年7月来到日本，其间做了80次以上的采访，结果发现自己在不停地问着错误的问题。

对于如何承担责任，日本人不仅没有明确的观点，甚至对日本在经济市场以外的领域能否发挥作用，也显得没有自信。

想来马修斯采访的80位日本人，不是随机抽选的。他们一定是知识、能力、社会地位等综合素质远高于普通日本人的政治家、官员、学者、媒体人，而且都是可以决定日本未来走向的人物。那么，这些人是怎么回答马修斯的问题的呢？

大多数官员、政治家以及大半的普通民众，仍然非常内向。提倡日本应承担更多国际责任的只有一小撮人。

日本不可能担负起美国治下的和平那样的责任，因为日本人既没有能力也没有这个意志。

马修斯在文章中指出，似乎有日本人认识到经济大国的观念已落后于时代，但没有人相信，在多元化的时代日本也能成为世界主要的实力大国之一。被采访的日本人普遍认为，日本不具备英国、法国等国家在国际场合行动的能力、手段甚至勇气。

也就是说，在日本人中有机会活跃于世界舞台而且被期待在世界舞台上有所作为的当事人们，自己都承认甚至比不上英国人、法国人。所以，对此感到困惑的应该不止马修斯一人。

说到原因，似乎首先归结于第二次世界大战的苦头。因此，"只要这个记忆没有消退，无论哪位领导人都不会积极地去谋求更大的作为。"

　　　　以日本的立场，不会去考虑扮演经济援助之外的角色。因为邻近诸国目前还不太能接受，毕竟第二次世界大战的情绪依然很强烈。

说这句话的是我敬仰的一位经济界人士，因此和他同辈却观点不同的我，不禁怀疑自己是不是过于乐观了。

当然不得不承认，接受马修斯采访的日本人不愧是日本精英的代表，对现状做出了客观且正确的分析。但问题在于今后该怎么做。还是说日本没有今后了？

"有志者事竟成"这句格言我认为是日本制造的。难不成它也像《万叶集》[1]一样都是邻国的产物？

1　《万叶集》：日本最早的诗歌总集。

第 35 章

轻蔑

　　根据理查德·马修斯所著的《国际化发展中国家日本将往何处去》的报告，日本在世界舞台上最好不要有作为的观点，似乎不只是那些身居高位者的"私见"，这感觉基本上就是日本国策。马修斯在报告中甚至这样写道：

　　　　根据我的外交官朋友，上述的渡边先生所言，外务省职员接受的指导是，积极的对外政策"将使日本陷入破局"。

　　他还介绍了革新政党的两位（不是老害[1]而是年轻力壮）国会议员的意见：

1　老害：掌握实权而在为害的高龄者。

在这一点上，哪怕是换成日本社会党主导的联合政府，应该也不会有明显的改变。因为根本上它不是政治问题，而是社会的、文化的、心理的、认知上的问题。

坦白地说，我本人也对我们的能力感到怀疑。

因此，不仅是执政、在野两党的议员，站在批判国策立场的舆论界和处于被批判立场的负责国策事务的官员们，都本着相同的意见，这令人深思：

日本不具备重建世界架构的视野是不争的事实。但是我认为拥有那样的哲学是一种傲慢，是在指导他人如何生活。

日本国民希望尽量去帮助其他国家，但是介入他人的内部问题有违我们的伦理。如果不是对方提出要求，我们不会主动出手。因为介入他国问题是傲慢，是粗鲁。

在听完很多类似的回答之后，秉持西方思考方式的马修斯得出了以下的结论。当然也有人提出了一些积极的意见，但那毕竟是"一小撮人"，并不能影响马修斯的结论：

尽管有着文化、心理、政治或社会学上的各种理由，但这次调查给我带来的最深的印象是，如果没有绝对的强制，日本是一个不想对世界做出什么贡献的国家。对于日本无法承担更多的责任、不想承担责任的理由，他们给出了很多说明。每一个说明似乎都很有道理。但是把它们加起来，就是借口的堆积。他们不过是企图用正确的语言，将对世界问题和对人类缺乏真诚关怀的态度正当化了而已。

当然，是在经济领域以外的世界问题上成为积极的、建设性的、指导性的参与者，还是满足于做一个银行家或商人，是日本人自己的事情。然而，在做选择时，如果不是真心想成为承担国际安全保障责任和义务上的合作伙伴，没有与其他人一体感的真正意识，日本就该意识到必须付出相应的代价。

马修斯委婉地用了"相应的代价"一词，讲到底就是对日本的"轻蔑"。

不过他似乎并没有得出最终的结论。他用以下这句话作为报告的结尾：

这样的姿态是正确的吗？是真正的日本吗？是日本人的真心吗？

扔过来的球要不要扔回去，这取决于我们。

马基雅维利针对被爱戴和被憎恨、被轻蔑，究竟哪个更好，做了以下的陈述：

每一个人都希望受到爱戴。然而在取得重大成果时，往往被恨多于被爱。因为人通常都会嫉妒，遭人憎恨也是能力得到认可的证明。

　　但是对轻蔑不能同等看待。轻蔑不是能力得到认可的评价，而是由于无能而让别人产生的评价。因此，哪怕遭到憎恨，也绝对要避免被人轻蔑对待。它必然会引发灾难。

第 36 章

再谈世界难题

马基雅维利曾经说过："如果问对军事指挥官而言最重要的素质是什么，我会回答：想象力。"

面对所有人看来都处于劣势的战况，仅仅改变一点小事就能逆转局面，使之朝对自己有利的方向发展，是最上等的指挥官。而能够发现一点小事并且加以利用，只有靠想象力。

所以这一回，与军队指挥官一辈子无缘的我以及我的读者兄弟姐妹们，把自己当作最上等的指挥官，一起来发挥一下想象力如何？

之前我以"世界难题"为题，连续三章写了关于人们从发展中国家向先进国家迁徙的问题。我们几乎找不到任何手段可以阻止这种现象发生。如果想继续人道主义精神，唯一的办法就是保证高生产力的人数不减。只要总体上生产力较高的先进国家的人口数量不减少，就有可能援助总体上生产力较低的发展中国家的民众，同时也可以为他们提供教育。

教育是一切，我对此确信无疑。无论在哪一国出生，皮肤是什么颜色，只要受过教育，就可以期待人们以理相通。

然而，作为解决这个世界难题的唯一办法，防止先进国家人口减少的方案，的确也是一个"远话"。所谓"远话"，就是虽然知道它是解决问题的根本，但是在实施的阶段常常因意志和忍耐力不够强大，而出现中途遇挫的情况。半途而废就等于什么也没做。

为了防止这种情况发生，应该以和"远话"并行的方式推出"近话"，也就是短期的对策。解决了眼前的一个个问题，长期的政策自然会水到渠成。

我想到这个有关世界难题的"近话"，是在听到戈尔巴乔夫发表演讲的时候。

如果想到第二次世界大战以前的历史，只能说民众的疑问和怒火完全正当合理。正是他们产生了怀疑，开始摸索未来的方向。

正向 21 世纪蔓延的只能看到劣势的世界难题，一举逆转为优势的关键之一，也许就在这里。

提高苏联和东欧诸国的生产力。在我写作本文的时候（指 20 世纪 90 年代初。——编者注）苏联的人口有 2.8 亿，民主德国、波兰、捷克斯洛伐克、匈牙利、罗马尼亚、南斯拉夫以及保加利亚的总人口有 1.4 亿，两边加在一起超过了 4 亿，而且这 4 亿人已经拥有较高的知识文化水平。在此基础上提高整体的教育水平，只需要对技术教育的制度做出一些调整。相较于对必须从零开始进行文化基础教育的发展中国家提供援助，向他们提供帮助，难道不是效率很高的"近话"吗？

东欧和西欧拥有共同的历史、共同的宗教。如果说肉体上的差异的话，他们的差异和北欧人与西班牙人之间的差异相比，几乎等于没有。引领西欧天主教徒的上帝的代理人罗马主教，在10年前还是波兰人。只要成功地提高这4亿人的生产力，首先战争的可能性就会降低。因为人们在拥有了一定的物质条件之后，都会变得保守。

然后，自由主义诸国和生产力提高后的这些国家融为一体，可以针对发展中国家，制定真正有效的对策。

第 37 章

设定截止期的重要性

《周刊朝日》上刊有船桥洋一的专栏，题为《世界简报》。专栏的第五篇内容有关马歇尔计划。这篇文章尤其是最后 5 行，我读得兴趣盎然，船桥先生的文章是这样写的：

> 马歇尔计划给我们的另一个启示是 sunset，即在开始的阶段便预设好结束的时间。为了结束而开始，才能带来经济自立的结果。援助东欧的计划，有必要事前设定 sunset。

sunset 即日落。言下之意，不能期待太阳无限期地光辉灿烂。设定截止期的这个想法很有远见。它不仅能够用于经济援助，可以说还是一个适用于所有问题的概念。

我这里有时候也会有年轻人来访。他们的问题大抵是，想做点什么但不知做什么好，而我的回答大抵是，这种事情想了也不会立即有答案。不如定个时间，两年里不去想这些问题，爱干啥干啥，就是不要去考虑什么一生的追求。听了我的回答，年轻人大概以为找到了尽情欢乐的正当理由（哪怕只有两年），带着满面笑容离去。

我不是倚老卖老夸夸其谈，我在他们那个年龄同样如此。之所以设限两年，是因为根据我个人的经验，无所事事混两年基本上就会厌倦。

在美国监狱做精神科医生的友人曾经说过，与无期徒刑的犯人和 30 年刑期的犯人打交道，难度相当不同。刑期哪怕再长，只要有结束的那天，就至少有一份划日历数日子的期待。

主妇的辛苦，不在于家务的量，也不是因为家中环境单调而且没有一起干活的伙伴。主要原因是下班的铃声不会响起，甚至没有节假日。

近年间主妇们变得聪明了一些。似乎有越来越多的人会抓紧时间做完家务，下午去文化中心或高尔夫球场。当然，还是要等孩子成长到一定的年龄才有这个可能性。但不管怎么说，能够享受周休两日待遇的主妇肯定属于例外，就更别提有长达两周或一个月的有薪假期了。

在古罗马共和制时代，有一个叫作"dictātor"的官职，历史学者们将之翻译成"临时独裁执政官"。这里借用马基雅维利的话做一个解释：

作为危机管理的对策，共和制下的罗马人实施了临时独裁官的制度。这是一个在一定期限内赋予某人绝对权力的制度。当选人被允许独断专行，而且其决定的事项在实施过程中不允许任何人提出异议。

但是这个职位并非终身制，任期仅 6 个月。而且选出的目的，只是为了应对非常事态，独裁官所拥有的权力仅在于决定并实施解决之策。

只要满足以上的条件，就可以说临时独裁官的制度非但无害，而且是有益的制度。

　　　　　　　　　　　　　　　再次写给男人们

第 38 章

自由化

当今日本，自由化进程最为缓慢，几乎和大米进口同样落后的行业，是学术界和舆论界。

学术界的部分领域已经实现了自由化。至于舆论界的情形，我们不妨把它看成国产米。

事实上，无论学术或舆论，和经济一样，如果不实现自由化，就不可能具备真正的国际竞争力。

因此，作为隶属这个行业的写作人，我今天打算谈谈什么是舆论的自由化。

作为读者，进入这个世界的人，如果听说此事势必会大吃一惊：原来舆论界也有"仁义"一说。不管是报社、出版社或广播电视，都有一项约定俗成的规矩：对自家的作者或嘉宾所发表的言论，即使不赞赏，也不能批评。这种保护主义倾向，连年轻的从业者都习以为常。

举一个例子。某家报社出版了曾在报纸连载过的小说单行本。而同一份报纸的读书版面，又刊登了批评这本小说的文章。结果惹怒了小说的作者，竟然一个电话打给文化部部长。在作者看来，报社不仁不义，既然自己的作品为行业做出了贡献，作为回报，报社就不该批评作品。

这种"仁义"的盛行，形同于经济上的保护主义。作为直接参与者，写稿和约稿的双方，最终都从中获利。和经济保护主义的情形一样，遭受损失的永远是消费者。舆论界的消费者，就是读者、观众。

话说回来。即便是这种常年保持一团和气的舆论界，近来似乎也兴起了一股自由化的浪潮。这股浪潮的积极推动者是《中央公论》。正是这本月刊杂志，刊登了被通称为"修正主义对日观"的沃尔夫廉、詹姆斯·法洛斯等人的文章。

那些外国记者没有团伙意识，不懂约定俗成，而且对日本知识分子始终回避的那种指名道姓的批评，可以说毫不避讳。就连《中央公论》的常年签约作者，也没能躲过他们的抨击。"无仁义之战"正在舆论界打响。

当然，舆论界和黑社会毕竟不同，还是为被批评者提供了反击的场合。由于是月刊杂志，挨骂的人在读完批评的文章之后，有足够的时间著文回击。更何况，那些指责的确有不少值得商榷之处。事实上，《中央公论》就多次刊登过针对遭点名批评的当事人的相反论调。

不过，在阅读过反驳文章后，我的感觉是，那些人并没有正面回击自己所遭到的非议。

或许是当事人认为，跟挑衅者较真是不成熟的表现，又或许是源于日本知识分子的"辩论等于吵架"的固有认知。在跨学科的模式逐渐成为主流的当下，整个日本知识界成了熟人圈，而"文人相争"从来都不是日本人喜欢看到的事。正因为如此，那些所谓的相反论调，大多不是采用国际通用的形式以理服人，而是带有感情色彩的非国际性语言。

"无仁义之战"的好处，是真正有实力的人最后会赢。小打小闹，激发不出斗志，可以说是一无是处。

我想，实现舆论界的完全自由化，也许要等到日本的报纸、杂志同步发行英文版的那一天。

既然是和日文版同步，就不会像以往面向海外专门制作的英文杂志那样戴着一副面具，而是以平常姿态示人。只有这样，无须顾忌少数懂日语的外国人，业界一团和气的现状才能被打破，当事人才会认真地去回应对方的批评。避重就轻、躲躲闪闪的态度，在国际场合从来不会受到重视。

届时，因自由化而获利的，不用说，一定是第一次看到真正的较量的读者们。

第 39 章

草根·国际交流

这一章谈谈只要 100 万日元就能进行国际交流的话题。

日本似乎是一个演讲的天堂。像我这种公开言明不擅长演讲的人都源源不断地收到邀约，那些清楚表达演讲意愿的人，想必更是忙得来不及坐热椅子。

而且，演讲费相当地高。想到非人性的低价稿费以及电视电台的出演费，我甚至怀疑其中是不是有一套体系存在 —— 给报纸、杂志撰文或上电视，目的在于出名和增加曝光率，而实质利益则通过演讲获得。

再怎么有意义的演说，1 小时 100 万日元，无论如何不算一个合理的价格，我们又不是基辛格。

在婉拒演讲的同时，我也发现了一个问题。主办方虽然给出了超乎常理的高价演讲费，却几乎没有考虑到其他的经费。大约 9 成的主办方都会说下一次回国时，请务必出席。而愿意提供来回机票和日本的住宿费，演讲费另算的方式，对于不做演讲的我非常合适，可惜这样的邀约只有一成。

我想出现这种现象，大概是因为主办方通常只邀请住在日本的人。日本国内的话，就算是去到北方的尽头，费用也是有限的。

不过，美国和欧洲有一点共通之处，知识分子通常是无国境般地穿梭于各国之间，因此不管参加演讲还是论坛，首先提出的条件是交通费。主办方一般会负担交通费，对小有名气的人会包住宿，给演讲费的是非常出名的人。这也许是因为演讲作为一种职业在美欧两地并不普及吧。

于是，我想到了一件事情。美国人和欧洲人对日本的兴趣，近年来日益高涨，但机票是一个障碍。如果提供来回机票（商务舱足够了），再加上日本一周的住宿费，势必会有很多外国人愿意来演讲。不支付演讲费的话，就算是提供翻译，也不会有多大的支出。顺便提一句翻译。能够说日语的外国人毕竟人数有限，如果只考虑那些人的话，选择范围就会变得非常有限。哪怕只有 100 万日元的预算，要做正经的国际交流，还是视野越广阔越好。

如果有人希望在日本住一周以上，那是他们个人的自由。逗留期间的费用，其本人所属的大学或研究所可能会考虑吧。我认为，像扶轮社[1]等机构，就应该是为提供这一类的援助而存在的。

1　扶轮社：由商人和职业人员组织的全球性的慈善团体，在全球范围内推销经营管理理念，并进行一些人道主义援助项目。

如果真能做到这样的交流，双方的利益便达成了一致。既解决了希望了解日本的外国人的最大障碍，日本方面也能更加轻松地听到外国人真实的声音。

　　当然，我这里说的外国人不是基辛格级别的人物。像他那样规格的人物，大可交由专门招待要人的机构负责。听一些无法通过日本媒体简单接触到的人物，即中等级别的外国人的演讲，其实也很不错。只要想想日本中坚人物的不俗表现，就能明白这个道理。

　　首先这些人都是身处第一线的学者专家，再加上平素受邀的机会相对不多，因此会讲得特别认真。更何况，我们还给他们提供了真正了解日本的机会。

　　演讲的人选看似很难，其实倒也不难。既然是轻松的国际交流，那么人选上也可以放轻松。刚开始邀请的可能是因某些机遇巧合而结识的人物，渐渐地这种交流会在那些人中间口口相传。毕竟，大家都有了解日本的热情。

　　无论如何，仅仅通过少数人过滤后的言论，是无法传递真正的讯息的，也不可能有真正的国际交流。

第 40 章

种族歧视（之一）

意大利的古都佛罗伦萨，如今正在受到前所未有的一种另类关注——作为暴力城市受到关注。

以文艺复兴的发祥地而闻名世界的佛罗伦萨，也许做梦也没想到会背上如此污名，而且暴动与种族歧视有关。非文明的行为遭世人唾弃似乎也无可申辩，日本的报道大概也是这个基调吧。

事件发生在 2 月 27 日的晚上，正值狂欢节（谢肉节）最后一夜的假面化装舞会的高潮。

戴着面具的五六十个年轻人，袭击了一群聚集在路边的北非青年。据报道，除了被送进医院的 4 人之外，实际受伤的人数超过 10 人。

在被认为种族歧视情绪最淡薄的意大利，佛罗伦萨更是人们心目中一座安静到甚至有些无聊的文化城市。这里发生暴动，自然是吸引了大批的媒体。各文化团体、工会等革新势力争相发表反对宣言，简直有点"一亿总忏悔"[1]的感觉。

不过，在我这个住在事件发生地佛罗伦萨市中心的居民看来，问题并非那么简单。事实上，像是要证明事件不是狂欢节的余兴，不到一周的时间暴动再次发生，这一次是不戴面具的对决。这个背后有着市民默许的暴力行为，性质错综复杂。

和希腊的雅典并称为西欧顶级文化都市的佛罗伦萨，上演了不逊色于"密西西比在燃烧"[2]的"佛罗伦萨在燃烧"，最后结果同样是靠警察平息了骚乱。

为什么会发生在佛罗伦萨？想必人人都会问这个问题。

以在自己的国家活不下去为由，用政治避难的名义（活不下去是真心话）渡过地中海的北非人，并不是都聚集在佛罗伦萨。自古以来就能接纳一切的国际都市罗马就不用说了，以米兰为中心的北意大利也拜政府的宽容政策所赐，流入的北非人远远超过了佛罗伦萨。

不过，由于大城市罗马的市中心不止一个，所以罗马的北非人显得没那么起眼。去往意大利北部的移民们似乎也选择在工厂打工。如果佛罗伦萨的那些人也去郊外的基安蒂地区的农庄工作，作为紧俏的劳动力资源，他们会受到重视，就不会成为种族歧视暴动

1　二战后，皇族东久迩稔彦组阁，抛出"一亿国民都必须进行忏悔"论。这种论调在当时引起普遍反感，被舆论认为是把战争责任推向全体人民。

2　《密西西比在燃烧》是拍摄于 1988 年讲述美国 60 年代黑人人权问题的影片，根据真实的历史事件改编。

　　　　　　　　　　　　　　　　再次写给男人们

发生的起因了。可是，他们却选择留在城内，以占据整个市中心之势，四处兜售那不勒斯产的路易威登、法国鳄鱼等仿冒产品。

按照他们的说法，自己卖的不过是小玩意，不会冲击佛罗伦萨的商品市场。

可是，他们对一件事情完全没有理解。

这件事情就是造访佛罗伦萨的游客，无论是意大利人还是欧洲人、美国人，他们是怀着和去其他观光胜地不一样的心情游览这座城市的。佛罗伦萨对这些人而言，仿佛寻根之地。在这里诞生的文艺复兴精神，为之后的欧美近代文明的发展奠定了基础。

所以在佛罗伦萨，一整天待在美术馆欣赏绘画、雕刻的杰作是不够的，整个城市本身就是一座博物馆。那些来自欧美的游客们漫步街头，想象自己正呼吸着达·芬奇、米开朗琪罗曾经呼吸过的空气。而佛罗伦萨的居民们，至少是那些有心的居民也认为，应该像精心管理美术馆一般维护街市。佛罗伦萨人希望能以呈现绘画、雕塑等藏品的心情，向来自世界各地的人呈现佛罗伦萨城这个 15 世纪的文化杰作。

因此，仿冒的路易威登、法国鳄鱼在这里是不协调的。即便将仿品换成真货，小贩换成美国白人，问题的本质并不会改变。之所以不能将这场暴动简单地定性为"佛罗伦萨在燃烧"，原因正在于此。

第 41 章

种族歧视（之二）

如上一章所述，佛罗伦萨有其特殊的情况。但无论如何，诉诸暴力的种族歧视是不可取的。

所幸，迄今为止没有人死亡。相信种族歧视情绪原本就淡薄的意大利，会在困惑中慢慢地摸索出解决之道，意大利人在这一方面的良知，我还是相当信任的。

不过，这次在佛罗伦萨发生的种族歧视骚乱，引起了我的一个思考。

类似的事件，问题的本质往往被偷换，解决之道因此变得愈发地艰难、愈发地遥远。

首先，被指定为历史古迹的佛罗伦萨市中心一带，和美术馆的绘画、雕刻同样属于艺术品。因此，一开始就应该定下规矩：无论黑皮肤、白皮肤或黄皮肤，决不允许在附近进行无许可销售，而且要严格实施。没有做到这一点的责任在于市政当局和市议会。

市政官员们态度过于暧昧。

第二点也是刺激佛罗伦萨人种族歧视情绪升温的另一个原因，即犯罪行为的增加。

流入佛罗伦萨的毒品几乎都是通过北非人的渠道。在状况变成这样之前，为什么没有采取措施？我想这个问题也和肤色没有关系。对于这一点警察倒是清楚的，他们没有"色差"。但行政当局的无为势必影响到司法当局的方针。不仅毒品，卖春等所有的犯罪行为都是如此。

就在狂欢节最后一夜的骚乱发生数日之前，同样是在佛罗伦萨，人数多达 4000 人的市民举行了名为"不被保护的人们的行进"的游行，抗议行政、司法当局没有妥善地保护民众。

也就是说，由于佛罗伦萨市政当局过于担心招致非人道、种族歧视等谴责，在那些无关肤色的问题上也被标识了颜色。

这样做的结果，就是刺激了佛罗伦萨人原本并不浓厚的种族歧视情绪，佛罗伦萨也因此被北非来的民众贴上了歧视之城的标签。

这真是非常糟糕，同时也让我想到，所谓错误的行为，相较于恶意，更多的是来自善意的想法。

而且，我们无法期待问题能在短期内得到解决。不管是态度暧昧或者无所作为，当时作为最高行政机构存在的市政府，如今连形式也不复存在。

惊慌失措的意大利共产党，一边流着眼泪一边决定更改党名和路线。在他们看来，如今正是一个彰显与社会党不同、宣传自己的好时机。也就是说，比起自称社会党的党，还是共产党（哪怕换了名字）更有能力处理人道主义的问题，向慢了半拍但决定不再向"颜色"妥协的社会党，公然发起了挑战。辞职的市长是社会党人。

问题的本质又一次被偷换。佛罗伦萨居民与北非移民之间的问题，成了社会党与共产党的党派之争。当然，没有人会公开承认这一点。这类问题的焦点被转换，可能连转换的当事人都没有意识到是自己的错误所致，这才是造成问题拖而不决的原因所在。

从身边发生的这类种族歧视的骚乱中，我学到了以下几点：

一、任何人心底深处都隐藏着种族歧视的感情。

二、几乎所有人都明白这是绝不该有的感情，因此若不是在极端情况之下，是不会爆发的。

三、极端的情况出现，是当政者的认识不足和无所作为造成的。

这个问题，绝不是佛罗伦萨独有的。

第 42 章

书记长的眼泪

大约是在 3 月（1990 年）中旬，在意大利中部城市博洛尼亚，意大利共产党召开了代表大会。会议讨论的主要议题，不用说，就是更换党名和路线。

意大利共产党的信息公开化[1]似乎已成为司空见惯的事，当然这是因为他们长年远离权力。但无论如何，大会发表意见的自由度还是值得肯定的。在这一次的大会上，正反两派也是针锋相对地展开了辩论。

不过，世界的大势对共产党并不善意。更改党名和更换路线，是在大多数代表的支持下做出的决议。据说在年内会提出具体的方案，现在首先要做变更的决定。

党代会的最后，按惯例由书记长发表闭幕演说。自己的主张

1　信息公开化：20 世纪 80 年代苏联总统戈尔巴乔夫提出的公开化政策。

得到认可，作为新路线旗手的奥凯托书记长理应春风满面。没想到，他结束发言回到自己的座位上后，竟然抽泣不止。

用抽泣形容过于女性化了，我还是改成号啕大哭吧。一个大男人于众目睽睽之下哭泣，电视台的摄影机镜头自然聚焦在书记长身上。不过，电视台的新闻编辑似乎和我有同感，在夜间播出的新闻中，镜头只是在流着男儿泪的书记长的脸上稍做停顿，画面即刻切换到注视着领袖的党员们。

坐满整个大会场的党员，没有谁露出嘲讽的表情。大家都眼含泪水，脸色凝重地望着台上的领袖，纹丝不动。有些人始终低着头垂下视线，也有些女党员任泪水流满脸颊。

这也许就是全党同心的证明。大多数党员都和号啕大哭的书记长怀着同样的心情，缅怀"我们曾经的岁月"。

意大利一面有着"大臣主要的工作是和工会交涉"的奇妙形态，一面又是属于自由主义阵营的资本主义国家。也许正因为是这种国家的共产党员，他们才能放声哭泣。话说回来，意大利共产党绝不是日本共产党之辈，他们有足够的资格沉浸于"我们曾经的岁月"。

首先，他们曾经是自由主义阵营最大最强的共产党。提出欧洲共产主义这个不禁让人怀疑戈尔巴乔夫的路线究竟有多少新意的开放思想的，正是意大利的共产党员们。他们有着曾经是资本主义社会良心的自负。就结果而言，他们没能获得掌握政权的好机会，但这不过是碰巧没有和世界政治潮流合拍而已。

所以，更换党名并不是他们最近才想到的事情。意大利共产党在 20 多年前就曾经数次提过这个方案，而今却不得不带着行动太晚的悔恨做出决议。忍不住哭泣的心情能够理解。

但是……我们会想到，其实从来也没有所谓良心的革新。

意识形态到底有多大的力量？只要不是大众所需，那么它就摆脱不了被政治家以及民众当作插在西装扣眼里的一枝花的宿命。也就是说，放在那里点缀一下挺不错，如果没有也完全没有关系。

追记

在这篇文章写完 5 个月之后，意大利共产党更换了名称和党徽。新党名直译为"左翼民主党"。党徽变成了一棵茂盛的栎树，传统的红旗镰刀铁锤的图案虽然被保留了下来，却变成小小一块放在树根附近，小到如果不仔细看都看不清的程度。对于象征"我们曾经的岁月"的红旗镰刀铁锤，我想，他们大概是无论如何舍不得抛弃的。

数日后，意大利社会党也发表了更换党名的声明。他们的理由是，"社会党"这个名称本身已经落后于时代。

共产党和社会党继续存在的，是不是只剩下日本了？

再追加

在 1991 年 2 月 3 日召开的党代会上，新党名被正式决定启用。拥有 70 年历史的意大利共产党从此消亡。

第 43 章

欧洲·欧洲

被美国、日本赶超的欧洲，如今也出现越来越多的呼声，要求教育制度改革更注重实用性的教育。

具体地说，就是加强计算机、科学技术的教育，而不是把大量的时间花在生活中不再使用的语言（用改革一方的话叫"死语"的古希腊语、拉丁语）的学习。在经济界看来，如果学生们继续读柏拉图、恺撒的文章，他们的国家早晚会彻底落后于美国、日本。

其实，不少实业学校、理科类中学已经认识到这类实用性课程的必要性并且正在重点发展。而被认为远远落后于时代的，是培养精英的文科类中学对古典教育的注重。

在这种文科类中学（13~18 岁），连英语教学也只是最初的两年，从第三年开始英语便作为课外自学的科目，取而代之的是哲学史。

也就是说，在进入大学接受专业教育之前，学校提供通识教育的主要科目是国语、拉丁语、希腊语和历史，再加上地理和非常古典的数学和哲学史。

在战前的欧洲，大学完全是为精英提供教育的场所，就算攻读自然科学专业，也必须是这类文科中学的毕业生。如今，大学门户开放，不仅是普通的理科系中学，连实业学校的毕业生也能进入大学深造。但即便如此，对学习无用的希腊语、拉丁语的指责依然不绝。在这种社会气氛之下，相信希腊-罗马是欧洲文明基础的文科类中学，甚至会感到一种坚守孤堡的悲壮。

不过，最近意外地出现了一支援军。

据新闻报道，苏联的中学，正在考虑重新开设自 1917 年革命之后被取消的古希腊语和拉丁语课程。

不管是来到罗马和教皇握手以戏剧性效果强调并保障基督教信仰的自由，还是重新确认与基督教同为欧洲力量源泉的古代文明的价值，苏联人的这个做法或许代表了他们希望欧洲化的意愿，同时也向西欧社会展示了"我们都是一家人"的姿态。

有一位来我家做客的日本顶尖的经济界人士，曾经问我如何看待统一后的德国。我是这样回答他的：我既不是国际政治学专家，也不太了解德国，所以无法对今后的德国做出准确的预测。不过，作为一个稍稍熟悉欧洲史的人，以下这句话我还是敢说的。

再统一后的德国，只要领导人不做出愚蠢的事情，他们即便是保持中立，也不会脱离欧洲。

从拉丁语的方言发展成完全意义上的国语的国家，除了意大利本土，还有曾经是古罗马行省的法国和西班牙。然而有趣的是，对罗马史的研究有着深厚传统的国家，却是英国和德国。想到这两个国家在古罗马时代连边境都算不上的地位，它们对古罗马的强烈感情不禁令人苦笑。丘吉尔曾经说过，恺撒渡过多弗海峡的那一刻，标志着英国历史的开始。德国精英的基础教育，至今依然是英语和拉丁语。

如今，在古代只有熊出没的苏联都开始提倡复活古典语教育了，德国是绝不可能舍弃欧洲的。这对他们来说，等于是蛮人宣言。

不过，德国人有时候会自以为是地认为日耳曼诸神更加伟大，所以其他欧洲人始终对他们有着戒备之心。英国人就会立即找到以下结论：

> 在曾经的罗马帝国国境内的莱茵河和多瑙河附近，文明是停止的——这种说法还是有不少令人赞同之处的。（约翰·科尔维尔著：《唐宁街日记》）

对于英国人的此番论调，像我这样远离莱茵河和多瑙河，出生的东方人也只能报以苦笑。英国的苏格兰可是从来没有罗马化过。不过，如果说罗马化即是欧洲人心目中的文明程度的话，相较于英国，这的确对有"前科"的德国不利。而对于如今正在统合的欧洲（哪怕算上苏联）的未来，有心的欧洲人还是希望它能沿着"罗马化"的路线发展的。

第 44 章

亲爱的美国

最近，我看了一部名叫《生于七月四日》的美国电影。尽管觉得越战的电影已经看够了，但我还是去了电影院。

因为我想知道美国人对那场战争究竟要执着到何等程度。看完影片后，对于他们的越战后遗症之重、思路之变化，我似乎有了一些了解。

令我这个除了《全金属外壳》几乎看过所有一流的美国越战电影的人惊讶的，是美国人对那场战争正义与否的锲而不舍的追究。

在我这个常年喝着欧洲水的人看来，战争没有正义和非正义，只有赢家和输家的区分。

倘若美国在越南打赢了战争，想必不会如此纠缠不放。失败的战争，而且直接参与者只是全体国民的一小部分这个事实，不正催生了一系列越战电影中所呈现的现象吗？

话说回来，正因为制作精良，这些美国电影才引发了我一些思考。

思考之一是美国人对这场战争抱有一种惋惜之感。

越战中美国的敌人是黄皮肤的越南人。而且，在以游击战为主的这场战争中，号称世界最强的美国军队输了。

很简单，正规军不赢就是输，游击队不输就是赢。美国人性格直率，如果是堂堂正正地打会战败下阵来，相信他们会直爽地承认失败。

如果能像滑铁卢战役、关原之战那样，漫山遍野布下阵仗，两军在太阳底下正面交锋、生死搏杀，哪怕结果是坏的，也不会像现在这样留下那么多类似后遗症的遗憾和纠结。

可是，在越南战场只能打连敌人身影都无法看清的游击战。大概没有比这种挑战更不适合美国人性格的了。从他们一方的哲学来看的话，这就是不公平。

针对近来发生的日美贸易摩擦，美国一方的言行，我总觉得是他们的越战后遗症之一。他们觉得自己面对的又是黄皮肤、又是游击战。

而日本一方，不用别人提醒也知道自己是黄种人，但同时又有意不去碰触这个可能引发种族歧视的敏感话题。而且他们完全不认为自己是在打游击战，所以问题才会变得错综复杂。顺便说一句，无论是经济还是其他方面，"会战"就是在条件相同的情况下，堂堂正正地对决。

学习战争史，常常看到诱敌出动的场面。士兵对于这种看不清敌人也不知道会从哪里飞来子弹的状况，感到极度不安。

因此，但凡对自己的军力还有一点信心的指挥官，都会尽可能地去让士兵看见敌人。只要看清楚对方就可以全力以赴去拼，哪怕最后倒下，至少输得不憋屈。

日本也不要再提什么"开放市场是阶段性的"云云，现在就堂堂正正地奔赴战场如何？就算皮肤是黄色，也要显示出和越南不同的黄色。

第 45 章

胜者的混乱

混乱通常被认为是败者的专利。我本人也曾经是这样想的。随着亲近历史的岁月不断增长，我渐渐了解到，原来混乱也是会侵袭胜利者的一种危机。

或许应该说，胜利者也迟早会尝到混乱的苦果才更准确。而且，混乱的棘手程度（也许没有这种说法，大抵就指这种情况），相较于失败者，对胜利者而言似乎会来得更猛烈、更深刻。

因为人们对于失败者的要求、欲求的种类较少，混乱的程度也会相对较低。谁都看得见失败的结果，如果再有人提出高要求、高标准，那么他不是没心没肺的理想主义者，就是没有认清现实的蠢材，通常不会得到大多数对状况有清晰认知的人的支持。

相反，当混乱侵袭胜利者时，情况就会出人意料地复杂。

胜利者认为自己是赢家，提出要求是理所当然的权利。而且提出要求的人会越来越多，要求的种类也越来越多样。胜者比败者摆脱混乱的难度更大、时间更长的原因，就在于此。

长寿国家的特色之一，就是有顽强的恢复力和韧性。然而，这些优势如果只在失败时才发挥出来，国家就不可能长久。正因为是胜利者，国家才能繁荣兴盛。所以，了解胜利者如何摆脱混乱、将他们的智慧为我所用，是我们不能忽视的一个关键点。

如今在水面下正在发生的问题，总有一天会浮出水面。所谓"胜者的混乱"，也许就像一个时代即将变化的警报，提醒我们随着竞争环境的改变，迄今为止的成功要素都将可能变成阻挡前进的绊脚石。如果不尽早采取行动，今天的胜利就是明天衰退的第一步。

布匿战争中打败宿敌迦太基的罗马，经历了很长一段时期的混乱，用了一个半世纪才摆脱这种状况。他们之所以可以有如此长时间的修复期，是因为没有强劲的外敌。迦太基已经消失，希腊被罗马统治，埃及和叙利亚也不再具有趁罗马混乱发起进攻的实力。

相反，不具备打击外敌军事力量的威尼斯共和国，没有可以耗上时间去实施彻底的社会改革的本钱来应对即将到来的时代。

但如果不做改革，留给威尼斯人的，只有成为"随着竞争环境的改变，迄今为止的成功要素都可能变成阻挡前进的绊脚石"这个历史假说的最坚实的证据提供者。

没有人会乐意看到自己衰退。14世纪的威尼斯人，不是以小贩而是以大商人的眼光，察觉到竞争环境正在逐渐改变。他们随即采取了行动，用20年的时间，完成了国家的社会改革。

也许有人会质疑，实施的不是政治改革吗？具体分析的话，的确是政治改革。但是社会改革如果缺了政治上的改革是不可能达成的。

现在正在侵袭日本的，我认为是属于胜利者的混乱。因此，相较于二战后我们所经历的那场混乱，如今更需要成熟地、智慧地制定对策。

第 46 章

重返欧洲

在返回意大利的飞机上，拿起久违的欧洲的报纸，粗黑的标题扑入眼帘。

欢迎回到欧洲！

这当然不是为庆祝我返欧，是报道罗马教皇访问捷克斯洛伐克的新闻标题。刊登在头版头条，自然令人印象深刻。

面对热泪盈眶迎接同宗最高领袖的东欧，西欧说："欢迎回到欧洲！"

在我时隔两周回到欧洲时，又出现了另一个意味深长的现象："东欧"一词几乎消失，取而代之的"中欧"成为当下热门词。

原本西欧人谈论东联邦德国以"东西"区分，几乎没有将自己的国家称为"西欧"的习惯，只说欧洲。大概在他们的心目中自己才是真正的欧洲人，铁幕的东侧不算欧洲。

正因为如此，当西欧人看见报纸上"欢迎回到欧洲"的标题时，不会产生抵触情绪。

浪子回归本是圣经的主题之一。且不论实施了半个世纪的社会主义体制算不算"漂泊"，对于东侧的变化，西侧欧洲人的心态，大概类似于家人张开双手迎接累累伤痕归来的离家出走的孩子。

话说我是一位视故国为命运共同体，甚至会因为日本近来被指责刻意贬低日元而沮丧不已的冥顽不化的爱国者。所以，面对群情激昂的欧洲的当下局势，我立刻想到我的祖国该如何应对。

首先，我列举了以下对日本的不利因素：

一、非基督教国家。不属于天主教、新教或希腊东正教任何一个教派。

二、不受到与基督教并举同为欧洲文化基盘的希腊-罗马文明的影响，所以不是欧洲国家。

三、距离欧洲遥远，在统治或被统治的形式上未曾有过密切的关系。

不过，转换思考的角度，不利完全可能变成有利。那么，哪些因素是对日本有利的呢？

一、与欧洲没有国境线相连，所以被侵略的可能性几乎为零，也不会发生类似的领土纷争。

二、双方相距甚远。

三、日本既没有诞生网球界的男神女神，获得的奥林匹克金牌数也少得羞于启齿，尽管我们拥有民主德国 5 倍以上的人口。换言之，曾经让古罗马人吃尽苦头的日耳曼人的强健身躯，日本人没有。

口中说着"欢迎回家！"的欧洲人，心中唯一的担忧是统一后德国的国力。面对人口原本只有 5000 万左右的联邦德国，欧洲诸国尚且具备与之保持均衡的势力，如今人口数量骤然增加了两倍，而且增加的还都是德国人。

由此产生的恐惧，东西诸国是共通的。所以我们应该能找到突破口。

相信欧洲迟早会提出经济技术的合作。相较于邻近的强势德国，欧洲人势必认为与远方（军事和政治上）的弱国日本联手更加安全。

出钱还要出声的想法，我不认为是与欧洲人合作的良策。因为欧洲最害怕的，就是不仅出钱、出声，甚至还打算出手的德国。

第 47 章

童心般的快乐

听说我这次回国的目的之一是去走一遍濑户大桥，日本的友人们忍不住笑了出来。

话说自从 20 年前在伊斯坦布尔第一次走过博斯普鲁斯大桥以来，我也变得很执着地去探究人类连接陆地的事情。连接欧洲与亚洲的博斯普鲁斯大桥，不仅可以坐车在桥上行驶，还可以包一艘渔船在桥下眺望。我原本还考虑租直升机从空中俯瞰大桥，去和日本驻伊斯坦布尔领事馆的馆员商量，却被对方惊慌地制止，"千万别做那样的事情！"结果没能实现。据说那一带是军事管辖区，在人造卫星的时代，这种事情说起来也很荒唐。不过类似的荒唐，至今还是出乎意料地多。

在非军事区的濑户内海乘坐直升机应该不成问题。不过这一次我未能如愿，也没借到渔船。据说有游览船可以绕海一圈，但那种船没有行动自由，所以最终只是坐车从桥上走了一回，但我还是相当地满足。等三座大桥全部完成之后，我打算通通走一遍，到时候，一定要租直升机和渔船。

用三座大桥连接本州和四国的构想非常了不起。我问相关人员是否考虑建造连接四国和九州以及四国和纪伊半岛的大桥，他们回答说已经在计划中了。

目前，日本已经连接起本州和北海道、本州和九州以及本州和四国。四大岛屿的相通，应该是日本在 20 世纪的最大成就吧。能连起来的地方通通连在一起，这种设想让人童心大发，非常开心。

不论古今东西，谁都会怀有此般童心。海中的海峡也好，陆上的地峡也罢，消除横亘于两地间的障碍，是人类自然的愿望。然而，要实现愿望，不仅需要强大的技术实力和经济实力，还必须有政治实力，所以不是谁都能办到的。

有关苏伊士运河、巴拿马运河的建设，想来大家都很熟悉，这里我来说说希腊科林斯运河的事情。

在属于雅典的阿提卡地区与斯巴达所在的伯罗奔尼撒半岛之间，有一条非常狭窄的陆地。然而，就是那么一条细细的地峡，隔开了伊奥尼亚海和爱琴海。

在当地建起城邦的国家是科林斯。古代的科林斯之所以出现过与雅典、斯巴达比肩的短暂繁荣期，正是因为它控制了那块要塞。

其实早在公元前 7 世纪，就有人曾经设想开凿狭窄的地峡打通海路，但当时的科林斯是一个拥有意大利、埃及等海外殖民地的强势城邦。不过，科林斯的繁荣没能持续，它先屈服于马其顿的统治，而后在公元前 2 世纪变成了罗马的属地。

第一个想到打造科林斯运河的罗马人，是尤利乌斯·恺撒。这个计划却因为他过早死亡而被搁置。接下来想到做这件事情的是尼禄皇帝，他还亲自挖下了第一锹。不过，工事再次因为皇帝的去世而被迫中断。据古人称，工程已接近完成，不过随着罗马帝国的衰败和漫长的中世纪的到来，要完成这样的大型建设是不可能的。

1881 年，尼禄时代开凿的遗迹偶然被发现，工事随即被重启，在 12 年后的 1893 年完成。从最初计划开始算起，这条运河时隔 2500 年才得以建成。

其实，苏伊士运河的计划也是始于 15 世纪末，直到 1869 年才完成建设，用了 400 年的时间。日本的四岛联结计划，是从什么时候开始考虑的呢？

所谓孩子似的想法，是忘记眼前的利害得失。正因为如此，我们也可以称之为"宏图"。

第 48 章

企业和文化（之一）

"企业"和"文化"，这两个概念上原本不相干的词语，近年来在人们口中似乎变成了天造地设的一对。

不用说，企业是从事经济活动的组织。既然是经济活动，自然以追求利润为目的。另一方的文化活动，则没有追求利润的目的。

如果做一个简单定义的话，经济属于赚钱的行为，政治属于善用赚来的钱的行为，而文化，不管善用还是恶用，总之是不断用钱的行为。

所以，一心一意赚钱和一心一意用钱，通常是扯不上关系的。如今，二者被连在了一起。而且最初产生这种想法的，还是一心一意赚钱的专家——经济界人士。

那么，他们或者他们的代言人，又是如何考虑企业和文化的关系的呢？

有一种"企业文化"形式叫冠名活动。姑且不论活动本身是否和文化有关，以赞助文化的形式在活动中冠以公司或品牌名，大概就是"企业文化"的由来。企业参与这类活动的理由，首先是为了提高知名度。除此之外，赞助文化还被认为有助于提升企业的形象，在"一心一意赚钱"的行业，如今这似乎已成为一种常识。也就是说，那些经济界人士打算将文化活动作为企业文化战略的一环加以利用。

文化赞助正逐渐成为经济界的主流，这也反映在冠名活动承办商的业绩上。与前一年（指作者写作该文前一年。——编者注）相比，广告行业中冠名活动的业绩增长了143.6%，达到史上最高。企业方对"文化战略"投入了前所未有的热情。

那么，文化为什么如此受追捧呢？

我想，也许是因为在电波、文字媒体的宣传效果已达到饱和状态的当下，作为提升企业形象的一种新型手段，文化活动引起了众人的关注。所以，现在才会有那么多的企业举办形形色色的"文化活动"。不仅有冠名，还包括出版刊物，电影制作，建立企业博物馆、美术馆，提供各类奖金、研究经费等等，仿佛遍地开花。从观察者的角度甚至能感觉到企业那种刻不容缓的焦虑，令人不禁莞尔。

话说回来。一心一意赚钱的企业家们近来发现，单单是加入一心一意用钱的行列，似乎并不能融入其中。于是他们开始反省：文化战略是不是变成了文化商业化？自己的行为说到底不过是对文化产品的"赞助"。文化应该是神圣不可侵犯的，绝不该使它商业化。

反省和惶恐不断延伸，就连对于海外的学识研究、活动的赞助，也被怀疑成减少海外摩擦的一种手段，企业家们的不安程度堪比患上自闭症。他们改变了想法，认为不期待利益回报的支持才是理想的文化活动模式。

日本企业缺乏像文艺复兴时期的佛罗伦萨的美第奇家族、古罗马时代的梅塞纳斯那种默默地在背后支持艺术家活动的资助精神，或者说是不求回报的慈善精神，这些古人大概成了他们反省时的一面镜子。近来出现的"企业梅塞纳"的通称，其词源势必来自罗马开国皇帝奥古斯都的朋友的名字。

以上讲的是一心一意赚钱的企业家们心目中的企业和文化。下一章将探讨一下历史上的文化及其资助人。

第49章

企业和文化（之二）

如果问起代表古希腊的剧作家，大概人人都会回答是悲剧作家埃斯库罗斯、索福克勒斯、欧里庇得斯，以及喜剧作家阿里斯托芬。这是世界史的常识。

他们的作品是在露天剧场上演的，就是那个像圆碗分成两瓣的剧场。演戏需要钱，而看戏是免费的，所以没有人资助不行。资助人是当时的有产阶级，那个时代没有累进税制，资助戏剧就成了财富回馈社会的一种形式。

当然，像以帕特农神殿为中心的雅典卫城那等规模的建设，就不是某个富人为提升自己形象以回馈社会的形式捐些钱便能办到的，它是国家规模的大事。当时的雅典势力强大，即使是将提洛同盟的金库从提洛斯岛转移至雅典这种事，也可以完全无视同盟国的抗议。于是，在建造卫城时他们动用了这笔钱款。

在卫城建成后不到半个世纪，雅典就消亡了。但直到 2500 年后的今日，古希腊的戏剧仍然在剧场上演，展现古希腊人高度审美感的帕特农神殿，依旧令世界各地的游客们倾倒。希腊文化的黄金时代，就是在那些赚了不明不白的钱的富人们"洗白"愿望的驱动下，以及动用了他人钱财的基础上打造出来的。

古罗马在这方面也有相似之处。不过资助的对象并非戏剧，而是在露天竞技场举行的格斗或战车比赛。这是罗马人与希腊人趣味的不同。不过，罗马人的确更加现实，他们更愿意把钱用于神殿、剧场、竞技场、市场、浴场、道路、上下水道、港湾等公共建设和公共事业上。

和古希腊的帕特农神殿一样，古罗马时代的各种设施也留存至今。尤其是罗马大道，在高速公路建成之前，它们一直是欧洲、北非、中东的主干线。

当然，那些设施都不是用"干净钱"建造的。罗马是征服者，辽阔的罗马帝国境内的居民大多是被征服者。也就是说，钱都是掠夺来的。

被"企业梅塞纳"奉为典范的古罗马的梅塞纳斯，凭借奥古斯都皇帝近臣的身份成了大富豪，这个人也不是纯洁无垢的。顺便说一句，日本的"企业梅塞纳"大多效仿的是法国的同类型团体，大概只能算参照了孙子辈的范本。

说回梅塞纳斯。他资助的对象主要以文人为主，其中最著名的是诗人维吉尔和贺拉斯。因此，文化艺术的赞助行为，至今仍然被称为梅塞纳斯主义。

但是说到梅塞纳斯的贡献，不能说在他的推动下罗马精神化为文化的结晶，给后世带来了巨大的影响。要论对后世的影响力，文艺复兴时期的美第奇家族无人能比。

对于这个令日本良心的经济界人士汗颜，不禁反省自身缺乏赞助精神的家族，我首先想说，不必如此诚惶诚恐。他们也有不光彩的一面。

美第奇家族的莫大财富并非来源于制造业。他们从事的是被基督教视为没有资格上天堂的金融业，通过掌管教廷的财产开始发家致富。作为佛罗伦萨的实际统治者，他们在法律上并没有正当的地位。没有合法的权力却拥有君主的地位，所以他们被称为僭主。对美第奇家族而言，文艺赞助不是什么不求回报的公益活动，而完完全全就是一个文化战略。

我并不是在指责上述那些人物。我想说的是，不管是灰色还是黑色的钱，利用这些人提供的资金创造出光辉灿烂的作品留名青史，就是一个真正的、圆满的文化活动。

那么，如何创造出光辉灿烂的作品呢？我们在下一章谈。

第 50 章

企业和文化（之三）

一心一意用钱的一方，也就是从事学术、艺术的人，其实并不像一心一意赚钱的人想象的那么文弱。

如果对赞助人表现出超乎寻常的（超过礼仪的）感激涕零，那么大可判定此人是一个冒牌货。因为真正的人才确信，不管接受的是来历不明的钱财，还是出于赞助人想出名的心愿，这些都能通过自己的才华净化。而且，相较于自己这个净化者，变成净化结晶的作品或成就，更多的是给提供必要援助的人带来了名利。

我来讲一讲 24 岁的米开朗琪罗在创作至今仍是梵蒂冈至宝的《基督母子像》（亦称《哀悼基督》）时发生的事情。委托人枢机主教对完成的作品相当满意，但是递上来的账单却令他目瞪口呆，150 杜卡特！

在一个小家庭除房租之外的 1 年最低生活费 15 杜卡特的时

代，150 杜卡特倒不算是超乎常理之价，但那是当时顶级艺术家的报酬。而当时的米开朗琪罗虽然在佛罗伦萨享有名气，在罗马却默默无闻。一个无名的毛头小伙，竟然敢提出和一流艺术家相同的报酬，主教大人感到匪夷所思的同时不禁抗议，太贵了！孰料，年轻的米开朗琪罗不仅没有退缩，反而气定神闲地答道："赚到的人是你。"

以上便是一心一意用钱的行当里"真品"不示弱的实例。

像米开朗琪罗这样的人，虽然不以追求利润为目的，但是有着极大的创作欲。这些隶属一心一意用钱一方的货真价实的人才，并非完全无视利益或回报。只不过对他们而言的利益，是在创作中所经历的火一般燃烧的激情，而他们所期待的回报，则是理解自己的人对自己成就的赞扬。真正的人才相信可以靠成绩说话，无须花钱证明自己，但他们也不会轻视那些花钱来提升形象的人。因为，只有懂得赚钱的人，才真正知道钱的重要性。

也就是说，援助和被援助的两方，如果都属于"真品"的话，就完全可以建立起相互对等的关系。只有在这种关系成立时，才能铺设真正有效的文化战略的路线。

不过，也许有人会说，历史上有太多用来历不明的钱积攒下经济实力，而且迫切需要提升形象，却最终没有文化创造的民族。对此我不得不表示同意。那么，我们就要来想一想，为什么在文化创造上，民族与民族之间会出现如此大的差距？

我个人认为，首先在于是否具备识别真伪的眼光。

休息天拿起画笔画画、提笔写字或沉浸于阅读，这样仅限于提升自己情趣的层面，和是否具备这种眼光并没有多少关系。事实上，那些业余的作品和专家的作品之间始终存在着一条清晰的界限。总之，文化创造最需要的是眼光。那些真正的创作者，对这类回报相当敏感，因此有眼力并且有经济实力的人周围，自然能聚集到真正的人才。

美第奇家族、聘请米开朗琪罗作画时期的罗马教廷，都有这种眼光。

第二点是排除所有意义上的中间榨取，尽可能地跳脱广告代理商之类的中介。因为它们往往是赝品的聚集地。

最后一点是一心一意赚钱的一方，必须清楚地了解一心一意用钱的一方和自己有完全不同的才华。如果没有认识到这一点，投入的钱就会被视作赚钱的延长线。也就是说，原本的文化行为最终变成了商业行为。

不客气地说，公司里广告宣传部做的那些事情，哪怕披着文化的外衣，说到底还是商业行为。

当然，我并不是要求广告宣传部改变行为模式去做纯粹的文化事业。组织结构不变，单单要求做事的人转变心态是不可能的。我认为，企业的广告宣传部最好还是恢复原本姿态，重新回归一心一意赚钱的行列。

企业中文化事业这一块，不妨交给会长打点。不久前刚从一心一意赚钱的前沿退下来的指挥官，摇身一变成为一心一意用钱的人，是多么愉快的人生转折。

再者，能够胜任会长这个职务的人，不太会因为公司业绩稍有不佳便惊吓得丧失了文化心。

对现任社长及其领导层而言，让那些退任后往往不改指点江山习惯的会长有些热衷的事情做，着实能回避不少矛盾。

想要做到企业和文化的真正结合，唯有追求严格意义上的"真品"志向。而"真品"志向，小打小闹是绝对实现不了的。

第 51 章

管家的效用

　　管家这个职业，被视为旧时代的产物已经有很长一段时间了。其实，它是一个颇有深意的职业。如果查字典，只能了解到表面的意思，即在贵人身边处理事务和家事的人，仆人的首领。

　　我不清楚英语 butler 的词源，意大利语的 Maggiordomo 很明显是来自拉丁语的 Maior domus，直译是"家佣的领头人"。不管主人算不算贵人，但凡用人多的人家，应该都需要这样一个角色来统领众仆。

　　不过，在简单的生活方式已成为主流的当下（20 世纪末），提起管家，似乎人们只能想到英国上流社会的生活场景，这也许是来自文学、电影的影响吧。其实，懂得管家的存在价值并加以利用，是与英国精英的思想息息相关的。

　　管家这个词的背后，也就是词典上没有的真正的意思，指的是在一个由想法不同的人组成的团队中，充当调整融合的角色，并且保证团队正常运作的中间人。

　　也许有人会说它像公司的中层管理职位，事实上它不是日本人所想的那么简单。日本上、中、下三层之间有一条通道，存在自下往上走的可能性。现在处于"下层"的人，迟早会进阶到"中层"，如果再有些才华和运气，还能升至"上层"。在这样的社会中，上、中、下层的不同，往往只是年龄的不同而已。

　　另一方面，在几乎没有交流媒介的社会，立场的差别清楚地表现为思想上的不同。英国曾经是殖民帝国，要保证一个人种不同、肤色不同、语言不同、文化不同的集合体正常运作，中间人必不可少。如果没有这些人，不仅所有的事情都会出现不和谐的状况，而且会令"上层"为应对"下层"而疲惫不堪。

　　我想，英国的精英们是以冷静的视角，认识到"管家"存在的必要性并愿意为之付费的。他们的言谈举止之所以能优雅绅士，大概正是因为有人帮他们解决了很多实际的麻烦。

　　我这里并不是建议日本也该进口英国式的管家，说这种话只会沦为人们的笑柄。我只是希望日本人也能认识到"管家"这个词背后实际存在的价值。

　　我们并没有统治殖民地的经验。以前曾经尝试过，不幸的是对方的民族自古以来就有着高于日本的文化，最终落得失败的下场，所以日本人连支配异族的传统都没有。

　　更何况，日本虽然被海环绕，但不是一个海洋国家，甚至有过锁国的历史，因此与外国贸易往来的传统并不深厚。哪怕通过支配或统治之外的其他渠道，日本人与外国人接触的经验还是非常贫乏的。可是如今是国际化的时代，我们是否也能效仿一下过去英国人的智慧，至少海外公司的副总经理一类的职位由当地人担任？

在人类社会中，善意未必能带来好的结果。有时候应该说是经常，本着即使称不上恶意也不是发自内心的善意，以冷静客观的视角做出判断，反而会带来良好的结果。包括"管家"在内，我们似乎还可以从不对"直接沟通"抱有幻想的英国精英们那里，学到很多东西。

期待日本派往海外的员工融入当地社会的心愿，除个例之外，事实上几乎都难以实现。真正能融入当地却没有被同化的，只是很小一部分人。

所谓体系不就是建立具有普遍性的方式吗？管家制度正是直视人心的微妙所产生的一种体系。有了他们的存在，首先，我们无须再焦头烂额地去应付很多人和事，而可以挺直腰板悠然地抽着烟斗享受一些自由的时间。更关键的是，所有的事情都能得到妥善的安排。

第 52 章

虚与实

"以虚击实"这句格言是否正确，我不清楚。不过，在现实社会中，用虚招反而更见效的事情，时有发生。

我以索尼收购哥伦比亚影业公司一例作为材料，来验证一下这个假说。

哥伦比亚影业与索尼间的谈判，想来是在索尼的美国或日本公司进行的。在那种场合，只靠"实"展开对话是可能的。因为只要双方在经济上都有利可图，交易便能成立。

然而，得知此事的美国媒体大合唱一般地齐声惊呼索尼买走了美国魂。索尼的代表盛田昭夫不得不举行记者招待会予以回应。我们假定他会这样说：

这只是一个买卖双方达成共识的纯粹的商业行为。我们从来没有想过要买下美国魂。

这样的发言，不过是将在公司内行之有效的"实"，传达给外部而已。如果对方是经济界人士，有"实"便足矣。但记者们并非经济人，应对他们，大概只能以"虚"的方式。

盛田先生懂得这个道理。在《日本可以说"不"》一书中，他这样写道：

> 我认为必须在美国民众的心目中建立起"日本是友好的"的印象……导致日本被厌恶的原因，是进入美国社会的日本企业，让当地人产生了一种异邦人入侵的感觉。
>
> 稍显友善的应对，可以改变他们对日本的认识。
>
> 另外一个重要的问题是，（美国社会）信息传递的方式是错误的。

对状况非常清楚的盛田先生，当时在记者见面会上，如果做以下的回应，情况是否会不一样呢？

> 你们指责我买走了美国魂。作为美国人，各位难道认为美国电影仅仅属于美国人吗？事实上，美国电影也是美国以外的人们的心灵寄托。最好的例子，就是我本人。
>
> 战争结束后，当时还很年轻的我，仿佛在沙漠中遇到

甘泉一般，如饥似渴地观赏战争期间被禁播的美国电影。看完电影走出影院时，我每每感叹，日本竟然敢与那样的国家作战。当时的索尼，还是一个由少数青年工程师们组成的小团体。当产品开发遇到瓶颈时，我们常常会一起去看电影。所以说，索尼的每一项成果，都可以在一部部美国电影中找到影子。

如今，纯粹的经济活动，也许已不能为世上的人带来快乐。因此我们，已经有能力帮助他人的我们，希望能做些努力。这不仅是为了美国，也是为了世界各地的人的灵魂。

谎话连篇！也许有人会在心中暗骂，但又有何妨呢？《天堂电影院》这部意大利电影之所以获得成功，正因为它讴歌了电影是西西里乡村民众的心灵寄托。

而且美国是一个将电影作为国宝的国家。就在不久前评选出的大约 20 部国宝级的电影中，我记得的就有《乱世佳人》《正午》《公民凯恩》《卡萨布兰卡》《奇爱博士》等等。同时，美国也是一个把出演《乱世佳人》的克拉克·盖博和费雯·丽、《火爆三兄弟》的加里·库珀、《关山飞渡》的约翰·韦恩、《绿野仙踪》的朱迪·加兰的照片，印在邮票上的国家。

电影是美国的灵魂，美国人当然是这么认为的。然而，只要将美国的"当然"变成世界的"当然"，让一个纯粹的商业行为显示出商业之外的价值，也许可以令所有人都感到幸福。

再次写给男人们

盛田先生是一位才华横溢的经济人，所以，他是个实在人。不过，他大概很少需要对女人甜言蜜语。作为女人的我，想到这一点，不禁莞尔。

第 53 章

美食考

近来在日本，似乎出现了一种不爱美食就不算地球人的倾向，许多人热衷于追求美味。成为美食家，难道是如此美好快乐的志向？男人们可以如此磊落地宣称"我是美食家"吗？

在古希腊，有两位名叫伊壁鸠鲁和芝诺的哲学家。前者是伊壁鸠鲁学派的创始人，后者是斯多葛学派（或称斯多亚学派）的创始人。我这里不打算论述复杂的哲学理论，只是将二人的哲学思想做一个简单的分类。

伊壁鸠鲁学派 —— 享乐主义、个人主义。

斯多葛学派 —— 禁欲主义、克己主义、自制心、世界主义。

古罗马时代，在诸多的希腊哲学流派中，以上两派不知为何尤其受到欢迎，当时的知名人物，无不站队分属两派。

享乐主义者几乎都与在当时被视为社会精英必然从事的政治活动无缘，他们更热爱学问和艺术，因此大多是希腊文化的爱好者。当然，他们也有罗马人的特征。和苏格拉底时代的希腊人不同，这些人热衷追求美食。

相反，成为 stoic 的词源的斯多葛学派，几乎网罗了罗马强盛时期的所有当权者。政治、军事领域的主角们个个都是其追随者。芝诺的哲学也是一种世界主义，因此对坚信伟大的罗马人而言，这种思想听上去比较顺耳。不过，原因也许并非仅仅如此。

身处强盛时期的罗马人，依然将质朴刚健奉为生活的准则。在他们的心目中，禁欲、克己、节制是精英必备的德行。

由于这些德行针对的是现实生活中人的各种欲望，所以，饮食方面的追求，自然也是必须克制的对象。但性欲并不包括在其中。

发挥男人最大的力量，是"德行"最重要的内涵。所以，对于在女人方面的猎艳，古代的男人们大概觉得是可以另当别论的。

我们的生活中依然处处充满了哲学。比如说斯多葛派分子们，就像某足球队的粉丝团那样，十分热心地寻找对方球队伊壁鸠鲁派的笑柄。"享乐主义的那帮人过于讲究吃喝，很多人都阳痿。"在斯多葛派看来，他们对美食家的批判，是很有理论根据的。

葡萄酒新酒只喝来自希腊某某产地的，鱼肉做的酱汁中必须加一味印度的什么什么香料……试想一下，像这样精挑细选吃喝一通之后，会发生什么现象？当然是安然入眠。安眠指的是一个人睡得香甜，也就是说，如果在饮食上消耗过多的精力，就没有精力再去追求其他方面的美味了。

美酒美食竟然是男人那方面的大敌。对女人而言，斯多葛派的思想则是非常幸福的"哲学"。

把性欲视为斯多葛派主张的禁欲、克己、节制的对象，是中世纪的基督教。结果，那些奉行斯多葛派哲学思想的男人，都不折不扣地成为人们常常打趣时说的禁欲者。

话说回来。在 20 世纪的现代，欧洲的男人们还是很少称自己是美食追求者。被基督教式的斯多葛派掐着脖子过了 1500 年，或许他们至今仍然担心自称美食家，会被认为在那方面不肯积极发挥男人最大的力量。

我想不用解释大家也清楚，斯多葛派并不是要求人们连那些难以下咽的东西也高高兴兴地吃进去，而是做到一定程度的克制——对端上来的饭菜不挑三拣四。

是不是越来越觉得斯多葛思想对女人来说是一门幸福的哲学呢？

第 54 章

权力与知性

人们常常会说，等待历史的审判或后世的评价。言下之意就是，我们很难去评价一个活着的人的成就，要等到他死后才能盖棺论定。

不过，我认为人的成就可以分成两类。

第一类是以作品的形式留下的成就。比如绘画、雕刻、建筑、书籍、唱片、影像等等。这些作品只要公之于世，我们每一个人都可以自由地对它们做出评断。换言之，评价这一类人的成就，不需要中介者。

问题是第二类成就，这类成就无法以作品的形式留下。政治家、经济家、军人的业绩，基本上都属于这一类。这些人生前大都是当权者，所以即使在他们死后也不会缺乏相关的信息。

但评价人物的是非功过，不是学生写作业答题。如果只是查阅电脑上的资料，那么它们不过是一条条干巴巴的信息。而干巴巴的信息，是无法引发后人的兴趣和关注的。

这里就发生了一个有趣的现象。那些在生前决定他人命运的掌权者，却必须借他人之手，才能在死后获得一个饱满的评价。因为只有通过行家，他们才能将自己的一生成就栩栩如生地传达给后世，也就是没有直接接触过那些业绩的人。

以文字的形式传达信息的行家，是历史学家、传记作家或小说家。正是因为有他们著书撰文，那些历史上的掌权者才可能在死去几百年之后，依然受到后世的关注，获得"审判"或"好评"。

这些有血有肉的内容，一般的学校教科书是无法提供的，除非有幸遇到特别用心的教师。

所以，后世的评价还是得通过专业人员组成的中介。而这个行业的专家们，大多都不是好应付的主儿，情况因此变得相当复杂。

这些人属于知识世界的居民。既然是以探索知识为志向，居民们通常不会拥有权力。

然而，越是知性，就越会被自己不曾掌握过的权力吸引。有关掌权者的传记之所以源源不绝，不仅仅是因为没权没势的普通小民对权力的憧憬，比普通小民更有学识的专家们，更是被掌权者深深吸引。

那么，是不是可以说权力代表一切，掌权者不需要知性呢？事实上并非如此。至少对那些希望在死后留下好名声的人而言，仅拥有权力是不够的。

作为后世的中介者，在这些知识人的心目中，自己才是行家，知性是属于自己的专利。所以，没有知性的权力，不过是"仗势欺人"，是不会被他们正眼相待的。

偶尔，真的是非常偶尔，也会出现权力与知性力兼备的掌权者。而且，相较于无权的知性，以权力做后盾的知性拥有更大的威力。毕竟，有权力的人总是更有可能将头脑中的东西化为现实。

正因为如此，知识世界的居民们才会被这类掌权者的魅力所吸引，继而带着一颗爱慕之心，为他们写下传记、小说，甚至是历史文献。

所以说，手中握有左右他人命运的力量的掌权者，最好不要想着亲自动手写回忆录。所谓文如其人，不要因为拙劣的文章令知识世界的居民们失望。相反，不言不语，反倒给人们留下了想象的空间。这种做法又叫有谋略的情报操作。

第 55 章

帽子的愉悦

帽子会在脸上投下阴影。而且，只是往头上一摆，随即能彰显出人的个性。可是不知从何时开始，戴帽子的风习消失不再。观察美国电影，似乎是以 1945 年二战结束为界，帽子从人们的生活中退场。

如果是美国以外的国家，帽子消失的原因，多少还是能理解的。无论是战胜国还是战败国，在那个连身上的衣服都不易找到的年代，无论从经济上还是心情上，大家都不会把钱用来买戴在头上的帽子。

但是，美国不是战败国，彼时又正值生机盎然的经济之春。他们为什么也不戴帽子了呢？难道是因为人人平等的美国式民主精神吗？

的确，人只要一戴上帽子，经济社会地位即刻显现。而且，帽子限制了身上要搭配的衣服。像以博尔萨利诺帽为代表的中折礼帽，就不会有人穿牛仔裤去搭配。

女帽就更复杂了。黑色的同样大小的帽子，带有薄纱装饰和没有装饰的简单造型的帽子，用途完全不同。用途不同，就意味着需要两顶帽子以及两套与之相配的衣服。

戴帽子不做这般考虑，绝不是什么现代风格，纯粹就是浅薄而已。但凡有点感觉的人，只要戴上帽子势必会留意下面的衣服是否得体合适。只有在这一点上，帽子不属于大众民主主义。

任何人都会迎来衰老的一天。皮肤失去光泽、脸上出现皱纹，头上的白发越来越多⋯⋯无论男女没有人能够摆脱这个宿命长生不老。一旦过了40岁，肉体只有一条下坡道。哪怕被夸"看上去好年轻"，说到底还是"看上去"而已。不过，还是有漂亮的中年或高龄男女的。也许在肉体上他们称不上俊男美女，但是却给人们一种美丽的印象。我细究其中的原因，最后得出了以下结论：

他（她）们对任何事情都不会松懈。尤其是着装，虽然不是特别的时尚，但在细节上相当用心。一头白发没有去染黑存心遮住，依然能让人觉得美，我想这和他们身上散发出的那股不松懈的劲儿是有关系的。随意乱穿衣，属于年轻人的特权。

不过，"不松懈"说起来简单，做起来可不容易。作为强迫自己做到这件不容易的事情的手段之一，戴帽子是一个挺有效的办法。因为帽子具有一种特质，只要把它往头上一放，下面的衣服就必须搭配得整整齐齐。

我这里特别推荐年过40、有一些风霜感的日本男人戴帽子。

他们实践起来要远比日本女人来得简单。

因为男人的帽子在室内必须摘下。不肯摘的，大概只有不懂礼貌的西部牛仔。女性的帽子正好相反，在室内也可以戴着。但通常日本人的家哪怕是西式风格，进屋时也需要脱鞋。脚下无鞋头上戴帽，简直滑稽透顶。所以，倘若不是在不必换鞋的地方，女人很难享受帽子的乐趣。而男人却没有这方面的烦恼。

无论是谁，人过了 40 岁之后，不管乐不乐意，性格基本已经定型。有没有想过为半生构筑起来的性格，配上一个画框呢？

第 56 章

衰退的原因

无论国家、企业或个人，不可能不衰退。

但必须坦白地说，有兴盛才会有衰退。如果没有经历过兴盛期，就没有衰退期可言。衰退是兴盛者才有的特权。

没有谁希望衰退，但兴盛期寿命有限，所以必衰无疑。明知结果不可逆，仍然尽力延缓衰退，争取再一次兴起的机会，是人之常情。而且，历史已经证明，能够"延年益寿"的国家，无一例外地都经受住了几度兴衰的考验。

那么，为什么会发生衰退呢？《平家物语》[1]将原因归结于盛者骄奢。西方历史上，也有很多历史学家秉持同样的观点。但在我看来，它也许是原因之一，却不是主要的原因。中世纪文艺复兴

---

1 《平家物语》是传为日本信浓前司行长创作的长篇小说，主要讲述以平清盛为首的平氏家族的故事，成书于 13 世纪初。

时期的强国威尼斯共和国，是一个从未沉迷于骄奢淫逸的国家，但它依然没能躲过衰退。

衰退的主要原因，不是盛者骄奢，而应该是有一种无法回避的必然的内在规律，否则很难有说服力。

我认为，曾经成就兴盛崛起的动力，到了某一个时期就会变成衰退的原因。之所以会出现这样的现象，是因为竞争环境的改变，使得以往赢得成功的要素，几乎都变成了否定性的枷锁。

也许只有从这个角度思考，才能说清楚为什么盛者必衰是历史规律。因为人类本性就是这样，明知道最需要改变的是曾经的优势，但往往缺乏足够的勇气。

仅仅察觉到时代的变迁是不够的，更重要的是尽早采取行动，不要让今天的助推器变成明天的绊脚石。历史上长寿的国家，都是能够做到这一点的国家，像威尼斯、古罗马等等。

同时，作为大国君临天下盛极一时，却出乎意外短命的国家也不少，像佛罗伦萨、荷兰、西班牙……都是在优势即将变成劣势的关键时刻，没有能及时阻止衰退。竞争的环境正在改变，这些国家却依然固守旧的策略，没有改变的勇气。待发现自己戴上了重重的枷锁，再想制定对策已为时晚矣。

如果不想重蹈历史覆辙，我们也必须顺应时代的发展做出改变。古罗马和威尼斯的例子，为我们提供了以下两个启发：

第一，即使改变，也要根据自身的体质量力而行。过度行事会产生疾病，继而导致死亡。

第二，进行改革如果不是在体力充沛，即具备经济实力的时期，是达不到效果的。无论是叫变革还是叫改革，在实施的过程中不可能不伴随阵痛，这些痛是必须忍耐的。而唯有具备充足的体力，才能够抵抗住疼痛。

趁体力尚存之际提前进行改革，才能顺应竞争环境变化的潮流。威尼斯和罗马都曾经成功地做到过。然而，当他们无法再一次成功，也就是说改革不断被推迟时，以千年寿命为傲的这两个国家，便开始进入衰退期。

马基雅维利也说过："没有谁会为了犯错而犯错，只不过是在晴朗的日子，没有想到第二天会下雨而已。"

第 57 章

体育，不仅是体育

对于参加欧洲运动会的日本选手，我们似乎已经习惯了只是在广告上见到他们的身影。不仅是日本人，好像欧洲人也早已习惯了这种情形。

我不认为发挥国民的实力得靠体育竞技，因此对于在国际社会中日本人的体育不振，不曾觉得是多大的问题。不过，我的想法最近发生了一些变化，感觉体育弱是一个问题。

就在不久之前，历时一个月的世界杯足球赛在意大利举行。四年一次的顶尖球员们力量与技艺的厮杀较量，令非球迷们也为之着迷。就连足球弱国日本也出现了因收看电视转播而睡眠不足的热心观众，在说起足球便热血沸腾的欧洲和中南美，人们的疯狂程度可想而知。对了，这一次非洲也加入了狂欢的行列，喀麦隆队在场上的奋勇表现，有目共睹。

最终的结果众所周知，联邦德国队获得了本届世界杯的冠军。

如果同时期举行的温布尔顿网球赛，鲍里斯·贝克尔夺冠，那么包括政治世界在内，1990 年将名副其实地成为德国年。

事事争先会不会引起反感？日本人可能会这么想。但是，德国不仅赢得了经济和政治上的胜利，在体育上也当仁不让。

体育竞技是堂堂正正的对决，所以借用药物之力要受到惩罚。

而且如今不必去现场观赛，电视机的普及，不仅让我们坐在家中就能享受同样的乐趣，甚至还提供了近距离观察选手们表情的福利。

那么，观察的结果又是怎样呢？

以德国为例，曾经戴着遮住眼眉的钢盔、面无表情的战斗集团，如今向人们展示了他们的"脸"。一向冷静沉着的教练贝肯鲍尔，在球门告急时掩饰不住的满脸忧心；宛如"日耳曼魂"象征的主将马特乌斯，在罚球成功的瞬间露出的放松笑容……破门进球时，他们虽然不像意大利、阿根廷或巴西的选手那样张开手臂尽情欢呼，但队员们同样会激动地抱在一起。见到这一幕幕的场景，相信所有的观众都会承认：德国人也是人。

像这样夺冠的德国，有谁能说三道四？他们是把自己的"脸"暴露在阳光下，堂堂正正、全力以赴地赢得了胜利。

与之相反，我们日本人常被指没有"脸"。当然，经济战争中通常是看不见脸的。但是，如果我们能"露出脸"，按照共通的规则不论输赢全力以赴，在体坛有更多的表现，也许能给世界带来不同的印象。只有参赛的宣传广告，是无法看清楚"脸"的。

日本体育不振的理由，据说是因为饥饿精神的消亡。对此我不能苟同。美国就不用说了，就算是德国、意大利、英国这些国家，也早已摆脱了饥饿的状态。参加世界杯比赛的选手，几乎个个都是高薪球员，但他们在赛场上依然竭尽全力、奋勇拼搏。我想，这种精神不是一句为国争光就能解释的，应该是选手想赢的意志。

　　既然体育比赛是基于体力的竞争，那么只有年轻人才能胜任。日本选手在国际体坛上表现不佳，原因也许就在于现代年轻人欠缺向往胜利的意志。

　　话说回来。欠缺想赢的意志的，不只是年轻人。口口声声称不想日本成为一流国家的，不正是那些四五十岁的成年人吗？

　　战后的日本人，似乎将民主主义和平等主义混为一谈，忘记了平等其实不过是条件平等而已，结果就是让我们丢掉了"脸"。

第58章

知识分子

前些天，手边的一本意大利杂志介绍了一位民主德国的知识分子以下的发言：

> 在剧烈动荡的现实面前，知识分子只能痛感自己的无力。就像哈姆雷特面对克劳狄斯国王，除了带着既好奇又厌恶的心情观望之外，什么也做不了。

读到这段文字，我随即想到了对某位历史人物的一句评价：

> 所谓伟大的人物，就是在应对事先预测并准备好的事情时，具有得天独厚的稀有命运的人。

如果以上两句话都逼近真实，那么这里出现的问题，就是知识分子的极限。

这里所指的知识分子，不仅是兜售知识的人，我们应该从更广泛的意义上来考虑。我认为知识分子的特质是，优秀的认识现实的能力。

所谓认识，指的是对事物或现象的感知、识别、记忆并且思考的行为。按照哲学上的解释，就是客观地判断事物的本质。这样看来，没有比知识分子更有资格具备优秀的认识现实的能力的人了。

那么，既然具备如此优秀的现实认知力，知识分子是不是顺理成章地就拥有预见能力呢？在我看来，大多数情况下，这两种能力无法画上等号。

当然，画上等号的情况也不是完全没有，但很少发生。历史上难得出现同时具备这两种能力再加上行动力的人物。因此，一旦遇见此等人物，即使是历史学家们，也会不顾历史掺杂主观性等大忌而为之狂热。

不过，这里讨论的不是那样的天才，而是现实的认知力无法和预见力画等号的秀才型的人。他们的问题是为什么不能画上等号。现实中还有另外一种人，他们认识现实的能力不一定那么敏锐，却有着很好的预见力。我认为这些人也应该纳入探讨的范围，因为两类人有着无法兼备双重能力的共通性。

我个人对此的看法是，认识现实其实是一种做减法的思考方式。越是直视现实，负面的印象就越强过正面。精英分子中多有悲观主义者的原因，也许正在于此。对一切都乐观地看待当然是不可取的，但鉴于所有的事物都具有正反两面的事实，只看背面的倾向，也许会带来预见力钝化的后果。我甚至认为，现实的认知力和未来的预见力，几乎是成反比例的关系。

有一句话叫"仆人眼里无伟人"。当然如此，在凡人眼里所有的人都是凡人。

因优秀的现实认知力而导致预见力不足的秀才们，无法理解在处理无法预测的事态时发挥卓越才华的天才，这样想来也是很自然的事情。

尽管说天才不多，但是在我看来，国家正遭遇战败以来变革期的日本，只有现实认识能力的秀才们掌握主导权的现状，似乎也不正常。那些人由于缺乏预见力，所以往往会横加阻拦历史的行进。

知识和教养不是万能的。以为知识多就万能的想法，很遗憾，只是常常出现在凡人身上的傲慢。

第 59 章

善与恶

我本人在他人眼里属于追求安定简直到了滑稽程度的一个人。也正因为如此，我非常相信世间的改革，是由善良的人发起的。

然而，随着沉浸于历史的年月渐长，改革最终只有以恶才能达成的历史现实，每每令我沮丧不已。

不过，这种恶并非作奸犯科之类的小恶，而是与普世的善完全相悖的大恶。

那么，为什么现实会变成如此？为什么善人无法成为改革者呢？

我认为，类似实施改革这等规模的大事业，必须以破坏现有的东西为前提。

破坏，是最不适合善人的行为。不计个人利益，重视他者是善人的特质。哪怕他们明白破坏的目的是改革，最终还是会手下留情。毕竟自己只是个体，而他人占多数。以自己利益为重，还是以众人利益为重，相较之下，显然是后者更有说服力。引领新时代的重大改革，之所以无法靠善人实现，也许原因正在于此。

更遗憾的是，善人不仅不参与引领时代的大改革，有时甚至会阻挡改革。面对这个历史上的事实，我再一次沮丧不已，为什么会变成这样呢？！

我不禁想到，也许善意具备一种容易被眼前的事物激发的性质。善人面对眼前发生的事情，无法做到熟视无睹。

相反，恶人是以实现自己的野心为目标，因此眼光落在远处，眼前的恶行，不过是小恶而已。而对于必须破坏现状的大改革，善人自然会变成阻挡的一方。

最理想的状态是，改革时期大恶活跃，平稳时期大善主导。由大恶人当机立断地实施改革，待奠定根基之后，再由善人发挥力量。让人各尽所长，应该是最有效的社会分配方式吧。

不过，世事往往事与愿违。因为在改革期，"善"不会容忍"恶"。这里将知识精英和媒体作为"善"的代表，是因为历史上总是他们，对恶行口诛笔伐。"利欲熏心、沆瀣一气"……反对的理由虽然非常的小市民，却也反映了那些人的本质。

开创新时代的重大改革，不是任何人都能想到的。因此，英雄总是孤独的。

无法理解他的不仅是敌人，大多朋友往往也不能接受。那些所谓优秀的人因为出于善意，不但不会帮忙，反而出手攻击。

可是，做大事必须要有帮手。因此，对于聚集到自己周围的人，无论他们是谁都得接纳。

"真正优秀的领袖，不挑选手下。"

不是不想挑，而是没得选。我甚至认为这是一句在万般无奈之下才诞生的格言。

总有一天，我也想写写这类男人的孤独和苦衷。对一个彻头彻尾的以安定为志向的小市民，而且还是女人的我而言，他们应该是极端反面的对象。可是，人如果只对有亲近感的东西有兴趣，似乎又对不起仅有一次的人生。

第 60 章

无题

在海湾战争中，我们日本人选择了止步于观众席。对于这场爆发于 1991 年 1 月 17 日，由联合国决议背书的多国联盟组成的警察行动，日本选择了不直接参与。我们支付的巨额资金中，不知道是否包含了观战费。

意大利加入了多国联盟。即使是在国会参战表决时投下反对票的共产党，也表示会对派往海湾地区的官兵们予以精神上的鼓励。工会组织决定在工作时间之外举行呼吁和平的集会，以此表达他们复杂的心理。政府为参战将士们的家属开设了免费电话服务。各家电视台都向那个落下导弹的国家，派去了前线记者，不论男女。意大利并没有坐在观众席上。

那么，面对已经打响的战争，坐在观众席上的我们又能做些什么呢？

我认为，能做的事情只有一件。擦亮双眼直视形势，然后用自己的脑子去思考所见所闻。不必急着得出简单的答案，更不能回到冷战时代的思维方式，也就是说以和平时期惯有的思路，去评判这场战争。

这场没有任何人希望发生的战争，想必会在历史上留下一笔。连萨达姆·侯赛因都不想看到的战争，为什么还是发生了呢？我想，原因并非情报的欠缺，也许是战争的参与者在分析情报的过程中，犯了根本性的错误。

"大多数情况下，人都会按照自己的愿望去做出判断。"

这句话是生活在 2000 多年前的尤利乌斯·恺撒说的。它指出了乐观估计的利弊。如今的我们，在观察、思考这场战争时，就是要摒弃这种模式。

话说回来。在摒弃这种主观判断的同时，我们也许还需要一些线索。我个人因为有文字作品创作并发表的必要，500 年前的意大利文艺复兴时期的政治思想家马基雅维利，就成了我的线索。接下来我将介绍他的一些语录，希望能为读者兄弟姐妹的哲学思考有所帮助。

现实主义者所犯的错误，是以为对方会和自己有同样的判断，不可能做出愚蠢的行径。

——《书信集》

如果不能保证人们在现有的基础上，还能获得新的东西，他们甚至对已经拥有的都不会有感觉。

——《论李维》

古代的历史学家们曾经说过如下的话：

"人在不顺时会烦恼，在顺利时又会厌倦。这两种倾向导致的最后结果，却是一样的。

"其实，在没有为存亡做斗争的必要时，人们也会为野心而战。原因是大自然将人塑造得欲望无穷，却很难让他们达到目的。因此人会对超过自己能力的事物有所期待，常常抱怨不断。结果，有的人希望多得到一些，另一些人却不愿放弃手中的东西。于是就产生了纷争。"

——《论李维》

即使是在掌权者之间，如果有谁相信赋予新的恩惠就能让人忘记旧日的怨念，那么他就犯了不可挽回的错误。

——《君主论》

以下两点是绝不能轻视的：

第一，即使报以忍耐和宽容，也不能化解人与人之间的敌意。

第二，即使提供报酬或援助，也无法完全改变敌对关系。

——《论李维》

对于国家而言，如果对危险的事态不严加防范，会受到轻蔑对待。

——《君主论》

个人间的交往，法律、契约和协定能让他们守信。但是掌权者们维持信义与否，只凭双方力量的高低。

——《关于资金援助的提案》

国家面临的敌人，来自内外两方。对国内的敌人，秉持正义且公正的处置；对国外的敌人，唯一的办法，就是不可懈怠的防卫力量，以及与他国建立友好的关系。

因此，始终保持强大力量的君主，往往拥有真正的朋友。

——《君主论》

促成他人强大的人，就是自取灭亡。

因为这种强大是促成者的实力铸就的。一旦对方变得强大，原来促其强大的实力与其自身的存亡息息相关，因此他就必然会猜疑促其强大的人了。

——《君主论》

靠金钱建立起的雇佣兵制度之所以无用，是因为掌控这些士兵的核心力量，除了酬劳之外别无所有。

这样就很难期待他们的忠诚。以为靠钱就能让他们为雇主不惜生命的想法，不免天真了。

无论哪种政体的国家，想要维护国家的主权，必须武装起本国的国民，建立由本国国民组成的军队。没有一个将捍卫国家利益委于他人的国家，可以保持和平和繁荣。

——《论李维》

保持中立，并非有效的选择。中立者，不仅会被赢家视为敌人，还因为当初没有出手相助，同样招致输家的敌视。

——《书信集》

弱国，总是优柔寡断的。因此决断时所浪费的时间，往往是有害的。

比如说在对外援助问题上贻误时机，不仅没有起到帮助对方的作用，往往还为自己带来不利的结果。

很多时候，由于在最初阶段态度含糊不清，待事情发生后再想立场鲜明，就变得非常困难。因此，请不要忘记，一旦做出了决断，言论等都会因应而生。

——《论李维》

弱国所表现出的最坏的倾向，就是对任何事情都采取优柔寡断的态度。

因此，这种国家推行某种政策，往往是因为屈服于某种压力。即便其中不乏良策，它们也不是来自执政者的深思熟虑，不过是迫于压力的结果。我再次强调，优柔寡断的国家，如果没有外部的压力，是制定不出好政策的。

——《论李维》

共和国内部实施的政治程序，通常都是缓慢推进的。无论立法还是行政的问题，都不能一个人决定，大多数情况下是由多人组成的机构共同决定。统一各方的意见，需要相当长的时间。

然而，这种缓慢的程序，在刻不容缓的紧急事态发生时，就会变得极为危险。因此，采取古罗马临时独裁官那样的制度，是十分必要的。

威尼斯共和国是近年来（16世纪）强大的国家。在那个国家，在必须紧急做出决定的场合，决策权不是交由国会，而是由被授予权限的少数的议员们商议决定。

没有认识到这一制度的必要性，一味坚守固有的政体，会导致国家的灭亡。如果想避免亡国，就不得不打破现有政体的壁垒。

——《论李维》

当一个有着良好声誉的人物，为达到目的而不得不作恶时，他应该怎么办？

一般来说，他最好一步一步地改变政策，尽量不要引起人们的注意。但是，一旦机会降临，当机立断反而更为有效。

由于变化是突如其来的。所以，在失去现有政策的支持者之前，有机会先获得新支持者。相反，如果没有抓住机会立即行事，或者是采取消极的态度，会导致失败。

时间为我们带来了所有的东西。在带来好事的同时，也会带来坏事。

——《论李维》

　　没有百分之百的善人，也没有百分之百的恶人。正因为如此，人才会做出不上不下的事情，从而陷入毁灭的境地。

——《论李维》

　　只要目的正确，可以不择手段。

——《论李维》

　　撒路斯提乌斯在其作品中对尤利乌斯·恺撒做了如下的真实描绘：

　　"无论结局多么败坏的事情，在开始时都有着冠冕堂皇的理由。"

——《论李维》

　　满足于中等程度胜利的人，往往是常胜将军。相反，那些只想获得压倒性胜利的人，往往会落入对手所设置的陷阱。

——《佛罗伦萨史》

　　通往天堂的最好的途径，是熟知通往地狱的道路。

——《书信集》